文叢 313

臉之書

駱以軍——著

目次

輯五　夢十夜

輯六　宇宙旋轉門的魔術時刻

輯七　美少女夢工廠

代序　咖啡時光

一旁的桌位上，坐著一對五十多歲的中年男女，當然他們是一對情侶，但從某些難以言喻的細節——可能是他們邋遢無品味的衣著（兩人皆著紅色運動外套，男人的是亮面防風鮮紅配黯污的深藍西裝褲，女人則是像孕婦裝的連身碎花米色洋裝披了一件豬肝紅的），男人渾濁的眼球和滿臉橫肉，女人粗闊的顴骨和下巴，或是他們身上的淡淡尿騷味塵土味，最主要是女人太強壯的肩膀手臂——她斷定他們是勞動階層的。他們似乎在約會，卻帶有一種不知如何進行這種咖啡屋小資敉的浪漫作態之滑稽。男人不知跑去哪裡的麵包店買了一塊黑森林螺貝型蛋糕卷，用一只透明塑膠盒封著，他大聲地說：三十九元，手工蛋糕，有俗嘸？這一塊這裡要賣七十塊錢。有一條狗蹭進他們的桌腳，男人用力蹬地把狗噓趕竄走。

「你幹嘛啦。」女人那一瞬才找到一種她自己的女性嬌媚模式。

男人說：「牠蹲下來等一下就要大便了，要大我讓牠去別地方大。」

然後她發現女人拿出一只塑膠打火機，在那塊蛋糕上方點著，用快轉唱片的速度唱祝你生日快樂祝你生日快樂祝你生日快樂祝你生日快樂，然後說，好，快許願。男人彆扭地說：不要啦。女人說快啦快許願。男人說幹嘛啦。女人說你許願就是了，打火機要燒熔了啦。男人說好好，許個願、許個願。

這一切潦草而即興。或許他們原本在各自生活裡習慣於憎惡訕笑這些裝模作樣的把戲。他們更適合在海產店外人行道塑膠桌上喝香吉士小玻璃杯的台灣啤酒，抽菸、罵幹令娘雞掰……

啊她真想說，每日每日，她那麼珍惜坐在這咖啡屋戶外座的時光，那個女人身上有某種東西和她如此相像：她們原都是直面生命苦難、因此被磨礪得又賊又強悍的粗女人。卻又在她們的男人面前，兩眼鬥雞渙散失焦地扮演小女人聆聽者。

另一次，他告訴她，他曾在巴黎撞見的一個奇幻場景。那天，他原打算到奧賽美術館晃一整天，到了門口才發現排隊人潮以迴字隊伍擠滿廣場，頓時意興闌珊。（如果這些美國和中國老婦們全脫光衣服挨擠著任他拍照？）他沿著秋天的塞納河岸河畔走，河流在他左側下方垂直高度十公尺處以一種奇怪的灰綠色閃耀著，貼著河畔是一條突兀歧入的單向快速車道。他在那一邊風景如詩如畫的奧賽美術館另一邊陡降下去的名城之河的小徑走了約十分鐘，才意識到自己正置身一乖異的超現實畫面：下方那快速道路上至少上百輛鈑金反光五顏六色的大小車輛，全部正集體倒車！

是的它們正集體倒著開。以那種狀態來說並不算慢的車速。有一瞬他以為那些車是塞車靜止在車道而是他腳下的人行步道變成類似機場輸送帶以機械履帶載他前進，但他眨眨眼定睛確定是那些車以屁股為前端而且保持一小小車距那樣把錄影機裡的倒帶印象在真實公路上形成一整群的後退。他想起她曾告訴他，有一段時光她清晨睜眼醒來，一定發現自己背脊貼著天花板倒像看著顛倒過來的房間和躺在床上的自己。她知道那是那些鬼魂折磨她的把戲，遂死睜著眼，想：「看你們能撐到幾時？」但最後總不支眨眼，只要一眨即幻術消失回歸正常身體與視覺位置。

顛倒夢幻。

後來人們告訴她那是精神官能症的影像顛倒症狀。但他說那次自己其實是撞見法國人在公路上拍電影：那上百輛車全是場面調度，所有的車全聽從導演和助理們的無線對講機加擴音器指揮，那個如夢似幻的集體倒著行走，只是無數次NG後重新來過的其中一次歸定位。確實他站在上面觀察許久，便發現這一大群車的最後一輛，周身裝著箍了攝影機的鐵架（導演和攝影師站在那鐵架上），後頭還有一輛跟拍的小型吉普車，他們以一種精密預測好的空隙，在那些無趣當背景開動的車陣間擬造公路追逐戰的套式橋段。太有意思了。她說，闖進了生產夢境的鍋爐機房。

她亦記得他說過另一超現實畫面：那是關於他一次在旅館房間的垃圾桶發現有十來隻盤旋飛繞的小蠅蚋，他低頭檢視發現垃圾桶塑膠襯袋的沿口密密麻麻布了許多白芝麻般的微小幼蛆，因為品種小到幾乎肉眼難辨，所以那些蛆並未給他任何對蠕蟲習慣的噁心之感。他想起是前日在房裡簡單烹飪廚餘的生肉殘骸和果皮果渣或沾了醬汁的剩麵條，遂將垃圾袋紮起放到房門外，並將那垃圾桶簡單沖洗一下。甚至他的牛仔褲腿沿心沾到一些白芝麻粒幼蛆，他也將之清理掉。

但幾天後，他在距原先放垃圾桶那位置約一公尺左右的壁沿，發現一列黑色如泥灰的什麼。他蹲下細細審視，發現是之前那白芝麻小蛆的同種，但更大數量，至少上萬隻，或因原先寄生的食物峽谷被他在無知狀態清掉了。於是牠們不知透過怎樣的決策過程，由誰扮演那一隻領頭的，從原先他也沒發現的藏身之處匯聚成一條蛆蟲長河，集體遷移。但時空比例的荒謬換算，使牠們這萬里長征僅僅移動了人類意義一公尺左右之距離，便因體內養分耗盡而集體死亡。從白色小芝麻變成了一粒粒黑黴。

為何牠們不是呈星芒放射狀分擔風險地尋覓新的可能性呢？為何將最終沒有降臨的至福之地賭在一長列單箭頭的整群長隊伍？

最好的時光

那個下午，我像遊魂在台大、公館附近小巷裡找尋一可以坐兩三小時抽菸讀書寫稿的咖啡屋（請容我解釋：自禁菸令頒布後，台北能坐下來抽兩根菸，發呆消磨靜靜午后的咖啡屋所剩無幾，且即使極稀少有戶外桌座者，在烈日酷曬的七、八月，根本無法坐在那公寓各樓層冷氣排氣機座列陣包圍，像烤鴨掛爐四面八方噴吐而來之焚風。暑假結束孩子們回到學校，我憑空又多出這些獨自時光，但浦島太郎般回到盛暑之前常混的這一帶咖啡屋，不是美麗的老闆娘不再，換了經營者，便是自己也不知彆扭什麼看了滿座陌生客就過其門而不入……），晃著晃著，突然意識置身在一條陌生的長巷。非常怪。那是在台電大樓那兩棟擎天矗立建築後方的巷子，平行是汀州街湊聚舊三總急診室一間間比鄰的醫療器材店和傳統水果禮品攤，較遠那端是我少年時羅斯福路最繁華那一段（大世紀戲院、大型電玩遊樂場、民歌西餐廳、當時最大家的重考補習班，裝有小檯燈火車座沙發燈光暗黑的滴漏式專業咖啡屋、展售一把幾十萬古典吉他教室……），如今說沒落也不是但就突然像灰渣髒了臉的老婦沒了表情（也還有各家銀行林立不是？也還有星巴克或最時髦的麵包店，但似乎繁華全鑽進溫州公園輻射那一側渠道縱橫的小巷裡去了）。而六線道大路洶湧車潮聲全被那大樓怪物給屏擋住了。這巷子裡變成一寂靜的所在。並且像陰陽界一般不過兩百公尺巷子那一端擠滿各式小料理店、攤販、流行服飾、二手書店，小咖啡屋、快可立式茶飲小鋪……到了這兒像幻術盡敕收不見，完全是一人家爬藤植物自牆頭冒出的靜巷風光。

瞥見一招牌，寫著「巫雲」。躑躅再三，終於推門進去。那於我是一時光幻術，推門那一剎那，就像大江《憂容童子》那一段，那個許多年前，另一個本來應該更好（或至少更純淨）卻在某一次飄然遠去的自己，「另一個我」，把這個在時光中持續不幸老去，變臭變平庸的我遺棄在此端的「那個我」，突然調校鐘錶刻度如鏡中影出現。因為遇見了故人——老闆是個怪咖，叫「老五」，一頭胡椒灰白枯髮，披垂至胸前，咧嘴笑時牙掉得差不多了，像印象中中世紀長髮落腮、指甲蜷曲如蛇蛻，形容枯槁的苦行僧（或者視覺一點說，他像比較瘦且邋遢些的克里辛那穆提）老五是七〇年代末隻身到台灣的緬甸僑生（我生命不同時期遇到的幾位這樣背景的朋友，都有一種說不出的神祕、低調，和自嘲的笑臉），燒得一手好雲南菜，其實「巫雲」已是網路上美食部落客競相推薦的名店，老五也算台北文青，黑膠唱片燒友、玩劇場或搞運動的……各路人等口耳相傳的傳奇。此處不贅言。主要是我二十多歲在陽明山念書時，「巫雲」並不是一個店名，它是一座以文大學生來說，更往山裡荒僻隱密處，「再往上騎，再往上騎」的老四合院。

包括老五在內，有幾個高我好幾屆的美術系怪咖，分租了那幢破瓦爛磚四合院，畫室兼宿舍。重點是幾個都是天才，個性狂放不羈，混雜了六〇年代嬉皮、梵谷高更那種將藝術激情狂燒，再加上九〇年代初往台灣原鄉精神面尋找那種生猛、躁鬱、鬼神、漂流……。我之前已從不同朋友處聽聞山裡有這一群畫家，「『巫雲』那掛人……」像在說武俠小說「梅谷六怪」、「東邪西毒」之類人物。我認識的幾個美麗女孩兒就喜歡往那四合院跑，說來那真是創作者的「最好的時光」。二十來歲的創作者，彷彿額頭長角，瑩瑩發光，有一天，我終於被其中一女孩兒帶去「巫雲」。印象中我也緊張，女孩也緊張（她應該分別對兩造吹噓了對方的怪和才華），巫雲那些人也有點赧然（或其實他們本就是沉默溫柔之人）。但一個傢伙一個傢伙的畫室看下來，真像瞻賞敦煌石窟，心中五味雜陳，內力亂竄。「真是天才啊，天才啊……」我至今仍記得我在一個叫「大嘴」的傢伙的畫室（其實就是四合院側廂一間門窗全打掉以透光的老紅磚房內）看到那些油畫時，眼睛被光爆充塞的印象……

後來我便和他們坐在院落中間，喝烈酒，吃老五炒的雲南辣白菜、吞雲吐霧、胡扯八道，不覺頭頂漫天星斗。從記憶裡他們本來桀驁傲氣的線條，似乎變得柔和的笑臉，我猜想他們心中或也想：「這小子是好樣的。」

幾年後，我和年輕的妻賃租在另一個山腰的一幢老屋，房租不貴，但房子太大，我們便隔了一有獨立門進出的邊間分租出去。來租的是一個大眼睛蘋果臉的女生，獨自帶著一個三歲的小女孩。這單親母親也是個畫家。一問之下原來是「巫雲」那群神獸其中一個的前妻。初時常見她在屋前茶樹叢邊畫架支起作畫，捏凹擠癟的油畫顏料鉛管散落一地。後來或因隻身要謀求母女倆之生計，或也還是太年輕的漂亮女孩靜不下，常一早出門半夜才回來，有時便把她的小女兒託給年輕時的妻幫著帶。

那小女孩叫安安，有一雙和母親一樣的大眼。非常靈黠聰明，但極怕生。父母都是藝術家這件事，或讓她像小動物對生活中驟然降臨的暴亂變動充滿一種本能的、不安的預感。就是奇怪會賴著年輕的妻。那時妻還在趕她的學位論文，三歲小女孩可以在母親不在的一整天，安定地待在那堆滿論文資料和參考書的書房裡，自言自言在紙上畫圖編故事……。那時我已畢業一年，賴住山上不肯離開那不與現實世界連結的、純淨的創作時光。前途茫茫，我也算初嘗了（我猜這也是「巫雲」那幾個天才這十幾年來嘗盡的）那些古老成語「懷才不遇」、「坐困愁城」，一種被壓碎的、恐慌的酸苦滋味。但每每看見年輕的妻和那似乎超現實存在的美麗小女孩，像兩只瓷器，如此專注安靜地各據桌几，光影靜止地各幹各的活，便似乎也得到一種支撐。

請原諒我將回憶的轉速播快。大約一年後吧，有一天那母親宣告她要去西班牙學畫（因為一位深諳易卦的算命老人，告訴她，一定要出國，她這一輩子就只能賭這一把輸贏。不賭，她就會渾噩平庸地過完此生）。我記得年輕時柔美的妻在她們母女的房間和那亢奮的母親激烈爭辯。後來她們似乎都哭了。總之，年輕母親決定把安安送回她父親那，問題是那個男人已離開陽明山（離開「巫雲」），回到埔里老家住在一片檳榔園裡專心作畫。而她不想在這情境下再見到他。於是便拜託我和妻跑這一趟（「送子快遞」？）

那段旅程像把我那個純真、晃遊、無現實意識的年輕時光終結掉的一部公路電影。對那小女孩來說，這段路程就是母親把她們相依為命的時光徹底關窗的儀式。（雖然那時我們都覺得她跟在父親身邊長大較好）。事實上那之後我們再也沒見過這小女孩了。我不知道她會不會記得年輕的妻（誰會記得三歲時的事呢？）她會不會記得那段在陽明山霪雨終日的日子，同屋子的人和她母親宛若家人，卻所有人都存在一種心不在焉、對未來憂懼迷惘的空氣？那時年輕的妻美如春花，我記得她穿著少女氣息的洋裝。我們的車下了高速公路後便一路在南投的田間公路迷途打轉，但我們三人始終笑嘻嘻的，像只是一趟遠足一樣。我記得在一個路邊便利超商，妻下去打公用電話給小女孩的母親確定地址（是啊那年代我們尚無手機呢）。只剩我和小女孩在車上，我突然百無聊賴，回頭對著後座的她，「妳看」我把夾在眼鏡外層的塑膠墨鏡薄片向上翻起，變成額頭上兩個米老鼠的黑圓耳朵，再翻下來，又變回戴墨鏡的人。「米老鼠。壞人。米老鼠。壞人。米老鼠。壞人……。」我一直反覆這個將夾式墨鏡片掀起又放下的動作，小女孩被逗得咯咯笑，一直到妻回到車上……

在「巫雲」和老五聊著如今星散的那些故人，聊著聊著聊到這對，在我記憶幻燈片中靜止在一個年輕母親和一個三歲小女孩的母女……

「安安啊，」老五說：「她已是高中生囉。長大囉。一直跟著老爸。上回來過我店裡。長得漂亮噢（因為我問她長得變個小美人吧？）不過外型上看有點……叛逆。說在玩樂團，要找人學電吉他，頭髮嘛（他朝頭頂比了個我不確定是爆炸頭還是龐克頭的誇張手勢），反正很酷的樣子……」

輯一

漂流教室

一個感傷的故事

她記得那時候，他們那個社團裡有一個神祕人物，綽號叫「紅夾克」。因為他一年四季不分寒暑，總是穿著那件紅夾克。他們笑說，那不是李敖嗎？她說不，他個子雖不高，但很瘦削，蓄一頭長髮，整個人有一種不怒而威的氣勢。他年紀大他們這些大學生一輪，不僅是他們這地下社團的領導，更是女孩們嘁嘁促促耳語的傳奇。他極寡言，最有名就是一般對人只說三句話。他身後總跟隨著兩個學長作為保鑣。他們或會在他丟下三句話離去後，將之翻譯成饒富深意或具論述縱深之長篇大論。

那兩個保鑣學長，其中一位是馬來西亞僑生，一直對她特別溫暖且關照，定期會拿幾本新馬的書給她。其實是個靦腆木訥的傢伙。她沒有其他心思，總當他是革命夥伴兼理論的啟蒙者。後來她才知道，事實上，當她和其他女孩們被吸收參加這個地下社團之初，「紅夾克」便已和諸臣，不，兩位保鑣私下分封妥當，某一位學妹是屬於「紅夾克」的，另一個女孩是另一位保鑣學長的，她，則被分配給馬來西亞學長……

他們笑著說，好像太平天國喔……天王、東王、西王、南王、北王、翼王……妳就是什麼娘娘喔……

她啐道，屁，我那時有一正在交往的男朋友，和這個社團無關的人。實在「紅夾克」那幫人或根本不知怎麼真正的把女孩，我對那馬來西亞學長從頭到尾沒任何感覺。但我「可能會被別人把走」這件事，或許造成了「紅夾克」他們仨對此事的危機感。我不知道那個年代，我們那樣一群用功而激憤的學運青年，腦袋裡運行的是怎樣的一個微型宇宙。他們是怎麼樣在理解人和人的關係？除了一種純潔抽象的激情？男女之間如同苔蘚植物複葉那細碎點點的心思和渴望？或是誰理所當然在一根本無效性的權力位階中，「屬於我的」？她說，總之，有一天「紅夾克」來找她談。其實就是來「喬」她和那馬來西亞學長本來該按照他們規定藍圖的姻緣。那天「紅夾克」對她說了非常多、非常長的話（他不是「三句話」嗎）。那時她才發現，哇靠，他說話的內容、理路、甚至腔調，竟是如此貧乏、空洞、無趣、嘮叨。原本在他們的社團裡，哪個學弟學妹只要得遇「紅夾克」拋下三句話，簡直像蒙召寵幸一般整個人發光。結果竟是個這麼乏味的人。

於是決定離開這個團體。那同時還發生了一件事。彼時台北中正紀念堂正爆發野百合學運，他們這個社團，當然便自動成為他們學校代表，搭火車北上共襄盛舉。她記得到了中正廟，黑壓壓萬頭鑽動，廣場坐滿了他們這個年齡的學生們。她莫名感動漲滿胸臆。一時激凸便離開學長他們，走上了一個木搭高臺的「絕食區」。她記得她頭綁上黃絲巾坐進那些不知已絕食多久的閉目打坐身體中間時，遠遠看見「紅夾克」兩肘抱胸，站在下方廣場一臉肅然盯著她看。當然身後還站著那兩個保鑣。風吹獵獵，那樣看去他們像一個擺pose拍ＭＶ的搖滾樂團。

大約絕食第三天或第四天，她起身去上廁所的時候，其實只是一陣暈眩腳步顛晃，突然就被一些神經緊張守候在那的醫生護士架上擔架床推上救護車送去和平醫院急診室。她說她大約在醫院吊了三天點滴，完全不知道就在那段時間，廣場情況發生巨變：李登輝接見學生領袖，並宣布召開國是會議……種種種種。等她辦好出院，獨自搭計程車趕回去想繼續靜坐，卻發現原本擠滿人的廣場，空空蕩蕩，只剩下漫天飛的垃圾，一尊巨大的野百合雕像，堆得像小山的礦泉水空瓶，所有人像幻術般全消失了。

這個故事唯一有感傷成分之處，或在她於一完全不理解事情全貌的孤島狀況，暈眩饑餓地（她除了吊點滴，並未開始進食）搭火車（還是每站停的普通車）回去他們那封閉小城的學校。回去後她便無聲無息地退出那個團體。後來聽裡頭的學妹說，整整半年，「紅夾克」發動社裡會寫文章的，在他們社團一本類似留言簿或會議記錄的冊子上，大加批判圍剿她「亂搞男女關係」、「玩弄學長感情」、「臥底」、「搞顛覆」……影影幢幢各式惡女行徑。

幾年後她受邀回母校（那時她已是一頗受學院矚目的小說家），在一視聽教室講演途中，赫然見到「紅夾克」遠遠站在人群最後面。還是一身紅夾克，但變胖了，長髮變得油膩邋遢，面孔模糊，整個人走樣了。結束時他還舉手問了個問題，內容她不記得了，只留下一強烈印象：即全場除了她，沒有人知道這個像遊民的怪叔叔曾經是一個什麼樣的角色。她確定「紅夾克」並不是留在學校當教授甚至助教，卻完全不能理解他為何人事全非時空挪移，卻仍出現在那校園。也許他是從哪處訊息得知她要來此演講，專程趕來ＰＫ她的……但甚至他站在那拿著傳過去的麥克風發言時，學生們完全像他講話的口音或冗贅修辭，譁譁哄笑就把他的聲音淹沒……

他說，我們在此時回憶那段時光，難免過於聖潔或過於猥褻。譬如一位心理醫生朋友私下告訴他，一位當年廣場權力核心人物日後成為政黨輪替新政府之金融操盤手，恰是他精神分析療程的病人。此君每日和上兆金錢數字打交道，承受之高壓非我們這些平庸同齡人能理解。他活在一個孤獨近乎夢遊的世界。據說常遺糞在褲子而不自覺。一個像科幻片橡皮靈魂人的故事：婚禮那天，原本相交十數年的舊情人要求新婚夜要和她度最後一次春宵。於是當晚那母豹般的女人check in入住他與新娘婚禮飯店洞房同一層另一房間，他待午夜，告訴新婚妻子、岳父母，必須趕去南部開個會，然後換一個房號，閃進那女人的房間。完事之後，此君離開情婦的銷魂帳，卻沒回去新婚妻子獨睡的客房，跑去另一層樓check in另一個房間，然後召妓。

啊？他們說這算是什麼故事？這人有點變態吧？像之前那位嫖高級妓女被踢爆下台的紐約市長。那樣的拉斯維加斯式對權力、金錢、性最缺之想像力的誇富孤寂遊樂場。對啊，她說，這個變態男跟我那個紅夾克故事有什麼關連啦。

他說，事實上，在妳的故事裡妳遭紅夾克和他的保鑣們遺棄的絕食時光，彼時我是在陽明山那些人渣哥們的宿舍裡通宵打麻將，一桌免洗杯裡塞滿飽吸可樂而腫爛的菸蒂和檳榔渣。有一天其中一個廢材說我們下山去吃永和豆漿順便去看學運。我記得我們從台大法商那一路走去全是打香腸攤和烤魷魚阿伯，人潮擁擠，夜色中像嘉年華會沸騰著一種不知道要發生什麼事的歡鬧。我們夢遊般被人潮擠到央圖和大中至正門前的圓環——後來才知那是鎮暴警察要驅趕學生的第一線——很奇幻的，我們是旁觀者恰正站在邊界的正中：一邊是綁著黃絲帶的靜坐學生，一邊是拿藍色烤漆如亮殼甲蟲之長形盾的列陣警察，兩造的年紀相仿。那一刻，我不知道自己為何站在那兒，夜涼如水，警察這邊有帶隊官吹著哨子踩踏靴響轟轟緩慢進逼。在一個像所有人被魔咒住的靜止瞬刻，我掏出菸來點著，然後，那些第一排持長盾的像公園旋轉門側讓出一個個缺口，從他們後面衝出許多拿小圓盾和短棍戴頭盔穿鎮暴服的隊員，像狂風暴雨揮擊痛毆坐在地上的學生們。學生們哪經得起打，哭喊竄逃，陣形瞬間散潰……問題是，那整個過程，這些警察，像把我們當透明人或幽靈那樣穿過我們。他們像獵狗腎上腺素高漲朝中山南路、信義路各馬路去追逐學生。所有人都不見了，只剩下我們幾個，像風乾癆病鬼，叼著菸，不知該如何是好，愣站在那兒。

孤獨時光

S說起她一位學生叫慧寧，是他們那畫室天分最高的，美展第一名總就她的名字。瘦瘦高高，眼睛又大又亮，一頭短髮，帥的。那些小女生都偷喜歡她。問題慧寧不是T。她狂熱於畫畫，常常關在自己住處畫兩天兩夜不吃不睡，出門見人時滿臉殺氣頭頂生煙，瘦得顴骨像釉燒瓷器那樣火光明豔。其餘時間都在瘋狂打工，便利超商大夜班，披薩外送，甚至去洗車，因為慧寧得養自己。她十歲時父親過世，沒兩年她母親另交了男朋友，就搬去男友住處，留她自己一人在那空屋。一開始每個月還會在她戶頭存一點錢進去，後來就停掉了。有一天打電話給慧寧，說要跟男友（也不知道是原來那個或換第幾任了）去大陸闖，問她要不要跟去？慧寧那時剛考上這所極難擠進的學畫者之夢幻學校，猶豫一下便拒絕了。於是她的這位母親，便完全從她生命裡消失了，再沒有和她聯絡。她也不知道有沒有任何其他親人，似乎全世界就她孤零零一個活著，對自己負責，想辦法生存下去。

S說，總之慧寧很酷，她打工不止溫飽、學費、畫畫材料，這孩子還要繳她媽留下來那房子的房貸（真的很扯，這位母親）。後來她交了一個男友，很台，在賣房子的，常把一些樣品屋拆掉後的進口瓷器啊花瓶啊雕像啊全幹回她那房子。有一次她很多天沒來學校，我擔心是出什麼事了？登門拜訪。哇，她那房子裡，簡直像那些建築設計雜誌裡的豪宅，不，就像電影裡那些設計師男女主角的家，我說慧寧妳一個小孩怎麼有辦法把房子搞得這麼漂亮？她說，老師，那全是我男朋友從展售屋裡幹回來的啦。

後來好像那男的劈腿，慧寧很好強，把它切了，跟我跟朋友都只淡淡說想專心畫畫，不想為感情分心。之後我又聽說她繳不出房貸，終於搬出那已被她用那些不存在的幻影之屋的道具裝潢成的華麗小窩。

S另說起高中時她念靜修女中，玩咖一個，在哪一帶玩呢？就西門町啊，看電影啊，逛街啊，主要是，那時我一個好朋友就住在獅子林大樓上面，十五樓。這個女孩呢，非常美，臉蛋長得像那些扭蛋機裡的美少女戰士，身高一七五，她會來念靜修就是因為她是打小台元的。你想那樣的臉那樣的身材穿著高中制服走在西門町像不像天使下凡？我們那時幾個女生，逛街逛累了就去她那飄浮在整個遊樂園上空的套房打牌。她有一個哥哥，長得也是俊美得不行，像混血兒，但是在武昌街的魷魚羹店當學徒。

這一對美麗的兄妹，我那時的年紀，模模糊糊就感到這可能是我這一生能認識到最漂亮的人兒了。他們像失聰的鳥，線條柔和，卻不知道是什麼部分和這世界格格不入。我後來才聽說，他們是私生子。他們的老爸有自己的家庭妻小，在外面金屋藏嬌和他們的母親（想必是個美人）生了兄妹倆。後來母親死了。這父親便瞞著家人（也許也瞞著所有人）在這奇幻不真實的西門町獅子林大樓上空，租了那樣一間公寓，隔兩三個月出現一次，帶一些錢給他們。這個美麗不可方物的女孩便和她那俊美像少女漫畫男主角的哥哥，像兩隻孤雛，像無光暗室裡靜靜抽長的植物盆栽，那樣相依為命地長大。

S說，主要是，這讓我意識到，我們活在一個蜂巢狀全景像鐘殼內部齒輪自主運轉到這般地步的一個社會，或一座城市裡。被父親母親徹底遺棄的小孩，竟也可以完全不被嗅出異狀地混在人群中長大。但卻不是因為這社會有如從前小村莊溫暖美好鄰人伸出援手，而是因為死灰與孤獨已成為整個大拼布織繡的底色，棄兒混在同類之間，像一群爬在一起的悲傷蜥蜴，無從分辨出其實是孤獨到只剩自己一人的那個……。

S說，這讓我想起你寫的那些小說段落：核爆後只剩男主角一人的末日街景；或是某天醒來發現全地球的人類都消失了（因為外星人的某種恐怖攻擊），只剩下你自己一個；如何存活？在那些留下之前主人生活痕跡的空屋裡翻找食物、水、酒、手電筒的電池、罐頭、菸草……，如何找尋其他可能倖存的同類？

我說那不是我的小說，那是好萊塢的電影或瑪格麗特・愛特伍的小說。我還看過一部俄國導演的電影《歸鄉》。兩個與母親相依為命的小男孩，有一天家裡來了一個沉默陰沉的男人，說是他們的父親，要帶他們去野外釣魚。但這趟父子同行的公路之旅，兄弟們感受到的只是父親的冷酷、男性秩序的暴力，完全沒有感性之理解交流。父親陰鷙沉默的背後可能有一個更粗暴殘酷的世界，父親似乎以一種對世界殘酷真相的模仿，告訴兒子們：「不要撒嬌！這個世界就是這樣，你沒變成能承受孤獨、恐懼、痛苦的男子漢，就別想生存下去。」諷刺的是，父親把兄弟倆帶到一極遠海上的小島，最後暴亂荒謬地死於意外。兩兄弟（一個約十三歲，一個約七歲）竟從這「父亡」、「父不在」的時刻為起點，實踐之前父親的殘酷訓練，孤獨、自立地划小船載父親屍體回到之前的碼頭，甚至摸索開那台父親的車走上漫漫歸鄉之路途。

我以為那是在講不在場，父的不在場或母的不在場。遺棄的事。譬如我父親，十四歲時他父親（我祖父）過世，二十歲時恰逢一九四九年那次大遷徙，隻身一人孤單混在成千上萬和他一樣被連根拔起的孤兒之中，搭船來到台灣。一直到他晚年，已經把我們幾個子女栽培至成人，已經做了祖父，還時時艱難地想描述那個「獨自一人」的孤單、荒瘠、悲哀。被羞辱的時刻、被欺騙利用的時刻、被傷害的時刻……那些時刻都因無人可以依傍，只有自己一人獨自吸收，而被放大、淨化，定格成收藏照片般永遠可以回顧的永恆時光。

鍾曉萍

在KTV的包廂裡，話題不知為何兜到「鍾曉萍」這個人身上。ㄏ算是我歷來哥兒們的馬子中屬一屬二的美人，鷹勾鼻，杏形兩眼漆黑帶電，主要是驕傲、自信、善譏誚（每當我們這群廢材陷溺在一種瀝青般的自戀感傷時，她那張鷹科美麗帶殺氣的臉便會從煙霧中浮現，冒出幾句禪師般嘲笑我們的話），倒是第一次聽她近乎歇斯底里地談少女時光的，巨大到難以修復的挫傷：

「那個鍾曉萍噢……我真恨死她了……不止是我，我敢說我們那個年代，上下各三年，所有台中女中的女孩全恨她。天啊她的存在就像神仙下凡，我們在十六、七歲時不幸目睹了那個神蹟，從此你就被核輻射給燒融了，日後我慢慢發育，不管哪個階段，有多少人告訴妳哇妳有多美，妳是正妹……我全部不信，那像是那個年紀就被照妖鏡照過了，我看著鏡子裡像油漬小雞的自己：是醜八怪！妳是醜八怪！」

「等等，嫂子妳太誇張，妳在說的是張曼玉嗎？張柏芝嗎？范冰冰嗎？喂妳是大美女？。」

「哎唷，那些人，我承認是真的美，可是美得像有個皮囊水壺器皿裝水，你描述得出那個美的大致輪廓。但鍾曉萍不是，她是仙女，我不知道怎麼跟你們描述她的美。無法用人間的形容詞，如果她從你身邊走過，你只會覺得一片神光籠罩，充滿感激和自慚形穢……」

「你想想，我低她一屆，我們上三屆，下三屆，你去問問那年代台中女中畢業的，不，整個台中的女校，什麼曉明啦、明道啦、台中商專啦……除了『鍾曉萍』，誰記得另一個女孩的名字可以和『美女』連在一塊？」

「大扯了吧？妳們又講不出個樣貌，我根本無從想像。」

「是真的，我們現在回頭看當年的王祖賢、關之琳吧、劉嘉玲吧──就別提現在螢幕上不知中元普渡拜拜完忘了收回去滿眼亂跑的那些歪瓜劣棗──很多時候我們仍訝異驚嘆，真美，冒著光霧仙氣，青春無敵，但那都是有一個特點突出，有個性，有一個「美女」的昆蟲學系譜分類，可是譬如說，今天有一部電影，導演是誰不知道，劇本是誰不知道，電影公司製作人什麼什麼都不知道……可是片名叫作《褒姒》，電影海報就寫著：『鍾曉萍主演』──你就會完全信服。她就是這麼美。」

「真的，」一旁的C幽幽地說，恰好她也是低ㄏ兩屆台中女中的：「她說的一點都不誇張。我進中女的那年，鍾曉萍剛畢業，可是她像是神獸經過的土地，寸草不生，一片枯荒。我們往下那幾屆，講到傳奇美女還是鍾曉萍這三個字，整個女校每年總該會出那兩、三個拔尖美人兒，但真的全給蓋住了，我記得那年我和幾個女孩兒，在台中一中外頭育才街那吃冰──那個地方，在那個年代的台中，就像現在的信義區，全中部五縣市最秀異的花樣少女，像一個隱形的爭妍鬥豔的伸展台，最美麗的女孩都會在那出現，天頂雷電交錯，草原水澤邊毛色噴光的斑馬、梅花鹿、蹬羚……全挺著身架在那晃遊──突然有低聲驚呼，「那是鍾曉萍！」她那時已是大學女生了，從對街走過去，真的不誇張，我們這一排，整條街的男孩女孩，全像電影裡停格靜止不動，好像綠燈也沒有敢動去走過馬路。所有人屏住呼吸看著她走過去。那真的像耶穌一身白袍凌波走過水面，你只想掉眼淚，真的好美，好美，像一隻鳳凰悠慢飛過一群雞鴨挨擠的農場上空，我猜她也習慣了總是這麼被所有人盯著。」

ㄏ哀嚎地說：「我那個才是悲哀，我高一時被選進儀隊，我是把頭髮往上豎尖，鞋裡墊針包才想辦法擠進去。我們那時儀隊一定要選長得正的身材好的。但鍾曉萍呢，她是我上屆的儀隊隊長，據說她高一一進去就被欽點跳級當隊長。那三年整個儀隊就是看她一個人的表演。真的，那個場面是你們現今無法想像，當時在台中，什麼省運，國際邀請賽，連職棒開打那幾年……重大場面都是我們中女儀隊負責開幕。那不是電子媒體特寫特效的年代。非常像古代紫禁城皇帝校閱三軍，當時的省主席是謝東閔，小小的站在司令台上，你就看到千軍萬馬層層列陣，各校的青春男孩女孩穿著儀隊制服，金扣繫帶肩章流蘇，全部挑選過的這些挺挺的駿馬，不，年輕男女，就烘托著一個鍾曉萍。她獨自出列走到閱兵台下，抽出腰刀刷刷刷刷舞出一片銀花，光憑她一個人就讓那烈日下原來貧瘠苦悶的年代，整個熠熠發光。整個場面鴉雀無聲，看她（真是美！真是俊！真是標緻！）挺拔帥氣地在那耍刀，咻咻咻咻，然後她把刀平舉，另一手插腰一百八十度轉向我們。刀上舉，簡單喊一身：『齊步！』我們才像騾馬牲口從夢囈中醒來，鼓號樂隊的節抽成背景音，我們和身邊其他同齡平凡的年輕身體挨擠成一個整體，才開始舉槍像道具，群眾演員一個動作按照一個動作……只有她是獨一無二的。」

「我們那一屆的儀隊隊長才真可憐，按說能當選一整年級的隊長絕對也是人中翹楚。但我記得鍾曉萍高三那年有一個交接儀式，就是上一任的旦角要把那魔術棒交給下一任的旦角。從前的傳統是老鳥作一場表演，把指揮刀交接給新隊長後，就是新人主秀了。但那一年特別怪，全校圍觀這場儀式，所有人都為了爭睹鍾曉萍的告別秀，整個設計像搖滾巨星的演唱會，鍾曉萍足足應觀眾（那可是如癡如醉，外校的全擠進來，大家喊著偶像的名字）要求表演了三個小時，然後交接儀式草草五分鐘結束。沒有人記得新的儀隊隊長叫什麼名字。我們後來聊起，都喊那繼位的叫『真不幸』……」

那是我自二十出頭之後，好久沒有這樣抓耳撓腮，無從趨近一個抽象的、極限的美，無從座標，沒有身世或和其他的身邊人小規模遭遇戰的戲劇性。「真的，林志玲、侯佩岑、什麼翁滋蔓……都只是甜美、清新……如果鍾曉萍在場，她們哪能叫美女。鍾曉萍就像天狼星，她掛那兒，你看著夜空，會說，噢，那是天狼星和其他的星星……」

我終於生氣了（因為我列舉作為參數的幾個年輕時對我亦如神仙姊姊的美人兒名字，全被她的鍾曉萍輕蔑掃成庸脂俗粉）：「操他媽的那妳說的這個鍾曉萍，現在在哪裡？」

KTV包廂中，ㄏ的美麗的臉像營火黯了些，分不出是哀傷還是時光迢迢女孩嫉妒陰暗的情感：「這些年來，我不只十次百次了，上網Google搜尋這個名字，但真的很邪門，一筆資料也沒有。她完全從人間蒸發了。」

輯二

末日之街

平安夜

收音機裡一個Call in聽眾說了一個不快樂的故事：他高中時一個最好的朋友騎機車搶黃燈被一輛計程車撞飛，昏迷指數二還是三，醫生急救說盡量給他刺激。那傢伙是家中獨子，母親和姊姊哭得要死。他每天混在他們家人間，病榻邊掐他虎口幫他唸藥師明王本願經，想起小子暗戀隔壁班一女孩，還跑去跟對方遊說解釋半天。女孩也跟著到加護病房對著那木乃伊般包起的沉睡者說了些某某同學你要加油好起來之類的鼓勵話。那天的心電圖還是眼球轉動確實有反應。

之後遇到假日，他沒去醫院，第二天在學校午休時，突然看見那傢伙竟然走進教室，一身完好，他只覺得逆光的教室門特別明亮耀眼，那傢伙的臉變得像在電影裡的輪廓解析度特別清楚。親愛微笑跟他揮手。他說你怎麼來了？不答話仍只是揮手。

原來是夢。醒來後他們導師把他叫到走廊，說某某同學昨天夜裡走了。而那個假日正就是耶誕節。

「從此以後，我就不過耶誕節了。」綽號海豚的聽眾說。

主持人說，這真是個悲傷的故事。那你有沒有什麼福音要分享我們大家？

沒有。我不過耶誕節。

後來打進來的聽眾，有人說正在放無薪假，有人罵周占春，有人說支持公視……

Merry Christmas !!

主持人突兀地大喊。我幾乎可以聽見他內心獨白：夠了，誰說我要在耶誕夜在這個雞巴錄音室聽你們這些灰色稠質的不幸夢魘。一個聲稱自己剛被電腦公司辭退的女孩訥訥解釋她現在在市場賣自己做的娘惹糕和水晶麻糬，有紅豆綠豆綠茶口味。說著就哭起來。另一個女孩Call in進來親熱喊主持人小名，你記得我嗎？我是Sandy。好像有印象，主持人狡猾地迷濛地說。對不起對不起我已經七、八年沒聽你的節目，那時我還是國中生，你那時還在警廣，現在我已經大學畢業了……

那妳要答應我，下次再打進來，別又是七、八年後嘍……主持人似乎總算找到與自己在時間流河中有所關連的對象，嗓音磁性放電，微微責備地說。

是啊是啊……好懷念噢……

Merry Christmas !!

之後一個叫海賊王的傢伙Call in進去。

「小愛死了。」他說。

「誰？」主持人猶豫著該選擇怎樣進退合宜哀矜勿喜的感性嗓腔，對應這些孤寂之夜打電話進來的城市邊緣人、瘋子、或潛在自殺客。

「小愛。飯島愛。她死了。你沒看到新聞嗎？」抽著鼻子的哭腔。「死在自己的屋裡，好幾天了，警方破門而入時，屍體有些部位已經腐爛了。」

「等等，你說的是那個AV女神飯島愛？」

「不然還有誰？這個永恆的名字只屬於她。據說可能是自殺，也有謠傳是死於愛滋。她幾年前退隱理由是為腎疾所苦，似乎有藥物癮症。總之是一個人孤零零的死在自家公寓。也有說是被日本黑道控制勒索，受不了而崩潰了的……」

沒有比這個不幸的消息更適合這冰冷的平安夜啊。

接下來Call in進來的電話塞爆了電台專線。四、五十歲的歐吉桑全哽咽著悼亡他們像棄嬰被抽水馬桶沖掉的蒼白青春欲念。有一位名嘴說：「我們這一整代男人的童貞全毀在她手上啊。」小愛，光華商場燈影黯昧、一種潮腥味的舊書堆中，被透明膠膜包起的異國少女胴體。沉重的拉長的書包和高中大盤帽。逃家的火車上。一個老爸在碧潭橋頭賣甜不辣的哥們，大夥全鼓著褲檔窩在他爸臥室電視前，喉頭發乾看著那麼甜美可愛的丁字褲小愛被一群胖大光頭醜陋中年男人輪暴……

有一天你也變成畫面裡那樣垂腆著油腹的中年人了。那個年代的公車票亭，月台阿婆，晶亮透明七彩膠殼的千輝打火機，上頭全黏著一張印刷極差、妖精般世界各國佳麗的裸照。十個千輝打火機總會遇上一個飯島愛。失去童貞的同一時期你也學會了吸菸，不，吸菸時刻男性搖打菸、點火、罵粗口的安愜與溫暖。

轉動廉價的打火石，火光爆起，有一次幫一個正妹點菸，她捂著臉痛罵：操你媽的某某某！你把我的睫毛全燒焦了你知不知道。火光熄滅，巧笑倩兮的飯島愛黏在沒有酒精的空塑膠殼賴打扔進公共廁所的便紙簍。火光滅去。那個年代的女孩不知道她們集體的公敵便是像蟲蟲窩藏在她們男人腦額葉裡各種色情可能的那個燦爛笑著的小愛。

多像賣火柴的小女孩啊。平安夜的故事。火柴棒變成了千輝打火機。小女孩成了時光迢迢，我們各自艱難長大後便將之遺忘，那個死後鬼影幢幢八卦流言不斷，什麼來台灣算命早被預言難逃一死，什麼頭上出現「鬼剃頭」的驚惶孤獨，不再那麼令人興起欲念的時光紀念物。

你記得很多年前的某一個耶誕夜，你和初戀女友到南部小城一間小旅館借宿，你記得你們那房間是那破敗建築物走廊夾角的多餘隔間，非常小，一晚只要六百元，但貼著地鋪的牆窗整夜不斷有隙風灌進，你和女友相擁躲在霉潮幾乎可擰出水的阿婆碎花大棉被裡瑟縮發抖。你不記得那個晚上你們做愛了沒。但非常奇異的是，在這間俗麗髒污的小旅館最便宜角落這個房間，居然放了一棵頂住天花板的高大耶誕樹，仔細想想那間房或被當作貯藏室吧？床鋪櫥櫃都有一厚積灰塵的印象。那耶誕樹不成比例占了這晦黯房間極大的位置。閃光燈泡一插電亮起，那滿室光華簡直讓你倆像馬廄裡的聖母瑪麗亞和約瑟。

那似乎是那個寒滲年代才會偶遇的奇蹟和恩寵。和女孩分手之後便失去音信。那真是非常貧窮的年代啊，聽說女孩後來嫁給一個海關的科長還是什麼主管之類，幾年前卻病死了。你找不到當時共同認識的朋友，以追問到底怎麼回事？好好一個人不到四十歲怎麼死了？是什麼病？竟然真的像一張發黃舊照片就翻拍不出那被時光剝奪去的流動的真實人之立體感。

你壓抑自己也想Call in進那電台的渴望，想告訴那主持人：「許多年前，我也就沒再過耶誕夜了。」

雷鳥神機隊

那些事物裡總有一些奇異的放縱與陰暗，像那些未經世事的小夥子在燠熱不眠的夜晚，錯誤地耽溺幻想那些濕淋淋晾在隔鄰公寓陽台，那些胖大胸罩內部支撐起讓他們臉紅心跳的圓弧的鋼絲。

有一次我在一部很多年後重拍的《雷鳥神機隊》裡看到這樣驚豔的一幕：這群雷鳥神機隊員們（大部分是一群少年）被壞蛋關在一個冷凍貨櫃裡，其中一位美麗性感的潘妮洛普小姐或夏綠蒂之類其他名字的小姐，她的保鑣兼司機兼僕人是個無所不能的脫逃專家，他告訴她：「現在只要有一根鋼絲，我就可以把這道低能兒設計的鎖撬開。」那鎖看起來像一具高科技的電子儀器，但困在冰庫裡的這些人（逐漸失溫衰竭）面面相覷，無人能在此刻提供這樣一個可能當保鑣之前的職業是黑夜宵小的最基礎開鎖工具。這時，那黏著假睫毛波浪捲金髮看起來就像是英國某個政客或財閥的情婦的潘妮洛普小姐，像男人們每次勞師動眾搞出巨大排場只為哄她褪去羅衫那樣的表情，慵懶無奈地說：「好吧。」她把手伸進自己絲綢小禮服的襟口裡，搞弄了半天，像變魔術般從自己肌膚似雪並永遠可以讓最裝模作樣、最道學的紳士神魂顛倒的隆起，遮掩同是顯露逗引的奇妙光與影之縐藏處，抽出了一根亮晃晃的細鋼絲。所有的雷鳥神機隊員們全歡聲雷動，而她恭謹惶恐的僕人也確實用這根鋼絲開了那道冰庫的鎖。

我想說的便是那根從蕾絲、綿墊，有收束功能之鬆緊帶布料間戮刺彈出的小小鋼絲。它熠熠發光，像小提琴弓弦錚錚作響，從它本來在機器複製年代大批一模一樣但又被賦予、浸染上億個完全不同的色情之夢的弧形裡彈跳出來。女人的那張忍耐、寬諒、上道，甚至有些調皮相信自己這個色情性感的小動作之後，會從那玉體橫陳層層累聚（不知最早是什麼人發明這玩意）的剝胸罩色情芭蕾舞劇的大史詩（想想亙古時空裡上億個女人用同樣的姿勢，手臂上舉再拗折向頸後，形成一垂死天鵝將翅翼張開的美麗停格，那短短一秒間她們臉部的表情總像在恍惚夢遊），脫格抽出一根解救人類災難的神祕鬚刺。

我告訴我女兒這個故事：有一家我常去讀書寫稿的咖啡屋，它座落在我們這座城市咖啡屋、酒館、二手書店最密集，故而也是最多文藝青年、詩人、籌不到資金拍片但腦袋中總有三、四十部「如果拍出來絕對改寫華人電影史」之劇本大綱的窮導演、遊手好閒者……出沒的那條巷街。這個咖啡屋老闆娘養了一隻北京狗，老實說我不很喜歡這隻畜生。當然主要是某幾個下午牠被從拴著牠的防火巷解開鍊鎖放風時，像個有著一位美麗母親的低能胖男孩，神氣活現在沿街的戶外咖啡座那些原本安靜看書或盯著筆電螢幕工作的客人腳下亂竄，而各桌的客人（奇怪都是一些單身男性）或基於對牠主人美色的垂涎，全低下腰極盡討好能事地愛撫牠、哄誘牠、拍牠馬屁。當這醜陋的小東西在牠所造成的這陣騷動（一陣錯落輪唱的呢喃：「哎，可愛的小東西。」「壞傢伙，看我打你一個屁股。」「真是聰明！」）以及所有人全在和牠那倚在門口一臉沉醉，笑得花枝亂顫的美麗女主人隔空調情的時刻，我也隨眾人伸出手撈了牠快速彈躍的毛身軀一把，誰想這畜生立即朝著我翻出上牙齦，一陣狂吠，將我從那歡樂淫蕩的群體中孤立出來。我總是維持臉上的微笑，對著那女主人並不認真（她似乎把這突兀的咆哮，我驚嚇而僵停在空中的手，以及其他桌男客的訕笑，當作這齣滑稽街頭演劇的一部分）的道歉。

在某一個寒流來襲的午後，我發現竟只有我一個客人獨自坐在那咖啡屋臨街的露天陽台上，還有那隻狗。我不確定是哪一項令牠看來失魂落魄，是牠美麗的女主人今天不在店內？還是牠全身的長毛剛被推平，整個背脊露出古怪的粉紅色，而且發出一種連我這樣人鼻子都聞見的明礬嗆味？張牙舞爪的狗臉換成了哀愁的神氣。牠低聲嗚咽著，可憐兮兮趴伏在我腳邊，有意無意用臀腰擦碰我的腳。女兒，我說，以下是我要說的重點，在我們的天性裡，有一種極幽冥可悲但如果換一個時代它可能變成神龕上長明燈微弱晃照的聖徒之臉。我們總想討好取悅那些不喜歡我們的傢伙，我們不惜交出自己，讓尊嚴被蹂躪，把正常人不可能承受的強暴和屈辱視為某種試鍊。就像那些用來描述愛上綁匪的可憐小孩的所謂「斯德哥爾摩症候群」。在那個寒冷午後的咖啡屋陽台，只有我和那隻落單的笨狗。但我卻被「牠正和我言歸於好」這個枯葉般的念頭所感動，我垂下手臂幫牠摳癢，搔抓牠的頸脖和耳後。牠自然舒服地翻仰肚子瞇眼一臉陶醉，過一會牠跑去叼了一根玩具骨頭（事實上那是像拔河或碼頭繫纜的粗麻繩的短短一截打了個結的一坨物事）跑來引逗我，要我陪牠玩搶奪的遊戲（自然是我用手，牠用嘴）。這像好萊塢電影裡，那些繼父們討好那些一臉青春痘的叛逆繼子們，陪他們玩百無聊賴的棒球丟接遊戲的戲碼，在這個明淨爽颯的初冬午後，確實讓我昏睏地感受到一種極接近「愛」的寂寞情緒。但我很快便把注意集中到我眼前的那本書，我很難言明接下來描述狀態中我的反應：事實上是我太專注在那本書上了。在一種半夢半醒的混沌時刻，我突然發現那隻畜生用前爪抱著我的小腿，拱腰直立作出交配的抖動。當時我應一腳把牠踢飛出去。但在那一瞬間我選擇了不給牠難堪，我害怕之前我和牠之間好不容易建立的那種暖烘烘的信任和私密關係被尖銳地打斷。於是我繼續沉浸在我的書，任由這畜生一顫一顫從我的小腿搖晃我整個身子。

不幸的時刻終於降臨，我聽到有人喊我的名字。這個故事最悲哀的部分便是那個畫面：我和那隻蠢狗同時抬頭，同時一臉迷惑與心虛，像一對偷情的男女。關於《雷鳥神機隊》，維基百科上的簡介是這樣的：「《雷鳥神機隊》（原題：Thunderbirds），為傑瑞·安德森的AP Films製作，ITC Entertainment發行，於英國Associated Television在一九六五年九月三十日至一九六六年十二月二十五日所播出的科幻人偶影集，全二季，共三十二集。台灣地區於一九六七年（民國五十六年）八月六日至一九六八年（民國五十七年）十月二十日間，於每週日下午五點三十分至六點時段在台視以《神機雷鳥號》之名首播，後來中視在一九七二年（民國六十一年）十二月九日至一九七三年（民國六十二年）三月四日，於每週一至五、日下午五點三十分至六點時段重映時，易名為《雷鳥神機隊》……」

所以，我記憶中那一群外國木偶人駕著各式先進飛行具奔馳世界各地，忙活著救難的光霧世界，是民國六十一年我五歲時重播的短暫四個月。我清楚記得那片頭曲的旋律，它被印記在我最初始最內裡的記憶房間，比貝多芬的〈命運交響曲〉或頑皮豹旋律還深刻。我不記得那些木偶的角色和名字了，但我記得很長一段童年時光，我和哥哥、姊姊在我爸媽臥室的大床上，以棉被代替海洋，以竹蓆代表陸地，以枕頭代表山陵，以五斗櫃上堆滿藥品、家庭醫學百科或讀者文摘的空間充當浩瀚銀河，以大床下的藍白棋盤塑膠地板充當深海下或地心的世界。我們克難地用一支父親批改學生作文的紅鉛字筆充當高速飛機雷鳥一號，一只胖大的嬌生寶寶痱子粉空罐充當運輸機雷鳥二號，一具由不同顏色塑膠短柱組合起來「丟圈圈」遊戲的玩具柱塔充當火箭雷鳥三號，四號最像，它本就是一台像海底小潛艇的火柴盒小汽車（只是原本為F1賽車的四個小輪早掉了），我們把它掛在充當二號的痱子罐下，投擲進棉被大海，還會裝出「咕咚」水柱聲和重物下沉的聲納，還有引擎在水中啟動的聲響。至於太空站的雷鳥五號，我們是用一架那年代特有的金屬計算機充當（那年代還沒電子計算機，它其實是給小孩學習初級算術的玩具，形狀似一微型鋼琴，一旁有個金屬拉霸小柄，一摁下去，機面後面的滾輪便亂轉跑出一組數字相乘的答案。但我記得那鐵皮玩具已經壞了，鐵皮生鏽並某些邊側會翻起銳角，不慎便在我們手上割一道鮮血淋漓的深口子）。

關電視

J跟我說過一個悲傷的故事，年輕時他有幾年過著淫亂荒唐的日子，在穿花撥霧，後來還真記不真確那些女孩們的名字、身世，甚至臉貌的記憶裡，其中有一個女孩，她的身體非常清純（對不起我也不是很理解J這樣的描述，有「不清純的」女孩兒的身體嗎？），貪歡的剎那時光非常害羞、文靜，但等他們辦完事，對坐在旅館房間吸菸哈啦時，女孩會變一個非常江湖滄桑的嗓音，像廟埕前坐小竹板凳上的阿伯那樣，譁啦譁啦跟他說著那些「卡陰」、「走陰差」、「到下面和好兄弟喬事情」、「奇門遁甲」……種種讓他眼花撩亂卻又說不出陰鬱的非人世間的事。

J說他記不真切了，好像女孩的父親是個道士，她算是繼承家族事業，從小被教養了和其他人完全不同的和妖魔神鬼打交道的專門技藝。J是個不愛說話的人，所以那段日子總是J抽著菸聽她像說自己的親戚玩伴或寵物那樣吐出一團團鮮豔魔幻的神明的名字。後來當然是切了（像其他那些不同的女孩一樣），像所有這些浪蕩子感傷炫耀當年豔史的老梗，J後來跟一個並不特別（沒有怪身世，沒有刺青或肚臍環，手腕上沒有一道或幾道長長的深疤）的女孩結婚，收心變成一個勤奮的上班族，生了一個男孩。並且無可挑剔地和妻子娘家維持極好的關係。年輕時荒唐總總，偶爾想起，已如夢裡尋夢。

孩子六歲時，發了場高燒，連燒了一個禮拜，燒到四十幾度，喝退燒糖漿用冰枕都退不下，到醫院也看不出個所以然，到後來小孩囈譫中他覺得怎麼變成鬥雞眼了，岳母聽人介紹，硬要他們抱著孩子到一間舊公寓民宅裡的神壇「處理」，說必定是「卡到陰」了。

那間神壇像地下賭場一樣遮窗遮的黑魅陰暗，空氣中充滿燭油和檀香的嗆味，神龕上擠滿金光閃閃錦衣繡袍布袋戲般的各路神偶。一隻眼白內障的老道士對著孩子嘰哩咕嚕像跟另一種其他人看不見的生靈談話。然後跟他們解釋這孩子是因他們幾代前的某一位祖先姓了兩個姓，但牌位沒處理好，兩邊的祖先在「下面」吵起來了。

J說，他突然和那老道士用「他們的」專業話語討論起來，不對啊，這部分應該如何如何……像兩個頂尖外科醫生用最艱澀的醫學術語爭辯著病例的判定，老道士後來急的臉紅脖子粗，恐嚇說如果不按他這法門會如何如何，他卻能無比清晰舉證那譜系繁雜搬神弄鬼和陰差打交道的行情和規矩……

走出神壇後，他妻子和岳母皆用一種陌生的眼神看著他，「你怎麼會懂這些？」

J說，那時他內心其實被巨大的懷念充滿，許多年前，原本有一個塞滿怪異知識的「對這個世界描述」的影影幢幢，生香活色的「大故事」，被他封印了，從生命裡切除了。但其實那個世界裡的神明、鬼魂、陰間衙役……從沒關機地在祂們界面那端的天地裡忙活著呢……

另一個故事是關於X君，他是我住陽明山時的隔壁室友。那年暑假正值一九九四年世界盃足球賽，每晚我都和另一學弟蹭在X君三、四坪大的學生宿舍裡看電視轉播。三人沉默吸著菸，等那冗長時光極難得的進球。時日久遠，記憶模糊，只記得那年奪冠的巴西隊射手「孤狼」羅馬尼歐進球時，和另兩個隊友（我只記得另一位叫貝貝托），一起跪在草坪上作搖嬰兒的動作，他們三個都是小個子，臉部表情既滑稽又甜蜜（好像是羅馬尼歐的老婆恰好剛生了個孩子）。

再就是留小馬尾的巴吉歐在至關生死的PK大戰領銜射第一球，那顆球竟成沖天大炮朝距球門極遠的上空飛去，巴吉歐那張讓全球球迷心碎的臉。但很可能我的記憶根本是很多年後，那支把他的故事好萊塢化的廣告。四年一輪的世界盃，像時間之神神祕的刻痕，把你和更年輕一代的新激凸球迷區隔開來。「我看過馬拉杜納『上帝之手』的那場比賽。」「對不起那年我剛出生。」那像史詩像希臘悲劇英雄淚滿襟或神聖之光垂灑的激情時刻，在我們愈見糊塗混亂的腦袋裡，都變成一台黑白默片時的放映機，快轉，每四年喀嗒一響，暫時停格在那幾張經典濛霧的特寫，然後繼續快轉……

我記得那次世界盃結束之後，X君去買了一顆足球（而且是FIFA指定用球），和一雙火焰紅黃間錯的足球靴。我們三個到文大操場踢了一陣。但實在完全沒有任何根基，連最無聊的三角踢接都得氣喘吁吁一直跑老遠去揀球，後來就不了了之。那幾年我陷入一場艱困的苦戀，不覺對身邊這些廢材哥們失去關注。

一九九八年世界盃（就是本來該是羅納度演出神跡，最後卻讓席丹成為主角的那屆）結束後我便搬離陽明山。結婚，連生兩個孩子，父親過世，為未來彷徨迷惑……○二年又一屆世界盃，○

六年又一屆世界盃，你有會搞混了電視裡那碧草如茵的球場上跑來跑去的小人兒，是否是不會老去的同一組人，在滾動我們每四年老一次的激情和對生命的哀憫畏懼。

這之間輾轉聽朋友說X君真的找了十來個人組了一支業餘足球隊，每個星期天都嚴格到濱江河濱公園練踢，還和別的球隊比賽。我總是在一種遙遠的情感下忍不住詫笑：X君不是也四十歲了嗎？台灣有足球運動嗎？並不是你用遙控器按鍵把那些華麗畫面從屏幕小光點叫出，你就可以變成李小龍、麥可傑克森、蜘蛛人或變形金剛吧……

前陣子X君突然聯絡上我，說來可怕，三屆世界盃也就是哥們十二年沒見面了。我們約在師大路一家PUB喝酒。我剛跟他對坐的前一小時，心裡想這傢伙是信教了還是中了樂透？整個人籠罩在一種神祕、明淨的光輝裡。他告訴我這十幾年來他的遭遇，那簡直不是人能忍受的（這是另一個故事了，因為實在在曲折離奇，此處不細說），他結了婚，後來遇上一個馬子，就做了對不起老婆的事，之後也離了婚，但那馬子在短短三年把他全部的積蓄敗光。人就消失了。現在他變成了個毒蟲……

（什麼？我說，是說你現在在吸毒？）

是的，X君說。事實上，他在跟我碰面的前兩天，才發生了件奇妙的經驗。那晚他嘗試一種叫「喵喵」的新玩意——這是英國流行起來，原來是用作花肥料的一種非典型毒品。在英國據說有十幾起吸食「喵喵」後暴斃的案例。有一個大學生在迷幻狂亂中扯破自己的卵蛋而死——他說他那晚用了「喵喵」後，整個人突然被一種慈悲的情感充滿，幾個人像浸在藍光晃盪的湖泊裡，他似乎可以看見人類的進化史，不，宇宙物種的起源：雷電、暴雨、沙漠、單細胞生物的運動……那就是神眼中看到的「時間」，太美了，他想把自己從那繁花簇放，閃爍燦亮的世界中叫回來，回來本來的這個世界。但發現無論如何都叫不回來。

那時他開始慌了，像是被鎖在一棟夜間已被設定保全，所有通道都關閉的百貨公司裡。他突然領悟他可能會和那些暴斃的人一樣，因為僭越，看到了人類本來不配看到的太美的神蹟，所以代價就是被永遠禁錮在這個潛水鐘般的神祕時刻裡。他用力摑自己巴掌，設定鬧鐘讓它鈴聲大響，用頭去撞牆……都沒有用。這時他突然看到（原來就開著的）電視螢幕裡有一個男人在哭著，他哭的那麼傷心，像就站在他臉前，像無比瞭解體會這些年發生在他身上那些悲慘的遭遇。他想：這一定是天使，伸出手去拭他臉頰的淚，想說：別哭了，好吧我會讓自個好好的……然後就像爛醉那樣昏睡過去。

第二天起來，在早餐店看報紙，大大的整版照片。昨夜為他哭的那個男人原來叫鄭大世。那時是在南非足球場上，北韓隊正要迎戰巴西隊之前播放國歌的一刻。

剝皮妹

關於剝皮妹，J君說他有一次幾乎，極貼近，就差那麼一點兒，可能就遭到剝皮（J君一臉浩劫餘生的表情，我們也幫腔直呼：「好險好險！」）。我們不是常收到那些簡訊，J君說，嗳，我叫蘋果，就讀大學中文系，我很寂寞，雖然有著34D的胸部，男友還是劈腿，我決定報復他出來玩一下。如果你也是個寂寞的人，請CALL 09××××××××……

「你看新聞上那些人被騙光百萬積蓄，什麼竹科工程師，資深高中老師，銀行襄理，都覺得他們是傻瓜。可他媽人在快被那像冰封湖泊的寂寞浸泡，那灰撲撲煤渣塞得滿鼻子滿眼的虛無弄到快發瘋的時候，奇怪這些拙劣至極的挑逗簡訊，在你的手機屏幕，一個字一個字熠熠發光，讓你覺得有人在跟你說話，擠眉弄眼，她也懂得用『寂寞』這個詞，那兒似乎有個水槽漏水孔可以讓你滿滿悶著的死什嘩啦啦旋轉？傾斜到另一個界面去……」

J說那天的狀況是這樣的：他在一種恍神的，像十八世紀那些法國宮廷貴婦閱讀羅曼史小說的躁煩和迷亂中，回了那些旖旎簡訊其中的一個號碼，他思索了非常久才打下一個合宜的短句（我聽J這麼說，非常感傷，J是和我同一世代，典型的閉俗男，在網路和手機簡訊發明之前的年代，即苦於缺乏天賦，從高中男校和女校的跨校聯誼，大學時瞎起鬨參加了傳說中「馬子釣蝦場」的嚕啦啦慈安社熱舞社這些社團，到筆友，後來出社會跟我們這些老哥們混酒館，在辦公室學那些年輕人要MSN，加入噗浪……卻始終不知那些如魚得水的種馬們是怎麼和女孩兒搭訕）。對方很快回了個簡訊，但非常謹慎，給了一個e-mail帳號（這在這個世代簡直近乎矜持而古典），J按著那信箱去留言Say Hello，對方也回了信。雙方在一種乾粑粑生澀的氣氛中一來一往通了幾封信。

J說後來他回想這整件事，發現他甚至懷念那段短短的通信時光，他不知道對方是個什麼樣個性的人（她有寄給他一個網址，上頭貼了幾張年輕大眼妹嘟嘴裝可愛的自拍照），來信的簡短、謹慎、多疑，和最開始那通熱辣辣的簡訊像不同一個人寫的。他猜她是處女座的。

我們問J，在開始那幾封信裡他聊些什麼？J說：「就那些老梗吧。」跟對方解釋自己是第一次來玩這個（「哪個？」「就是援嘛。」），問對方的星座；貼一段我們這些人渣朋友寄給他的網路屁笑話……「當然也有確定何時可以碰面？要約在什麼地點。」至於女孩的回信，後來他看了媒體關於「剝皮妹」集團化分工作業的手法，才恍然大悟，那些回信，原來可能是（人在對岸）輪點值班的不同工讀生們的各自即興創作。莫怪當時他確有一絲狐疑，這馬子莫非是像「二十四個比利」那樣的多重人格者：有時有點在尷尬邊緣的文藝腔，有時清純而木訥，有時放浪而漫不經心地調情，有時錯字連篇像國語月考不及格的小學生……他問她價錢，她第一封信激動地告訴他對不起他弄錯了，她不是賣身，是填補寂寞茫茫人海找尋一個可以倚靠的肩膀；第二封信卻粗俗地寫葛格我是第一次援一萬塊可以嗎；第三封信卻質問他是否網路警察釣魚辦案……J回信說我還懷疑妳是詐騙集團咧；對方像受驚的鯨魚沉入海中，兩天沒有回音（J說，這時他開始後悔，我們嘆息：「真的好像在談戀愛那麼的迂迴喔。」）再出現時，女孩留了一段話：「Doctor House（怪醫豪斯）從不相信病人，只相信病歷，因為他相信人性的本質就是說謊。」

J說：「這打到我了。」他去信道歉，向對方要電話（後來是他給了她自己的手機號碼），他告訴她他已過中年，孤獨、多疑，而且疲憊，他建議他們應當「在實體世界見一面」（那時大家剛看過《阿凡達》），也許他們會一見如故。

後來的一切就是反高潮了，他們通了電話，那頭傳來的聲音怎麼樣都和網路相簿上的萌妹連結不到一塊兒，怎麼說呢？就像……那些停車場收費箱旁跟你討價還價的阿姨，他問：「這是妳本人嗎？」她咯咯笑說：「你和你的信一樣害羞喔。」這又像是她了。他們約定第二天下午幾點在中山北路國賓飯店對面的富邦銀行門口碰頭。他問：「為什麼要約那？」她（J嘆氣說我們年輕時也遇過那種相貌清純的美女很不幸有一副烏鴉嗓子）說：「我跟朋友約了在那附近巷子的網咖打電動啦……」

我們的朋友J君，不嫖妓，不跟長官和同事上酒店，很長的時光在教會教那些中途之家的輟學男孩女孩彈吉他唱英文老歌。我們甚至懷疑他至今是處男。那天他單刀赴會，提早半小時搭計程車到約定的銀行門口，站在那些黑白電影般進進出出自動門的上班族人群旁吸了幾根菸，看著眼前青翠的行道樹和河流般反光的車潮。他突然發現自己正站在三台提款機的前方。那個空間恰好在一個環場空曠的中心點，如好萊塢諜報電影任何一個監視他的人，都可以隱藏在周邊的建築？騎樓？馬路對面，甚至看似經過的一輛車上……他心中一陣恐慌，急急閃進一旁的騎樓，躲在一間日式燒肉店前的樑柱後方，換成他（像狙擊手）遠遠窺視著那個「熱區」。

約十分鐘後女孩的電話來了，問他為什麼還沒到？（但從他這個位置看去，提款機前根本沒有一個「講手機的年輕女孩」站在那兒）然後女孩又說為了怕他是條子，請他報身分證字號確定一下，他幾乎順口就說出自己真的號碼，卻在最後一個數字煞車將它漏掉。J說：「所以你們千萬別笑新聞上被剝皮妹洗乾積蓄的傢伙是白癡，那種時刻近乎中魔，我們（這種寂寞之人）本能地希望討人喜歡，證明自己是清白，不希望站在道德的反面……那電光火石的一瞬，你失去判斷能力，等意識著了道了，已經來不及了……」

我們替J君捏把冷汗。還好他及時切斷電話，急忙攔住一輛計程車逃離現場，不一會手機又響，這次是個男子，劈哩啪啦傾倒過來一陣三字經，罵他是奧客，白玩查某的婊子，說他們那有他的網路帳號、手機和身分證字號（還好這個是假的），他們會找到他讓他好看……J說那時他不顧前方駕駛座的運匠，像把對這整座冷漠城市的憤怒用一枚炸彈引爆，他破口回操最髒的粗口，告訴他他認識中山區刑事組的高層，他請他儘量去查看他是什麼角色，他會抄到他們痛不欲生……

那時我們都離座起身去擁抱J君。C拍拍他的頭說：「可憐的J，看你遇到了什麼可怕的事。」但我發現J的眼神清亮，他說：

「不，那樣罵完之後，我覺得自己變了一個人，內心無比舒暢，好像有什麼靈魂裡灰稠的髒東西，一次性地排掉了。」

丟棄難

最近在新聞看到日本頻頻傳出百歲以上人瑞失蹤事件，譬如一百一十一歲的加藤老先生早就在三十年前死亡，家屬為了領養老金，讓已經變木乃伊的乾屍假裝成活人。東京最長壽的女性人瑞，一百一十三歲的古屋布佐，也早已人間蒸發五十年，領了數千萬日幣的年金。她七十九歲的女兒說母親早搬去跟弟弟住，但不知道弟弟住在哪裡。

C說：「真可怕。在一座城市裡，要藏匿一具屍體，假裝它是活著，那有多難啊！」

有一部爛韓片《全民公敵》看得我淚眼婆娑，男主角是個廢材刑警，他哥們捲入警察黑幫掛鉤風暴吞槍自盡，留下一塊海洛因磚。這廢物把那價值千萬的毒中鑽石藏在他老媽醃醬菜的噁心醬缸裡（他老媽是個醃製醬菜狂）。不知怎麼這一段他每天膽戰心驚去掀一下臭氣薰天醬缸蓋子看看老友的遺物還安在否的橋段，特讓我著迷。

我們常說單一個體的記憶，比起一座城市的記憶，就像一滴水消失在大海中。但城市有時又年輕無情的無法消化時間過於悠長的單一個體（譬如時間超過百歲以上的老人）。我們看太多

CSI、《六呎風雲》《豪斯醫生》了。很多時候我們其實活在一種，「不知怎麼把那些有時光重量的東西處理掉」的焦慮裡：初戀情人整箱的情書、信物（媽啊那時是怎麼想的，簡直像鑑證科人員收集她的頭髮、指甲屑、用過的牙刷……還有，普普熊少女內褲）；那些忠心耿耿陪伴我們生命重要時光的死去的狗兒，曾經你痛不欲生把牠們的骨灰罐埋在自家小花園的櫻桃樹叢，但後來你終於搬離那房子且賣給無關之人，再幾年那爛房子終會被鏟平或水泥灌漿；最要好的哥兒們把一疊曠世巨作的小說孤稿交給你，叮囑你有一天他死了，請像卡夫卡或張愛玲的遺稿一把火把它們燒了（當然你懂他相反的托孤心意）。結果哥兒們還活得好好的，你卻媽的把他那疊「全世界只有這一份」的小說稿弄丟了，翻箱倒櫃也找不到……

一個前輩作家在一次抽菸閒聊間，告訴我一幅奇異的畫面。他說，這些年下來，跑香港、上海、北京，各個演講、研討會、會後的飯局，每每待你獨自一人回到飯店房間，會發現手上提著整大袋小袋各種作家塞給你的書，而你的床上、書桌、地板、行李箱旁，則一落一落堆著這些天同樣那些雙眼熱切嘴角抿著分不清是驕傲或謙遜弧線的作家們的書。「請指正。」扉頁題著每一個孤寂創作者瓶中信般的贈語「請讀它，它不只是一本書，裡頭是一個獨立的靈魂的記載。」但你不可能將這些逆旅中魔術蕈菇般瘋狂長出的小說、散文、詩集、自傳、遊記隨筆、論文集……全塞進你那容積只有那些書十分之一的行李箱，讓它們載上飛機。

於是只有丟棄。

這其實是個悲傷的畫面。就在那座城市，一個異地人來了，於是這些肯定滯銷（很多是自費出版）的，不知來自大街小巷的彼此無關的書，像被強力磁鐵吸附的螺釘、小鐵片、迴紋針、釘帽……嘩啦啦全擠湊到這旅館房間。然後它們會被集體丟棄。連城都出不了。它們各自的主人，肯定盼想著它們像展翼的白鳥，離開形成它們的這座平凡庸瑣的城市。

像不像赫拉巴爾的《過於喧囂的孤獨》？

於是「怎麼丟」成了一個學問。

一塊吸菸的另一位前輩說：「不就把每一本簽名頁都撕了，就留在旅館房間，check out後等打掃的把它們清了。」

不行的，一開始聊起這話題的前輩說，所有的東西最後都會像澳洲土著的迴力鏢，你用力把它甩出去，它遠遠飛到天際，最後還會回來K到你的頭。我們現代旅館業的服務熱忱，會把你撕去簽名的那些書們，找到它們的作者，附上你的房間號碼、姓名、聯絡方式，寄回給他們。常常你住的旅館房間是主辦單位招待的，你丟棄最大宗的書本垃圾往往是這些主辦單位贈送，又硬又厚的精裝紀念文集。這些旅館服務員和櫃檯經理絕對會按房號通知主辦單位，哪些人忘恩負義扔了他們的書，拍拍屁股就走了……

於是我的前輩，平日看來大而化之的一個人，竟為了此事像《神鬼認證》的國際間諜一般神經質而專業（把犯罪現場留下的指紋、毛髮，可能的細微物證悉數抹去），他會在check out前半小時，鬼鬼祟祟大包小包提著那些書，搭電梯到別的樓層，穿過那些住客離開、房門大開，服務員拉著吸塵器電線在轟隆轟隆清掃其中某個房間的甬道。那些房間通常白色的被褥零亂，浴巾、酒瓶、購物袋滿地狼籍，充滿旅人隔宿離開的空虛氣味。你可以挑其中一個離正在工作的服務大姊最遠的房間，把那些書全倒在裡頭。

有一次，他說，住在天津一棟炮校所屬的旅館，那次的活動，媽的整棟旅館都包下來了。真的很棘手。於是這前輩，為了甩離那些彷彿懷才不遇的作家們的怨念衛星定位，他特地上網用Google earth查出寄宿飯店所在街道附近，可有另一間旅館？找到後，提著那些至少百本書，下樓搭的士，到那根本無關的另一間小旅館，上樓，穿過大姊們在某一房間裡頭刷洗浴室馬桶換床單換盥洗小瓶的甬道，把書嘩嘩倒進其中一個房間。

「媽啊，做到這樣的地步？」我驚異極了：「難怪我每回去這類場合，無論多麼辛苦，再重也一定扛上飛機，超重不知罰了多少錢。但為何每次第二年再回去開會演講什麼的，總疑惑人緣為何變得特別差？原來就是您這樣的人，把那些書扔進我已離開，正打掃的房間。」

怪醫豪斯

最近我們這群朋友迷上了《怪醫豪斯》（*Doctor House*）。ㄏ說豪斯是她近一個多月來性幻想的對象。

豪斯，他有一張犬儒的臉，一雙澄澈如孩子執拗無辜的藍眼珠，個子極高，跛腳（這個缺陷設計讓人懷疑製作小組是否讀過我小時候風行一時的日本漫畫《怪醫秦博士》）。尖酸刻薄，在高難度怪異疾病的醫學診斷時，可以快速切換頻道跳躍在對人世的譏嘲、惡童般的鬼臉。

他和另一個醫生威爾森（腫瘤科專家）之間老狗般，互相在一高智力（據說這兩個人物原型是按照福爾摩斯和華生設計的），諒解對方的怪癖、難堪，或不合世俗的交情。他的院長卡蒂是個身材超辣，有老祖母溫暖、正直靈魂的理想女上司。他們愛這個天才（而他確如所有這類天才的特質，暴烈、任性、孤癖、敏感，有情感表達障礙），總是拿他跳躍性思考，幾乎將病人推入死境的恐怖分子式暴力治療策略沒輒。既要扮演剎車閥，其實讚嘆其天才並在豪斯幾次與體制正面衝突時，保護他不被人世裡卡夫卡城堡式的庸蠢權力者滅掉。

豪斯有藥癮，因為他那隻扭曲壞毀的腿時不時以劇痛取消他裝在軀殼腦袋裡的「瀆神的高智力」。他的招牌動作是隨時手抓一罐止痛藥，像年輕人拋口香糖入口那樣當零食嚼。

Y君在一所私立大學專任，看豪斯特別感慨一個封閉體制內的愚蠢和人性的黑暗，二十年來看遍系上人事鬥爭，結黨結派、寄黑函、攏絡學生如養小鬼、男老師上女學生，或系辦公室一群親愛甜蜜的女老師們永遠輪值說那個恰好不在場的她們姊妹掛之一的不堪八卦……

「我們這個年代，我們這個國家，在各領域都不可能存在像豪斯這樣的人，你敢以自己的專業和天才為賭注，把體制視若無物玩得不亦樂乎？『流氓』？不鳥程序，羞辱訕笑系統運轉中所有人的偽善或權力老大哥的傻B而不萬箭穿心？」

我想Y太入戲了。「不可能，豪斯是我們這個時代離現實最遠的虛構。他媽的這根本是羅曼史。」

我們受到影響。譬如我的憂鬱症：「這可能是狼瘡造成的腦部受損。」「甲狀腺腫大？」「會不會是神經性梅毒？」像豪斯和他那三個天才年輕手下像休士頓太空總署的核心會議討論那近在咫尺但和遙遠光年外一顆星的爆炸毀滅一樣艱難的病例可能（傅爾曼是個典型哈林區長大的黑人腦神經專家；蔡斯是捷克裔移民而自私冷漠的俊男；卡麥隆是這類型戲人物設定不可少的，對豪斯充滿戀父情結的金髮美女感染科專家）。我們會如此：老花眼看書上小字時一片模糊，「複視現象，容易昏睡……可能是非洲昏睡症……」C纏困一年的莫名全身疼痛，「會不會是貴金屬中毒？」她是看了醫生，判定是類風濕關節炎混合某些焦慮症，「但有沒有可能是超級細菌感染？」

當然都是胡鬧。但這些原本中東貴婦般變成罩頭巾面容不示人的醫學知識，變成像網路上讓你選ＡＢＣ，三十題後判定你是哪種人格類型的考題遊戲。人體成為一個有許多房間、走廊、植栽、密室、管線、結構圖的豪宅，不明的疾病像在裡頭各死角藏匿竄躲的恐怖分子，醫生們像偵探透過發生在這人體內的凶殺案（真像ＣＳＩ犯罪現場）逆推、重描一個「身體和疾病間慘烈激鬥」的故事：驚嚇而發狂殺自己器官的免疫系統；衰竭的腎臟、肝臟；腦部的血栓或毒品造成的神經損壞；敗血症……

我喜歡ＰＫ大戰，在世足賽時，那讓英雄頹跪草地滿臉熱淚的瞬刻，絕不是足球技藝的美感所在，比科比每次的逆轉壓哨秒殺球還讓你腎上腺素飆噴。我喜歡Doctor House那每一次片頭曲前面長約一分鐘，每次完全不可思議情境，將醫診難度拉到極限，不同時空的開場：女賽車手在極速中短暫失去知覺；魔術師在炫展他最獨門的將自己倒吊浸入巨大玻璃水缸中，卻在眾目睽睽下，水中口鼻漫出鮮血；遠在南極的探險隊女精神醫師（可能那些科學家們在一片空荒白色的冰封世界裡難免都會發病），卻爆發不明的瀕死重症，他們必須透過視訊（以及遠在萬哩外探險基地簡單有限急救醫療用品），像電影《阿波羅十三》請豪斯替她會診；有一次豪斯還被請去ＣＩＡ的神祕地下堡壘替一位疑似被敵方特工用輻射線謀殺而全身潰爛的海外情報員祕密診療……

那些怪異的職業，引人暇想的獨特孤獨時光，在各集後來的劇情，都成為豪斯和他的手下們玩腦力激盪，病床上的無助身體。他們的存在瀕臨崩潰，被不明的病毒，可能的遺傳病、黴菌、毒物攻擊……，成為一只層層怪鎖纏住的箱子，一道複雜難解布滿陷阱的幾何題。這是所有以醫院為劇場的故事必然情境：人在那個時刻總變得脆弱無助而謙卑。

醫生如上帝，而豪斯的迷人處在於他像我們的「好神公仔」，是個玩搖滾樂、騎重機車、有藥癮、對美人兒永遠沒輒的上帝。看著那些影集，有時你難免憤怒而虛無：「原來在那些醫學中心最頂尖的醫療小組，是像猜樂透數字胡猜我們疾病面貌的一群賭鬼？」問題是最後總是豪斯賭贏。這讓人覺得像不是在演一個「醫生」的故事，而更像是演一個類似薩德、梵谷、波特萊爾……這些天才藝術家的故事。

豪斯總愛說：「病人一定說謊。」他從不信病人對疾病的娓娓陳述，他只相信血液分析、腦斷層掃描、血液毒物分析、腫瘤測試、核磁共振……其實在真正的生活經驗裡，醫生似乎是最不需要（甚至有一種職業上本能的冷漠去避免）介入病人的生命史——哦精神科醫師除外，不過以我幾次憂鬱症復發進身心科門診的經驗，我的精神醫師好像除了第一次為你作量表時問一些量化的病癥，之後他總像開香港腳藥膏或眼藥水一樣，簡潔地開藥給你，你想對他多傾訴一些個人獨特的不幸遭遇，還會被權威地打斷——而最後總是豪斯對，像福爾摩斯那樣的戲劇性結尾，理性破案的同時，翻牌了更多凶殺案背後，未必是凶手卻命運交織牽涉既深且寬的「眾人的謊言」。

我想豪斯能激起ㄏ的情欲，或即是那不「菩薩低眉」，不因為病人謙卑，且因和死神隔牆對奕，而將生命奧祕與人類不得不用愚行縛綁住自己的被迫瞪視的地獄入口，他不理會謊言形成的龐大牌陣，像個挫敗騎士不像死神掩臉低頭，從他看守的那道小門把這些被下了生死符的柔弱人們推床帶走的那股烈勁。

從前的恐懼

他們對坐吸菸的這家咖啡屋，在帆布遮雨篷下方錯綜複雜，宛如帆船檣桅龍骨支架的輕鋼架下沿，吊著一籠一籠八哥、畫眉或白文……鳥鳴婉轉、嘰啾不休。

她對他說起小時候看過的一個外國電視影集，叫《驚異劇場》，片頭總有一個骷髏出來說話，像主持人又像球賽轉播員，講一些冷笑話，之後甚至玩起拆解自己的恐怖把戲。她那時總是又害怕又著迷，她母親不肯陪她看，她就自己一個坐沙發，用雙手十指交疊遮臉，從那縫隙偷看。

有一集就是說到一隻鸚鵡。

有一個男的，不記得是租房子還是買的，總之他新搬至一個公寓。前屋主留下一只鳥籠，裡頭一隻鸚鵡，忘了帶走。他是個無聊（或者孤獨）的人，遂每天在公寓裡訓練那隻鸚鵡說話，不過不論他怎麼教牠，那隻蠢鳥都只會歪頭嘎嘎亂叫，變得很像他對著鳥籠自言自語。有一天半夜，他被「有陌生人在他房裡講話」的聲音吵醒，半夢半睡間，是一個老人（用字正腔圓的英語）跟一個小女孩說話，小女孩則啜泣、害怕地求饒。這傢伙翻身爬起，屋裡卻沒有人。如此幾個夜晚，老人和小女孩的對話總會按時出現，像舞台劇一樣，內容充滿情感張力、懸疑、哲理（老人是個愛演說的、博學的人）……終於一次他翻身而起，發覺黑暗中只有那隻鸚鵡沒有表情看著他。所以這一切豐富的對白、辯論、不同情緒的語氣，全是那隻怪鳥，模仿前屋主曾經在這公寓裡，發生過的某個場面裡所說過的話。牠並且分飾兩角模仿那小女孩。

但他繼續聽下去，發現原來那老人後來殺了那小女孩……

哦這變怪的，變怪的說故事方式。

另外有一集，我也覺得超恐怖，到現在還記得。她說，印象中，影片裡都是那種舊舊的、畫質很差的美國六、七〇年代的家庭生活，那種客廳劇場。有一個保姆，替一對夫妻照顧一個小男孩。前頭是那對夫妻要出門，一些《大家說英語》式的老套對話，「蘇珊，要記得蘿絲太太打電話來，別說我們出遠門。」「好的，太太，我知道。」「強納生如果半夜哭醒……」「我知道怎麼處理。太太……」

而其實這保姆頗混，主人走了，她把小孩哄睡，讓他留在二樓臥房，自己跑下樓在客廳喝啤酒吃洋芋片看電視。這時電話響了，是個陌生男人打來，低沉的聲音：「妳為什麼沒在二樓顧小孩？」只有這一句即掛斷。她有點迷惑，但不理他，繼續看電視，一會電話又響，還是那個神祕的男聲：「妳為什麼不在二樓看著小孩？」

這次她有點怕，想會不會是哪個鄰居變態偷窺狂，用望遠鏡盯著她在房裡的動靜。她撥電話報警，警方跟她說，如果待會那人再打來，妳儘量跟他搭訕拖延時間，我們會鎖定歹徒的位置。她說好，掛電話後就把門窗層層上鎖。

「等等……她怎麼不擔心樓上的小孩？不趕快上去看看。」他說。「你不要打斷……等我說完。」

這時電話又打來，果然又是那個男人，她很聰明找話題拖著對方說話，但他只是低沉、重複的一句：「妳為什麼還不到二樓看看那小孩？」電話才掛上，警方的電話立刻打來：「快！妳現在趕快跑出這屋子！我們鎖定了那通電話，是從妳現在那房子的二樓打出來的，表示那傢伙現在就在妳屋子裡的樓上……」

他哈哈大笑。真的蠻恐怖的，但那恐怖有一種舊昔時光的粗陋和暈糊。沒有手機的年代，電話裡的警察，還沒有栩栩如生的電腦動畫特效，那種B級片畫質的希區考克、一種憂鬱症式的「悶悶的威脅」，轉速還沒被調快至現今好萊塢節奏（三十秒一定要出現一次驚嚇、爆破、出人意表的情節翻轉或危機），那種光霧濛濛的，像可以聽見投影機轉盤聲響的空白等待時光……

她說，還有一集，是一個男孩，走進一家奇怪的店裡，像是馬戲團撤營離去將所有奇怪無用道具全清倉拍賣的一間小店，或是那種港口讓水手們脫手從世界各地流浪攜回的罕異小玩意的當鋪。總之，男孩從諸多雜貨中撿起一副眼鏡，他把它戴上，立刻看到店門外的走廊，光影斑駁下，站著一個黑衣老婦，手指著他。他非常害怕，眼鏡一摘下，那個地方空空如也，什麼也沒有。他把眼鏡扔回貨架上，匆匆離開。回到家裡，一打開書包，哎，那眼鏡竟在他書包裡。他掙扎許久，忍不住把眼鏡戴上。那個黑衣老婦出現在他房間門外，依舊手肘伸直手指著他，但這次和他之間的距離變近了些，使他可以看到老婦那嚴厲的玻璃珠眼睛和鷹勾鼻的輪廓。

她說，這個故事（或記憶）最讓我覺得恐怖的，是小時候的她完全理解那小男孩，手中擁有那一只「無人知曉的恐怖」，只有你知道，並承擔這個祕密的全部重量。你一定會隔一段時間，忍不住那好奇的煎熬（像十二、三歲時第一次發現手淫帶來的孤獨歡樂和毀滅的恐懼），復把眼鏡戴上，但每次戴上，那黑衣老婦就像有人把人形招牌立板朝你移近一公尺，像在書頁沿角畫的簡陋自製動畫，不連續的分解動作，但拿下戴上，每次她又朝你更逼近一些……

哇，這真的可怕。他說。但最後呢？我是說這集影片最後呢？那個「眼鏡中另一次元的老太太」，這樣一二三木頭人用手指著、朝男孩逼近，最後是怎樣的狀態呢？是手指戳在他鼻頭？或戳進他眼珠？或穿透他如一面鏡子，越過界面後，變成是她的背影，而一次一次由近而遠去？

不，她說，氣人的是，那一集我好像是嚇哭了。我媽非常生氣，把電視關了，不管我哭鬧搥踢，硬把我抱進臥房摁在床上要我睡覺。所以我永遠不知道，那男孩後來在那眼鏡裡看到的黑衣老婦，到底是怎樣的一個結局？

異境

他說起那年他獨自一人去京都，漫晃亂走的其中一個午后，走到一處奇異如科幻電影裡的場景，哦不，也不到那麼誇張，譬如ＣＳＩ沙漠邊際的一排新社區計畫潔白漂亮的連棟公寓，怎麼說呢，你記不記得我們年輕時那部法國電影《憂鬱貝蒂》？後來他們放火燒了那一整排無法油漆完的海灘度假小屋……或者像幾年前我站在竹北高鐵站的高空月台，眺望那一片灰綠田野上矗立的一棟一棟金屬、玻璃與花崗石礦材結構的未來感大樓。主要是你看得見天際線，那無垠的地表和公路上可以奢侈如油畫一點一點向遠方散開橘色、藍色，甚至暗影斑駁的複雜光點或顏料……

那和我僅去幾次的京都的記憶不同啊。他說：是啊，也和我對京都的印象完全不同。很怪，我也很困惑自己是怎麼偏離那些巨大銀杏或松林、那些木造古屋或表參道，走到那麼一處像世界盡頭，像火星上的軍事監測站的空荒枯寂的所在？

重點是，整排簇新的連棟公寓的四周，完全沒有半個人，馬路兩側停了幾輛陽光下板金耀眼折光的敞篷車或ＢＭＷ或那種明星專用的保姆車……但路上沒有一輛車在行駛。（真的很像西部片一場大槍戰前夕的詭譎氣氛）。他說，我硬著頭皮沿著那無人的，公寓騎樓走，走到一戶門前，突然一扇鐵門啪地打開，跳出一個理光頭、全身筆挺西裝的年輕男人（不騙你，我真的嚇得後退幾步，虛張聲勢擺出周星馳在《功夫》海報劇照的那個太極拳pose），定下神仔細看這傢伙長得還彎帥的，像棒棒堂男孩那個年紀，一耳戴耳環，一臉謙卑的笑意，哇啦哇啦說著日語，手上拿著一本KTV點歌簿那樣大本硬殼型錄往我這塞，一翻開全是一張一張美少女的沙龍照，我意識到這肯定是擅長在性這件事無限朝一孤立感官經驗變幻奇怪想像力的日本人某種新的嫖妓形式。但實在溝通困難（那小子的英語很破），那整個空曠場景又讓我極沒安全感，所以便嚴峻地拒絕了他。但當我朝前走時，那西裝男孩便像布穀鐘整點報時上方小門跳出的彈簧鳥，任務結束後又彈回且闔上門，整個騎樓，不，整條街，又空蕩蕩只剩我獨自一人。好，我再往前走了大約十公尺，另一扇鐵門又打開（真的很像參觀迪士尼樂園的什麼「虎克船長祕洞」，從兩側龕洞用機栝彈出的蠟像人偶），又跳出一個髮型染成亮粉紅色的雞毛頭，其他打扮和上一個傢伙一模一樣的西裝削瘦帥哥，同樣拿著一本有許多幻美女孩照片的型錄，哇啦哇啦向我推銷。同樣在我推擋拒絕朝前走後，他就哐啷一下退回那公寓鐵門，像忍者一般消失。

他說，接下來毋須贅述，在那一段大約一百多公尺連棟公寓的騎樓，我一路走去，至少七、八個這樣的門打開跳出一個西裝男孩拿著賣淫女孩花名冊，也不會像舊昔年代妓院街三七仔硬盧，他們清爽、俐落、現代化，你一往前走，他們就退回那原先隱蔽的門洞裡。後來他疑惑那這些傢伙是如何精準知道我走到他們各自看守的那棟公寓的那扇門前呢？噢，應該是從騎樓上裝的監視攝影機，每一個男孩在各自公寓（上面一間一間是那些等待接客的少女們）的玄關裡盯著監視器螢幕（真是無聊又寂寞的工作啊），如此可以過濾避開條子，或看起來有危險性的幫派分子。

真是專業、精準到讓人欲念全消啊。我說。

走到一個地方，但它卻不是印象中本來所該是的那地方的樣貌。譬如電影《殺手沒有假期》裡的童話小鎮「布魯日」，殺手集團的老大要他手下最值得信任、專業、靈魂清湛無雜念的老殺手，處決搭檔的一個犯錯的年輕殺手，卻選定了這樣一座哥特式教堂、鐘樓、市政廳如夢中森林矗立在運河渠道間的城市作為他的「末日之街」。老殺手問老大為什麼要挑這座城市處決那年輕人（不知死期將至的那傻屌不斷抱怨：「我恨透這座無趣的城市！」）老大回答：「噢，我年輕時去過一次布魯日，那真是全世界最美的一座城市，我喜歡那傢伙，可惜他非死不可，所以我希望他是死在這一座我覺得無可替代的城市。」

夢中之城。問題是對那將死之人來說，那不是他（如果能選擇的話）詩情領域被啟動而甘願葬身之地。他說起另一年，他和女友從巴黎租車開往布魯塞爾東北方的小城Gant，他們訂的是郊區的旅館，但他從十年前到歐洲，一直到後來，始終搞不懂那些大城郊區的道路系統，總是從某一處圓環的三、四條路岔出去，再遇一處圓環，再岔……如是便再難尋回來時路。

等到他們意識到確實是迷路時，已是在深夜十一點多夜闇無人的荒郊。偶有一幢一幢像住宅區的的房子，但屋內燈火已熄，非常安靜。突然路邊看到一個女人站在一幢屋子前吸菸，他停下車，上前問路，發現那是一個非常美非常美的ＯＬ（他說，真的非常美，可能是我那幾年在歐洲見過最美的女人）。女孩說她不清楚他問的地方，她進去問她同事，身後一扇門推開，天啊，裡面是一個坐滿人、音樂非常大聲的ＰＵＢ（但外面真的是一片寂黑），男的都極帥，女孩們都幻美絕倫，穿著都非常時尚。一個穿著天鵝絨王子裝的漂亮男孩熱心地告訴他再往前開多遠多遠如何如何，但他聽不太懂他描述的那些地標和交流道的構造，有點失落地上車離開（主要是那女孩的美讓他震懾）。

大約又在那郊區公路行駛了十幾分鐘，房子一幢一幢晃過，感覺除了他們車子的引擎、輪胎在路面摩擦聲，整個是在一個萬籟俱寂的世界。那時距Gant市中心怕已十幾公里了。一幢一幢房子的間距變大，突然他發現，從某一幢房子開始，非常超現實地出現霓虹燈甜甜的粉紅色感。那和一路過來夜晚路燈的慘白孤寂感差異極大。每一幢孤立的房子前有六、七個停車位，一樓是一格玻璃櫥窗，裡頭站著一個只穿三點式螢光白或螢光粉紅螢光藍螢光橙胸罩和內褲的櫥窗女郎。他的車一靠近減速，那一格一格玻璃屋裡的女體就開始搖起腰臀向你招手。視覺上像是從剛剛一路累積的黑暗突然倒出來的……從一格一格液態的、粉紅色的玻璃培養皿裡，浸在某種很甜的液體的深海生物或水妖什麼的，那樣傾倒在無邊的黑暗公路上。遠遠的看不分明她們臉的美醜細節。很像遊樂園裡那種海盜船隧道探險之類的軌道車（他又重複了一次這個意象），車子一靠近某個雕像群組，就啟動機鈕讓它們栩栩如生地款款搖擺……（我說聽起來很像往埔里公路旁的檳榔西施嘛。他說，不，整個在視覺上高級、未來感許多，而且她們是真的妓女。我當時只是想，天啊那些城裡的男人為了要打一炮，得開這麼遠到這偏郊的幻異地方，一幢獨立屋子就一個妓女鎮守，你停車進去後，如果被殺了分屍，也不會有任何人知道吧）。

年輕

那時年輕，許多偏拐出去的，心不在焉的，事情發生當下紛亂毛躁不當作預期中要收藏進重要記憶的種種，現今年紀大了，氣血衰了，身體亦破舊經不起那些莽撞衝動所需付出之代價，主要是，這些年怔忡度日，大多數生活裡發生的，當下便轟隆順水流。像一隻全身破綻的老貓，結著眼屎、流著口水，瞇笑著回憶年輕時某次英勇的冒險，細細品味，嘖嘖稱奇，天啊那時我怎麼敢那麼幹？荒唐，荒唐……

那是九六年冬天，我和年輕的新婚妻子到大陸「度蜜月」，某種島國出生年輕人對地圖投影的想像力貧乏，我竟在短短的十天旅程規劃了到南京、江西（一個叫資溪的小山城）、上海、北京，當時哪知在那片廣袤大地上任意亂跳所必須付出的時空代價。那整十天，我們好像一直在旅途中：從南京（我幫父親帶美金給那兒的大哥，並在父親故鄉的江心洲接受那些喊我弟弟的老人們熱情的辦桌接待）搭十幾小時夜行火車到鷹潭轉車到資溪（參加我一個哥們娶了位山城姑娘的婚禮），之後哥們包一台小麵D五小時的車程送我們到南昌機場飛上海，上海待兩天後我們又飛北京……

那時的上海，那時的北京，印象中除了一個晚間即熄燈的巨大工地印象，恍惚並沒去過那城市。十幾年過去，每有朋友問起「去過上海沒？」總心虛地說：「去過。」講不出個所以然，外灘那一列像電影片場打光的殖民風情老大廈；黃浦江對面除了閃紅燈的東方明珠塔，是一片漆黑；宋美齡的愛廬吧；城隍廟旁的骨董市集吧；淮海路（霞飛路）的法國梧桐吧……總之匆匆掠眼而過的街景全半隱半現在灰撲撲的白日，或昨日之城的燈光微弱的黑夜裡。不同的朋友總會說：「那你該去現在的上海看看。你等於沒去過。那已經是另一座城市了。」

主要是，十幾年前的那個懲罰全因年輕的莽撞而起，然如今回憶起來，一種難以言喻的懷念感慨，對自己當時身體心靈如此年輕可以承受犯錯所帶來的挫折拗扭，有一種暗自的欣羨和得意。哥們（他叫老興）押車陪我們從那山城一路盤旋往南昌去的那五個小時車程，整個像團裹在一個暈糊緩慢的夢境裡。我記得非常冷，冷得讓我和妻縮在車後廂顛盪著像在深海潛艇的艙匣裡。老興在前座和師傅閒扯（或為了怕開車的人睡著），那些話語像隔了一層厚冰嗡嗡傳來，像夢者的囈語，奇怪我記得有一段內容是那師傅說：有一隊工人挖路挖到一尊金佛，上百斤的純金，不記得挖著的人是自相殘殺還是集體橫發但幾年後全部當事人逐一意外死去……總之那個年頭，整個中國四處都在鑿挖，因之你在四處旅行，總會聽見走車的師傅告訴你這類挖到寶的影影幢幢傳奇。

我們入夜住進機場旁的「南方航空招待所」，極簡陋破舊的房間，論人頭收費（好像一人二十元人民幣之類），沒有供應熱水，浴廁是蹲式馬桶，被褥上有一層灰沙，我們全副毛衣、大衣穿著入睡，半夜仍被咯咯凍醒，且我們還在行李箱和房門把手間拉上一種懸線啟動的蜂鳴防盜器，原是為搭火車臥鋪時安心睡而準備的。但睡在那破舊小招待所裡，除了髒、冷，你還恐懼半夜隨時有人撬鎖闖入。

清早起來覺得肺裡全結了冰碴子，外面天空一片黯黑，距我們要趕的飛機約還有一小時多。我們口冒白煙拉著行李穿過一片布滿礫石的廣場（應是整建中的停車場），往灰色輪廓那座像體育館的小航廈走去。麵D車、運石塊的三輪機踏車、軍車……灰塵漫漫四面八方亂竄。遠遠看見這機場（印象裡更像小時候和母親趕早市的「中央市場」、「果菜市場」）外頭一幢破爛違建，炊煙裊裊，一盞黃燈泡下影影綽綽圍著一群不辨人鬼的黑影。那幾乎讓我落淚。我突然犯拗對妻和老興說我要去那吃個早餐再上飛機。我一定要喝一碗熱呼呼的豆漿。不然眼前這一切實在太慘澹荒冷了。老興看看錶，說：「還行，大陸這邊的飛機絕對誤點的。」於是我們拉著行李，像逃難那樣往那機場門外的賣早餐店家走去……

完全不記得那個漆黑冰冷早晨，我們在那個店家吃了一些什麼。倒是記得我跟那老闆娘要一碗熱豆漿，結果她端上一杯沖泡式的（味道就像香港喝到的「維他奶」或台灣的「統一蜜豆奶」），完全沒有出鍋豆漿的鮮味香味。下一個畫面，就是我們復拉著行李狼狽趕至航廈辦登機，但我們那班飛機已經「飛走了」……

那樣茫然呆立在人群裡，我不敢看美麗的年輕妻子快哭出來的臉，或老興沒面子的表情（他一路顯露對大陸在地狀況的熟悉，結果卻凸槌了）。Check in櫃台一個年輕人不耐煩說下一班要飛上海要明天一早那班了……怎麼會發生趕飛機像追公車給追丟這種事咧？我真後悔去吃了那頓難吃的早餐。老輿則嘟囔怎麼可能提早飛走了（其實是我們沒提前半小時Check in，被人補位補走了），這可是人民共和國民航空史第一遭啊！妻終於流下淚來：「這樣，我們在上海就待整整不到二十四小時。」

確實是胡搞。年輕時的漫不經心，悶頭亂闖，如今回想，卻覺得奢侈又甜美。老輿開始數落我：「你們這個行程也恁怪，怎麼可能上海只安排兩天？沒有人這樣玩大陸的。」我們又在機場蹭了半天，才心不甘情不願拉行李回去那間臥室馬桶不通的破爛招待所。想到又得在那冰冷臥榻和衣睡一宿，心情便無比晦暗。

那一天，年輕時光裡無數個遇到倒楣事只好認了（「行到水窮處，坐看雲起時」？）裡的其中一天，後來我們仨還是歡歡喜喜打D到江邊的滕王閣去參觀遊覽，在附近的骨董小鋪子殺價買了兩只黃銅小暖手爐，老闆堅持那是「到代」的，老輿則不屑說媽的我老婆資溪山上五金行裡全是這玩意，一個十塊錢人民幣，不值錢的。倒是從店裡煤炭爐挾了小小一塊燒紅的炭放進那小小禮物盒般的爐膛裡，捂在手中，立刻腔體裡凍住的血液全暖起來，之後我們便買了幾碗泡麵，躲回那招待所房間裡，三人打了一天的大老二或拱豬……

那個年輕時碰到倒楣境遇的鬼臉、苦笑和爆幹兩句之後的隨遇而安，很像侯孝賢電影《風櫃來的人》裡一群初到高雄打拚少年仔，被人誆騙看色情電影，結果鬼鬼祟祟逐梯而上，是一處水泥初乾，窗洞可眺望下方街景的大樓工地。回憶起來的辛酸好笑倒不是損失什麼或被擺道什麼，而是畫面裡輕輕哀嘆一聲：「幹。」之後無可奈何又振作起來，叼著菸洗牌，在那殘敗匱乏場景中，和老興你一句我一句笑話，逗得年輕妻子又一臉燦爛笑容的悠勁兒……。

於是許多年後，我重臨上海，像鄉巴佬驚異地東張西望，像卡爾維諾《看不見的城市》裡忽必烈問馬可波羅：「你的旅行總發生在過去嗎？」我的朋友說：「哥們，你真的曾來過這座城市嗎？」我會惶急地回答：真的像沒來過。因為十幾年前那坐在破旅館裡打牌而少掉的一天。我和年輕的妻子一抵滬即按旅遊書（當時的）打D四處趕場，像卓別林電影的快轉在別人的昨日之夢裡胡搞瞎忙了一天。努力想記下我們到過的、看見的那些地方。「在那座灰石大都會費多拉的中心，矗立著一幢金屬建築，每個房間裡都有一個水晶圓球。望入每個圓球，你會看見一座藍色城市，那是一個不同的費多拉的模型。這些模型所表現的，乃是這座城市如果由於這個或那個原因，而沒有發展成今日我們所見模樣的話，所可能採取的種種型式。在每個時代，某個人看著過去的費多拉，想像一種將它建造為理想城市的方法，但是當他做好縮尺模型時，費多拉已經不再像以前一樣了，因而直到昨天還是一個有可能的未來，遂變成玻璃球裡的玩具。」

輯三

種樹的男人

火燒車

傍晚的時候，D君打電話給我：

「靠！深坑發生火災，你該來看看，我沒見過這麼大的火，整條河都被燒得一片通紅。十幾輛消防車，我看是要封街了……」

我問他火場靠哪一帶？D君說「就是過了翠谷山莊，還不到賴仲坑，那裡不是一個大彎道……有一整排臨河的工廠，整個烈燄衝天，可怕……可怕……」然後D君說我不跟你說了，前面一堆條子在管制交通，我開車不能打大哥大……便收了線。

那個地點我記得。二十幾年前母親被同事拉作夥迷糊又興奮在土庫（深坑再往山裡，和石碇的中段）買了一間簡陋透天厝小屋，「好便宜好便宜！」美其名為「紅葉山莊」，其實是一茶園鏟平山坡上整批潦草蓋成的兩塊磚薄壁（又稱「兩丁掛」）建築。那年代北二高還未建好，進出那偏僻到不能再偏僻的村落，必須搭乘一名為「北碇線」的老舊客運，連同等車，從台北出發，到達那「我們家的別墅」（或是我父母在彼年代，一種公教家庭的豪華之夢），至少要花上兩小時。夜晚時車窗外一片漆黑曠野，也無明顯建築地標供辨識。後來母親教我們一個訣竅，車過了深坑國小站之後，就要進入戒備狀態往車前門移動（那長程客運通常擠滿人，車進入鄉村田野時，運匠便開始飆車，你只要一個恍神沒及時扯下車鈴，就會錯過站）。過了「翠谷山莊」這一站後，在一個急彎，可以看見河谷下方傍河一排水泥建築，很奇幻地亮著一盞一盞方形壓克力燈箱，那時便準備下車。

我知道D君電話中畏敬又歡快，難以描述的「壯麗之火」，燒的正是二十年前給夜行公車當另類燈塔的那排工廠。

當天是大年初七，假期將要結束。兩個孩子吵著：「爸鼻你今年還沒帶我們去放炮」。那是過去這些年的慣例，年節收尾時我一定開車載他們到深坑發電廠旁那條水泥橋上放炮，作為這困住在城裡孩子無從如我兒時，在巷弄間和鄰家野孩子以水鴛鴦、沖天炮、電光炮，甚至老鼠炮，進行慘烈巷戰之補償。兩件事卻莫名奇妙兜在一起了。

我帶兄弟倆到深坑老街補足軍火——其實也就是四整扎的響笛沖天炮，普遍沖天炮、龍吐珠、整盒的蝴蝶炮、光焰陀螺、火焰棒。我的心得是，那種一枚八百一千的大型煙火彈或整組炮陣蜂炮，等著別人放到天空一起欣賞即可，那般燒鈔票，爽的卻只有點引線那一秒，不如以大批廉價炮來製造瘋狂濫炸的假象——把車停在夜色中的那座橋上，那時我發現D君描述的火災現場就在腳下河流陡彎急縮的不遠處。那竟像是《搶救雷恩大兵》《贖罪》《戰地琴人》這些戰爭史詩片耗資上億在海岸灘頭堡或被炸成斷宇頹垣之城市廢墟搭建之場景：警員拉著黃膠條封街，戴著壺膠盔的消防弟兄或蹲或立聚著吸菸，漆亮色之消防車像紅色巨獸排列在被樹影遮斷的較遠處，火勢已被撲滅，作為這災難主體的那幢建築在暮色中變成一奇異巨大的剪影，仍不斷朝上翻吐神燈巨人般的濃煙，奇怪是天空晴朗得呈現一種暗青瓷色所有的景物皆清晰能辨。橋上除了我們父子仨，另一端還有一群騎小綿羊的少年也在放炮。我們兩造各自對著河面零星射出的小朵燄星，和一旁那整群人用各式裝備以鎮壓隨時從那壞毀建物中矗立而起的恐怖火神之妖魔相比，簡直微渺得滑稽。

在我們前方的橋欄邊停著一輛水肥車。其時我發現我的塑膠殼打火機因不斷長時間點火，在打火石和瓦斯按鍵的接合處已開始熔解鬆脫，但我們還有大批的沖天炮未施放。原本的模式是：將整束沖天炮插在橋欄炮架上，用火焰棒（仙女棒的大型進化版）噴灑流焰將之集體點燃，那即以極便宜價格達到蜂炮流彈四射的華麗效果，但在橋上朔風中，火燄棒的高燃點鋁粉頭處極難點燃。眼看唯一的打火機就要報廢，我遂不經思索重演兒時遇此狀況的處理模式：起一堆篝火。我用車上加油站贈品的面紙盒堆成一堆引火，以此為火源，之後的炮仗施放起來便容易許多了……

但所有接下來的事，似乎小時候便發生過：一種熊熊火燄在夜色中映入眼瞳召喚的野性，我不記得是我那古靈精怪的小兒子先，或是壓抑害羞但被紅色搖曳火光吸引入魔的大兒子，或其實是我自己開始——我們將整束沖天炮扔進篝火中，第一束、第二束、第三束……

抓狂的燄彈嘶叫著從火堆中竄出，平射向我們前方那輛水肥車。暗黑中那灰濛濛圓筒形的鋼板車屁股被濫射的炮蕊打得叮噹亂響。一度我極擔心那些仔會以為我們在挑釁而用蜂炮回擊（他們的火力比我們強大且昂貴多了）。於是這一陣狂炸之後，我要孩子們仍將炮擊點對回天空或橋下的河流。

過了一會，大兒子對我說：「爸鼻，你看那台水肥車燒起來了。」

我很難形容接下來那可能不到五分鐘內，我心跳快速如孩童時闖下滔天大禍時的「從腳底涼上脊背」之恐懼。我走近看時，發現那水肥車的右後輪胎真的在燃燒，那紫藍色的火燄輕盈如幽靈不真實，火怎麼會從那角度以那形式冒出？我慌急用腳去踢火想將之踢滅，卻發現熔化的膠胎以液態將小火苗黏上我的鞋端。我慌忙跑回車上抓了滿手礦泉水回到那失控的小火場（當時心裡確有一著魔神怪念頭：在河端被人類撲熄鎮壓的火妖，一轉身在此變身重新投胎了），藍色焰苗已沿著輪胎紋路竄漲約兩三倍高。在一罐罐礦泉水汩突輪番終於將火苗澆滅後，我餘悸猶存地想，只要，只要再晚發現五分鐘，這整輛車絕對會像好萊塢電影爆破場景，整個被火吞噬且爆炸……

孩子們猶在我們的火堆邊歡快地放著剩下的龍珠炮，不知道一個災禍剛和我們擦身而過。幾乎不到十分鐘，一個穿著髒污夾克的老人和頭綁花布巾的老婦（他們都穿著雨鞋）經過我們，回頭用一種說不出是譴責或感嘆什麼的神情望了我一眼（「什麼樣的父親喲，人家那邊火燒厝，還帶小孩在這放炮仔？」），走近水肥車，拉開車門，爬上，將車開走。

仲夏夜之夢

在那個夢裡，我永和老家的日式房子被放大了一些，有點像侯孝賢《童年往事》電影裡，那個蟬喧如拉中bar銀幣嘩嘩亂落，日光如水，積在屋內長木條地板或洗磨石子階坎，院落裡或我父親親手栽的桂花樹叢、杜鵑叢和棕櫚皆在那熾白光照下，像銀箔剪的葉片（或印象中好萊塢電影美軍轟炸前會先撒下大批擾亂防空雷達的金屬條），一片波光幻影。我在這樣晃亮如夢（本來就是夢？），一種時間靜止、老人家昏昏欲睡但同時漫漫無期的等待氛圍中，心虛地溜回（翻牆或伸手在那朽爛積塵的木頭門楣上摸到鑰匙）我生命中任何時期闖了任何禍皆可躲回療傷的這幢老屋。

夢中，我的母親拉著我的手，和我促膝各坐一張竹編小板凳，分不清是寵溺、歡喜，還是撒嬌，那樣小心翼翼對我發著牢騷。主要是，我不在的這段時光，我的那些「拍電影」的朋友，一整批十幾二十人，男男女女，又是機器又是道具又是大小箱子，進駐我們這幢父親過世後就幾乎沒有訪客的老房子。他們氣氛肅殺，擺出專業者不容冒犯的氣勢。像忍者一樣有的爬上你爸爸最寶貝的那棵枇杷樹，有的在倒插碎酒酐玻璃裂片的磚牆上飛簷走壁拉電線架照明燈，有的在仍鋪黑瓦片的屋頂上不知哪個地方亂踩（母親聽音辨位不時聽見上面咯喇一聲踩了破洞的聲響）……

「啊好像以前白色恐怖，我們家被警備總部的組員包圍埋伏了，等著要抓誰一樣……」主要是我從青少年時期起，便重朋友輕家人，一定是某次我忘記了的豪氣承諾，讓搞電影的哪個朋友，「沒問題，可以到我永和老家取景。」母親深知我愛面子，所以即使沒有先打過招呼，大批人馬突然闖入，她仍是老輩人的教養笑吟吟讓他們進駐。還用大茶壺煮青草茶冰鎮了招呼大家。「有一些女孩簡直扮得跟男生同款。」「啊菸蒂整個插在我種螃蟹蘭的那些吊盆裡，滿滿都是。」我心不在焉聽著母親叨唸，想一定是這些攝影、燈光、化妝師、場記……這些情緒緊繃的年輕人，沒人理會這個慢速又好奇，搖著蒲扇四處跟他們套交情的老婦吧。

「在這住了快兩禮拜了……結果還說要鋸樹，那棵大桂圓樹？……」

那個的印象形成反差：母親獨自在這幢一進了裡間，即使盛夏正午光也收殺而去變得闇黑陰涼的老屋，在她的佛堂神龕前「拜八十八佛」：跪下、合掌朝前從胸前上舉至額，再往前伸，同時前半身趴伏向地，形成一匍伏五體投地的形狀。很像在這水光粼粼的時間之屋裡，孤獨重複著某種游泳的動作。但那群搞電影的朋友，則分住在夢中我自己也搞不清有多少房間的這老屋的不同角落。像迷宮一樣。有我父親最後臥病到死去的房間；我一百歲阿嬤暗藏醬瓜、麥片、茶油弄得臭烘烘的房間；廢置了一架已走音的我姊少女時期鋼琴的房間；堆放了陶製大米缸、之前死去幾隻狗的骨灰罈；或老式梳妝檯鏡面用紅紙封貼；甚至絲絨布桌面積滿灰塵的小撞球檯……的房間；有的房間仍是紗門進出，有的房間根本沒有門只用左右向上掀開的土花布當門帘……

這樣的浪子把在外面世界無能處理的麻煩，不斷胡弄扯爛帶回這老屋的戲碼，幾十年來重複上演。大學時我總在陽明山拾撿被假日人潮離去後茫然哀鳴找不到主人的棄犬。但山上賃租宿舍房東禁養寵物，便一隻一隻瘸腿的獨眼的癩痢的往家裡扔，全盛時期母親一共替我養了七隻流浪犬，各取了名字，各個養得毛色豐亮，炯炯有神。也曾有過少年時一起鬼混的？仔說要貸款買偉士牌機車請母親作保，母親乾脆拿出二萬元給他說不用還了……諸如此類的原該是傷害、負棄、欺瞞的暗影，被我引進那夢中強光湧塞的老屋，似乎母親皆有一種神祕柔慈的力量，化去凶戾銳利，將之洗滌救贖。但她終於也像那細胞膜內負責巡弋、吞噬侵入病毒、凝結血液使之不自毀流盡、或修補重生的粒腺體、胞核、或液態的什麼……終於也不支歲月的萎癟，隨著這老屋一道老去了。前些年那些老狗們一隻一隻接力死去，我似乎也不再帶一些外面怪里怪氣的事物回來了。

我記得（我不確定是在同一個夢裡還是另一個夢？）前一個晚上，我和這群「拍電影」的，下工吃宵夜後沿著河堤那一頭快速道路的巨大橋墩下走回家，夜涼如水，一輛輛黃色的資源回收車挨停一旁轟轟響著壓擠機器摺口，像夜間畜欄裡疲憊反芻胃囊中那些帶血骨生肉塊的大型貓科動物。我和一個女孩落後其他人一段距離（這時他們又變成很像久遠年代以前，賈樟柯電影裡那些劇團的年輕男孩女孩了），女孩急切地說著一些發生在她身上的故事。印象中這女生在這群人裡，是個像男人的角色，短髮勁裝、俐落寡言，扛機器或駕駛外景。在夢裡，我突然恍然大悟地說：「少來了，妳不就是某某嗎？」這個某某，在真實世界我的朋友圈裡，是個高大美麗的女人，但她總宣稱自己內在是不折不扣的男人。久而久之我也把她視為哥們了。在夢中，那個黑夜的橋墩下，她卻用一種被生命的苦難壓扁，乃至於如泣如訴的女性化形象，告訴我這一年來她的遭遇：她的男人，像電影裡北野武那樣一臉衰相且真的懷才不遇的傢伙，得了癌，她照顧了他一年，終於還是嗝屁了。重點是，在她男人死前一、二個月，她刻意懷了他的種，她決定要生下這個還沒出世便沒有父親的孩子，憑自己的力量養大他（或她）……

我和女孩一前一後走進我家那老屋的弄子時，才發現一路上其他人把我們拋下自顧走了。我母親站在弄子底的門前，在她的頭上，有一大叢從圍牆探頭出來，像絲巾般寬葉波浪起伏的植物，影影綽綽垂掛著好幾朵妖異盛放如天鵝翅翼的白色曇花。門燈打下，我母親一臉憂心忡忡看著我。

種樹的男人

夏天開始的時候，我進入一種靜默、固執的著魔（如今想來，我少年的時候，確實具有這種一旦迷上什麼事，便偏執上癮的性格缺陷。譬如學古典吉他、學花式溜冰、籃球、紫微斗數……似乎皆是在一完全沒有根基、脈絡的狀態，突然一頭栽進去，便至少有一年左右的時間，不理會身旁的人覺得我是瘋子，激凸苦練。但之後卻因缺乏天賦或不在一體系內循序積累，總在大火焚林的狂熱熄滅後，因挫折或瓶頸而將那些事完全拋棄）——我變成一個「種樹的男人」。

我指的是一種身體的勞動，而非進入園藝的專業知識與詩意審美（如我尊敬喜歡的劉大任先生的文章）。主要是我的公寓在四樓頂，之前房東似乎錯過新舊建管法的縫隙，沒在頂樓如其他人加開個鐵皮篷屋，所以每到六、七、八月盛夏，太陽直接曝曬頂樓裸露的水泥面，我們的屋子便熱得如同烤爐。冷氣開一整天還是頂不住（對不起我知道很不環保，但那個熱是迫臨生存的，會被烤死的），入夜後牆磚及屋頂水泥會把吸了一天的熱能持續吐出，我常在半夜兩、三點走到客廳，溫度還是在三十八、九度。這變成我搬來台北這四年，每個夏天的噩夢。大約是兩年前吧，有一天我突然抓狂，跑去建國花市一個攤位，跟老闆娘訂了五十盆的小盆栽（都是一盆一百五、兩百的幼株，主要是櫻桃、九重葛、扶桑……）請他們幫我搬到頂樓陽台，但因盆小土淺，一列列排在那水泥平面上，我早晚皆澆一次水，仍沒多久便全體枯萎垂頭。且因枝葉稀疏，似乎也沒能擋住多少那強大太陽光的曝襲。夏天過了，我便被生活的暴亂捲入，不太上樓替它們澆水。通常是隔年夏天將即，才又想起，那五十盆小植物在城市上空，各自拳抓著一碗泡麵容量的泥土，捱過乾旱少雨的冬季和奇異無梅雨的四、五月，竟還有一半以上存活下來（雖然枝葉焦枯，但若再持續澆水個一、兩禮拜，枯枝周身會冒出一粒粒嫩綠色的小芽，之後會舒展張開成小葉）。那幾盆確定枯死的，從小盆中扯出，根鬚糾抓著已沙化成粉末的乾土，像被烈焰烤成木乃伊的扭曲嬰屍，非常淒慘。

第二年我向巷口雜貨店老闆要了幾只保麗龍箱，打孔買培養土灌入。亂扔幾顆番薯馬鈴薯，開始倒也藤蔓輻射攀延，張開一片片巴掌般的綠葉。但一入七月，太陽光爆一照，那些藤葉落地貼觸到灼燙的水泥地面，立刻焦枯萎死。這之間也打游擊搬上去幾盆什麼曇花啦、百香果啦、變葉木啦、長春藤……但就像拿射鐵砂土製槍的雜牌散兵遊勇，對抗頂頭用核彈空襲之未來戰機的無效戰爭……

這樣的「盛夏一到便買小盆植物送上頂樓擋烈日——夏天結束便忘了它們任其自生自滅——隔年盛夏烈日重臨又爬上頂樓前線清點陣亡者」，在我心裡，變成一種晦暗的，小規模的生老病死週期循環。

今年初夏，我終於被那頂樓一小盆一小盆從枯沙裡拔出的植物屍骸激怒了。決定要和這殘虐的強大烈陽打一場有效率的組織戰。當然還是像愚公移山（一方面是經濟因素，一方面是運輸能力，只有我一人扛搬那頂樓種樹所需的一切花皿、植株和泥土）。我每個週末、週日便到建國花市，一次買四、五個環抱大的塑膠空盆，拎四袋混合培養土，提上五樓梯階，把小盆裡那些劫後餘生，個頭痿小的櫻桃、九重葛，移種到大盆……

一週大約換個十盆，慢慢的，頂樓那沙漠旱地上一片枯瘠的殘敗零落景觀，變成了好像空中花園（比較像電影裡外太空星球移墾的基地），一整列香爐般盛滿土的大花盆（我必須承認，那些赭紅色有蟠龍紋的合成塑膠花盆真醜），因為足夠涵水的土壤，那些櫻桃、九重葛，全生意蓬勃枝葉張展，個頭竄長得恁快……

這開始上了癮。才發現那些幼株如何能擋住整個陽台的曝曬面，於是到建國花市時，土繼續一袋袋，醜大盆繼續一落落買著，也開始在不同攤位，下手一些枝葉較茂密，塊頭較大的玉蘭樹、真柏、福木、檸檬、阿勃勒……突然像《百年孤寂》中沉迷於自己打造小金魚飾物的邦迪亞上校，我在這個家的形象，成了整天扛著各式植物、山土，氣喘噓噓爬樓梯，而後消失在妻兒眼前，自己在頂樓敲打（把植株從小盆中連原土倒扣敲出）、倒土、澆水……的，「種樹的男人」。每有親友來訪，我的不在場不再是「他去咖啡屋寫東西了」，而是「他去樓上種樹了」。那裡頭應該有一種類似宗教祭祀，讓人內心平靜的本質。我常在晚上七、八點空氣整個涼下時，獨自在頂樓澆水。隨著一大盆一大盆植物抽高，有時我拿著橡皮水管在那些綠葉蔥鬱，幾乎皆已長到胸前的小樹間穿梭，像是在一微型森林或花園迷宮裡優遊，那時灰白的天空猶有微光，四周環伺著大樓的廓影（奇怪那些大樓似乎都空置著而寥寥落落只有幾扇窗亮著燈，或是頂端一明一滅，孤寂透了的飛航閃紅燈），有時天頂鑲著一顆銀白明亮的金星。樹葉的不同氣息像魔術在我周圍旋轉。近距時猶會發現葉面上積著水銀般的小水珠。那些時刻，我總會為自己是在城市上空而不是山裡，感到迷幻如夢……

夏天結束的時候，開始從腰椎為中心軸，向臀部、腰、大腿甚至小腿，出現一種亂竄式的劇痛。我因長期久坐書桌，肩背（尤其是膏肓那兩塊凹窪）沒事就拉傷，且因過胖且性子急，時不時也會發生猛然起床腰便扭傷的事。但這次的痛似乎是另一陌生層次的，像牙爛劇疼，痛到茫了醫生問哪裡疼，似乎到處都是痛點。屁股像小時候被老師用藤條狠揍過，熱辣炙刺，連坐都無法坐（所以這一陣常是站著看書、寫稿），找盲人按摩、中醫診所針灸、拔罐、干擾波、貼狗皮藥膏……全不得要領。這麼痛急亂投醫整弄了兩個禮拜，實在痛到整個人都灰心了（這時才充滿現實感意識，我這行業真正傷不得的，原來是腰和屁股啊），到朋友介紹的一間復健科診所掛號。老醫生三、兩下就判了病根，說是「坐骨神經痛」，腰椎神經根受到其他脊椎結構壓迫，什麼我脊椎骨間的軟骨滑脫、錯位……椎間盤突出或變形……嘰哩咕嚕（對不起我記不清那專業之描述）。於是，我被叮囑每天要到診所二樓復健室「拉腰」——那是一張非常像薩德侯爵之類的性虐待癖畫的設計圖所造出來的機械金屬床，你躺上去之後，美麗的護士會拉起一些皮帶、皮套將你的腰部緊緊束綁住（我講的全是真的），按下按鈕，那鐵床會用一種輸送軸的運動力道，將你整個人朝上下拉扯（這種拉扯如果還加上手足四肢，應該就是所謂的「五馬分屍」）。你會聽見自己腰脊深處發出喀啦喀啦筋絃崩斷的聲音。我心裡想，這是治療那什麼「坐骨神經痛」嗎？這根本是每個矮個高中男生心目中夢幻的、超殘暴的「矮子樂增高器」吧？

經過醫生詳細探詢，確定我之所以才這個年紀，腰椎就變形錯位，其原因正就是這個夏天，瘋狂激凸地搬近四十袋土和各種植物爬上五樓頂建造「空中花園」的運動傷害。於是，場景的挪換（我的妻子每天問：「你又要去拉腰了嗎？」變成每日我躺在一床一床的老人之間（恐怖的是，他們有的是坐在一電椅般的座位，有一皮帶扣住他們下巴，他們是在拉頸），靜默地聽那金屬機械喀啦喀啦扯他們和我的身體的聲音。他們偶爾會沒有重心地窮哈啦，有時我會聽見深沉的打鼾聲。

對我而言，這個夏天是真正過去了。

不在的場所

偌大的泳池空無一人，藍色水光粼粼晃搖像一面剛關機而尚未黯滅的電腦螢幕。不是結束，而是一種所有訊息全部離場，暫時的空白與迷惘。事實上，暑假結束了，這個夏天也結束了。這二個月來帶著孩子們，到這像下餃子湯鍋般擠滿閃亮翻跳的小孩兒的室內泳池，此刻一片空蕩寂靜。不，其實在泳池旁，二個工人拿著一支強力噴槍水管，沖洗著原本鋪在池畔各處，包括更衣室、淋浴間、置物櫃、吹乾頭髮的化妝鏡洗手檯、廁所……一種拼組的藍色硬塑膠網格防滑墊，那個馬達的噪音時斷時續充塞這整個空間，但我卻有一種置身一座所有人都跑光了的大教堂（而且作為唯一一個祈禱者的我，滑稽地赤膊穿泳褲，頭戴泳帽加蛙鏡，腆著大肚子，二手交錯在胯前，既寂寞又猥褻），莫名畏敬，莫名感傷。挑高拱頂上方那幾扇原本打下燦亮光束的天窗，這時全灰濛濛看得見玻璃上的水霧。夏日時那些像希臘神祇穿著紅色街舞褲，露著弧線過度尖銳上半身肌肉，坐在半樓高眺望椅上的救生員，此際四、五個擠在入口登記櫃檯邊哈啦，臉上全帶有一種失業者的茫然。

總之就是結束了，這種季節限定的場所。我再覺得如何不對勁，還是得一個人獨自在那池裡來回游著。

這二天重讀大江健三郎的《憂容童子》，作為這本書神祕核心（或曰龐大賦格展開的那一小節主旋律）的「童子」意象（大江為了它，重回，或重建了一整座他童年所居的山中森林），一開頭即寫了一段極美的畫面。主角古義人在五歲時，始終認為他和另一個自己生活在一起。他依照家人稱呼他的方式，把另一個自己也叫做古義。

「不料，約莫過了一年，那個古義逕自從山谷裡的家走上森林裡去了。他告訴母親這事，母親不予理會，遂又更詳細的訴說古義是怎麼離去的。他說，站在後廳走廊上眺望森林的『古義』，忽然踩住格窗爬上欄杆，先是併齊雙腿聞風不動待在那兒，接著若無其事的邁開腳步凌空走了起來。到了河上，他展開和服外褂的雙臂，像隻大鳥，乘風飄向古義人被屋簷遮擋看不見的上方去了……」

父親過世後的這幾年，每個禮拜四，我會在孩子們放學後便將他們送到永和那座老房子，讓我母親看顧二隻小獸一個晚上。我得以脫身到咖啡屋趕稿，或跟朋友約哈啦個二小時，或去按摩院修補那僵硬疼痛的肩頸背脊。主要是，那老屋不知從何時起，總讓我有一種光度不足，屋頂、走廊、各房間乃至神龕上的一盞盞燈具無法對抗整體籠罩的闇黑感。二個小男孩回到那房子，奇異的有一種熠熠生輝，似乎他們的好奇和吵鬧，本身就形成一種發光體的印象。母親（父親過世後，她便神祕地跨過一換日線，變成一無有脾氣，靈魂緩慢且安靜的老婦了）的臉上，也會煥發著我們小時候逢年過節或宴客時才有的燦爛光輝。她總是從下午便在廚房忙活著，等二個男孩一被我丟回來，便笑吟吟一道一道菜上到客廳的長條几上（因為孩子們要邊吃邊看電視）……

那些時光我總不在場。

一般我總是帶他們坐計程車到竹林路一一九巷口，穿過峽谷般雜亂舊公寓（大抵是四、五層樓高）間的窄巷，回到那幢我童年被靜置於此，而整個場景不知從何時起便不可逆地衰敗、頹圮、荒老的「時光之屋」。我總是急匆匆而煩躁，呵叱他們跟上，穿過窄巷裡險象環生的摩托車群、腳踏車、有時是對向塞在巷子裡的計程車或貨車，有時甚至遇上巨大甲蟲般堵住所有下班潮灰暗人群的黃色垃圾車……似乎那只是一個雜遝、混亂、疲憊的過場。如同我自己身體意志都在走下坡的人生這個階段。如同我童年印象裡同樣總一臉怒容的父親。

那天因大兒子最後一堂體育課，全身汗濕，我便讓計程車停在市公所對面的佐丹奴，買一件換穿T恤，然後帶他們鑽進那條傳統市場的直巷。那之後便岐岔歪拐地父子仨進入一條像廢棄遊樂場、像古代恐龍墳場的時光隧道。「那是爸鼻小時候每天上學放學的路線喔。」腔腸般放射狀迷宮般的，傳說中永和那會把外鄉人困死其中永遠走不出去的巷弄線團……悠悠不知今夕何夕的巷裡的酐仔店、醬菜小鋪、裁縫店、家庭理髮店……但你真的像沿著一條不存在的小河弧彎在行走。孩子們眼中所見，卻是醜陋不堪，民國七十年代（就是我念國中那些年）這整片稻田、竹林、日式老屋全翻蓋起四、五層樓簇新公寓，卻就此如被咒術魔法凍結，不曾再改變的破舊場景，拆掉的河堤、變電所、憲兵隊……在河流和這小鎮曾經最繁華之街的過渡，我們像走進了一條瀕死老牛灰綠髒污的泥巴叢裡。

突然走進一小段如同版畫的窄弄，極窄，二側住家間距近到一個大人張臂左右手指可觸各自門戶。每一單位房空間大約也不過四、五坪大。二層透天。低簷矮牆紗窗可窺見屋內人悲慘的一切生活場景。印象中我兒時每日上學途中經過，便意識到這裡窩聚著的是「極貧苦的人」。如今似乎除了排坐在弄口轉角的三、五老婦，還有一個赤膊枯瘦老者把其中一間當拾破爛基地堆著漫溢出破紅門外的空塑膠牛奶瓶、易開罐、沙拉油罐……已無人居住，有幾戶甚至塌毀成紅磚瓦礫的「框格裡的廢墟」，但因為占地實在太小了，那一切變得像裝置藝術一樣超現實。我想起來了：這條窄弄裡曾有一間家庭理髮（可能二樓起居，一樓剪髮），只有一張椅子，黑魅魅面前一幅鏡子、洗頭處是一附著苔垢的碎磨石水槽……一切都如夢似幻地嵌擠在不可思議的小空間裡。那使得十三、四歲青春期的我，在那年紀可能跟我母親差不多大的婦人，如此挨蹭貼近規律的運動，不論是她拿髮剪堆著我的後腦杓，或空氣中刺激清涼的廉價洗髮水氣味，身體若有若無的輕觸……我記得我在那樣一個貧瘠的空間裡，面紅耳赤感到白色罩袍下年輕莽撞的生理反應……

當我領著孩子們穿過這段太怪異而令他倆緘默的「昨日巷弄」，突然接上他們認得的地景：「哦……這是奶奶家後面巷子走進來的地方嘛。」「ㄏㄡ爸鼻你帶我們走祕密通道嘛。」連我也有一種，在他們面前露一手，彷彿穿過什麼把靴子陷埋的夢中沼澤，穿過我童年一日復一日在那些巷弄裡鬼混亂繞，摸索出來的一條路徑，那樣的歡快心情。

不該發生的事

那是一幢三層樓的小洋房，每層平面約十五、六坪吧，有一個鋪了櫸木地板的木扶手迴旋梯，因此形成一個貫穿這螺旋狀攀升空間的小天井。仔細想想，我觀看這屋裡一切的視覺，很像是低頭俯看著一只玻璃雪花球裡的小世界。但我卻又在那屋子裡。牆面刷了白漆，燈光也是懸吊在這天井一盞瓦數略不足的藍色綿紙燈罩長方形藝術燈。挑高氣窗透進來的是外頭漫山林木入夜後潮濕的、漿果熟爛的腥味。我意識到這幢小屋，是山裡社區沿坡道建築上百幢一模一樣小洋房其中的一間。且似乎除了我們這一戶剛搬進來，周遭全是黑魅魅的空屋。再加上漫不經心的自動鋼琴敲打的蕭邦（很明顯是畫外配音而非這屋裡任何人在彈奏或某個房間有這麼一架鋼琴），時不時傳來咯咯咯孩童無憂的罐頭笑聲，整個就是美國B級恐怖片的開場運鏡嘛……

事實上，那可能是我三十到四十歲整個十年內心的一個陰鬱灰澹的焦慮。我帶著年輕的妻和兩個柔軟小獸的孩子，住在這小屋裡。我得保護他們，裝出無憂的模樣，時不時豎耳聽外頭無邊的黑暗中有什麼將要臨襲的威脅。那屋裡的幸福空氣顯得稀薄，提供一切照明的電力又如哮喘老人的破風琴胸腔，隨時要黯滅掉。問題是我的心智似乎才從二十幾歲年輕無知的走廊踟躕走出不久，對扮演這樣一個保護者缺乏實體感（這時對自己年輕時任性晃盪浪費生命，真是悔不當初哪）。和夢遊般在這小屋裡過著「雪花球裡的美麗時光」的妻（她簡直年輕得像那兩小孩的姊姊）相比，我被張口無言，黑暗中又不斷擴大惘惘的威脅、哀愁的預感塞滿，卻又完全不知道真的發生什麼事，我該如何反應，起身作出怎樣的處置……

後來我聽到我的大兒子和小兒子在二樓發生了爭吵（這在現實世界裡倒是每天發生），於是夢中那將真實空間裡細節、碎物、暗影、凹凸盡皆抹去的，發光子宮般的小屋，三樓某個房間便出現了一棵聖誕樹和散落樹腳，包裝好的禮物堆。那皆在我的意識裡像水母張縮漂浮著，一個念頭立刻成為固定的存有。我立刻領會他們的爭吵肇因於禮物分配不均，於是在夢中赤足踩著那木頭迴旋梯上樓叱呵他們。真實世界裡我扮演這絕對權威的仲裁者，總是率性、即興，沒有固定法則。事實上，我永遠不可能知道兩隻小獸咬啃玩耍弄假成真的衝突時刻，到底發生了什麼事，那總是瑣碎得讓我不耐，我只是像大北極熊儀式性地咆哮一聲，同樣的爭端，有時我喝斥作哥哥的心胸不寬闊，有時我警告作弟弟不要老是侵犯，不尊重他人……我相信這樣的爭吵、控訴、要求仲裁，可能是基因染色體裡設定好的機制，小獸們反覆騷擾父親，要他就一個個預演的生命模型提出建議。但我想他們從我的表現，看到的是一整個混亂、無厘頭的生命觀吧……

總之，這一次的亂數（俄羅斯輪盤賭）我選擇了叱責大兒子，安撫小兒子（雖然我不用抬起眼皮便知道他的嚎哭是作假且愈扶愈醉）。但這一切多像一隻夜鷺面無表情瞪著水光燦爛數百條小銀魚在裡頭翻跳啊，你如何去告訴孩子這世界唯一的法則就是黑澤明的「亂」這個字？你如何讓他們同時學習柔慈與殘忍？忠誠與機伶？正義與江湖？如何在讓他們對每一種美德心生嚮往的同時給他們一雙看透其後虛無本質的眼睛？

「但是這樣真的很不公平……」在那夢中小屋裡，我看見大兒子那張豐美如滿月的臉慢慢佈上陰影。我不理會他們。朝樓梯下走。當我繞過那螺旋形第一個弧彎時，我恰站在二樓的高度抬頭看見他倆攀著木扶手朝下看著我，弟弟在前，哥哥貼在他身後。那一切在一秒內發生吧，我在那一瞬在我大兒子那張佛陀般的臉看到整座地獄的縮影，有一扇不存在之門在那閃電般打開又闔上。他用小孩的手肘輕輕抵了弟弟一下，而弟弟的身軀便翻過木欄朝天井栽摔下去。整件事像一個玩笑而已。我知道哥哥在做這個動作前已預備了我暴怒時的說詞：「我不小心的。」「我只是開玩笑的。」「我不是故意的。」但接下來已發生的那一切我知道他的這一生被這無知童稚的一推，整個毀了。當然他弟弟也毀了。我從胸腔最深處發出哀切的嚎叫，朝樓梯下奔跑，整個天井變成一個銀色的光漩，但是當我跑到那個漩渦的底部，將墜落摔毀的弟弟摟進懷裡時，我發現他的腰部以下，像小時候給他們買的一種4D puzzle立體動物組合玩具，那些拆卸後散成一小塊一小塊透明壓克力不規則小碎片，似乎仍可以組裝回去變成一隻熊、角麋鹿、海豚、鬣蜥甚至長毛象的下半身。而懷裡小男孩的臉竟變成更早些年前記憶中，他還是小嬰孩的模樣，額頭、兩顴、鼻梁、下巴的稜線皆消失，退回一種軟軟的圓形裡。兩眼像海豹眼睛濡濕而黑亮。我絕望地大喊：「操他媽誰幫我打個電話給救護車。」但內心其實接受了一個細微隱密的「啪嗒」一聲解鎖碼的聲音：這只是一個夢！只是一個正在構想中的B級美國恐怖片的爛情節。

在這個故事裡，摔壞的小男孩將終身變成一個天使，似乎組裝成人性的那些不規則凹凸的細節摔碎後，一種卵形的神性從此進駐，他變成一個輪椅上的聖者，永遠寬恕、永遠善體人意、永遠柔慈且照亮他人暗影中的痛苦……

那時我抬頭逆光看著這個迴旋梯天井最上方，猶在欄杆邊把臉埋在雙手中的黑色人影。似乎這短短的時間裡，他的身形抽長成一個習慣垂頭彎腰的大人模樣……

我心裡想：這是不公平的。在我成長的過程，有無數的惡曾在那無人在場的隱密時刻發生了：偷竊、說謊、混在一群惡童中欺凌一個無辜的落單者、背叛，因為懦弱而不敢捍衛千夫所指而我是唯一可以替他說話的那個人。無意義地在背後說某個其實沒有冤仇的人的噴著毒汁的八卦……但這些暗夜綻放的惡之花，因為僥倖沒被發現，或沒有發生不可彌補的壞毀，便在時光流河中被沖刷淹沒了。它們靜靜地收藏進我從無知到後來較成熟以觀看事物全貌的靈魂渠溝下水道。我毋須為無知時期犯的罪付出以一生為代價的懲罰或贖償。甚至如我後來在大人世界所見，許多惡德者可以一生平安順遂，如魔法師將那些歪斜扭曲曾被他們傷害的人像燒王船般靜靜放流到無人知曉的闃寂處所。他們（以及我）可以繼續後來的人生，體會、觀看、思索那不斷再冒出的不同層次的存在難題……

而這孩子卻要一輩子被定著在這個天井垂直下望十公尺不到的劇場空間；以及無數次倒帶重播的那一瞬，回到那起心動念推出手肘前的一刻，「如果那時不那樣做就好了」。但那時我內心又如黑夜閃電不止，一種瞬現即滅復又乍亮的理解：這一切並沒有發生。醒來後我不會把這個可怖的夢告訴那兩個快樂的孩子。而這一切其實已發生過了（可能如那些能觀前世因果的瞎眼術士所說：這是在幾世前你們真的經歷過的；或在另一個次元宇宙真正發生過的）。也許因我在那無數個我的幻妄所創造的其中一個宇宙，發生了，測試過我的極限，而我將之負軛、承受、阻止、保護，並祝福了，傷害的體悟變成一只玻璃燈罩內燻黑的焰苗，被封印在夢裡，不允許它真正的發生……

溫州街夢見街

很糟糕的是，我不記得那個下午我們聊了些什麼，那是我第一次有意識地進入「溫州街計時」：在那之前，我住深坑，偶或被長輩宣召進城續他們的第二攤。那時我的時光，除了年輕的妻子和她肚裡逐漸成形的嬰孩，大抵是獨自在違建鐵皮屋閣樓寫稿。年輕時代的哥們盡皆散去。我總像聾啞人迷惑地在「Lane 86」看著喝醉了的長輩們像高中男生女生鬥嘴吵架，作勢拿煙灰缸互擲，分不清是怨忿或親愛。我想像這溫州街正像褚威格〈昨日世界〉裡的歐洲咖啡屋或赫拉巴爾的小酒館，我欣羨又隔著一層玻璃看著這於我可能的「文明入族式」，煙霧彌漫，音響轟然嘎響，偶被鄰桌美麗女孩尖笑聲戳破（被她們的老外男伴逗的）。像太陽馬戲團精準計算的機括或燃放煙火，某一時點，長輩會比比窗外，「看，是某某，」那當然是文學教科書裡的傳奇人物，騎車腳踏車經過，「神經病，像《夏先生的故事》。」但那個下午是J的葬禮過後，我們被一種超過個體的冰冷襲擊，原本彼此不熟的同世代怪咖群聚至Coffee Odem。我們靦腆又熱切，摸索共同的語言，我猜想那應是一次近乎「文學改良芻議」的宣言，但其實只是我們這些「內向世代」的複製人們，相約「我們不能在這樣落單在各自的書房等待下一個人被狙擊」，那之後我們便定期約在Odem（我們暱稱為「後花園」）或朱利安諾或Common Place（我們暱稱為「妓院」），長夜漫談，扯屁唬爛，哀嚎人生的不幸。我覺得那於我真是「命運交織的溫州街咖啡館時光」。

後來我搬到城內，幾乎就在溫州街的隔壁巷，當然我是在和平東路這一頭的。被辛亥路高架橋截斷的溫州街南北段，其實是兩個不同時光粉塵飄浮的世界，接和平東路這一端的，完全是一個時光靜止的昨日之街，我偶爾帶孩子們闖進，那牆沿蔓長出的老榕，沿水浪顆粒舊公寓壁面攀上四、五樓高的九重葛、爬牆虎；有時百公尺內完全不見一人，只有雀鳥和壁癌鐵鏽牆欄門簷上的野貓的，「不在場」之強大的時間吸力，但讓我腦海浮出瓊瑤式的書名：《庭院深深》、《碧雲天》，更現代主義激情孤寂一些，木心的《溫莎墓園》、或甚至就李渝的《溫州街的故事》。暮年將軍和他的年輕妻子，低聲說話打牌的鬱悶教授，廢園，時光踟躕，被禁錮於此的昔日魅影，但像「天空之城」最後一隻機器人看守的滿覆苔蘚的墓塚。

穿過了泊滿黃色怪獸垃圾車的巨大橋墩，穿過榕鬚遮蔽的「白靈公」小廟，和漂滿彩色油汙、抬頭浮游著至少上百隻小烏龜（大的像小豬那樣嚇人），非常古怪一小段止水的「（瑠）公圳遺址」，一間店內黯不見光的阿婆酣仔店（感覺它之所以猶開張至今，主要是賣「白靈公」廟香客之金紙香束為營生），兩間咖啡屋（「路上撿到一隻貓」，對面新開的「波黑美亞」）非常典型「溫州街氣味」：老文青書櫃、私藏光碟、電影海報。50號則是一棟佔地不小的鐵皮違建屋，我每每匆促走過，總有一「這是一拾荒者屯積拾來破爛之總部」的印象，從這往羅斯福路那頭走，可能比較是人們口中或印象裡的那條「溫州街」。時光還是被調慢了，但像是「清明上河圖」裡酒榭茶樓的運河畔，一小截距離即用筆墨注滿的，指岔分枝渠巷隱藏，塞滿細節的城市夢華錄，一代一代文青在這些褶縐裡孵夢、耍頹廢、延後進入社會大機器的，讀書、玩耍、哈啦之「夢見街」。

很奇特的，它沒有糧行、裁縫店、草藥鋪，沒有老唱片行或五十年前的老戲院，它如果作為一時光展示之街，竟沒有典型的懷舊遺跡，它是漂浮在那些庶民百工而形成小小文明夢境之外（譬如烏鎮東柵的戲台、染坊和糕餅鋪，譬如牯嶺街的郵幣社與二手書攤）。它是不同世代的知識分子鬱悒或憤激的避秦迷宮，他們的夢境在這條魚骨般巷弄裡各自據點，數十年後你訝然驚覺，已鐘乳岩疊積成一可以作考古人類學的化石層。當然闖進某一暗弄會出現一間似乎除了感冒糖漿和胃乳其它藥品皆無的小西藥房，或咖啡豆烘焙私人工廠。但主要是某某故居，明目書店，誰誰誰和誰誰常在此出沒，在此寫稿的「挪威森林」、「Coffee Odem」、「朱利安諾」、「魯米爺」，記憶裡每一間咖啡屋的牆上都貼有切格瓦拉和憂鬱貝蒂和四百擊的海報。可能都是租賃老舊公寓一樓改裝，印象中每一間咖啡屋的廁所皆狹仄舊敗，馬桶之排水系統皆十分脆弱，以夢養夢，後來的文青們推門走進離場的前輩文前曾苦悶挨坐讀書的角落座位，所以溫州街極難描述，卻總讓每一代文青飽漲追憶它的情感。

那樣的追憶總變成我們的「珈琲時光」：一段戀情、一小群人某一段一起鬼混，最後卻成陌路的唏噓往事；某一間咖啡屋老闆歇業拉下鐵門後（酒店關門之後，）分發大麻的一千零一夜，他跑船的故事，他前妻的故事；誰誰誰提議「我們來搞個什麼好玩的」、我們曾這樣認真計畫一「金剛組合」之書：我寫其中男性角色的變態與暴力，C寫其中女性角色的乖異與夢境，S寫所有人物超現實的性冒險，Y寫那陰鬱之城（銀翼殺手式的）全部的建築與街景；P替我們建構偽編年史，ㄌ補足所有虛構人物關係的龐大清單……這樣的友愛和團夥幻覺何其咖啡屋，何其溫州街，那是從咖啡豆的焦香煙霧和昏黃立燈，破爛藤椅沙發和一種「我們就這樣一起變老」的頹廢安全感才可能長出的神燈怪物。有一次我非常認真地對這些忍者同伴描述我正進行的「西夏」長篇遇到史料轉換的困境，我決定不要變成一本歷史小說，想就此定名為「西夏旅館」，D君突然說：「啊？吸一下旅館？」眾人大樂，於是一整晚大家玩起關於任何與「吸一下」有關的，溫柔頹靡買一送一大放送的旅館色情服務廣告文宣，讓我為之氣結。

如今我住在距溫州街二百公尺之內的巷子，我常在黃昏黯影圍著轟隆轟隆黃色甲殼車甩肥鼓鼓垃圾袋的人潮裡，隔著和平東路望著對面煙氣迷濛排在蘿蔔絲餅小攤的長長人龍，那條夢見街的入口。奇怪我恐怕長達七、八年吧，除了禁煙令後酷寒烈暑坐不住戶外座的幾個月，幾乎每天午后都像忠實的打卡上班族到溫州街的那幾間咖啡屋讀書寫稿，但一覺如夢，當真要追憶起「我的」「溫州街的故事」，竟如黑白默片，如他人之夢，深感不知如何談這條街的魔術，有時我和哥兒們在街巷某間咖啡屋裡聽他們胡扯哈啦那些荒淫妖豔之事，一個空檔走至店外吸煙，忽然瞥見頭上二樓公寓人家，鐵格窗一覽無遺屋內神明桌的紅燈、電視的跳閃流光，或它們書櫃的雜駁深淺顏色，或後陽台熱水器之轟轟聲，那麼挨近、偪擠、小市民（不再是李渝的溫州街故事了），我會對這條街的住民充滿感激，為何允許我們這些貧乏孤獨的同城之人，從新店、中和、天母、城東城西城北，搭乘捷運騎機車叫計程，甚至隔兩條街步行過來，躲在他們腳下「ㄎㄨㄟ

ˊ燒」孵夢，暫時寄居那散置巷弄渠道各角的螺殼，煙塌燒泡吟燈迷雜般祭啟夸誕奇談、銀檻虹燈、繁絃高屐、淫娃蕩女的文藝青春夢（其實是賣火柴女孩一、二、三的火柴棒），然後有一天，夢醒了，又紛紛無情離場。我們不再是不帶著自己人生地流過那個巷街，這樣在那些有著法文義大利文名字的窄小舊公寓一樓小咖啡館裡交換身世的好奇心慢慢消失。

當然人人都可以說上一段他的「溫州街時光」，譬如Y，每每我們在Common Place聊到酒酣意暢，他都會跑去臺一冰店，端回五、六碗熱騰騰的紅豆湯花生湯芝麻湯圓，一夥人咬破那Q皮讓油膩濃郁的餡膏燙得幸福得眼淚汪汪，他總說這是「台大人的儀式」；譬如H，每從埔里上台北，總要到明目書店、唐山、後來的秋水堂，提了兩大袋整落的簡體版書，吃飯則必約那一對臉很臭的港仔老夫婦老闆的「醉紅」，也是「台大人的儀式」，說他們家腐乳用的道地，芋頭鴨煲或蒸鹹魚，後來在台灣再吃不到那樣的「南方味」了；譬如萬子，整個十年從師大路到溫州街幾家咖啡屋全打過工，在我印象中標緻開朗的老闆娘在他的回憶裡卻變成不願傳授他煮咖啡祕技，後來歇斯底里因小故便將他開除的陰暗惡女；或我總愛聽美女J眼神淒迷說著Lane 86還開著的時光，那隻一臉愁苦趴在十字街巷邊的黃金獵犬，像爬蟲類夢境一般夜夜買醉的時光，初換上OL的文藝少女們在這結盟（不論是幹譙雞巴的女上司，或醉眼品評鄰桌的美型男），虛無地狂笑傻哭，乃至時日拉長後難免的傷害，背棄或離開。涉入漸深，溫州街便不再僅是條展示櫥窗般的夢見街了，它像有多組繁錯生態，關係網路的水族箱，你總會聽到這樣那樣的八卦，但說是八卦，卻又毫不激凸陰暗，反而像懷舊照片，有時間的沙金，像我有時坐在魯米爺戶外吸煙區趕稿，突然便一輛載卡多剎車停在一公尺身旁，一個殺氣騰騰的漢子下車摔門，卸下一大麻袋冒著煙的物事，扔在店門，也沒交待什麼，就跳回車呼嘯而去。過了一會，吧台的小T一臉平靜地出來將那袋沉重物事往裡拖，我問那是啥，她說：「冰塊，就是你冰咖啡裡的那些冰塊。」

輯四

砸碎的時光

代表永恆欲望的金蘋果（二之一）

他們把車停在那一排「小吃店」前，入夜的街道一片空曠，彷彿所有白日裡與現代都會文明相關的一切——脆弱、感傷、繁複的機械操作、雜誌封面那些果醬般的年輕少女之臉、光爆般快速傳播的訊息——全被太古洪荒的某個降臨於此的異次元黑洞給吞噬吸捲進去。他搖下車窗，相距不到三公尺，那些菲律賓女人挨坐在戶外拼起的麻將桌邊，桌上啤酒瓶滿插如劍戟列陣。女人們皆上了年紀，臂粗肚圓，叼著菸豪笑時，一片波濤洶湧。主要是她們的臉，完全沒有一絲引領你進入某種遊戲幻覺的旖旎風情。他想：就算是一部電影，你知道那一切都是偽造之幻術，但也有一啟動幻境的約定密碼吧？簡單的說，這些目露凶光、臉部各處肉不斷變形晃顫的女人們，太不「色情工業」了。她們從身體、眉眼、舉手投足……都顯示著這曾是一些勞動者的身體。這些身體像熱帶雨林氾濫的渾濁泥河，不是為著典型尋芳客之視覺、嗅覺、觸覺而掐捏精雕（那些穿細肩帶絲質襯裙的金髮芭比或學生服日本AV女優）。她們在此兜售色情，一定不是各自本然之設計。他想：在他的城市裡，觸目可及的這些身軀較嬌小、膚色較深、眼睛較黑白分明的異族女孩，他從不曾啟動雄性動物掃描雌性動物之色情辨識系統看待她們。事實上某些女孩的臉廓較我族女孩更深邃美麗而類似《金枝》裡那些女神的形容。但那視覺關係裡纏繞絲繩太多我們這個國度對這些異族女孩們身體之買賣、控制、暴力、歧視……像插滿玻璃碎片的舌頭，張口除了哀鳴無法唱歌。

他搖上車窗，對X說：「我沒有辦法。無關於種族成見，或S說的對，我們的色情機制從小就被扭曲，設定成錯的、病態的審美偏見……但我就是沒有辦法……」

X說：「我也沒有辦法。太生猛了。」

前一天晚上，在X家客廳的聚會中，他們朗讀布朗修的《黑暗托馬》其中一小段落：

「……觀察過鄰座後，托馬大為驚駭：對方是個高大的金髮女子，她的美麗隨著他對她的注視而甦醒。剛剛他坐到她身邊時，她似乎還感受到一股極為強烈的喜悅，現在卻像是渾身僵硬，還以一種幼稚的故意閃避到一旁……」而後這托馬做出一魯莽的舉動：他用力拍打桌子：「……她站起來，摸了摸頭髮，然後擦擦臉，靜靜地準備離去。她的動作顯得多麼疲憊啊！才一會兒之前，她臉龐所浸浴的柔光、她衣服所映照出的亮澤，在在都使她的在場如此令人感到安慰，而現在，這樣的光輝已經消逝無蹤。只剩下一個存在，於消褪的美麗中現出脆弱，甚至喪失一切真實感，彷彿身體的輪廓不是以光描繪，而是以那種讓人以為是骨頭所漫射出來的磷光。」

應該是這個時候，X，或客廳裡的任何一個人，突兀地對在場唯一的德國人，X的朋友S，問了一個像心在不焉卻又挑釁的問題：「S，你總是說，台灣女人沒有身體。『身體』，這很有意思……但那是什麼意思呢？」眾所皆知，S的老婆是個台灣女人，細細的眼睛像某個年代的月曆美人，甚至可以算性感。但S在下班之餘，總喜歡到港口邊的「小吃鋪」去找那些菲律賓女人

「玩」。以S的收入，大可到有年輕台灣美眉陪酒的夜店去消費，但S卻對此嗤之以鼻。

這裡當然有一大夥濛昧不明的想像上的海溝：即一個德國男人眼中的「性感」是怎麼回事？像小說裡寫的，白人眼中的熱帶女人皮膚永遠蒸騰著熱氣，永遠微笑且眼睛失神地飄浮在熱浪逼人的昏沉夢境中，像熱油攤上無時間感的蜥蜴？當然S的觀點絕對不代表「德國男人」或「白種男人」的觀點。

S說：「這沒什麼。『身體』就是身體。沒有身體，就是沒有屁股（此處老外的發音為「ㄆㄧ・ㄍㄨ」）、沒有奶子，一種性意識上的不在場。你們台灣男人喜歡那種瘦瘦的、皮膚非常蒼白的、講話形容像小孩子的……這在我們西方男人眼中，是不可思議的，是不健康的身體，是有某種疾病暗示的……

「我不曉得，也許台灣的女孩子，在十二、三歲時是有性意識的，是在模糊懵懂中摸索性這件事，但這裡的家庭教養或社會意識似乎很恐懼這種「女孩的性意識」，全面將之撲熄壓抑。這段時間，西方的爸爸們可能是鼓勵自己女兒去和不同的男人交往，最後挑一個最好的。可是台灣的女孩常到了三十歲，對性的理解仍近乎白癡，停留在十二、三歲甚至更之前的錯誤想像：焦慮恐懼或夢幻空洞，完全沒有足夠的自我理解和掌控，不知道怎麼去調情，或不知道自己正在做的已經是調情或性的邀約，卻仍躲在一個天真無辜的假童貞想像……」

X說起大學時念心理系，有一門課他們的田野報告是對小學一、二年級的孩童進行一種測驗，讓他們在紙上畫人形，再以這些人形所呈現的局部細節（譬如某階段的孩童猶無法意識到脖子、手掌、手肘、或衣服細節的存在），評定一個智力發展分布曲線。當時他和一位同學，到苗栗鄉下一所極小的小學，經老師同意後，對一個一年級的班級進行測驗。

X說，在那個時刻，所有小朋友皆低頭在發下去的紙張作畫，只有一個坐第一排的女孩——黑瘦矮小、留著馬桶蓋頭、前排門牙換齒未長還缺了個窟窿——奇異地不進入那教室光暈靜蟄的時間，抬起頭來對他嫣然一笑。

X說，那小女孩頂多七歲，而且是在這樣偏僻鄉下，絕不可能有城裡某些過於早熟的羅麗塔女孩之複雜家世。X強調他不是戀童癖者，但那個午后，他在那間教室，從那女孩眼神看見的，絕對是充滿強烈電力的性！他那時年輕青澀，日後也算經歷不少女友，但未有一個成年的女人，給予他過那樣強度的「飽含性之誘惑力道」的一瞥。那女孩或許並不知道自己臉上在那一時刻展露的表情，是性意義的勾引。但性確實充滿其中，X說，我曾想這或像某些西方小說中曾寫過的，「具備性之天賦異稟的女孩」。甚至某些中世紀教士會將之描述成「惡魔占據附身在那雙眼睛的後面」。在我們這個社會，必然將這種天賦視為不潔、邪穢，必然在她有一天成熟為一完整女人前，便將之打壓禁錮。也許待她到了二十歲時，這種性之天賦，便被壓抑或消失。

「我們這樣，好像昆德拉在《可笑的愛》裡有一篇〈永遠欲望的金蘋果〉裡的那兩個傢伙喔，」X小聲對他說。那個悲慘故事，是一對進行色情冒險的唐璜師徒，在一趟旅途中像教學實習那般對鎖定好的所有可能女人進行搭訕和獵豔之技巧。很不幸地，那師父所有展露的高級調情技術在那天全數吃癟，他們一次又一次碰壁。但落空的欲望卻逐形膨脹，而師父用以描述這些欲望全景的哲學話語則愈來愈艱澀。最後當天黑時兩人徹底沒搞頭時，那位師父還非常鎮定地訓誡那悵惘的徒弟：「所以這一切的經驗都是無比珍貴，那些女人全在這些過程中被我們紀錄下來。」

代表永恆欲望的金蘋果（二之二）

他們走進一間ＰＵＢ，很怪，像九〇年台北譬如農安街、雙城街、師大路街頭還常存在的以老外為客源的美式ＰＵＢ，如今台北這類酒館倒罕見，像某種幻術在人們不留意間便消失了。吧檯裡一對母女模樣賽車女郎打扮的美目女人。年輕那個沒話說是個標緻妞兒，翹臀纖腰香肩玉臂，臉蛋則像日系ＡＶ女優，眼睛大得不成比例，總之是青春無敵。年紀大些的那個其實時光倒流個十幾年肯定也是個電眼美人，但如今豪乳肥臀，北魏佛像式的銀盤臉托在那身銀光塑膠布材的辣短裙露奶馬甲上，怎麼看都帶著一種「大嬸太拚了」的疲憊辛酸。

店裡除了一個長得極像福克納的老外帥老頭，和一個法拉頭但肥胖臃腫的老女人併座喝酒，就只有他和Ｘ這兩客人。之前Ｘ說：「我之前的經驗是，那一天只要一開始是受挫的，最好是乖乖回家睡覺。你愈不死心硬要ㄍㄧㄣ，之後會是一連串的噩夢和屈辱。」這時Ｘ卻低聲說：只有我們兩個，就拿這兩個吧檯妹來操練Ｓ說的，「調情的話語」。他心裡想：媽的不就是你對上女兒我哈啦老媽？

但很快他卻發現自己非常討厭那個年輕的美眉。近乎生理上的。主要是那女孩習慣在無意義的快速話語跳躍後（你所有可以想像的，一間生意不好的ＰＵＢ好不容易走進兩個面色憂疑拘謹的中年宅男，吧檯裡這對母女賽車女郎為了炒熱氣氛，所拋出的垃圾開場白：你們是竹科的對不對？我們還以為是日本人？當你問她星座時必然說「你猜」；你們不是高雄人對不對……）會掛上一串讓人不舒服的罐頭笑聲，那笑聲冰冷、空洞、毫無誠意，讓他想起大學時代某個雞歪的女生也是這樣的笑法：像柏青哥彈珠檯遊戲機在跳燈時一串吵嘈尖銳的噪音，嘩啦嘩啦，你分不清那是訕笑，或代表她的快樂，或某種虛矯的天真……不知道是從哪學到了這樣錯誤的笑。以她這樣的年紀，靈魂還像實驗室堆放一起的玻璃瓶皿，無法將他人的情感包裹進自己的體驗裡。他很想勸她：「像妳這樣一個美人兒，千萬別這樣笑。」

相反地，那個年紀較大的女人，在替他們倒啤酒並自己點菸的時候，讓他感到較大的信任。他心裡想：「她是有眼神的。」她的眼睛像母牛一樣漆黑而濕潤。並且懂得自嘲。當年輕女孩說：「我們是母女。」並放上一串尖銳罐頭笑聲時，她只是翻白眼作出無奈狀。他和X低聲說：好險，沒有造次，原來她們不是母女，年輕女孩又補了一句：「她是我阿姨啦。」嘩啦嘩啦嘎嘎嘎……

女人又做出咬牙切齒狀，用台語說：「妳給我記著。」

最原始的雌性動物的優勢炫耀：青春、漂亮、吸引PUB所有酒客色情目光的身體，像一隻年輕的斑馬。另外那個：臃腫、腋下噴散的都是身體素質開始下降的渾濁酸臭味、臉蛋也不再緊緻，五官向外漂開。其實如果在辦公室裡權力關係和自己同齡男女放在一塊，還算是個美女。但在這個展示柵欄裡，卻每一夜成為那個年輕女孩抓來陪襯、低貶的滑稽道具……

他說：「哦，是喔，剛好我是他舅舅。」因為他的外型恰好較高瘦的X老醜狼狽，頭頂也悲慘地禿了。X加碼：「他是我主管。」

他們進入遊戲，卻改變規則：在我們這邊，年齡不必然代表性的籌碼之優劣。漂亮年輕的胴體和那蔑視衰老的罐頭笑聲，在我們懸浮著人性經驗的遊戲室裡，可能不必然是強勢者喔。S前晚說的話像恫嚇的幽靈冰冷浮在他倆的後腦：「台灣的男人因為完全沒開發性意識，不曉得怎麼玩，所以即使一路三十、四十、五十……有能力出去玩了，性幻想還停留在二十歲時的凍結時空，喜歡芭比娃娃一樣的幼齒妹妹，所以台灣男人基本上全是戀童癖症者。」

但這時，他和X的注意力難免被分心到馬蹄型吧檯對面那對老情侶（或他剛進門時一瞥而逝不以為意認定是一對典型台美聯姻的老夫婦）：老福克納和他摟在懷裡的台灣歐巴桑。因為年輕女孩和她的賽車女郎阿姨，一直以一種像手持攝影機晃搖鏡頭（所以他確實感到頭部的暈眩）的跳躍和移位，把和他們這邊調情拉勒的破碎情報，加上一些零斷單字之破英文語助詞：「Really……」，「Oh my God!」，「I hate lying!」，「That's impossible!」轉達給那位上了年紀像一袋馬鈴薯窩在酒杯前的歐巴桑。這時他們慢慢意識過來，這個老女人不是那老福克納的台灣老妻——不是老倆口來這港邊PUB喝兩杯的暮年之愛的某個夜晚——她，才是這家PUB的老闆娘！吧檯裡的兩個賽車女郎，只是幫客人倒酒，或造成視覺眼花撩亂聽覺喧嘈熱鬧效果。她們的三腳貓英文根本無力支應這港口上門來找人談心排遣寂寞的各路老外（應該都是些水手吧？）真正在坐檯陪酒解心的，或這酒館中真正的蜂后，竟是以他們這台灣宅男之眼看不出一絲性元素的老胖女人。以他們的印痕記憶，這樣從下巴、手肘、腰肚都層層疊疊堆擠肉的老婦，應該是廟裡拿香虔誠祝禱孫兒生病快痊癒或水果攤拿一些已黑爛的香蕉桃子撒賴塞給顧客買下的媽媽型角色。S前晚的輕蔑評價再一次痛擊他們。「幼稚的性意識！」

因為意識到他們並不是她們（老闆娘、年輕美眉、打扮成賽車女郎的年輕美眉的阿姨）眼中真正的嬌客，他和X開始交頭接耳，低聲以人類學觀察方式討論起眼前的一切。但這似乎讓他們的處境朝他們不樂意卻無能挽回的方向傾斜：年輕時和同齡女伴混這種老外充斥之PUB的不愉快回憶。女伴總人來瘋和那些「懂得玩」的老外嘻嘻哈哈地融入這類PUB像啤酒泡沫漲開的酒神情境；只剩下他們這些拘謹的台灣男孩非常無趣湊對拿著啤酒瓶坐在角落陰鬱地聊天。老福克納把兩枚啤酒瓶圓鐵蓋擠在眼眶上，裝瘋賣傻跳山羊舞，吧檯裡的老女孩和年輕女孩拚命用破英文表達她們被逗笑得上氣不接下氣。這個過程中他們試圖反撲，X亮出斜背包裡大傢伙長鏡頭的尼康專業照相機，唬爛說他倆是台北下來追獨家的狗仔。但這一小段小高潮在年輕女孩搖篩子或鐵罐鋪滿般嘩啦嘩啦的假笑和她阿姨搔首弄姿真的在乎鏡頭的起鬨下，X溫馨地幫她們拍合照並保證會把相片寄來而結束。他且幫兩個女人算紫微斗數，但因必需上網排命盤而吧檯上那台電腦又實在跑太慢，使得他認真編構起她們的命運時，顯得氣氛乾燥、古怪、彆扭……似乎他變成那些到酒館騙一杯免費酒喝的盲人算命師……

在他倆意興闌珊決定離開時，最後還發生了一段不愉快的小插曲。當他們買單時，他與X為了搶付帳，互相拉扯中各丟了一張千元鈔票進吧檯裡，「妳不要理他，收我的！」「欸，妳收我的，我是這裡人，他只是過路客……」萬沒想到那個臉龐幻美的女孩竟作出一讓他們愕然的動作：她把其中一張千元鈔迅速塞進自己乳溝裡。他與X停格在不知如何是好的尷尬笑容中。（他們低聲討論：怎麼辦？要要回來嗎？還是就給她好了？媽的可是她根本從頭到尾沒來理睬我們？那怎麼開口呢？）他心想：又是從哪學來的錯誤的小動作。

最後是X屈辱地笑說：「欸，小姐，妳把錢還我們算命仙啦，免費幫妳算命妳還這樣？」女孩才面無表情，噢的一聲從胸罩裡面抽出那張擰成團的紙鈔，扔還給他們。

變形金剛（二之一）

前兩天ㄩ與ㄇ夫妻請我和孩子們去西門町看新上片的《變形金剛2》，因為國賓戲院座位爆滿要排到下週才有票，於是我們轉至隔一條街的獅子林戲院。

夜間的獅子林廣場，像一個得了癩癬、披著油污碎花罩衫，但止不住從髮縫、脖子的皺摺、肐肢窩、肚臍、胯下、髒黑腳趾，身體各處交響樂般噴出並匯流的惡臭。我的孩子們睜大了眼，看著暗影叢林中昔日蠟像館般的——賣滷味攤、裹麵粉油炸熱狗棒、像壞掉的電話亭般的霜淇淋機、一路窄巷的彩繪指甲、刺青、寫真照小鋪……我們攀爬著關機的金屬摺疊梯板電扶梯而上，二樓布滿屎垢的玻璃櫥窗，展列著一件件超現實的、想像中浮華年代舞台上萬丈光芒幻美絕倫女星穿的禮服，大紅、煙紅、煙蘿綠、姹紫、嫩黃、蓬紗、鑲碎亮片、肩翼飛翹滾花蕾絲、細肩帶、窄腰肥臀的弧線，似乎一個個不在場的妖嬈女人褪下她們香汗混著香水、蜜粉的青春蛻物。

ㄩ說這裡全盛時期是西門町這一帶紅包場歌女們租表演行頭的集散中心，如今也衰敗得只剩這兩、三家了。我轉頭對著孩子們說：「這裡是爸爸年輕時，全台北最繁華的遊樂園。」孩子們腦海中可以沒有可供調度以浮現「繁華」二字字義的畫面，我卻閃瞬即逝那個年代的獅子林，一層一層樓最新的電玩機種，嘩啦嘩啦流瀉而出金黃鋥亮的銅代幣、穿著校服的高校美少女、菸攤上琳瑯七彩排列如糖果罐的各式進口洋菸、最時髦的銀飾銀手鐲、可以點插著小紙傘和醃漬櫻桃的聖代塔的民歌西餐廳，各家歌廳鑲著那個年代最紅的歌星（你想像阿妹、蔡依林、周杰倫是在這些歌廳登台）節目廣告燈箱、冰宮、那個年代銀幕最大杜比音響喇叭最夯的戲院、街巷鋪展開塞滿眼的是最流行最前衛的東京少男少女的鞋帽衣衫……

而那一切都像金箔褪去的泥塑菩薩，鼻子掉落、眼瞳的彩繪顏料暈淹流出、臉頰部位的釉漆浮凸鼓漲而龜裂……慘不忍睹而已。

但一轉折鑽進那黑暗中的戲院中，突然變成一個個矗立在城市上方的巨大神祇，在人類只能仰頭瞠目的天空上進行毀滅或是守護這個地球的極限戰鬥場面。它們互相摔撲、砍劈，痛擊對方同樣巨大的金屬結構身軀，一個翻滾仆倒便把相形之下脆弱如蟻築沙壘的人類建築、高架橋、港口、摩天樓壓垮粉碎，第二集的《變形金剛》似乎更刻意炫示一場「當今地球最先進科技武器」與這些外星更高文明的「人與神之戰爭」：F-22猛禽戰機、掠食者無人戰鬥機、艦載電磁炮、精靈炸彈、M1A2主戰坦克、黑鷹直升機，當然還有老梗的軍事間諜衛星……像一場在金字塔四周狂轟濫炸的煙火秀，啪啦啪啦，光焰四射，讓人看得立馬變火眼金睛，不，眼花撩亂。當這麼渺小的人類傾全力將他們所有的火網、光鍊、焰彈、爆炸球集中往那些金屬巨人身上招呼，彷彿幾千年前的特洛伊神話或摩訶婆羅達史詩臨現，說不出的駭麗、震懾、恐怖但崇敬。我想像著我孩子們仰頭、眼瞳閃閃發光記下的這一切上演的，如此奢糜，難以言喻，那些由人類交通工具（油罐車、水泥攪拌車、大型吊車、悍馬車、跑車、戰鬥機……）變形、組合，結構而成的巨大機器人（而非我那年代的布袋戲傀儡或鹹蛋超人、科學小飛俠），演出愛、信任、復仇、追殺、尋找金羊毛……等等古典戲劇。那在他們的腦額葉印痕了什麼樣的想像祕界？

這次《變形金剛2》冒出來的「前傳」，是說在變形金剛它們本來的星球亦發生了正邪雙方的殲滅戰爭，原本七隻類似人類創世神話中最強大的「至尊」，其中一隻變成「墮落金剛」（也就是墮落天使的機器人版）。總之它們的母星發生了能源枯竭，全族滅絕的悲劇，於是以墮落金剛為首的狂派機器人和捍守正義的博派機器人，便展開跨越銀河遼闊時空的戰鬥。它們爭奪一柄名為「領導母體」的啟動能量鑰匙，這柄鑰匙可以炸掉銀河中的那些太陽們以取得能量，但遠古以前的那另六隻善的「至尊」，犧牲自己將那類似印度教濕婆神「毀滅之杵」的鑰匙，封印在埃及最大的古夫王金字塔……事實上也證明古老的變形金剛狂派與博派之戰，早在人類文明出現之前，就以地球為舞台，上演過「神的戰爭」了……

對不起非變形金剛迷的讀者，可能覺得以上這一段文字不知所云，其實第二集腫瘤般暴長出來的「史前史」，別說我那兩個孩子看不懂，連我都看得一個頭兩個大。網路上有人說《變形金剛2》的劇本是《現代啟示錄》加《阿拉伯的勞倫斯》。但我怎麼覺得男主角山姆這次在守護神柯博文早早死去，必須靠自己（渺小的人類力量）去找尋「領導母體」讓柯博文起死回生，同時在邪惡金剛們狂魔亂舞追殺的絕望之境，自己成為「救世主」，這個梗怎麼好像《博物館驚魂夜2》喔，另外山姆亦變得有點像哈利波特……

走出戲院（又回到那個破敗、骯髒、狼籍的昔日城市遊樂園夜間街景），ㄇ止不住失落地說：

「還是第一集好看。」「對啊！那個男孩在自家院子第一次目睹自己的破車，憑空在星光下像扭轉積木，旋轉、變形、矗立而起成一美麗機器人的詩意完全不見了……」

「對啊！這次的變形金剛們好像霹靂布袋戲裡摔來摔去的傀偶喔。」

變形金剛（二之二）

因為說起傀偶，ㄩ說最近網路上超流行一支日本拍的怪傀儡戲，叫《*OH！Mickey*》。說是傀儡戲，其實是拿一尊一尊那種櫥窗展示，露著潔白牙齒僵固笑臉的時裝模特兒，主要角色是一個叫Mickey的美國小男孩和他的爸媽，這樣一個美國小家庭「將要展開在日本的新生活」，所以他們的對話就是一般初級日語入門的日常對話與簡單字彙：

「麥奇，我們今後要開始在日本生活了唷。」

「麥奇，她是你的表姊蘿拉。」

「麥奇，吃完早餐要刷牙喔。」

對話從初始的簡單日語課程，慢慢陰影挪移滲入，變得充滿暴力、秀逗，表情卻始終保持傀儡僵硬的微笑。最終一定是人偶們「啊哈哈哈哈哈」的罐頭笑聲。

ㄩ說，這很怪，從表面看，真的是一家三口移居到日本生活的美國人，太陽光下無新鮮事的對話，因為始終是擺在櫥窗迎著路人展示的燦爛人偶笑臉，反而等於沒表情。所以當那些粗暴的、秀逗的、甚至恐怖的狀況發生時（有一段他們三口去兜風，Mickey和爸爸把頭伸出車窗，高速被路標攔斷，變成沒頭人偶，但他們仍是以「啊哈哈哈哈哈」的笑聲結尾），那表情與語言錯置的乖異感，讓人想到張愛玲小說裡，那些表裡不一貌合神離的太太們、老爺們、妓女們，無論怎樣急怒攻心，妒火中燒或冷箭捅對方要害……總是「笑著道」、「九莉笑著說……」。

ㄩ說，網路上且流行一種叫「海龜島」的故事拼圖遊戲，先由出題者提供一沒頭沒尾的情節，譬如「有一個老爺爺，揹著他孫子，走到河邊，看著水面，然後就拖著他背後的孫子，跳河自殺了。為什麼？」或者「有一個變態殺人魔，總喜歡把死者分屍，警方後來在一個村落逮到他，因為村子口養雞農的雞全被切成兩半而死，為什麼？」網友可以提任何問題，天南地北，胡說八道，最後一個陰鬱古怪的故事，就這樣從一片虛空中，由支離破碎的小破片，慢慢拼組出來。第一個故事是「老爺爺和小孫子相依為命，但老爺爺得了老年癡呆症，常忘記這一刻自己是誰，正在哪裡，要做什麼……那一天，小孫子重病高燒，老爺爺揹著昏迷的他出門去看醫生。但疾奔到半路，突然忘了自己要幹什麼，只隱約記得有非常緊急之事，便這樣在街上惶惶無著來回奔跑。小孫子經不起這耽擱，終於在爺爺背上病死了。老爺爺跑得口渴，蹲到河邊想掬水喝，從倒影看見背後孫子發白的死人臉孔，想起了一切。遂絕望跳水自殺。」第二個故事ㄩ說記不太得了，似乎是這變態殺人魔原本是一對孿生連體嬰其中的一個，醫療小組犧牲了他的哥哥，把原本共享的器官留給他，將殘破不全的哥哥像贅疣那樣割除了，於是他總想體會，那被切成兩半而死去的那部分，是什麼樣的景況？

我聽得駭異不已，望著眼前這陳舊凋敗，俗麗骯髒的昔日遊樂園暗黑街巷，還有年輕男孩女孩大排長龍等著下一場的《變形金剛2》，我苦笑對ㄩ和ㄇ說：「看來我的孩子們將來的抒情鄉愁，就是那一隻隻茫然站在文明廢墟的巨大機器人，它們不知道自己從何而來，為何變成這般怪異模樣？但這不打緊，傀偶的世界，人類可以替它們從僅存的一、兩身世殘骸，編造出一個巨大怪異的史前史啊。」

後來ㄩ打電話給我，說看完《變形金剛2》那個夜裡，街道像整片被熄燈的電影片場，她和ㄇ搭末班公車回新店，噯，那個公車，你知道的，本身就像一個移動的櫥窗、舞台。車窗直落至腿下，白銀燈光滾落披灑，座位上的人疲憊、孤獨、沉靜或一臉呆滯，全像騎在遊樂場旋轉木馬的夢幻光氛中，被展示給公車經過兩側黯黑陰影中的夜間遊民。ㄩ說，她也把頭抵在玻璃窗，渙散看著流晃而過但又在每一瞬形成縱深的騎樓空景。除了便利超商或無人提款機，基本上是一片漆黑，很奇怪地，那個時刻，內心會無來由地哀傷愁沮。

ㄩ說有一站公車停下，她無意識盯著一座類似水源市場南門市場那樣的公有集中市場建築，樓梯黯影裡坐著一個老人。她被吸引多看兩眼，只因那矮胖光頭老人穿著那種金蔥繡線的桃紅絲綢小襖，並穿著一條亦繡上斑斕花樣的粉紅百褶裙。這樣的古代女裝，在這樣的夜晚，即使穿在一個女人身上，也是說不出的古怪，結果竟是那樣一個像《烏龍派出所》裡的矮胖老頭穿著……

（是瘋子吧？）

可怕的是，那老人突然把原本埋在臂彎裡的頭抬起，直戮戮地，就把目光對上她，直盯著坐在公車上的她賊笑起來。

公車當然立刻就開動，把老人和他置身的黯黑框景拋在後面。ㄩ說那一瞬她心臟像要從咽口跳出來。身旁的ㄇ，或這公車上其他散坐的乘客，都不知道她剛剛獨自遭遇的那一幕。她從未有過對置身在這一封閉空間裡，和這些陌生人的偎靠、安全之感……

車在夜間空曠的街道疾駛，這之間約過了六、七站（換算起來也少不了四、五公里吧），她和ㄇ到了站，一下車，抬頭看見站牌旁，那個鮮衣華服穿古代女人小襖和粉紅大裙的老頭，笑吟吟站在那看著她。（媽啊這不是港劇鬼片的情節嗎）她尖叫著拉著ㄇ衝進路口燈火通明的麥當勞，待到人家打烊才溜回家。

ㄩ說，主要是，那怪老頭是如何比他們先一步趕到那公車站牌？我說，是個變態吧，一路騎五十西西摩托車狂追你們那輛公車，超到前頭，把機車撇一旁，裝出好整以暇的模樣。ㄩ說，但他如何算出我會在哪一站下？而且那一路，公車幾乎都是用狂飆的……

也許是像《封神榜》或《水滸傳》裡，會神行太保或土遁之術吧？

小女友

Q君有個小他十來歲的女友，長得極美，我們這些老屁股的聚會中曾來過一次，明顯地跟不上我們那種衰朽、陰鬱、自怨自尤的對話氣氛。但我觀察這女孩是個聰明姑娘，一臉清純的笑容，對我們所有的廢話全表現出充滿興味的模樣，卻又帶著一種疏離與禮貌。S私下翻白眼問我：「她是不是瞧不起我們啊？」我說：「Q喜歡就好。」

在我們這個聚會裡，哥們偶爾會攜帶新的伴來參加，那確實極細微艱難地調校了我從小見父親和他的哥兒們相處時，稱呼哥兒們的配偶為「嫂」或「弟妹」，一種緊密如親人的人際形式。那些女人總是固定的，父親和其中某個哥兒們起爭執嫌隙時，這些「嫂」或「弟妹」會親密柔軟地為她的男人說項（「他這人就是彆扭，可真就只認你這個兄弟。」）；有時會哭哭啼啼出現在我家，約莫是被她男人欺負了，像告狀兼尋求庇護，我母親也會進入「嫂」或「弟妹」的角色，哄慰那女人（「那個誰誰真的也太不惜福了。」）然後轉身要父親幫她講講那哥兒們……

不過在我們的時代啊，像迴轉壽司那樣遞轉變換的哥兒們的女人啊，你總來不及理解她們，幾次聚會後或又換了另一個女人了。她們總像半途插入我們泥河混淌多年延續下來的聚會話題。那些私密的事曾在X君的前女友面前說過；或上回G君盲腸發炎到起膿時，我們到醫院探望，G的哪個女友和他姊姊一起在床側照顧，招呼我們，宛然大嫂；更別說我無數次在這樣的酒吧長夜一張一張命盤幫哥兒們不同時期的女人們算紫微斗數。那些美麗的臉晶亮認真的大眼，而我向著虛空中煞有其事描述她們不同的未來……

Q君的小女友來過一次我們這樣的聚會就不再出現了。但他們仍持續在交往。問題稍微複雜些：小女友是別人的馬子，也就是說Q是第三者，給某位我們不認識的男人（據說是學院裡那個領域的明星學者）戴了綠帽。這或可解釋為何小女友在我們的聚會中，一種說不出來的輕微警戒和冷淡，而從來是廢材男子漢的Q君，為何在哥兒們面前，對女孩總有一種讓我們陌生的，過分的小心和呵護……想是關係不確定造成周邊人際網絡投資的混亂心情吧……

上次聚會，Q君講了一件奇怪的遭遇：他說，他和小女友總固定約會在城市南區一間巷口轉角的咖啡屋（那不在女孩正牌男友會經過的動線上），像是兩人關係無法更進一步的擱淺於某處礁灘之意象。他們各自喬出正常生活之外的零餘碎時光，最初的激情已過，只為相聚一刻，兩人對坐各看各的書，喝杯咖啡，抽幾根菸，聊聊彼此「另一邊」生活的瑣事、煩惱、朋友誰誰的雞巴事……種種。但那一天，他們並沒約好，Q君只是在兩攤不同客戶約會間的夾縫，突然福至心靈，想繞去那咖啡屋打發掉也不過一杯咖啡的時間。心想說不定還和小女友不期而遇呢。

但接下來的畫面像電影裡的某一個場景。Q君在馬路下了計程車，鑽進那黃昏人潮皆帶有一種炭筆畫或郵票模糊毛邊。影影幢幢的巷子，走到距那咖啡屋約十公尺左右，轉角露天咖啡座那熟悉不過的九重葛篷架上，他的小女友和一年輕日系帥男並肩坐著。第一瞬他只覺得啊這麼看過去她真是美。笑靨如花，嫵媚妖麗。當然他想起前一天下午他們才對坐在同樣桌位。平靜、沉默、疲憊。她一臉枯黃對他說起最近工作上的瓶頸，覺得自己又快被那絕望的鬱吞噬。但此刻坐在那貌似《海角七號》那個日本歌手的男子身旁，她笑得多麼燦爛啊，那是同一個她嗎？

下意識他覺自己壓了壓頭上的帽沿，但其實他並沒有戴帽子。混身在這巷裡拉長了黯影的人群裡。但他為自己此刻站在這個偷窺的位置感到羞恥。他鑽進那十字街角巷子的另一側，整個人的內裡被一種宛如燒鐵爐中斂收火光之熾燙灰燼的妒意給灼燒著。主要是原來她和那明星般年輕又帥的型男並坐在一塊時是那麼登對啊。本身像發光體任經過的人群皆忍不住側目。

Q君說他走到馬路上，忍不住撥了電話給女孩，她沒接。那蠍螯般的毒刺才寫實地刺穿他在這件事上的悲慘：他是第三者。他常在他們約會中，突然她的男人來電，他們共謀對看一眼（「是他。」）他看著她不敢接起電話，待情緒平緩（「或他識趣暫離座」）後再撥回給男友。現在他成了那個她和另一個男人坐在一起卻不敢接的電話。

他在大街上疾走了約十分鐘又忍不住打了個電話給她，這次她接了，壓低嗓音說她在她男人那邊，不方便講，但她許久未有的腴軟甜蜜對他說：「我好想你。」

Q君說，此事注定朝一分崩離析之命運而去最重要的核心是「說謊」。他想過瞞著她永遠不提他曾在暮色巷子另一角看到的這一幕。但那意味著她除了和他共謀對她男人說謊，現在又複式結構她為了另一個年輕男人對他說謊。那變成一種他無法承受和想像的外太空飛行船所有鈑手、水杯、文件、盆栽、尿壺……全浮在四面八方的漂流。最重要是他真正發現他們建立在偷情的關係上，他連吃醋的位標都沒有了……

（我對Q君說：「好像葛林的《愛情的盡頭》喔……」）

那晚Q君寄了封e-mail給女孩提出分手，女孩回了一封真摯平和的長信，細節描述了那天她的穿著：髮型、衣服、褲子、靴子……顏色與款式；他所指出看到她的那個時刻，她人正在哪？哪？，當時她的男人坐在她對面（而不是什麼日系帥男！）那間餐廳的老闆娘可以替她作證……。沒錯那天下午約三點左右她曾去了那間「他們的」咖啡屋，但也只喝了一杯咖啡便離開了。所以，「你看見的那個女生根本不是我」，「你因為這樣就要跟我分手，我雖然很憤怒，但我不要因為你的眼花而失去你……」

Q君一臉苦相把這個怪事講給我們聽，當最後說到女孩這封信的結尾，我們不禁都為著女孩的最後那句話鼓掌喝采起來。S說：「如果她是說謊，我不得不佩服她的機警堅毅，我也必須說她非常愛你。如果她說的是真的，我則感動於她的寬容大肚。Q，你是個爛人。」Q則說後來他努力回想，畫面裡那個妖麗嬌媚坐在那兒的女人究竟是不是她？他已愈來愈不確定了。難道真的有「雙面維諾妮卡」或「杜麗娘離魂記」這種事嗎？他完全相信她說的。但那像電影排場裡那個美麗的女人，並不是在搜尋記憶「真的有長得那麼像她的另一個人」，而是，Q君說，「或許是我心魔投射的幻影，我內心底層，本就相信有一天一定會撞見這一幕：她那麼年輕、漂亮，本就該跟個登對的年輕漂亮的男生偷個情親個嘴什麼的。我是這相信著，於是就真的看見了那一幕……」

另一個世界

那其實是一個類似停車塔的車道。他說，螺旋狀的盤升爬坡，厚實水泥材質的低壓屋頂，因為是在那樣封閉空間讓汽車駕駛順著同一方向打方向盤讓車輪壓著塗漆通道經過，所以整個空間的光度非常黯弱。就像那些百貨公司大樓深埋在地下五樓地底的停車場，整個空間全被灰色的水泥堅固地封印了，感覺就算是地面上的世界整個被核彈爆炸給夷平，這下面也不會受到絲毫搖撼。

你能感受我想要描述的，那樣一個水泥結構粗壯堅實的空間感嗎？他說。

我說我大概能想像。很多年前，我曾開車在石碇山路間盤繞，非常幻異不真實地看見從溪谷上矗立起三隻一列比山頂還高的水泥巨柱。那遠超出我平時在城市裡熟悉的大樓建築之水泥物質感。簡單一個巨大圓柱體，和周邊一片濃蔭綠色的山稜或林木的線條、構圖、視焦遠近比例完全不搭軋。在我本能內心想著「人類不需要到那麼高的高度」的圓柱頂端，有一個同樣是水泥的楔形平台，像拔釘器的金屬嘴冠，許多戴著黃色膠盔的小人兒，和一些像長頸鹿的鮮紅色金屬吊臂在那上頭施工。

後來我才知道那是穿過雪山隧道的北宜高速公路其中一段的水泥橋墩。

嗯，那你懂我的意思，他說。事實上我那天並沒有開車，我是步行走在那上下四方全被厚實水泥包圍的車道緩坡。那時我確實會出現一種疑惑，當初那些工人，是如何在這幢大建築的內部，板築、編架鋼筋、水泥灌漿，弄成這樣一個逐漸上升的緩坡車道？

他說的並不是百貨大樓地底的收費停車場，而是一間舊昔倒閉的百貨公司改裝而成的Motel，超級汽車旅館。那個黯暝光線造成的地下印象，其實他是在這建築四、五樓之間的高空。順著那迴旋水泥車道兩側，是一間一間像冷凍貨櫃倉庫那樣的旅館房間。來此買時段偷情的男女，在入口閘門付了房費，便直接從車道上開上。標示他們房號的那格車庫前的數字燈箱便閃爍亮起。他們把車倒入後，可以撳下也很像冷凍動物屍體倉庫的按鈕讓電動鐵門降下……

聽起來是很像ＤＮＡ螺旋體的形狀，哦，不，是單股的，所以是減數分裂後的單套染色體（精子？卵？），一小格一小格的房間單位附著著一條螺旋型的車道……

你蠻無聊的，他說。主要是，那天下午，他帶那女孩到那間Motel約會。他們沒開車，所以是搭電梯再步行走過那冷酷水泥異境的車道，找到閃著黃燈的他們那間房。基於某種安全感，他也撳下按鈕讓電動鐵門拉下。房間裡的場景他就不贅述了，有點陳舊的，光度仍是略暗的，拼湊想像的中國風，宮燈、紗帳、紅眠床、仿古太師椅那些。他和女孩做了愛（這部分他一反舊習，對那些銷魂時光的細節描述不再著迷），也在大浴缸泡了澡（經濟不景氣後，旅館提拱的溫泉泡浴粉不動聲色從兩包減為一包），兩人對坐在有點髒污的暗色地毯上抽菸聊天。

按例是各說各話，他說些學院裡的鬥爭，他和哪些重要人物吃飯、應酬的無聊場面；她則說些最近讀的哪本書看的哪部電影的內容。他們的世界差距太大了。像離家多年的父親和長大成人的女兒偶爾的碰面，彼此說些自己生活中發生瑣事，不求對方了解，只為相聚一刻。

那時，女孩突然說起最近正在讀的，村上春樹的《IQ84》。那個開場蠻有意思的，是講有個女孩，搭計程車塞堵在高速公路上，但她趕赴一個不能遲到的約會，那個怪怪的計程車司機告訴她：「妳現在下車，從這裡沿路肩走過去，在立著廣告大看板下方的車輛緊急暫停空間，有一個可以攀爬下到地面的太平梯，妳可以爬那鐵梯下去，到附近搭東急線趕去約會的地點。」於是這女孩便真的走過那些靜止在高速公路上不動的車陣，走到那個太平梯口，把高跟鞋收在皮包裡，赤腳穿著絲襪，抓著那垂直於高速公路高空的太平梯，一階一階地爬下……

問題是，這一個奇怪的高空攀梯下降之後，像愛麗絲跟著兔子摔進井一般的深洞，等這女孩下降到達地面，她（後來才慢慢發現）那已是「和原來的世界幾乎一模一樣，卻有一些極細微處不同」的另一個世界了。像時鐘刻度或酒館裡人群側面肉眼難以察覺的，極小的偏斜，差了一點點，但那確是和本來的世界並不同的另一個「平行宇宙」了……

哦，我說，這個小說開場聽起來不賴。

他說，一個年輕女孩從高空上高速公路的平面，沿著那無比粗大的水泥橋墩旁的垂直鐵梯，手腳並用地攀爬下降到地面的意象，給了我很大的震動。我問女孩村上是怎麼描述這段過程（譬如鐵梯鋼筋的鏽粉，肩膀手臂肌肉的僵痛和指握間的汗潮，或是強烈陣風造成耳膜近乎爆裂的疼痛），女孩說他好像沒寫這些，好像是聽覺上描寫了一些遙遠空曠的聲音，主要是回憶了和一個昔時女友的一段近似女同性戀的肉體親愛畫面……

之後，他如常用計程車送女孩回她男人的住處，才上了車，女孩便低聲驚呼她的化妝包留在旅館裡忘了拿，他要司機停車，女孩的男人恰好這時打電話來，一片混亂中女孩比手劃腳讓車繼續開。他說所以我要說的是，我把女孩送回他男人住處後，又搭原車回那間Motel拿她的化妝包，櫃台小姐微笑把房門鑰匙給他，親切告訴他沒問題，那間房還未打掃。

他又穿過那厚重水泥印象的車道找到之前那個房間，問題是check out之後這整個房間的電源被切斷了，裡頭一片漆黑。他試著把房卡插進電源匣槽裡，還是無法點亮任何一盞燈。他走進浴室（女孩說她化妝包丟在盥洗檯上），摸黑中只看到拋在浴池邊沿大浴巾模糊的白影。他點亮打火機，影影幢幢地把搖晃的焰苗貼近每一個物件。沒有，他壓著打火機瓦斯閥，走回臥房在那零亂的床上翻找。女孩說的那個，村上小說的開頭，「透過一個界面，就滑進本來這個世界歪斜一點點的另一個世界裡了」，突然鑽進他腦海，二十分鐘前這裡原是一間幽會的密室，燈光下女孩年輕豪華的白色胴體像熄滅前燭燄的燦爛發光物，視覺暫留在他眼前這一片黑暗中。此刻這個空間變回荒野鐘乳石洞般的粗礪亂石，每一個物件都拖著長長的陰影。他在床腳摸到那個帆布材質的化妝包。地板上還擱著他們離去前留下的菸灰缸、水杯和礦泉水瓶的影廓。他說，他有一種感覺，因為他在應該離去這房間而不應再出現在此的時刻，違反了時間契約又闖了進來，那一刻，那個空間也像小說中說的一樣，某個刻度被悄悄挪移了。他知道當他走出那房間，站回那冷酷異境的水泥建築車道時，那已是另一個，和本來的世界並不相同的世界。

平安夜（ＫＴＶ女孩）

那些女孩的臉總讓他想起某種防毒面具：可以剝下來的，有環結管線可以連接到氧氣瓶的，或在那卵形鏡面上你可以看見另一張臉的倒影。不，她們非常美，近距離看時，你很難不被她們鼻翼上那些蝶類鱗粉般的銀色細屑，和翻翹的濃密睫毛（雖然你知道那是假的）弄得暈眩。一開始坐他身旁的女孩叫「布丁」，年紀可能比十七歲還小，有一雙古畫美人的鳳眼，臉出奇的豪華，但身材完全是瘦削的小孩，那給人一種日本藝妓纖細頸子頂著一頭插滿光搖奪目髮簪之沉重假髮的錯覺，這孩子大約也意識到自己的美，一坐下即和他隔得遠遠的，背對著他認真地切水果。他試著向她搭訕幾句，她也不應，低著臉竟像害羞或鬧彆扭。

他的哥們對他使個眼色，把他叫出包廂，「欸，你那個不行？，我們把她換掉怎麼樣？」「可是……」「就換掉，我跟她們經理說，他們會很技巧的。媽的不然你這個晚上不是掛掉了……」他們各自回座，女孩用驚惶的眼神看他，他不動聲色問她星座、年紀……一個少爺推門喊：「布丁電話！」女孩恨恨拿起綴滿假珍珠小包，踩著高跟鞋出去了（這時他哀傷地發現女孩有一雙他妻子從年輕時就欣羨不已的鹿般的細腿）。

換進來的女孩叫「自由」，下巴很短，眼睛非常像張惠妹，或也意識及此，唱歌時會皺眉呲牙像母豹在威脅朝向牠的攝影機，或許是深諳這種包廂間高壓競爭的遊戲規則，這女孩非常放得開，一坐下就把年輕的身體往他懷裡偎，腴軟如麥芽糖。一開始還耐煩跟著他們這些大叔點唱的沉悶古代抒情歌（羅大佑？姜育恆？他們是誰？幹，居然有人點劉家昌的〈日落北京城〉），後來不知何時插歌一首徐懷鈺的〈妙！妙！妙！〉魔幻電音一炸，包廂裡的少女們全大夢初醒肢肢擺搖扭跳起來。那才是她們那世代的歌，女孩們一臉認真，拿著麥克風放恣大喊，「自由」甚至衝上電視櫃像森巴女郎吊在半空狂扭她漂亮的、小禮服包覆的臀部。這時他哥們拿酒瓶靠過來和他碰了一下他的酒瓶，附耳說：「靠，他們好像換一個太猛的，我跟你打賭，這位是從制服店轉過來的。」

螢幕又被奪回大叔們的男性哀傷情歌時，他忍不住問：「為什麼取『自由』這個名字？」（確實很怪，想想如果酒店公主們全叫這種抽象且意義無限大的名字：『寬恕』？『信任』？『慈悲』？『誠實』？而非莉莉娜娜琪琪妮妮？）短下巴女孩噴煙滄桑地說：「就是生命太不自由了，所以希望自己自由點。」（唉，他想，真不該問的。）女孩且會隔著西裝襯衫的捏住男人的乳頭，唱〈義勇軍進行曲〉：「起來！不願做奴隸的人們！把我們的血肉，築成我們的長城！」「起來！起來！起來！」時空錯置，顛倒迷離，今夕何夕。他驚詫極了，那是連他都沒資格覺得被冒犯的，遙遠時光櫥窗裡，他父親那輩人的哀慟的臉被用麥克筆畫上卓別林鬍子、眼鏡，和吐出的舌頭……

這時一個一身筆挺西裝，短髮梳頭油的少爺，來換菸灰缸時，湊近耳邊說：「剛剛布丁被換下去，好傷心喔，不知道自己哪裡犯了錯。」他發現那是個女孩，應該是個T，但奇怪近距離他發現她臉上也畫了妝，他發現她的眼神像母牛那樣深邃而哀傷。她為何會跑來告訴他這個？她和布丁有在這場合討生活的難得的姊妹情誼嗎？這時他意識到剛剛的撤換，會不會對這些像林間小鳥，幽微世界的女孩間的生態，造成超乎他理解的傷害？或是還有他所不知的規矩？他悄悄從皮夾抽出一張千元鈔塞給那打扮成男孩的女生：「請妳轉告布丁，她非常好，是我不對，一言難盡，這是給她的一點小意思……」

事實上，他每每想到，這些虛假幻麗的魔術時光消失，這些女孩們像掉了玻璃鞋的仙度納拉，她們穿著粉紅、嫩黃，或煙藍小禮服，或胸口開個小洞的蟒白蔥線金絲短旗袍，微露酥胸玉臂，大腿撩起，在夜間中騎著五十ＣＣ摩托車，離開那一格一格裡頭關著與她們父親年紀相仿，卻比父親聰明、氣派、在這社會更有權力的老男人們，她們和他們互相哄騙，調情打屁，之後她們要飛車疾駛那遙遠的路程，回到她們在五股、蘆洲、淡水、樹林的家。他就覺得打造這一切虛假美少女夜晚的歡樂屋機關，真是蕭條，疲憊又寒磣哪……

那晚恰是聖誕夜，女孩們戴著吊著白綿花球的紅色聖誕帽，穿著紅色小短裙，後來大家喝醉了甚至點唱起瑪麗亞凱莉的〈平安夜〉。但那旋律不知怎麼太藍調太黑人靈魂樂了，歌曲頹靡哀婉到像整個房間都像達利的畫那樣融化變形，穿西裝短髮的帥氣女孩（後來我發現她的職稱是「儲備經理」）拿出仙女棒點燃了插在酒瓶口。女孩們全滿臉幻夢地笑了，「快許願！」「剛好每一間只有三根喔，這就是『賣火柴的小女孩』，每人可以許三個願望！」他的哥們卻哀嚎著：

「靠！快熄掉，你們這些沙發、地毯、天花板、隔音牆是防火材料嗎？前陣子俄羅斯不是一家夜總會大火，死了一百多個客人，媽的不就是一個白目魔術師放煙火結果快速引燃天花板……」一「自由」不知從哪拎了一罐泡沫滅火器，一腿踩在桌几上（她的絲襪大腿真是美）：「大哥，別擔心，看，我都準備好了。」一「對嘛，許個願嘛……」

那時他的眼前突然真的像那個悲傷至極的平安夜故事裡的火柴芯，光焰爆炸的瞬刻，每個人的臉都被一種明亮、愚癡，對幸福渴望的表情籠罩，但暗影竄搖，慢慢將那次第黯滅的限時的許願神祕時刻給吞掉。啊，為什麼會在此刻和這群陌生人聚在這裡像密教儀式地祈求幸福呢？他想起一位自殺死去的故友寫的一個小說：一個男孩偷偷喜歡班上一個女孩，但那女孩是個窮人家孩子，少年間惡意傳遞著一個女孩在廁所的祕密交易。後來這男孩也進行了一次那交易。即是在黑不見光、臭烘烘的學校廁所，付五元給女孩，她會給你一根火柴棒和火柴空盒，點燃這根火柴到它完全燃盡而熄滅的短短十秒吧，女孩會撩起裙子讓你用那小小的火光「看個夠」……如今想來，這個少年哀歌何其純真。他想對「自由」說，眼前這一切或許是我年輕時曾許過的一個願望，火柴熄滅之後，幻夢並未停止。那時我也曾空泛不解其意地亂許願，也許我曾許過一個關於自由的，百感交集的願。一個許錯的願望。但一個慳吝的上帝有時或許是個慷慨的小說家，如果這次的光燄可以將上次的願望取消，我願意妳重新命名為「平安」。這是屬於這個夜晚的名字。

群盲

那個空間裡總給我一種小學時養蠶寶寶，在蛋捲鐵盒裡十數隻白色小生物窸窸窣窣靜默地啃食著桑葉，有時你會起疑啊牠們會不會已集體死亡變黑？掀蓋一看，那太過安靜而不確定的存在感，仍然「歲月靜好」地都在，都忙活著，都進行著生命極簡單形式的進食和代謝。那是一家盲人按摩院，主要是男人們，穿著尺寸似乎都過大的淺藍色工作服，有相貌猙獰的中年大叔，但也有臉型削瘦清秀的高中生模樣。偶或一、兩位女性間綴其中，不是手勁不夠的阿婆就是其中某位男按摩師的女友。他們總放著流行音樂網，靠牆一排沙發，生意清閒時他們一個個萎睡在那沙發，客人來了則挺直端坐在蹺腳的沙發凳上，任他們像講悄悄話貼近著後頸，用肘用手指整捏著壞毀故障的身體。這些盲者彼此間會打屁閒聊，手下的動作並未停下，像是他們是生產線上一列捏陶工人或裝修電風扇的，手指下的活人也只好閉目讓自己像並非一具活物。而他們的話題，也會讓你產生一他們比你更貼近那個現實世界。譬如美國牛事件或新流感疫苗致死的疑雲，劉薰愛被利菁封殺啦，孫仲瑜在上海現身變胖了可能快要嫁人了……

一開始我都找二〇九號，那是個瘦子，長得像我們那年代古裝戲所有演師爺的，瞇眼賊笑，唇上留兩撇八字。手勁極道地，我每回會想去找他按，都是肩或腰或背脊膏肓處舊創復發，常是疼痛欲死坐臥皆不成；而他每每下手，也總讓我有一幻覺，彷彿他的手指可以撥開我背後一條條筋脈血肉，在那糾葛迷陣裡揪出那條發黑造成我如此痛苦的毒瘤，抽剝拉起。每按摩完我總神清氣爽。且這傢伙談吐極不凡，我每趴在那簾幕後的臥榻上，一邊強忍他的姆指（或肘骨）沿脊椎兩側像彈奏鋼琴或編竹簍摁壓經絡的劇痛不至哀嚎出聲，一邊聽他臧否時事每每靈光乍現，比聽那些電台裡名嘴評論還幽默有趣。類似的經驗我只有在永康街巷子裡一間牙醫診所，每次我啊張大嘴眼淚直流，任那牙醫一邊用電鑽鑿挖我齒槽間的神經叢，一邊卻不可思議聽他描述整個南傳佛法、北傳佛法、藏傳佛教，像化學實驗的「色層分析圖」，在濾紙上依不同粒子的重量而擴散出不同圈距的色層。由此來看佛教在漫長時光的傳播、變貌，在日本、中國、中國南方、東南亞、西藏……各自不同的演化。

　　但後來二〇九號就不再來了。某一次我推門進去，對著那一張一張眼珠發白故而帶有一種茫然神情的臉說：「我找二〇九。」「二〇九沒做了。」「啊？怎麼沒做了？」問了才知是笨問題，「不知道？。」確乎這些在這瀰散著一股中藥店氣味的空間，靜默（其實他們甚愛拉勒打屁）緩慢（其實他們手指手腕的動作明快地讓人眼花撩亂）在完成各自技藝的什麼的一群人，彼此也只是過客。我依稀記得某一次二〇九號在按背時對我說起他住在汐止，且是十八、九樓的高空上。或許是每天得搭車轉車來這太遠了吧？難免有一種懊悔惆悵，但也不知是懊悔惆悵什麼？也許自己下意識裡，聽著這盲人描述他的世界，總也就帶著一種隔著毛玻璃觀看的細節之漂浮。我是否心裡這麼不著邊際地想像：住在十八、九樓高空上的二〇九號，但又無法眺望那樣高度的鳥瞰遠景，那麼就無法順話尾搭訕喔那住那麼高是什麼樣的感覺？

記得最後一次被二〇九號按（完全沒提起他可能之後不來這按了），他還對之前台北一〇一大樓那鑽石搶案大發議論。「真的是天才，」他說：「一千多萬的鑽石，你想想看，他找那個女大學生，用一口破英文說，我來自日本，英文不太好，要幫妹妹買生日禮物，希望妳能幫忙翻譯並且挑選。先是找這女大學生到四樓喝咖啡，然後帶她到那間名牌珠寶店挑鑽戒。然後拿起那兩個鑽戒掉頭往外跑。這麼容易，這麼簡單，包括女店員，被他利用的傻B女大學生的反應完全合乎人之常情。問題他是怎麼想出這麼簡單的方式。我們想像要去一〇一大樓偷一枚上千萬的鑽戒，腦海裡全是好萊塢電影裡那些「不可能的任務」的高科技、特技身手，才能在夜晚無人時突破層層防盜保全系統。這傢伙想的是那麼容易，我覺得這可以當作一篇小說的材料了……」

他那時有沒有感覺我的背脊一緊？

「重點是，在這個竊賊帶著那女大學生到四樓喝咖啡的那半小時，他們之間的對話是什麼？這真的給人無限想像空間。這段時間裡他們的對話，就是梗啊……拿來寫就是一篇了不起的小說啊……」

後來我只好換固定找一位二十九號，那是個禿頂胖子，手勁當然無法和二〇九號比，但人極溫厚老實。每每按完我謝謝他，他一定回答「不要講這樣。」有時遇上二十九號輪休（他們一週會休假兩天），我便隨便走進去他們排到誰就給誰按，失去了堅持只找某一個人按的做作。我發現在這些盲者之間，竟然也存在著《紅樓夢》、《海上花》裡那些丫環小姐間細微的傾軋張力。譬如這次我走進去，二十九號輪休，我隨意讓十四號或五號按，按的過程難免也和他們哈啦兩句。但等你下次進來，一排目光空洞的男子坐在沙發，當我說：「我找二十九號。」瞬即在十四號或五號的臉上，快轉著先是聽出我聲音的高興，之後是我沒選他們的失落和遺憾。因為他們不像明眼人知道臉部表情會洩露細微心思，他們的臉沒有遮蔽地裸露在你面前。所以我特別感覺那一刻的殘忍。

歐吉桑的美麗年代

一開始他們說起那個白色苦悶年代的小小快樂，蘆洲、三重、中和，都是些入夜後變荒廢墟之境，舊公寓相連樓梯間迷宮般幾個迴旋，就是另一番世外桃源。B回憶起他們大學附近一間書店（是的他們那時都只是大學生），樓上賣的是新儒家、佛洛伊德、海明威、七等生……樓下暗門一間地下室，戴黑框眼鏡的阿伯讓他們這些熟客在霉味ㄒㄧㄠ味的封閉空間裡看A片。後來他們殺去三重天台大樓看大銀幕的妖精打架。有一次他們發現班上一個裝聖人的好學生，也坐在黑暗的某一排座位。於是跑去請收票小姐打字幕在那巨大裸女身體一旁的突兀區塊：某某某外找。散場後他們故意在出口窄巷堵人，過了十幾分鐘那傢伙才鬼鬼祟祟神色倉皇鑽出來。

還有一次，他二哥，念不知第幾年重考班了（所以不是高四，是高六、高七），他和其他幾個不同屆重考生分租南陽街一間公寓五樓的隔間學生宿舍。那天他們約好晚上要進「白宮戲院」去看有插片的好康的。他二哥和另一個廢材室友在後陽台抽菸，將要來臨那鑽進一室旖旎又猥褻、苦悶又相濡沫的那同時代男人們祕密暗室的夜晚，讓他們特別神清氣爽，他二哥趴在陽台小瓷磚護牆對著下面街道人群撣菸灰。突然最悲慘的事發生了，他的一千度近視眼鏡脫離他的臉朝下方墜落。不可思議的是他和他哥們跑下樓找回空鏡框，兩個鏡片像在下墜的過程融化消失，完完全全不見了，周邊地面連一小粒玻璃碎屑都找不著。於是那個他們藏身在窸窸窣窣全是男人們的黑暗戲院裡，兩個重考生互相幹譙搶著他二哥室友僅有的那副近視眼鏡。

那個光霧模糊在頭頂上讓他們顫慄卻又自怨自艾的白色外國女人身體，還真是那時代的寫照。他們笑著說。

說起天台大樓，那戲院，真是逗，舞台上是一個三面鏡式的魔術，J說，正前方垂下的屏幕，投影著中規中矩的電影（印象中好像都是姜大衛的肌肉棒子，或許冠文許冠傑兄弟在胡鬧），條子就坐在前兩排正中間的座位，抽著菸嗑瓜子盯著銀幕認真看上頭的情節。但除了這孤單的條子，其他所有的觀眾全擠在舞台兩側的座後，那垂幕兩邊向後台凹進的死角，則一邊有一個接著一個女人輪番上來跳脫衣舞。恰好坐正中央的視角看不到兩旁香豔妖幻的默劇。這條子這麼上道，想是被戲院老闆賄賂過了，他也沒違背盯場子的任務，整個過程他坐那兒，從頭到尾放的都是乾乾淨淨的電影嘛。

J記得在那滑稽又豔異的「側邊」、「藏擠」的畫面，他曾看過一個女人，臉非常美，美的讓當時不經人事的人從靈魂底層像冰塊被敲碎，哀鳴出聲，腿非常長，簡直放到現在就活活一個讓人失魂的林志玲。她的舞跳得特別好，一件一件衣衫褪下都讓他聽見滿場男人嚥口水的巨大合響，那麼優雅，那麼撩撥。但後來那女人一絲不掛精赤站在那苦悶人群挨擠注視的祕密空間，他發現她的兩個奶子藏不住祕密，垂下來塌掛著非常難看，像漏氣的廣告氣球，下方再突出兩粒乳頭。她應該年紀非常大了。

八〇年代，他們喟嘆地說，那真是台灣男人的夢幻時光啊。金山南路、仁愛路那裡，一排「金」字開頭的Club、酒館，裡頭什麼金絲貓，中美英蘇、八國聯軍，什麼顏色（噢對不起）的妞都有。重點是那個繁華，台灣錢淹腳目，好像大家都急了，都知道這一切不過春夢一場，都聽見那後頭計時的沙漏細碎墜落聲響，都拿著鈔票引火燒出這明晃灼亮的煇煌時刻。哪像這後來的寒磣。

老男人J說，那時他才二十三、四，自己一人躲在滿室臭烘烘煙霧瀰漫的酒客中間，看著小小舞台上方，一個吉普賽翹八字鬍男人，穿著百合喇叭袖、金質雙排釦腥紅大氅、黑色緊身褲，活像個落難國王在變魔術。那些跑到客人皮匣的撲克牌，從豐乳肥臀女助手前襟乳溝變出的驚惶撲翅鴿子，拍著拍著突然就消失進木頭地板裡的彈簧球……都是這些炒熱氣氛但大家並不當真的把戲，隨著那禿頂滿臉大汗老外魔術師擠眉弄眼的表情而哈哈大笑。

老J說，突然那魔術老頭說了一句什麼，整個酒館燈光大黯，隨著小碎鼓音效一盞白光光束在酒客們的頭上亂轉。的愣咚隆的愣的愣的愣——鏘，白光束停在他一臉愕然的臉上。魔術師、女助手、全場那些酒客們（唉八〇年代那些對未來樂觀、血管裡成天灌滿酒精的台灣男人們），全鼓掌起鬨要他上台，這當然是個即興秀，他是臨時被抽中的助手，證明魔術師的把戲是硬本領。

燈光下他突然從黑壓壓人頭中被孤立出來的臉，變得遙遠的酒客們鼓掌、吆喝，用小湯勺敲擊玻璃杯，還有台上老魔術師不知東歐腔還是土耳其腔的邀請或挑釁，老J說，那像是整個他的八〇年代的隱喻，如夢似幻，歡樂中說不出怎麼的悵惘。他幾乎是被人群架起抬著從半空傳遞扔上那小舞台，滿臉通紅地和翹鬍子魔術師握手，並親吻美麗俄羅斯女助手遞上，戴著蕾絲紗手套的纖纖玉指。

之後老魔術師從腰側皮革佩鞘抽出一柄精光亂竄的匕首，要女助手遞給他，比比自己伸出的舌頭，示意他把那柄小劍刺穿那像章魚又像海星般緩慢蠕動的粉紅物事。（女助手引導他，去拉了拉那毛絨絨鬍鬚中間孔洞伸出的是真的舌頭）。這像是這個夜晚真的有點危險性的把戲了。眾人靜默下來，等著他這個無名小卒飄萍之人在那異鄉來的燦亮騙子的舌頭上插下一刀……

J說，那接下來發生的一切他至今難忘，他在一種被催眠的狀態把匕首的鋒刃抵在老人的舌端，他幾乎可以直視老人那哀求又像嘲弄的濕潤眼神，「刺！刺！刺！刺下去！」小碎鼓的音效環場蛇竄，他分明感受一種柔軟物質在承受鋒利金屬割劃將噴出血液的觸感，似乎舌苔下方的血管在蹦跳著。「刺啊！」人群的暈陶中突然有個女人像摔破玻璃尖叫一聲，他的手腕一使力，像從高台跳板躍入深水泳池，瞬即被液態的大藍，另一個次元的難以言喻的什麼包裹住。

然後他聽見人群歡聲雷動。那柄匕首直直插穿那根舌頭，老魔術師炫耀地環場展示那奇異的光景，以及一旁仍然嬌笑如孔雀的女助理，和呆若木雞的他……

但他真的記得那使勁一瞬，分明是用鋼刀刺穿人體某個臟器，有東西被割開，被傷害，後悔莫及的真實感覺啊……

未來的祖先

那條街，怎麼說呢？很像我小時候母親帶我去西門町附近的中央市場，或萬大路的果菜市場，一整條批發市場在白天與黑夜的換日線邊界，人群摩肩擦踵，全是黯影裡模糊的輪廓，近距離遭遇戰各自落單賣自家瓜果蘿蔔的老婦和胖大婦人間窸窣的討價講價聲，一拉高視距，成了一籠罩全景的嗡嗡轟轟集體的悶雷。

空氣裡全是這些底層人、苦力、衰老但充滿活力的身體們之汗臭尿臊味，還有解體牛豬雞隻屍體的血腥味，鐵盒裡浸水冒著泡的瀕死之魚或一旁開膛破肚刮下遍地鱗片的新鮮腥味，蔥蒜薑荽或爛菜葉的刺鼻味……穿著雨鞋的販子們踩過的地面，總是濕糊黑膩，混著他們隨地擤出的鼻涕、濃痰、小孩的便溺、禽鳥的羽毛、爛瓜皮……一種折射出七彩油光的污黑。

但這裡不是蔬果批發市場。J的車停下在中間分隔島兩側的停車格時，我立刻目光巡梭暗影中，一個一個穿著螢光白細肩帶性感小洋裝，或同樣螢光白短恤但繃屁股牛仔短褲的年輕女子，在我們四周的黯夜縱深裡浮游著、湧動著。隔著車窗，她們像深海底的螢光烏賊群，或小時候半夜被父母叫醒到院落看的滿樹綻放曇花，有一種說不來的妖白和發光感。

J熄了火，點了根菸，也打根菸給我，說：「她們全是大陸妹。」那時已有三個這樣青春白腴、臉容豔麗的女人來輕拍我們的車窗，近距離對視時，她們的臉像動物園玻璃櫥窗裡歪頭盯住你的貓頭鷹，幾乎可以直直看進那淡黃或藍綠玻璃珠般的眼瞳深處。我難免有點驚惶，又怕在J面前顯得拙嫩，低沉聲問道：「怎麼辦？」J老僧入定地說：「沒問題啦，我們只要對她們說，我們要先喝酒；等會我們出來，再跟她們說，玩過了。她們不會硬纏。」一下車，那種我幼時在市集的黏濕、腥臭、生猛，一種廉價叫賣、浮動又數量龐大的交易空氣撲湧而上。確實全是大陸來的姑娘，年紀其實並不整齊，有一些在我們走過挨湊上來探問時，可看清濃妝下是一張已顴高頰塌的衰老之臉。不像年輕時在華西街走過的霓虹靡麗、陰慘憂鬱。她們爽快地問：「要不要開心一下。」「走嘛去玩一下。」也不像電影裡阿姆斯特丹或美國黑街那些穿皮裙、櫥窗夢幻的阻街女郎，周邊沒有讓你產生旖旎情欲的「檳榔西施」劇場感：兩邊全是黑魅魅的破舊三、四層樓公寓，J說如果挑上順眼的，就直接帶上那其中一間破爛小隔間裡軋，裡頭很髒，但真的便宜，一次一百馬幣（台幣一千元），我學著J，對不斷用手輕按你肩頭這些性感白腴、肉香瀰散的女孩們抱歉地說：「要先去喝酒。」那細微的擦撞，她們夢遊般迷離的神情，字正腔圓的北京話：「唉呦，先去快活一下嘛，喝了酒就不好玩了嘛。」混雜的香水味，夜色中她們額頭、臉頰的像蝶蛾翅翼的細細薄粉，那露出的肩頭、耳垂下的年輕頸子，和不知為何都如此豐腴的胸弧……像運鏡時手不斷晃動的攝影機……完全不似在阻街與召妓間的兜售和猶豫，反倒像搖滾海灘狂歡派對，夢想裡我們變成深受辣妹們歡迎的搶手猛男……

（呵呵。我的臉上一定控制不住露出羞澀卻又陶醉的神情。）

我小聲對J說，太生猛了。

但仔細一看，除了我們倆，這整條暗街被那些魚群般即興小漩渦，一處一處包圍，再散開，那些荒涼豔麗、腴白芬芳的女孩們對照的男子，全像從油鍋底層撈起的滓塊，像地獄最寂寞的鬼魂，全是一些上了年紀、禿頂、皺臉、全身邋遢，有的戴了粗黑框眼鏡的阿伯們。瘦的耷塌著肩，胖的腆著肚腩，一看就是在這城市底層討生活的苦力、工地工人、鬱悶的小販、計程車司機……他們也和我倆一樣，溝渠密佈的老臉上浮著羞赧迷惘（不知該選哪一個明妃？）卻又傻氣的微笑……

J帶我坐在路邊一處水泥階梯，我倆坐著吸菸，靜靜看著這些在異鄉將自己打扮成網路視訊辣妹或AV女優的中國女孩，我還是迷惑於在這樣髒污的夜街構圖裡，她們各自那年輕身體所熠發出的白光印象，事實上她們是精心打扮過的，即使這群禽鳥般的女孩們是換場景在老外的PUB街、陪酒KTV，或澳門賭場的高級酒店大廳兜賣，你也不會覺得她們不夠格，那樣廉價的賣身謀生，她們彼此間競逐拉客的女性心機，或還多了一分別苗頭看自己和對方時不時髦，漂不漂亮，「欲望城市」那些上流名牌妹同樣的虛榮與愛美。

J說有一段時間，他一個禮拜會找一個晚上，加班後十一、二點，回家之前，自己一人來這兒坐坐，他指給我看那一旁整個搭篷的大排檔夜市，二、三十個賣炒海鮮、福建麵、肉骨茶、賣啤酒或老茶的攤位，竟是全黑不點燈照明的，只靠各攤位自己的小燭光燈泡，鬼火幽幽在黑裡油煙四起。你看那一排排併桌塑膠椅坐著的老男人，和圍聚過來的薄紗嫩肩女孩們，全都在那黯影中調情、交換身世、虛與委蛇中偶爾一瞬真情或哀憫的相濡以沫。J說，一開始也會挑那些年輕身材棒的（我這樣看去，這樣至少兩、三百個夢幻美少女幻影裡，至少有好幾個是走在東區二一六巷會被私人模特兒經紀公司搭訕找去當拍平面廣告的）。但後來我反而喜歡坐下來，讓那些年紀大些條件稍差的坐我旁邊，請她們喝杯酒吃盤宵夜，自在的聊聊天。那些年輕貌美，自恃條件好，總是急著拉你進那些黑暗骯髒的小房間裡快快辦事。我後來變得軋不軋一點也不重要了。我的老婆很好，小孩也可愛，我工作也很努力。但我就是每隔一段時間想來這裡坐坐。我想到兩三百年前，我的祖先從廣東、福建遷移到南洋，到這個馬來人包圍的城市，那時候男的肯定是苦力，女的呢，能做什麼，就是眼前這些說普通話的年輕女孩掙錢的方式啊，慢慢的，他們留在這裡，有了後代，形成較多的華人聚落。但我眼前的這些女孩啊，其實就是我們這些一層一層不同時光岩頁遷移者們的，未來的祖先啊……

J說，有一度他迷戀上其中一個女孩，那次他覺得這女孩特別怪，自己一人坐在角落，也不敢上前兜售搭訕，也沒有像其他女孩無生意時三、五成群聚著抽菸哈啦。他請那女孩坐他旁邊聊天。原來她才剛從內地過來幾天，根本生澀不知如何進場這原始「肉身地攤」（J說，她們後面都有一個華人黑幫罩著，只要不要太囂張，警方不會來這裡抄。她們也是像一串綁著的螃蟹，一個帶一個，這裡站穩了，再招自己家鄉的姊妹淘過來）。結果他是她第一個接的客人，有半年的時間吧，他瘋魔地每個禮拜都過來，來了就找她，而他一出現，她就像小動物開心地找到他身邊……。

但後來就不成了。J噴口煙，把菸屁股扔地踩扁，說：有一次她被一個觀光客包了一天去雲頂樂園，那是個高級賭場，她對我說，她一個晚上坐那旁邊看男人一把就輸一千馬幣、五百馬幣，一個晚上輸光的錢，就比她在家鄉欠的債（她來此賣身的原因）還多。她在那心痛又錯亂，想那些錢如果給我，不就不用這麼悲慘了嗎……又過了一、兩個月吧，他來這裡突然找不到那女孩了，後來發現她和其他女孩一樣，貪婪積極地兜售自己，有一次他又找了她，女孩變得似乎不認識他了，很憾悔的說，今天自己帶攢的錢去雲頂，一下就把八百塊輸光了。

砸碎的時光

J說，他大學畢業後並未立即回馬來西亞，在台北待了一年，那一年啊，他在一家清潔公司打工，和一群這社會最底層的阿伯、歐巴桑一起住在萬華桂林路那帶的廉價出租公寓。

說是公寓，其實是老舊公寓地下室放了許多張鐵床，給流浪漢、酒鬼或流鶯偶爾借宿的大通鋪，非常髒，空氣不流通，混雜了這些城市邊緣人的濃郁腥臊味兒。那全是一群老人，年輕的只有他和另一個酗酒的原住民。那個工作啊錢不多，但非常耗體力，有時半夜有CASE就迷迷糊糊被叫醒，像趕屍投胎帶好傢伙上小卡車，一次四、五輛小卡出勤，我一開始沒弄懂，以為他是去幹收垃圾的清潔隊。他說不是，那是公家飯碗，我們那是私人的，什麼骯髒古怪的活兒都接，我們的配備也超齊全的，譬如工廠遷走要清潔那幾百坪的廠房，那垢積濘結在地板、牆上的黑機油，我們要用最毒的化學藥劑去溶解，用鏟刀去刮，清潔劑整桶的倒、刷、沖洗；台北縣鄉下一些要拆掉的老房子，也許之前住的死者是個拾荒人，什麼破爛紙箱壞電鍋壞電腦上萬只保麗龍空瓶電線車胎壓扁的娃娃車骨架……什麼都有，我們則要一個晚上把它們清掉，房子刷洗乾淨。也有空屋原來亂堆廢棄物被野貓盤據，那一進去肉眼可見像小噴泉的水花密密麻麻的跳蚤在你腳邊狂歡蹦跳，所以我們必須穿膠鞋雨衣雨褲還打綁腿。這工作不能做長，做長身體就被徹底摧毀。

不說脊椎骨一定變形，光你的肺泡就禁不起那些化學藥劑的腐蝕，一年下來，我咳得比之前抽了十幾年的菸還凶，我們可以鋸樹；清除整個屋子被毒鼠藥搞得各角落發臭長蛆或變成柿餅乾的上百隻大小死老鼠；水災後長黴泡爛的一整地下室的讓你昏厥的舊雜誌舊報紙（我跟你說，那比什麼都重，都噁爛）；那些往外扛不小心散架的爛木床裡像液體流出的白蟻和牠們的卵蛹；最髒還有原先是便宜牛排店結業要改租給光潔乾淨的便利超商或咖啡店，嘩那被清潔劑浸泡出的日積月累黏附在地板的陳年動物油脂，比你醉酒吐出的ㄆㄨㄣ還要臭十倍……

有一次我們接到一個CASE，一個有錢人買了一間豪宅，但不滿意建設公司原本附在屋內的裝潢，半夜我們老闆接單便要我們出動，像黯夜惡靈殺手（你想想我們三、四車十幾個人，穿雨衣帽簷低遮，扛著大石鎚、電鋸、斧頭這些『該西』，搖搖晃晃從那卡車下來的畫面），我們的任務就是把那全新豪宅裡至少兩、三百萬的裝潢，在一小時內全部打爛、砸碎。你知道那種心情真是難以描述：我們走進那大樓豪宅內，腿前閃閃發光的夢幻場面讓我倒抽一口氣，險險掉淚。我知道我一輩子也住不進這樣高級、豪華的空間裡！那些可移動的軌道玻璃書櫃；那奇幻的玻璃板隔著可以透視裡頭的歐洲式有四隻腳的浴缸和像發出神聖光輝的馬桶；那白色皮革沙發床（我真想跳上去舒服躺半小時也好）和那些不折光暗紅色木頭的電視櫃並置形成的冰冷又溫暖的感覺；那牆上裝飾的偽希臘神廟柱飾浮雕，那些嵌頂的讓光線層次錯落像鑽石切割的燈陣或流蘇般垂下的水晶燈飾；我最想把客廳和廚房隔開的那座玫瑰石基座的吧檯載回去……但我們必須鐵青著臉掄起長柄石鎚開始把眼前這美好昂貴的一切全部砸爛。在那一切構圖全變成爆炸煙塵中散潰、破裂、碎片紛飛的碎玻璃、碎木材、塌扁的金屬和石材之過程，我感覺到自己的手臂、腰脊、膝蓋，甚至臉頰到脖子處的肌肉，全浸迷進一種無比舒暢的暴力狂歡。碰！砸碎那些像百寶閣機關重重的鳶尾花磚流理檯、烘碗機和瓦斯爐。碰！砸爛那King Size的旅館總統套房才好的可升降式彈簧大床。碰！嘩啦啦啦！橫掃過那完全像紙牌搭成的大教堂模型，除了玻璃嵌合沒有其他材質的玻璃立體酒櫃。

「討債喔。」我聽到我一旁的歐巴桑，一邊把我錘下的較大結構，用較小的鎯頭再支解成碎片；一邊喃喃哀嘆。

我想那個有錢人應該是腦袋灌水了吧。但我們真的在一小時內，把那熠熠發光的夢中豪宅，砸成像瓦斯爆炸後的瓦礫廢墟。然後我們花了五個小時，把那些扭曲的鋼條，黏著高級壁紙的水泥塊，那些面目全非的硬木塊、碎玻璃，像踩爛蝴蝶翅翼的燈罩、和式屏風隔門、那些黃銅馬頭的水龍栓、還薄薄一層打蠟凝膠的楓木地板……全塞進大黑垃圾袋裡，一車一車運走。

J說，我無比懷念那些老傢伙。他們渾身臭味，不擅表達感情。有一天我睡到半夜，被其中一個老的搖醒，說他的機車壞了，沒錢修理，要跟我借一萬五。那可是我們那樣賣命苦力半個月的銀兩，我迷迷糊糊便跟他起床到路口提款機領給他。後來其他人知道了，就責備我說怎麼那麼傻，這老番顛愛上一個老妓女，有卵葩沒軟囊，有精沒銀。你錢借他是丟水裡了。但我想沒差，我損失這筆錢，等於一次性賣斷，以後他見了我，總是面有慚色，不好意思再開口了。後來這群老人像把我當自己後生，我要離開台灣回大馬時，他們還湊錢帶我到六條通一家有老媽媽桑陪酒的卡拉OK店，幫我辦了個送別會。我也把我那台野狼機車，送給我鄰床那個阿伯。

J說，後來啊，我再從新聞遠距地看到那些超現實卻真正發生在我們二十一世紀人類社會的奇譚，譬如「日本幾百位百歲人瑞消失」，或你從臉書轉寄給我那些慘不忍睹的流浪貓狗集中營，我都沒有極大的震撼了，我回憶著我發生過什麼事？讓我對人類文明將群聚的廢物或故障品，像一具大型工廠排泄系統，奇妙地沖刷到陰暗骯髒的外緣，不再驚異憤怒。因為我清楚記得那些流浪漢老人們身體，或從他們鼻腔、褲襠，排出的濁臭味……，那似乎浸透到我的腦額葉，而我曾夢遊般混在他們之中，一起揮臂舉鎚砸碎那些對他們如夢似幻，美麗卻不可能進去的，電影般的生活啊。

女痞

在旅館裡無意看到第四台重播了一部近二十年前的老電影：《和平飯店》。從前就多次聽一些哥兒們無限嚮往與懷念說起周潤發時，像一則模糊了演員和角色邊界的傳奇（譬如周潤發自己和「小馬哥、許文強和賭神高進；或張國榮的阿飛或他與梅艷芳的《胭脂扣》」；或梁朝偉和張曼玉的《花樣年華》），「一九二一年上海，傳說殺人王阿平一口氣殺光了兩百多個黑幫人馬，然後洗手退隱，插刀石上，劃地為界，開了一間『和平飯店』，自此江湖規矩，不論任何人，闖了任何禍結了多大的仇，祇要住進和平飯店，任何幫會不得到此尋仇。但他亦僅扮演『旅館』角色，祇提供落難流亡者吃喝住宿，一旦離開上路，則與飯店無關。」

這才發現我其實沒看過這部電影。究竟還是經過了十五年以上吧，不論影像解析、運鏡、剪接手法、甚至場景的布置或群眾演員之裝扮……，都有一種模糊、光度顏色不飽滿不細膩、一種昏黃之夢裡看皮影戲的暈焦之感。但我實在太懷念那個年代的港片了。我獨自在旅館裡，盯著著電視螢幕看得心緒翻湧。

那有一種，西部片情調的日暮途窮，人真正被這個叢林法則的社會（江湖）驅趕到不成人之境。譬如林沖夜奔。或如《虎豹小霸王》最後一幕保羅紐曼和勞勃瑞福相視苦笑拿槍衝出被警網團團包圍之銀行的那個表情。那種戲魂，必須是下探過真正浮華時代的底層、街頭市井的混混時光。才能在一挑眉一撇嘴間，抓到那個虛無與頹廢之三味。很怪，香港那一批演員，莫講周潤發梁朝偉張國榮，連演探長的、黑幫老大的、皮條客的、驅鬼道士……，他們好像嘻嘻哈哈的馬戲團演員，或某一個舊昔年代玩具店櫥櫃上一層一層的公仔，即使知道全是扮戲，即使塗漆剝落，卻互相認真圍事，互相襯映出對方的光與影，形成一種如今數位電腦後製作不出來的，張愛玲說的「電車聲，公寓人家後巷的油哈氣」，一種老照片老海報那將時光逗留住的魔力。

主要是葉童演的這個「痞女」太動人了。電影的前半部，她混在客棧所有神色倉惶、各揹著不可告人罪惡的落難投宿客裡，和所有人一樣身世成謎，（這部分）的經驗，真的讓人想到租界時期的上海，或四十九年前後的台北，或那更持續接納引渡不同年代一撥一撥不同南下避亂者的香港），重點在她裝神弄鬼、即興瞎掰在亂世求生的創造力。

很怪，葉童並不美，但那像鋼珠檯蹦跳的，從靈魂裡不斷竄湧出的，在惡人窩裡虛漲起女戲子甚至婊子之羽毛，一被抓包立刻認栽，再從頭盤另一套虛妄的悲悽身世。那個強悍、鑽縫子的女性意志，讓人入戲覺得她何其性感。

她死賴活賴，她聲淚俱下，她不怕撒潑在地上打滾，每一次她的戲碼被周潤發戳破，她立刻吐吐舌頭重新再來。一下是家破人亡的孤女，一下是身懷祕密名冊所以遭追殺。只為讓自己像變形蟲塞進這個男人「插刀石上」暴力律法的某一道隱密抒情之縫。那樣的男人和女人的生殖舞蹈，多像不斷變換其外貌的電腦病毒，和不斷層層翻撥以檢測、防禦的防毒軟體，它們之間的纏鬥、過招、最後跳起偽扮和揭露的探戈，最後竟至愛上了。

在那旅館小房間內，亂轉頻道（因為我家沒有接第四台），看了一個芭樂綜藝節目，有三個女孩各自拿著一只像埃及法老王的金面具遮臉走出舞台，這時秀出她們各自上了濃妝打扮成性感正妹的照片。然後男女主持人作一段沒營養的訪問，接著這些女孩一個個揭下面具，露出她們素顏時的真面目。這當然是老梗了。確實這些十七、八歲的小姑娘們，從那些華麗濃妝下如搓去泥繪或銀麟彩羽，把本來如網路所有閃亮大眼、蜜唇輕噘「正妹照」的臉，裸褪出一張沒有眉毛、小眼覷瞇、佈滿雀斑或痘疤的……，其實是再尋常不過，那個年紀所有小孩的臉，你難免還是會有一種「哇！這騙術太驚人了」的震撼。但我不能理解的，是這些孩子腦袋裡在想什麼？為何甘願在那畫皮脫剝的祕密邊界，讓人爆笑、羞辱、故作驚駭（現場觀眾全驚呼，男諧星主持人作勢要跑），拿她們本來的那張臉大玩特玩「從一美麗的卵殼裡孵生出一個異形、怪物、恐龍？」

當然是生存。

萬物有其面對演化的酷烈壓力，而找尋（或鑽進）一條我們看不見的生存走廊。更長的時空劇場是天擇，在現代這種高度濃縮擠壓的人類社會，則是人擇。《和平飯店》中那惡棍匪徒窩聚，亡命之徒們得罩子放亮卻又唬人吃人的「命運交織的旅館」，戲劇上來說，就是葉童劇中演的那個機靈古怪的小歌女。

突然在這間小旅館裡，想起三十年前（天啊！我也可以用這個數字來回憶了），國四重考班的一票人渣哥們，哥們的哥們，他們大約都是東方、開南、西湖（就是我們那年代所謂「東西南北」幾大流氓高職學校），再加雅禮補校……像武昌起義，眾人喳呼起鬨，決定「好好幹一票」——也就是他對於各自念的學校非常不滿意，眾人痛定思痛，大夥一起去報名五專聯招，但所有人功課實在太爛了，於是密謀集體作弊，找一個槍手——時光發出魔幻光輝的某些你一生莫名虛榮、快樂的是，那個槍手便是，在下，我。

我們不過也就一群十五、六歲的少年，有一個傢伙不敢置信得丟了最後一口菸，擂我肩頭一拳：「老大，如果真能讓我考上五專最後一志願，我爸媽都會哭著帶我拜祖先牌位。」我們便神情鬼祟地走進「個人報名處」（有別於各國中之外的各重考班的團體報名），事實上，在那報名處（當時台北商專的辦公室）外走廊，盤桓的全是我們這種穿著醬紫或黑色日本歐吉桑風的逍仔，每個臉上寫得似乎都是「我要作弊」。大約我們這一票人看上去實在太囂張引人側目了（比起其他那些神情陰慘的孤魂野鬼，我們真的很像《讓子彈飛》裡，姜文手下那一票專業傭兵集團。）這時突然一個稻江商職的制服美少女，湊近我們，羞澀又甜美小聲說：「我可不可以跟你們一起報名？」

天啊這許多年過去，我仍然記得那女孩真的像濛散著光從天而降，像海報裡的中森明菜或少女漫畫那樣的閃閃碎光大眼睛女孩，從虛無之境走到我們面前。我的傭兵兄弟們，不，那些廢材哥們——全忘了自己是來被罩的——他們全流著口水，嗓音變低沉，「ＯＫ！沒問題！我們保護妳。」我被擠在後面，想把這些廢物推開，站到女孩面前：「我，我才是那個槍手哇！」

當然這齣「中世紀武士們在戰亂廢墟遇見他們的皇后」的爛戲，三分鐘就泡沫塌癟。臉孔如薔薇濛著光的美少女細聲細氣說：「其實不是我要考啦，是我弟，」從一旁走廊柱樑後，閃出兩個面貌清秀的男孩，「還有我弟的同學。」

（之後我們其中一個哥們忿忿的說：「幹他媽的什麼她弟，根本就她小男友，俗辣，吃軟飯，還帶一個拖油瓶！」）

但我們這一群拼裝作弊軍團，一個個排隊進去報名，領到准考證，走到一旁教室模擬那各自號碼的座位，一群廢材幹聲連連哀嚎不已。因為這種連號報名座位上都被排成「梅花座」（原本就是為了防範這種集體舞弊），我們也像駭客面對防毒軟體那樣光棍的接受。但隨機的跳號，我們的運氣實在太差了。以一間教室排排座平面圖來看；作為槍手的我（也就是唯一有能力答題寫考卷得那個人），是坐在最中間那一列的倒數第三個座位。我們的人，只有我斜後方一個單兵，其他人，以「梅花座」散點在最中間這兩列的「一、三、五」，「二、四、六」的斜錯位置。而且盡在我前方。另有三隻小貓，被孤零零扔在靠窗的那排（包括那個美人兒「弟弟」的朋友，而她的「弟弟」，准考證上竟被擠到另一間教室，像被甩離引力的孤獨人造衛星，這是我們這群狼狽武士惟一暗爽之事，但這女孩至此消失，或又在盤桓她「弟弟」那考場裡，可能的保護者）。

我立刻和這群特戰部隊弟兄，蹲在考場外圍一圈開了一場戰術會議。（真的像那些空降師或城市巷道戰的打散的突擊隊員，有平面圖、暗號、對錶、單一個體間的協防，還有一種生死存亡的腎上腺素和沉斂的眼神，就差背景配樂啦）。是這樣的：當時五專聯考是電腦塗卡答題，所以我必須在四十分鐘內寫完考卷。在約定那時間開始，用球鞋打暗號給我座位斜前方的傢伙（他必須窩肩縮頭，用眼角餘光盯住斜後方我的腳），一下是A，兩下是B，三下是C……，諸如此推，每十題腳會做一兩刷的左右擺動，以防錯漏一題，全部都錯。他會依此方式，再用腳打暗號給他斜前方的我們的人。如此逐個傳遞。同時，我會把答案寫兩份小抄（我真的很忙），一份藏入口袋，一份挾在右手小指和無名指間，用非常大張的題目卷紙覆蓋遮掩，走上前，交卷給講桌上的監考先生的那一瞬，讓那小紙籤無聲掉落第一個座位我們的人（我記得他綽號叫「濟公」，好像念的是開平工商），他必須在一公尺近的上面監考眼皮上，攤開好小抄字（這就各憑本事了），再將答案寫在大張題目卷下側，垂下給他斜後方我們另一個人（我記得是個綽號叫「老二」的高個帥哥），如此再垂下給斜後方者。這樣的戰術，等於由這教室最中央兩列座位，斜次錯隔的我們的人，由最後和最前，「雙保險」的將答案傳遞。

這時，離開考場的我，要快跑去那學校校園外，一條小馬路對面的騎樓一根約好的柱子後，大喊一聲暗號：「養樂多」（我們的白癡腦袋還想過「包子饅頭」、「收酒矸舊報紙」這種會當街吆喝的）。那時，坐靠窗那三隻落單小貓，便瞄著下方，我揮舞手臂比出各題答案。同樣是每十題，我變交叉兩手臂揮舞一下。

後來，當然，當然，放榜出來，那群把「無論如何都要混上五專」的特戰小組們，沒有一個考上。連我這個「槍手」也僅是上榜邊緣的倒數那一、兩個志願。這些傢伙收到的成績單，總分竟都才一、兩百分（也就是平均下來，每科都才二、三十分）。我不知道發生了什麼事。我那樣像捍衛戰警跑上跑下執行我們密不透風的戰術。之後我和他們便疏遠了。或許他們也很迷惑，或有一種上當了的微妙情感吧。我不知道這些廢材們在各自的人生，現在是什麼景況？我想念他們。特別是在這小旅館裡，看了《和平飯店》裡，葉童在那昏黃照片般場景裡，嘻哈胡鬧、亦諧亦哀的騙一整個客棧的惡人們，我突然便想起許多年前，那個發著光霧，像從日本少女漫畫走出來的女孩。

輯五

夢十夜

吹夢巨人

那個夢裡，像《險路勿近》、《陷索》這類美國電影的荒涼公路旁的廉價汽車旅館，我又回到二十多歲的時光，隻身一人長期賃租於二樓一個房間，對創作充滿激情，夢想成為一位小說家。大部分的時間，我把自己關在房間，埋頭寫著沒地方發表的長篇。印象極深是藍色墨水在潮濕的整疊稿紙暈染開來、密密麻麻的字。這個潮濕的實體感使我在夢中對於「原來我的人生還是一片空白，還要寫那麼多字，一切要從頭來過」，感到一種巨大的疲憊。

旅館裡另外住著一些也是長期賃租的房客。他們都是我年輕時無比熟悉又親愛的人渣廢材。大抵是夜市流動攤販，提著一只皮箱的藥品推銷員、盜版百科全書或中國民間故事推銷員、奇怪還有一個是小學棒球隊教練……這一類人物。重點是大抵皆二十來歲，沒有年紀稍長的歐吉桑（或是在那個夢裡，他們已被我哀傷地設定為「未來時光的歐吉桑」）。年輕、傻氣、過一天算一天，樂觀但愛幹譙現實社會的遊牧族。但似乎在那個公路旁的旅館裡，所有人未來的命運都決定了。

旅館老闆娘是個阿婆，非常寵縱這群臭烘烘的男生（如此說來，似乎不應是美國公路電影那種惘惘威脅「有個公路連續殺人狂」的冷酷異境；反倒像《幸福的三町目》這類日系以戰後年代為場景重建的懷舊片）。成天趴在窄仄的樓梯木板梯階上擦抹。原本他們沒人知道我是幹什麼的，有一天這阿婆像透露天大祕密地對倚聚在一樓櫃檯旁抽菸的諸人宣布：幫我打掃房間時，偷看了那些小說，「你們全被寫進去了。」

背景音樂是那種手搖喇叭黑膠唱盤的日本海軍軍歌。我和那些粗魯傻樂的傢伙們確實有一種相濡以沫的情感。有一個畫面是其中一個傢伙的發財車停在旅館前方鋪碎石的停車場，那輕鋼架撐起的油布篷車斗裡，堆滿塑膠膜包著的夜市絨毛玩具小山：KERORO軍曹、哆啦A夢、哈士奇犬、Hello Kitty、忍者龜……粗製濫造、眼睛部位的小圓黏布常倒反，使那些廉價布偶在燈泡黃光下或鬥雞眼或暈眩狀有一種集體癡傻或鬼臉的暴亂印象……我陪他挑揀著要分贈給旅館裡這些流浪漢哥們的玩偶。明明是一隻三十元賣不出去的工廠切貨，他卻無比認真像揀選昂貴水果禮盒那樣每一隻皆猶豫反覆。哪個傢伙應該比較喜歡這隻粉紅小豬，哪個人又應該給他這隻穿荷蘭女僕裝的黃色鴨子，你覺得呢……

在這樣應該是周潤發賣維士比混雜在一片男性、勞工、汗臭菸味的陽剛室友群居關係中，我卻和他這樣娘地挑選可愛小玩偶，難免感到一種彆扭與茫然……

而我在那夜色中，仍不時張望黯黑樹影另一端，朝遠方伸展的、邊緣鑲著微光的公路（所以終究還是美國公路電影？）

在這個夢中旅館的一樓玄關外，有一個年紀大我們一輪的大哥，在角落擺了一個關東煮物攤。這怪怪的，正常這樣郊區旅館的這個位置，應該是一個賣咖啡的小吧檯。我不知道這位大哥和旅館阿婆的關係（也許他是她的兒子？）但他似乎對這些離家漂流、借宿在這樣廉價旅舍，天亮後各自開著破爛車子出門討生活的小夥子們，充滿一種取代父兄形象、喚起孺慕之情的吸引力。他非常沉默，但每個傍晚，大家全圍坐在他白煙瀰漫的攤位前。夢裡我無比清晰看著他那玻璃櫥裡堆擺著女人屍體潔白如百合的肥腴烏賊、暗紅色上頭布滿一朵朵蕈菇般吸盤的章魚足肢、或同樣屍體意象顏色較灰稠些像面朝下浮於水池露出的臀部的豬肝、或如電影《海上花》裡那些妓院少女塗了蔻丹的纖長手指的整束韭菜、或盤繞成人腦形象的一坨一坨動物的粗細腸道……

大哥偶爾會用一種哀憫或嘲弄的眼神看我，似乎眾人中只有他知道，我是挾帶著未來時光的世故、鐘乳石洞穴般錯落駁雜的記憶，混坐在他們之間。也許只有他知道，除了我，他們全是不存在的。有一次我喝醉了，喃喃說：

「但我後來變成自己不喜歡的那種人了。」

他頭也不抬，繼續用抹布擦拭一只玻璃杯：

「那很好，那代表你有一顆溫暖的心。」

「為什麼？」

「只有溫柔的人，他才會讓自己被這麼艱難的人世改變啊。」

有一次，在孩子們的工作桌上，看到一本英國童話家羅爾德·達爾寫的《吹夢巨人》，我翻了翻，那個畫面非常奇幻美麗：一個失眠的小女孩，看著窗外銀色月光照耀下的馬路和商家，「一切都是那樣的蒼白、朦朧，就像霧中的景色似的」，這時一個巨大的黑色影子，從大馬路朝這裡走來，那巨人在每一戶人家前面停住，窺看二樓的窗戶，一隻手拿著一只又細又長，像是喇叭（其實更像吹玻璃的吹管）的東西，伸進打開的窗戶，呼的吹一口氣進去。它把原本關在一只玻璃瓶裡，一小團一小團發出不同顏色光的夢境，吹進那些孩子熟睡的房間裡。

在那個夢裡，某一個時刻，我突然看見消失在夜黯深處的公路彼端，真的有一個巨大無比的黑影，像醉漢那樣搖搖晃晃朝我們這邊走來。或許我的夢也被「電影化」了，仔細想來，夜空上月微星稀，公路上沒有路燈也沒有車輛駛過的光束，但那沿著公路弧彎朝這蹣跚而來的吹夢巨人，卻被一種鏡頭外的光源全身撒上一層薄薄的光。我想起白日時看的那本孩子們的童話書，心裡激動極了：

「媽的，原來一直以來都是這傢伙往我的腦袋裡（用根吹玻璃管）吹進這些怪夢！」

但大哥那時正跟我說話，背對著公路那頭，沒看到我看到的景象。其實那時我也沒細想，如果這個夢是他吹進我腦袋裡無數個氣泡般的夢其中的一個，那麼為何他自己會出現在這個夢裡？而等他走近我們這邊，如果拿出那根長吹管對我們這幢旅館窗內吹，會發生什麼事？包括大哥在內的這些和我一道擱淺於我根本不曾經歷過的「過去」的這些哥兒們，會不會頃刻化為粉塵般的薄霧？

大哥那時正對我說（他的態度非常沉靜，那可能也是我不敢打斷談話，叫他回頭的原因），他觀察我很久了，他發現我跟其他傢伙不同，甚至有一種他終其一生也達不到的品德，他無法描述那是什麼，就像螞蟻無法用觸鬚描繪牠置身平面之外的立體空間。我讓他覺得自己是個有缺陷的人，但他同樣也不知那缺陷是什麼？他不是那種娘砲的神祕主義者，但他必須對我說：「兄弟，我們肯定在哪一世見過，而且有很深的因緣，以後，你的事，就是哥我的事。」

那時我其實本能想朝他撲去，將他壓倒（「吹夢巨人就站在你後面！」）但夢中的我只是在內心哀嚎：「可是我愛了你的女人。」

樹

我家對面的和平教會最近拆除了，從我這幢四樓舊公寓陽台窗往下眺望，整個拆除過程非常有效率。一台個頭稍大的怪手，機械手臂前端裝了一鸚鵡嘴般的鐵鉗，像一隻勤奮無感性的牛頭梗，獨自啃咬撕裂一頭比牠大上許多，倒臥的牛屍。第一天早上你看它噬啃著聚會所的磚牆，一些老建築結構的木架，還把鐵皮屋頂和一條一條長鋼架像折疊軟塑膠那樣拗扭成一坨坨糾纏的線團模樣的醜怪東西。這或是我並沒有不捨的情感之真實性。主要是幾年前，教會的人就已找工人來把原本日式建築的瓦片屋頂砸掉，換搭現在所見的紅漆鐵皮屋頂。此次所見，較大規模的暴力只是拆毀那難看極了的輕鋼架和鐵皮，不會有一種「啊，他們在拆毀古蹟」的不忍卒睹。

沒兩天那兒就變成一片瓦礫。

主要是原本挨著小巷圍牆一株四層樓高的老菩提樹，據說已有九十幾歲了，濃蔭密布、枝枒遮天、涼風颯颯，一片淡金色的光暈翻飛。那本是文化局列管，我們這一帶巷弄的老樹群中的一景。每天清晨、鳥鳴宛轉，你會看到這棵老樹以自身形成一遮蔽隱祕的世界，任那些以不同斜切面起降的雀鳥掠影來回。教會要拆除舊建築改建大樓之初，曾有附近較有社區意識的婦人登門尋求連署，我們也簽名了，但心底就是有一種卡夫卡「城堡」式的灰暗世故，知道是留不住那棵應已有物之神靈的巨樹。「那根在地底下，不知多深哪，盤延輻射有多廣，真不知道他們要怎麼挖？」妻子說。後來孩子們從學校回來，說校長宣布要將和平教會那棵老菩提樹，移植到他們小學的校園裡。

那天早晨，我從窗子下眺，看見工人們用怪手在巨樹周圍挖了一圈極深壕溝，看來是要動老菩提了。一些教友們列站在瓦礫碎窗和其他砍倒的較年輕樹幹的廢墟上唱著聖詩歌。有一組工人搭升降雲梯拿電鋸上去切割千手觀音肘臂般的枝枒。下面的工頭面無表情吸著菸（想必內心極焦慮吧）。上班族、附近的住戶、上學的小學生，全圍在已被鏟倒的牆基外看熱鬧。我眼前這片巷子的景色，突然變得明亮空曠，一種說不出的怪異。

後來我就匆匆出門了。

傍晚時帶著孩子們從巷子另一端走回來，發現空氣中一股濃郁濕木材味，燈影幢幢，大型機具調動的嗶嗶聲和轟隆聲。巷子被封街了，戴工程膠盔的工人們在暮色中喊叫著，周圍興奮浮躁的圍觀人群像是從夢境中鑽出來那麼不可思議的多。那場面像我小時候永和家巷口一間旅社火警，黃昏時我混在人群看著那怪獸般鋥亮紅漆的救火車，拖著布袋粗水管的消防隊，冒煙塌毀的焦木梁柱和滿地黃濁水流。或是某部科幻電影，在一座藏匿於荒煙蔓草中之祕密基地，用幾組長臂吊具、奴隸、拖車拉出的巨大機器人。黯影中（啊，我看到了），那棵老菩提樹被放倒了，大到難以置信，枝枒和根鬚同樣被修剪成兩頭對稱的粗幹，被粗索縛綁在一輛乖乖我沒見過那麼大車斗的大型卡車上。在這個悲慘，宛若神靈頭顱被貪婪愚昧人類砍下，難以言喻的時刻，老菩提樹的樹幹還在街燈下映照出一種銀白沉靜的光輝（我心裡想：「那是神的軀體吧？」）許多老伯伯和阿婆拿著數位相機閃光啪啦對著它拍照。妻子站在我們公寓樓下那些嗡嗡低語的鄰居裡，一臉曾目睹什麼妖異幻麗場景的迷醉恍惚：

「你們都沒看見今天他們要把這棵大樹吊起來，怎麼樣都吊不動。二樓那家那個二歲弟弟（ㄉㄧ ㄉㄧ）超好笑，站在那邊看他們把樹拉起來，看了三、四個鐘頭不肯走，他媽媽要抱他回去吃飯他還大哭……」

入夜後，原先該是大樹的位置，剩下一個似乎可以放下一輛車的黑洞，像一張被無以名狀的恐怖所驚嚇的，張大的嘴。

有一天，我作了個夢（其實應該說是醒來後惘然記下的夢的餘緒、夢的尾巴）。在那個夢裡，父親又如他真正中風，後來死去那之前最後幾年的模樣：肥胖、癡傻、像個乖順的孩兒愛跟在我們身後。夢中的我們在意識到自己也將心力交瘁逐漸老去的事實後，開始對他只是故障壞毀卻不會真正死去感到不耐。我努力回想，在那個夢裡，他的緩慢、愚騃的笑臉可曾造成什麼災難般的、不可收拾的錯誤嗎？沒有，似乎沒有，只是純粹為著一種腫瘤般存在的，「他的時間已經是死去的時間，卻和我們一起在這破敗老屋裡東晃西晃」的焦慮所充滿。

我記得夢中似乎我和母親、哥哥、姊姊開了個會議，由我和母親把馴良且怕自己不討人喜歡的父親，哄騙上一輛開往山上的夜行巴士。那像是久遠年代以前的公路局，車子顛盪著在蜿蜒山路爬坡，窗外洶湧著黯黑森林上萬棵樹木的氣味。父親擠坐在我身旁，面無表情注視著前方，母親坐在我們後面的座位。多像童年某一次我跟著他們到霧社或花蓮，一趟夜晚漫長車旅的某一個平靜而信任的時刻啊。車內的日光燈恰好把所有乘客籠罩在一種夢中場景的光線裡。但我們正是將父親載去那深山隨便一處陌生站牌的無人荒野將他遺棄哪（像《楢山節考》一樣）。我和老得已經沒有力氣喊停這一切荒謬行動的母親，會再搭反方向公車回家。腦海中預見的父親，像一隻孤獨的老熊，在山裡的森林或廢棄的隧道裡蹣跚行走。那種遺棄，是即使我們回程中後悔，再回頭也不可能在那整座荒山中找到他的，「真正的消失」哪。但我記得那個夢的結尾，就是我和父親、母親，和車上寥寥散坐的疲憊乘客，在那夜車沒有止盡的晃搖中，蒼白燈光的車廂裡，多希望一直保持在那「極靠近幸福的時刻」，一種濃郁的樹幹木材、樹葉青草味、樹根濕泥的芬芳將我們包圍……。

夢中女孩

那女孩，清秀窄臉削下巴，單眼皮，像一隻小狐狸，眉眼極淡，仔細想來，那就是一張十五、六歲少女的臉，像剛開模印出的糕餅，生命的許多雜駁經驗都還未套色上去變成各式難以言喻的表情。是以在那夢中，似乎無論他說著什麼，女孩都無有戲劇性反應，靜靜聆聽。你以為她是屬於沒有好奇心那類姑娘，那就大錯特錯。她只是對你陳述的那個妖魔巨靈不斷將故事吞食到故事腔肚內的世界，內心驚駭，不可思議，卻不知該如何合宜地對應。

在夢中，你像一個外鄉人，停泊在這個純樸的小鎮。你有太多傷心的、滄桑的、疲憊而不知從何說起的往事。你印象中似乎都是在黃昏時分，坐在女孩家店外的桌位，吸著菸，像你年輕時欣羨佩服聽那些老大哥們充滿祕奇的身世，你覺得自己的靈魂已被生命捶打得處處凹窪褶縐，可以藏納各式明黯陰影。小鎮的居民們，包括女孩的爺爺，皆對你滿含善意與信任。他們隱隱約約感到你和女孩間，年歲差距如此之大，卻正進行著閃閃爍爍的近乎男女談情愛的什麼，但無人顯露一絲敵意與防衛。

去的次數多了以後，有時你發現女孩假裝漠然，其實充滿期盼等著你出現，有時你晚些過去，她會遮藏不住那歡欣，倒茶水、倒乾果花生到小淺，都弄得嘩啦啦響。

你記得，在那一切之前，你的老友W君到你賃租的空洞閣屋裡，飽含感情地告訴你，他已大澈大悟、痛改前非，你們倆可以重新合作，必然可以好好闖一番大事業。你不記得他當初是因何事背叛你，只覺得一種陰鬱的、沉懸在時光河底的被負欠情感，如此濃郁，讓你忍不住想簌簌流淚。你在心裡想：啊，一切都太遲了，我們各自都壞毀成這樣，事情根本無法再重頭來過了。這失去清晰記憶細節的耿耿於懷的核心是：因為他，W，你摯愛的女人棄你而去。

這是怎麼一回事呢？你在灰暗的夢中對女孩說著。太多往昔傷害的酸液將你本來可以完全看待世界的那個記憶體侵蝕銷腐成支離破碎。難道你把小你二十餘歲的女孩當作療癒天使。像你年輕時憎惡的那些老男人，把浸泡在自己靈魂裡的濁臭污水過到那些白紙般純潔的少女們身上，漂淨自己。

所以你在這夢中小鎮，總有一謎霧般的祕密在瞞著女孩？其實你已有一多年的愛人或妻子？那使你始終心神不寧。你避開小鎮以女孩為中心的那些良善人們，獨自跑去小鎮邊緣的按摩房去嫖妓，卻從頭到尾不舉。應召的女孩有一雙雪白飽滿如饅頭的美麗乳房，卻幾乎沒有乳頭。乳頭像被用針線縫起來了。你困惑地問這女孩，她說：「我少女時朋友就說我是『瞎奶子』，將來懷了孩子，哺乳時給一吸，乳頭就出來了。」女孩且於臀溝上緣有一突起尾椎，笑著說：「從小我媽就說我有帶尾巴的，不知是哪裡的小孤狸小貛小狗來投胎進化不全的。」

實則什麼事也沒發生，但下一次黃昏，你拎著打好菜的便當盒踅至女孩家時，卻發現她低著頭用抹布在擦空蕩蕩無半個客人的那些油髒的木桌。臉隱在黯影裡。似乎是知道些什麼事了。

「吃吧，」你掀開那餐盒，無比清晰看著白煙冒起：西紅柿炒蛋、一條煎鯧魚、芹菜干絲、鹹蛋炒苦瓜、幾片香腸。鍋氣十足，油光水滑。（所以這個夢境視覺色彩逼真到不像是夢？）你說：「吃吧，還熱的。」這時你和女孩間的遙迢年齡差出現了，你像哄一隻小動物那樣設法逗她開心。作為療癒天使是不該有由她擴散而出的陰暗情感。

女孩癟著嘴，像快哭出來一樣，原本小狐狸臉那種即使佯怒都帶著笑意的年輕光輝不見了。是知道了什麼事呢。

今天早上，看見你和一個女的，手牽手走過舊戲院街那邊的馬路。

誰看見了？沉下臉。巨大的疲憊湧起。那時不是正在另一個夢境裡，揉捏著長尾巴女孩那白皙渾圓的無乳蒂乳房嗎？

所以爺爺他們說的是真的了，你是有妻子孩子的人……

時光似乎倒退回幾十年前，你在小鎮二輪戲院看三廳瓊瑤電影的那個年代。純純的愛。睜著大眼落淚的美麗女主角，像肺結核那般噴散著高燒與囈語的迷亂狂愛。

我不記得了。你對女孩說。這是實話。也許我站著這邊的世界更複雜且墮敗。也許那是別人的老婆，但你試著回想，那種一路走來，為著自己將要對這狐狸臉小女孩說謊的忐忑不安，竟有一種輕微的酸楚與甜蜜。原來時日遷移，你已不知不覺和年歲懸殊差距如此之大的她，產生了依偎相守的情感。

但我會變得愈來愈模糊，因為這終究只是在你的夢裡。有一次女孩哀傷地對你說：你醒來的最初一段時光，會用力將現在這一切召喚、記起，但是等時間慢慢拉長，你終是要將我忘記的。

不幸的是連你也默認她說的。這所有環繞著她的一切，都太稀薄了。你曾想過種種可能，是否，這所有如霧中風景把你困在此時此地的一切，像那個日本小說家寫的故事，只是在你腦中存殘之一小截迴路，反覆播放的，像唱片跳針的一段自組虛構情節。真實世界的你已是一植物人或阿茲海默症患著，此刻正躺在醫院加護病房被一堆滴滴滴電腦螢幕和線路纏繞連接著。你的妻子和孩子們輪班憂愁而疲憊地守候眼皮輕輕跳動的你？這是你的「末日之街」？所以你總覺得有一被隔斷在另一界面的「往事」，像泡水散潰的麥麩餅乾，塊狀裂解漂浮遠去……

但為何你會踟躕逗留在這個小鎮呢？如果這一切只是你整個腦區關機，唯一剩下小小一格屏幕，那為何是這女孩？她和你曾經遺忘的萬千往昔時光，曾負欠、傷害、或起心動念暗中喜歡……任何任何可能的其中一個女孩有何關連？

或這就是你，脆弱無能的那個你，在人生重挫的遺憾尾聲，在自己內在自我回饋創造出來的「愛的原型」（夢中情人）？一個不解世事，小你二十餘歲，身體和心智都如春草初萌，還未經過人生下坡一路衰毀狼籍的那條中線的青春少女？

你內心想：我對女孩毫無控制欲與占有欲，甚至沒有性幻想。一切美好得像只是個祝福。你也沒有任何想帶給她什麼未來圖景的男性激情。沒有想因為得到她而去和她爺爺或身邊諸人攀交情的權謀心計。如果這是你最幽微隱蔽的「末日之街」裡的夢中女孩，原來你真正渴望的愛情是如此澹泊。女孩有一顆正直的心，沒有那些蠍蠍螫螫和調三弄四的尖牙利嘴，女孩甚至有點木訥或因驕傲而不擅描述自己。一些古典的美德憧憬：善良、慷慨、不容許邪惡和無意義之攻擊在她的莊園發生。當然她現在（或永遠）只是一個十五、六歲的原型。

難道這是你想像中的你母親的少女時期？

或者是，你妻子的少女時期？

他們說，擁有這樣愛欲原型的男人，基本上脆弱而感傷，喜歡躲在懷舊照片堆裡自怨自艾，恐懼新的事物、變動，恐懼未來。這種男人喜歡的女人，剝光衣服，肯定都穿著老祖母的胖大內褲，或者會數十年追憶眷愛著某個國中時期死去的鄰座女生。

春夢

天常去理髮的那家美髮店有個甜美的女孩叫Judy，其實這些職稱掛「設計師」的女生常不過二十出頭，開口可能連最簡單的英文單字和對話都不會，但就是每人都取個洋名字，顯得時尚感。Judy個子小小，皮膚很白，講話細聲細氣，在你身後剪髮、洗頭或按摩時，會照或許她們這一行的職業守則指示，不讓人煩地找一些話題搭訕。但每每他按她的問題認真回答了一段感想，Judy只會靜默地繼續手指的動作，或接一句：「是喔。」從鏡子看她，眼神對上時兩人會自然躲開。他對Judy有好感，但說不上被電到，也沒有起心動念想追的欲念。她是個親切的，讓人無端信任的女孩，長相以天的條件而言，帶出去跟朋友混絕不會沒面子。

只是天剛自一場七年的感情中結束。天的前女友是個開陰陽眼的女孩，個子很高（天個子也高），但極敏感而神經質，曾有天的朋友帶狗到他們賃租住處，女友本在看電視，突然尖叫在沙發跳來跳去。把天的哥兒們全弄得尷尬極了。女友和班上其他女孩或打工同事全處得不好，所以更特別黏天。這是天談這場感情特別喘不過氣的原因。他像是被誘發一種非自願的守護者本能，必須呵護一件容易受傷、破碎的物事。幾乎每天都上演這一幕，天騎機車載女孩回住處途中，女孩眼中所見是形形色色飄蕩遊晃的鬼魂。有時穿胸透過他們，女孩便會要天停車讓她靠路邊嘔吐。女孩從不進電影院，也不參加任何夜遊。

有人說起這次澳洲大火，數以百萬的鸚鵡、禽鳥、鷸鴿、袋鼠、鹿群、牛羊……被燒死，最慘不忍睹的是大批的無尾熊因行動緩慢而葬身火窟。S說：「無尾熊這種動物啊，因為只吃尤加利樹葉，而這種樹葉中含有類似安眠藥之微毒，所以牠們一天二十四小時有二十二小時在昏睡，可以說無尾熊是一種活在夢中的動物。可能全部在緩慢、迷濛的夢境中被燒死。」當然沒有人知道無尾熊的夢境是怎樣的畫面：黑白或彩色？3D立體或平面？慢轉或恰與真實界相反是個快轉影片？寫實的情節或如天線寶寶是單色塊的正方、圓、三角等幾何圖形？

於是天說起年節前他作了兩個春夢。

第一個夢是這樣的：

天夢見自己在一兵荒馬亂之古代，他本是一富家公子，但他居處的那個城亦遭兵燹，夢中他獨自離開斷瓦頹垣之廢園，將門掩上的那一幕，簡直像電影中的造景與運鏡：破裂的衣箱家具、打碎的瓷器、壓扁的竹條鳥籠和狼籍散落階梯的女人裙衫（或者像方文山那些偽中國意象的MTV劇情）。他混入沿途逃難的悽惶人潮，所有人皆披頭散髮、蓬首垢面，其形如鬼，所有人都在向人打聽他們失散的親人，天在夢中亦為一種巨大的懸惦和憂急充滿：他也在這絡繹於途的難民中，有一種無比孤獨並偎靠取暖的認同。他弄丟了自己的妻子（在夢中，這樣的被拆散完全沒有前情提要，但那哀愁卻又如此切膚蝕骨的真實）。

真實世界裡天哪來這樣一個妻子？但夢中那種胃囊發冷、丟失自己最重要之物，發狂想上窮碧落下黃泉找到那至愛之人的痛楚，讓他既想跺地擊碎這夢中縛幻之術，卻又像柔弱小孩想躲回溫暖子宮，縮蹲在這個濕漉漉亂糟糟的夢境裡。

還是電影運鏡：夢裡的天蹣跚經過一片煙薰崩斷的磚牆，那磚塌處恰形成一個洞，裡頭藏著一只銅釦抽屜之花樟木五斗櫃。天直覺那櫃裡收有妻子命運的謎底，便淚流滿面走近那積滿灰塵的古代家具。

（聽至此我為一種躁鬱情緒惹得笑場：抽屜裡是什麼？像魔術師肢解性感女助手的達利式畫面？這個抽屜裝著妻子的頭，那個抽屜裝著妻子的玉腿，下一格是手臂或胸部？而且積木般拆散的妻子各部位零件還會在抽屜裡對他眨眼微笑或伸手幫他拭淚？或是，像前晚剛看過的電影《貝克街搶案》，銀行地下金庫的保險櫃裡藏著重要人物不欲人知的醜聞欲照？）

天說，夢中的五斗櫃是空的，只有一格抽屜端正平放一封他妻子寫給他的信。大意是當你看到此信時，我已不在人世。此生無緣，期盼來世能再結夫妻之緣……云云。信末署名「簡××」。

他在狂哭中醒來，凌晨的濛黑裡坐到書桌前，拿一張小紙拼湊著夢裡最後一瞬，那「簡××」到底是簡什麼（他前世妻子的名字）？簡秀秀？簡珊珊？簡媚娘？簡小宛？簡玉？……

怎麼都拼不出來那個名字。

（我又笑問：是否拼出來上網Google尋這個女孩今世在哪？）

天說，復回籠再睡，這次好眠無夢，醒來後，看見書桌前貼著小紙條上，歪七斜八各種「簡××」排列組合的女人名字。亦忍不住失笑：我這是作了什麼春夢？竟然瘋魔至此，真的在拼那個不存在的女人之名……

第二個夢就真的是春夢了，天說，兩個夢相隔一天，都是農曆年前最冷的那一陣。這回夢見他和Judy（那個美髮店設計師女孩）坐在香港天星碼頭前，像偶像劇那樣純純的愛，十指相扣，偎貼而坐，女孩撒嬌把頭埋在他懷裡。他從不曾和任何女孩有過那麼甜美親密的幸福瞬刻。然後就醒過來了。

正想著怎麼就把個不熟的女孩亂放進自己的純情春夢裡了。收到簡訊，Judy傳來的（比較不完美的是，這簡訊她同時傳給許多朋友和客人）：嗳，（畫了一張笑臉），我是Judy，猜猜我現在人在哪裡？我在香港，好好玩喔……

天說，那時我並不知道，後來問了，Judy就姓簡。她叫簡慧玲。

多年以後

在那個夢裡，他一直聽到嘶嘶嘶的瓦斯外洩聲。於是那個按說已關機只剩下腦內夢境迴路系統在低能量運轉的軀殼，竟然生存本能地湊鼻嗅了嗅，並沒有瓦斯的臭雞蛋味啊。難道是睡前在臥室旁的瓦斯爐上煮水忘記關，火被滾沸的水撲熄？而我竟會像那些社會版新聞畫上陳屍之房間平面圖的傻瓜們，死於平靜的睡夢中？

夢仍在繼續著。似乎是他和他的前妻，參加完一場大學同學的婚禮，散場時兩人在入夜的西門町街巷裡走著，他的前妻穿著緞面珍珠白的長裙，高跟鞋聲橐橐在無人的空街上迴響，臉上難得畫了妝。高挑的身材盛裝時在身旁走著顯得無比豪華。在夢中他心中強烈地閃過一種刺痛惋惜的情感：

「真是個美人兒。」

他們在那像電影片場的老街巷裡穿梭著。拉下鐵門的店家騎樓，被銷在穢污小巷口的上了板之攤車、白日裡香客如織的窄廟門，夜黯中唯一亮燈的便利超商和提款機……那一切如霧中風景只有模糊的影廓。他似乎是該送前妻回家的，卻像少年時訕訕不知如何啟齒告白地磨蹭著，心裡被一種懷念之柔情滿漲。終於開口：

「別回去了吧？我們找間旅館過夜。」

好。夢中的女人竟然輕聲答應。（他意識到此刻作為這夢之外殼的他，閉目躺在枕頭上的臉廓，眼淚卻滑了出來。雖然他仍持續聽見嘶嘶嘶的瓦斯外洩聲。）因為是在夢中吧，他曾費盡心思而不可得的，再一貪歡情，竟然被允諾了。啊，這樣的情節實在太急轉直下了。腦中立即衛星定位儀記憶搜尋這附近可有像樣些的旅館，眼睛也左右張望可有就近的7-ELEVEN（買保險套嘍）……

曾經，曾經不知緣由就失去了的……

曾經是那麼唾手可得每一個睡在身旁的溫熱身體……

夢中他應是獨自一人在這荒涼的街景，蹲下捂住臉悲慘嚎哭……

但他們併肩走過一個騎樓下熱煙蒸騰的黑輪攤車時，他提議他們不妨坐下先吃碗熱湯物再走。（這真是個操他媽的錯誤決定。）待拉塑膠椅坐下時，他發現前妻是和她現在的男人坐一桌，而他獨自坐在他們旁邊的另一桌。

男人是什麼時候出現的？是否整個晚上坐這兒等她？夢中那傢伙高大帥氣，和美的不可方物的她真是登對。那男人完全沒意識他的存在，悠然地翻著報紙，用一種充滿磁性的低沉嗓音評論：「那個某某今天的發言實在太不得體了……」（夢中，男人且重述一遍那個某某發言的內容是如何如何）。女人也渾身散發出一種妻子身分的親密與嬌媚，傾聽並且附和地和男人討論了幾句。

那傢伙是沒意識到我的存在？還是不認識我？還是在向我示威呢？

醒來的時候，眼角還掛著淚，那裡脹得好大。他記得幾天前，一個女友在電話中告訴他一個恐怖的經驗：

「農曆年前，我一個高中時的好友跳樓自殺了。從二十七樓跳下，按說應該摔得血肉模糊。但神奇的是，好像有個觀音菩薩，在半空中伸手托了她一下。據說她最後是好好的平躺在下面的人行道上，像熟睡了一樣。全身只有骨盤有骨折，側臉有一些銼傷，整張臉幾乎完好無缺……。從那天開始，我每天晚上都睡不好……不是失眠，是非常奇怪的，不論我正做什麼夢，夢中正要過橋，或要進去一個房子，或學生時期一個老師正要發考卷……反正不論是什麼情節，就會在某一點突兀地中斷、驚醒。醒來時看鐘，沒有例外，分秒不差地，恰好都在三點整。」

似乎每一個「許多年後……」的句子都會成為一篇好故事：「許多年後，他和她在一個不重要的聚會相遇了……」「許多年後，她想起那時他每次和她面對面說話時，總會失神恍惚，然後笑著說……」「許多年後，她輾轉從不同的友人那邊聽說他過得並不好……」告訴他這個自殺故事的友人說，跳樓的女人是她念教會寄宿女子高中時最好的朋友，她們當時是三劍客，個子皆比旁人高一截，卻又不折不扣是家世教養良好故單純自愛的女孩兒。她記得這個朋友大學時曾到她宿舍賴住一晚，穿著少女睡衣留著蓬捲長髮，像畢業旅行的小女生聊到半夜睏極還撐著眼說話。她其實已睡著了且作著夢卻還在夢中應她答她。

「很多年以後，」她記得她說：「我如果被困在一個狀態中，我是假設啦，變老了或是變醜了，更可怕是變傻了。不一定啦，總之變成現在的我也不喜歡的那種人……困在那裡頭出不去，也許是一幢豪宅，也許是精神病院，也許是一座小島，沒有人知道我被困住了。妳會不會來找我？」

她記得那時她在夢中，迷迷糊糊地回答：「會的，我一定會的。」

新鬼

F君說起達悟族的喪葬方式。主要環繞著整個族對死靈的恐懼。那種恐懼，巨大到悚慄徬徨，活著的人必須緊靠在一起，甚至武裝戒備，神經質地擔心看不見的死靈，從任一次元的夾縫侵入攻擊。即使以善終者而言，死亡發生的當晚，親族裡的男人要在喪家屋內全副武裝，頭戴藤帽、身穿甲冑、手執短劍木槍，那種對於「原本熟識的活人，一旦死亡，立刻異化視為恐怖、妖魔、會來攻擊我們」的恩斷情絕，讓人迷惑他們的祖先曾在死亡冥河隔岸眺望中，看見過什麼妖幻殘酷、駭麗如末日場景，鬼魅如熱帶雨林鮮豔巨花、變貌、吞噬空間、遮蔽天空……而受到如此驚嚇。F君說，他們會將屍體屈身拗摺成嬰兒在母胎中蜷縮的姿勢，用死者使用過的毛毯或被子包裹，並捆以麻繩——據說之所以這麼做，是久遠前曾發生過這樣的事，有一個倒楣的傢伙死了，但其實並未死透（這種故事在西方電影或中國筆記小說中不乏前例，下葬經年後開棺，發覺屍骸的姿勢是曾在一種極痛苦想破棺而出的掙扎後死去，才驚覺當時入土時其實以為死了的人並未真正死去，反而是在被埋入地下後，在絕望的黑暗孤獨中「第二次死去」），當時島上的習俗只是家人將遺體扛到崖上荒僻處棄屍後即逃回家（要走另一條僻徑，且用大樹葉掃去腳印，不能留下死靈可追蹤跟下的足跡）。不想那傢伙入夜後一口氣入了胸腔又活轉回來，恓惶摸黑回家。家人的反應不是親愛之人死後復生的驚喜；反是認為死靈作祟，各拿棍棒器械將他活活擊殺……

F說，還有，他們的舊昔傳說，如果有產婦生了雙胞胎，第一個從母胯接出生來的，幸運的被當作人（新生兒），但第二個出來的，即被視為惡靈，當即勒殺。所以按推理，這個族的人們，沒有雙胞胎的存在，如果你是基因注定的雙胞胎，因為祖先對世界的認識論（這個世界的每一個人，只能有一個他自己獨一無二的存有，另一個相同的存有，一定是鬼），則必然極幸運在出產門的那一關，就驚險的有其他雙胞胎（或多胞胎）兄弟姊妹，被像寫錯的字或多影印的文件被擦掉銷毀，才讓你生存下來……

不知是否受到F君那些關於達悟族人對死靈的極大化恐懼的描述之影響，喝完酒回來的當夜即作了個怪夢。夢中我似乎就是那個死去後又戀慕不忍遠行，在老家徘徊流連的鬼魂。那樣的視覺運鏡與「我已失去本來屬於我的這一切事物」的意識，如此悲傷而孤獨，使我被夢驚醒後，那充塞胸臆的比死本身還大的空缺感，久久無法平息。

夢的情境大致如下：回到永和老家的「後面」——那是我們從小對那個空間的稱呼，在日式瓦簷屋後側防火巷搭塑膠篷多占出來一個「偽房間」，放著一台洗衣機、頂上橫擱著三根晾衣長竹杆，同時供有點著小紅燈的菩薩香案和一張方型小供桌——在夢裡我似乎無法進入主屋，只能渾身浸在一種濕氣中，賴在這裡。事實上我坐在一張塑膠膜套污黃卻未拆去的彈簧床墊邊沿，夢中我意識到這張克難床是母親從年輕時便擺放此處，睡在那兒，心裡覺得她真的為這個家犧牲極大。而此刻我待在這兒，不知為何有一種走到停屍間，身體瑟瑟發抖的冰冷感……

但始終沒看到母親。也許她離家出走了。不再耐煩於當我們這幾個已入中年卻把生命弄得一團糟的流浪漢孩子們的守護者了。或許這夢我切入的時空未來的，「母歿後十年」，連我都嗝屁了，母親怎麼可能還在呢？問題是也不見我那老去的哥哥和姊姊。整座老屋，有一種電影裡雨絲黏飄上車前擋風玻璃之空鏡，或入夜後頻無節目只有螢幕亮點沙沙之雜訊的空寂。

隔著紗門，我發現屋內另有別人。一群女孩圍著一張我那年代啤酒屋的原木長條桌，撥弄吉他或拉小提琴，演唱著「絲襪小姐」的〈綠油精〉，她們圍著喝酒，頭頂上方垂著一盞倒扣碗狀錫罩燈泡，那使得光暈陰影裡的幾個人的側臉，竟像梵谷《食薯者》中的構圖，女孩中帶頭的，是我一個老友C。「妳們跑來我家做什麼呢？」我心裡納悶著。

不注意間我已推開紗門走進屋內，坐在C右手側的座位。我意識到她們都知道我坐在那兒，每個人卻都裝作沒看見我的樣子。「也許是為了我而聚在一起的守靈夜。」但我的妻子呢？我的孩子們呢？為何在座俱是女人？感覺像是一群女祭司或蕾絲邊隱密排外的聚會。

坐我右手邊是一高個女人，穿著較其他女孩正式而典雅，她的年紀也較她們略大，臉上則是悲不能抑的神情，我想起她是曾出版我和C作品的出版社編輯，是個極溫暖穩重的阿姊，有一度我以為她和C是一對T婆，後來因C跳槽至別家出版社出書，這位J在感情上受到極大之創傷。同桌另一個女孩似乎是在一間名不見經傳的出版社剛出了一本大賣暢銷書的潮人女作家，一旁則是一個眼睛恁大的女孩（她的編輯吧？）窸窸窣窣和她咬耳根。這些女孩的年紀就比我們整整年輕了一輪不止。且我想我夢中置身的那個時空，似乎是個與我這一輩文學創作者始終失之交臂的，書籍出版繁榮盛景的美好年代。空氣中浮晃著啤酒花的芬芳，在座的創作者在夸夸談著自己下一本或下下一本尚不存在的書時，臉龐都煥發著一種明亮的光輝（而不是真實世界裡，這十幾年來，我習慣的一群創作者聚在一起的陰鬱、虛無、沮喪）。有一刻，我幸福地想：這不是置身在我這個世代感傷、渴慕、永遠錯過的「明星咖啡屋」嗎？

我坐在C和J之間，感受到她們之間一種為昔日時光所困，負欠與懷念，想追問「當初妳為何要背棄我」卻人事全非的拘謹。於是我像每一次在這種場合自己會扮演的角色：耍寶逗樂，讓她倆痙攣地發笑……

終於，J開口了：「C，不然妳給本新書讓我出。我們從頭開始吧？」

「給你們，那我要怎麼跟我現在的出版社交待？」C這麼說著，臉上卻笑靨綻開，聲音腴軟如熬蜜，可以想見她是多麼開心虛榮。

「不然一本換一本好了？」我突然像醉鬼咕噥說。夢中C和J似乎都被這胡鬧的提議嚇了一跳，緘默不語。

「不然一本換兩本好了？」

C說：「是你一本換我兩本，還是我一本換你兩本？」

真實世界裡沉穩謹慎的J，這時也被我瘋耍逗得high了，她笑嘻嘻說：「再贈送某某某一本。陪嫁。」

我覺得又永劫回歸掉入一種浪費自己的價值以譁眾取寵的自我厭棄和哀絕。

「我才不要。」

突然看見這桌對面就坐著某某某（他是年紀小我一輪，相當有才氣的小說家，在這個夢裡，卻變成像雷鳴、崔福生那樣臉色蠟白，渾身發出老人酸味的，我記憶中錯幻成黑白電視箱裡的老演員），這樣的對話明顯傷害了他，他舉杯，臉色發青：「J姐，謝謝妳，下次再和妳喝。」起身離桌，強自保持尊嚴，走到我之前進來的那紗門前，推門離開。

那極短暫的時刻，我強抑住自己為了蓋過剛剛失言，並在背後露出輕蔑他之神情的負歉感，而佯怒衝上去勒住他領口壓到牆邊的衝動。只是像喝過量的醉鬼，張大舌頭看著他走出去。那一刻，我才確定，這個夢裡的死者不是我。是他。

公仔

這幾個月，孩子們又瘋狂收集7-ELEVEN促銷集點貼紙所贈送的小玩意，這次的贈品極可愛，是一組像一般轉蛋娃娃大小（我想像中的「拇指仙童」約就是那樣大小吧）的「跳舞公仔」。各有名字，我總心不在焉聽孩子們像呼喊極熟友伴那般叫著：「哇，是小竹輪？。」「lock小將。」「唉又是條碼貓。」後來我問他們如何知悉這些小公仔的名字。原來是他們的表妹小璐（一個四歲的小女孩）說的。「小璐最愛小桃。」小桃是一隻粉紅色的小貴賓狗。還有彩虹頭髮（也許是帽子？）的Open將，一隻頭上有四根髮線的小白貓「條碼貓」，頭上一個大叉的lock小將，綠衣小鼠「小竹輪」，另有金色銀色隱藏版……當然它們都是卡通大頭配上小小的小孩人身，穿著踢踏舞鞋。裝上水銀電池，落單的其中一隻小公仔，便會播出愛爾蘭民謠，劈哩啪啦有精神地跳起典型上身平衡不動的跺腳節拍舞步。

孩子們將不同的，或重複的小跳舞公仔們連結在一起（它們的電池座側邊有可連結的小凹凸），當十來隻五顏六色的Open將lock小將條碼貓小竹輪們連成一串，整齊地在我們家電視屏幕上沿跳起踢踏舞，真的超療癒超給人一種爽利明亮的正面能量。

當然也因此這幾個月，我們的日常用品皆藉故去7-ELEVEN購買。明明比巷口雜貨店貴也不如超市品項繁多：面紙、沐浴乳、便利刮鬍刀、浴廁清潔劑——爆幹的是這次的貼紙集點活動他們拒絕香菸的計入，不然像上次的史努比遊台灣吸鐵收集狂潮，我每買幾條菸囤積，就是點數之大戶——孩子們為此還自願每天吃那冰冷單調的7-ELEVEN早餐御飯糰三明治或麵包，放棄熱騰騰油香鍋氣的美而美甚至麥當勞。我的哥兒們隔數月一次的聚會，會有某人先在簡訊要其他沒收藏者碰面帶集點貼紙來。有一個傢伙婚外情多年，已至趨疲關係，正打算結束那段不倫之戀，不想幽會時那女孩帶了上百張集點小貼紙，「我沒在集這個，你可以給你小孩」，這渾球立刻激情重現，緊緊擁抱著那給他神蹟的情婦。我還聽說一對素來尊敬的前輩，有朋友拿了一大疊小貼紙要送那丈夫，素來不役於物以清貧苦學為風格的丈夫當然搞不懂那是什麼碗糕，「謝謝不用了。」不想回家後妻子（也是一位嚴謹受人尊敬的前輩）知悉引起一場家庭風暴：「天啊，你居然拒絕了！你知道那有多難收集嗎？」

這也是無可奈何，讓商家竊笑造勢成功的迷陣。他媽的那些小公仔們跳起踢舞實在太集氣太可愛了嘛。

主要是，生命本身太貧瘠艱困了。

日昨作了個怪夢，夢見一位少年時混幫派的大哥，新屋入厝，在一座傳統市場的棚帳內擺了十幾桌慶祝，那時已近黃昏，市集內一攤一攤漸沒入黯影中的肉販雞販花販水果販已大抵收歇，攤檯上鋪蓋上墨綠色油布。或有零星幾攤意興闌珊的，木條柱上還掛著開膛破肚斬去頭挖空內臟的，肋條筋肉脂肪暗紅濁白像蛋糕夾層那樣攤開的豬屍，或一只一只鋁桶插放著發出腥味的百合花或玫瑰。拚酒的哥兒們也都是不再年輕的中年大叔了（說來慚愧，夢中那個男人們紅了眼拚酒划拳，醉態可掬的場面，醒來後我想想居然和《海角七號》婚禮吃辦桌那場戲還挺像的）。夢中的我不知怎麼搞的，一手抓酒瓶一手抓酒杯，很盧的跑去找那位大哥，這場辦桌的主人拚酒。並且藉酒裝瘋的問他，當年為何不喜歡我，為何一直提防我，總要攻擊我？

夢中那位大哥厚鏡片下的眼神突然變得肅殺凝重，像是他知道有一天我遲早要問這問題，而他剛好利用這機會回答這一次，誠實不閃躲地，這次之後，他不會再允許我如此造次：

「因為……你跟我太像了，但你又心太軟了，如果我不趕走你……有一天我老了，你一定會取而代之……但那麼一來，我眼前這些一路跟我打拚上來的兄弟，全會被你的婦人之仁賣給仇家了……」

之後我走出那慢慢被黯影吞沒的市集，走到我這位大哥剛買下的新居，那像是一間有地下室的坪數極小的二樓透天厝，但是在民國七十年代的金華街或永康街的巷弄裡。我在夢中預知那日後的房價可是令人咋舌。客廳的牆磚結構都被敲掉了，遍地扎結著扭曲鋼筋並黏著乳白小方格瓷磚的大水泥塊。那位大哥的妻子，也就是我該喊嫂子的女人，坐在停放摩托車騎樓的一張小麻將桌前，不斷吸菸，手上拿一本基督教教會內部的雜誌。她翻開的那頁，上面卻是看痣算命的圖解。畫著一張古人的單眼皮朝天鼻的臉（而在夢中，我竟認中那張粗劣漫畫的臉，竟然是我常去按摩的那家盲人按摩中心，那個只有眼白的二〇九號胖子的臉）。而那頁教人看痣算命的圖解，竟是從臉相，延伸到肩膊、手臂、胸前……非常像幼兒啟蒙圖畫書上，一片紊亂但標上阿拉伯數字的黑點。你按序連上它們最後會浮現一個圖案，蝸牛或教堂或噴射客機或斑馬之類的……

我這位嫂子一根菸接著一根菸噴吐，似乎被書上所說而恰好符合她身上的一張會給她，她丈夫，以及他們的孩子帶來極大不幸的「痣陣」所困擾愁苦：

「不僅位置，圖形一樣，連顏色都符合它說的大凶。」

我努力勸說。舉了幾個我幼年時母親曾聽不同算命仙舉證鑿鑿說我活不過二十必定夭折的預言，結果我不是一路賴活了兩倍的歲數。光塵漫漫，我突然在夢中充滿感慨，之前那位大哥說我「心軟」，此刻不正應驗？似乎夢的核心觸碰了某種深埋在意識的陰暗期盼，按夢中情境這個大哥應是威脅我生存的仇家，我在那樣荒敗街邊無意聽見像程式防毒軟體缺口的他們的某個不幸的「坎」，卻同時在勸說同時把那陰鷙的詛咒化解掉了……

那時，從市集裡跑出一群孩子，他們的個頭比一般孩子稍矮小些，吱吱喳喳，初時我並不特別留意，但這群小鬼併肩勾臂連成一排，開始在我和嫂子不到一公尺的面前，啪啦啪啦跳起踢踏舞。他們跳得意興昂揚，像把那黃昏灰撲撲的街道，都跳得一片水銀燦亮。

「看，」我對大哥的女人說：「這不是好預兆嗎？別信那歪書上亂畫的點點了。」定睛一瞧，這些孩子並不是人類的小孩，我艱難回想，哦，不正是Open將、條碼貓、小桃、小竹輪、lock小將，還有一全身金光一全身銀輝的……

「你啊，」夢中那嫂子竟緋紅了臉說：「你大哥總說，這輩子他從不覺得有虧誰欠誰。唯一一個例外，就你這兄弟了……」

劈啪的聲音還加入了音樂，睜開眼，大兒子小兒子竊笑著，「ㄏㄡ，你把爸鼻吵醒了……」躺在沙發，眼前模糊的電視方框，上面一列彩色的公仔小人們，完全看不出是來自街頭巷尾不同家便利超商的不同交換之贈品，憨傻整齊地跳著踢踏……。

兒子

那時，大家在討論，把家裡房子賣了，一人分個幾百萬，在此亂世，各自營生，我哥，我姊和我，三個併坐在那牆洞、地板裂縫、頂樓夾層處處皆聞鼠群竄跑的老屋裡，好像童年父親不在家的時光，我們哄誘母親跟我們孩子打幾盤撲克拱豬或大老二。但現在我們都各有白髮了，夢中我是個啃老族，卻想要發表像《白銀帝國》那樣陰鬱悲壯但剽狠的演出：「祖產不能賣。」我說，我們年輕人要自己拚。這老屋賣了，我們的根就沒了。但不知為何大家都一臉不信，或許他們猜疑我是想把房子像查爾斯親王將英國國王權位跳過自己，直接交給兒子繼承。夢中，最疼我的母親，竟也把冰箱上和那些老年人藥包、或她影印了許多分父親當年寫的家書藏在一塊兒的存摺翻給我看：「你看看這些年我光花在你一人身上有多少錢？」

作為一個夢中啃老族，被母親的溺愛豢養成一怪物巨嬰的我，自然是羞憤離家。我說：「噫。」老屋的陰影裡，我哥我姊的眼神悲傷又像哀求，似乎他們已經太老，老得陪不動我這老么和老母親每每上演的「祖先——其實是要錢——不給錢就傷到自尊摔門出去」戲碼。

那是極冷的天，我一出門就後悔了，夢中腦海裡重複浮現的是我們那年代的路邊公用電話亭，但我想母親一定知道我撐不過幾天就會受不了拿起電話。那麼冷的天！青色漆面公用電話上一小方格一小方格金屬數字按鍵上因此清晰浮著一枚枚前人的指紋。我走在少年時從家往中學的那條路（昔日那是散步走上舊河堤的一條緩坡小徑，如今則是永和往永福橋每每塞滿機車的一小段路），發現左手側全是一間一間廟，說是廟，倒有點像元宵燈節，那些銀行、飯店、航空公司、企業拚場出資製作的一架一架大型花燈，在小型發電機的背景聲下，玻璃紙傀儡僵硬地轉頭舉手。夢中那些廟比鄰挨著，神龕裡倒是泥胎新漆的一尊一尊神像，似乎是附會歷史演義各有人名的十二生肖人格神。夢中的我似乎對熟悉的街景，不知何時被人動過手腳，也無太大驚怪，立刻忖想應該是有特殊信仰的新移民在此蓋廟吧……

那時我突然掛心起我寄放在某一個朋友家的小嬰孩——這時夢境中編織情節合理性的功能和建構畫面清晰度的功能產生了衝突——那嬰孩的形象愈見清晰且吸引著我，頭大大的，脖子軟軟的，應該是我大兒子（真實世界裡）在那個年紀的模樣。他好奇但單獨一人地在我那總是不斷於不同夢境中出現的旅館房間裡爬著，並咯咯咯笑著……

（他是怎麼跑進那裡面去的？那是我始終不讓任何人知道的密室。）

我想我的窩囊加自厭情緒，一定是像灰暗油畫顏料刷塗的髒污河床；母親對我的每每讓步，一定有極大部分是因她擔心恐懼那個嬰孩，交在我這麼個連自己都顧不來的廢物手上。那牽扯著她和哥哥、姊姊的神經，像一個靜默的恐嚇。（我想像著他們憤怒地驚叫：「天啊那傢伙把一歲大的嬰孩單獨丟在旅館房間！」）問題是我意識到。我母親在那老屋裡等著我的電話，就是她知道我想到這孩子必須讓她軟弱讓步。夢中腦袋內視鏡，像ＣＳＩ那些因凶案而每一個物件皆立體、立、拖長陰影、充滿時間意義的近距運鏡：那個旅館房間，那嬰兒爬行的上方，長條桌上排放著半玻璃杯溫了的啤酒，塞滿菸蒂的另一只同樣的玻璃杯、兩三本談梅洛龐蒂的小書，不同的藥瓶和藥袋、一台筆電……所以那一整團憂悒而帶著宿醉酒臭味的情感，有一句關鍵台詞，因為這嬰孩出現在那房間裡而被延後了、隱匿了、緘默了。（我母親像聖母慟嬰童那樣流淚說：「孩子，在你後來的成長時光，究竟遇到了什麼樣的事？讓你變成這樣一個怪物？」）

在夢中的那條街道走著，我突然認出遠近四、五個混在人群中低頭疾行的傢伙，是我舊日的國中同學。他們穿著高中生的卡其制服（天哪還戴著大盤帽，加黑框眼鏡），但分明已是大人（卻又不是我現在這年紀，而是二十出頭），所以整個有一種大家在一部青春懷舊偶像劇裡裝純潔的、說不出來的怪。這時我看見ㄌ，我國中時暗戀的女生（她也穿著白衣黑裙的女中制服），原本走在距我約二十公尺的前方，突然轉過身來，逆著人潮，不知是跟我還是別人打招呼，笑得非常燦爛。我便也裝出青春懷舊偶像劇裡大男孩的燦爛微笑，對著她揮手。但我立刻發現就在我正前方——所以從ㄌ那邊的視角看過來我應當是被擋住——一個穿卡其服的傢伙也同時向ㄌ揮手。所以ㄌ的笑靨如花並不衝著我，為了化解尷尬，我作出一默劇演員的搞怪動作，我用那傢伙的身體當屏障，躲在他背後，兩手從右側伸出，頭卻從左邊伸出，然後又表演泰國舞者那種千手觀音或孔雀開屏的把戲……

ㄌ笑著跑過來打了我一下。這時她真的認出我了。ㄌ說：「你還是那麼無聊！」我也認出原來擋在我前面的傢伙叫黃吉南，他在我國中時就是個沉默文靜的好學生，這時也親愛善意笑著，似乎我是從遙遠另一國度回來的人，他暫把自己讓開，ㄌ拿了兩張《空氣人形》的試片電影票，問我晚上要不要去看。我說：「原來不是要約我的喔。」ㄌ又打了我一下，臉紅紅地跑回原來那個距離的前方，像回到一幅靜美電影海報的演員定位。

我和那黃吉南並肩一起走，我突然意識到他和ㄌ都穿著學生制服這件事。所以他們是在一個「上學途中」？我突然變成輟學生了（但我心想：你們還沒看出來嗎？我已是個比你們大二十歲的阿桑了）。黃對我說，那時發生了一些事，似乎同學們對我後來轉學去一間和我們那所國中評價同等級的私校，最後卻棄讀，都感到非常遺憾……

「發生了什麼事？」但我不是已在社會混了這麼多年（雖然夢中其實我是無業遊民），連孩子都有了。他們好像還在念書繼續升級，保持一種青少年的拘謹和單純。

我很想向他借點錢當這幾天的跑路開銷（我手上竟只有一千多元），但又隱隱感到這傢伙是個小氣鬼，不，他還只是個高中生，而且活在我猶弄不清楚的哪個年代，我不確定我們之間的「幣值感受性」的落差。他似乎也在擔心我開口。我們繼續走著，我很怕我說：「好吧，那下次再見嘍。」便失去這眼下唯一可抓住之人。

他在一輛貨車改裝的早餐攤車停下買蛋餅，我陪他站著等那老闆在鐵板上油煎那打散的蛋，再將生餅皮覆蓋上去。

我說：「我必須趕去我租的旅館房間。」

奇怪，那嬰孩在那房間地毯上爬行的意象如此清晰，像我額頭貼著一個水族箱觀看裡水草款款搖擺、靜謐自足的小宇宙，那樣從一扇想像中的窗看著他。

海堤

那是一條極長的海堤，前後延伸成遠方一條像釣線般的黑色細弧，海堤水泥基座下斜陡而去漸至平坦是一大片爛泥灘，再過去是憂鬱灰色的沙灘，再過去是顏色更深一些鐵灰色的海面，最遠的天際線，濃雲低罩，既陰霾冥暗卻又刺目亮眼。海堤上是一段長長的、廢棄的鐵軌。我們走在那兩條布鏽的金屬凸起、朽爛的枕木條和壓軌的卵石，這種鞋底被不同形狀、觸覺戳突的不舒適感卻連續了極長的時間。事實上我們只是混在至少上千個零零散散在這海堤廢軌上蹣跚前進的人群中，這漫走的隊伍拉得極長，最前端或往後看落在最遠處的人影皆只是小小的黑點。我不理解為何我們在這一群疲憊的人龍中跟著無奈地走著？是火車拋錨了嗎？我們得走過這依傍的漫長海岸，走到下一個車站？但這鐵軌只有單線，似乎這些人也不擔心會有火車駛過。總之，左手側那一片無垠不見半個人影的泥爛沙灘和凝重油畫般的孤寂大海（天空倒是盤旋三兩隻找尋垃圾的海鷗），給人一種喘不過氣的陰鬱灰暗心情。

這時，在我們前方約兩百公尺處，有一個高瘦的老人（他非常高，像我小時看見神明出巡的七爺那種竹竿般獨自晾在眾人上方的印象）和一個精壯的黑道模樣的中年男子起了劇烈的衝突。他們不光互相以囂狠的髒話吼罵，並且也用一種陰鷙的身體暴力恫嚇、攻擊意志同樣堅強的對手。

我注意到中年男子推搡著一個瘦削蒼白、明顯是智障兒的青少年（應該是那老人的孩子），在海堤斜坡的稍下方，他一邊搧那智障兒的耳光，一邊怒目圓睜朝上望——此刻我領悟這是兩個父親的對決，像一頭叼著小熊的狼和一頭將巨掌覆放在小狼頭頂的黑熊，對峙咆哮著，以撕碎凌遲對方幼獸的恐怖景觀，絕望地阻止對方傷害自己的孩子——高瘦老人用他巨大的指爪拎著一個大約三歲的男孩，一望即知是中年男子的兒子。隨著中年男子往那智障兒頭、臉、胸、肚子、膝、腿擂捶或踐踢的動作愈加劇，一邊怒吼著：「試看嘛啊……」那吼聲被強風頃刻吹散，變得像嚎哭。老人卻面無表情，突然用另一隻手勒住那小男孩的脖子，在陰灰暝晦的海天旁的荒棄海堤上，筋肉糾結地將他像被宰殺的雞高高擎舉。那畫面無比恐怖。或許是老人像神偶那般高大的身形加強了那種肅殺的印象。遠遠近近停止走動看熱鬧的人群發出一陣低抑的、驚訝的嘆息，匯聚成一種悶雷般的轟隆沉響。「這孩子怕是活不成了。」我心裡想。從我這個方向，看不到孩子的臉，只看到他短短的兩腿雖還在搐跳亂踢，兩隻手臂卻垂下不動。

「這樣光天化日，眾目睽睽下虐殺小孩……」灰色的天際、灰色的海面、灰色的沙灘，這一切荒蕪、粗礪、空曠的空間延展，似乎將海堤上人數雖然眾多卻顯得無比渺小的，我們這些靈長類所發出的一切聲音，所意圖做出動作產生的戲劇性，全吸收、掩蓋、吞沒了。這時，從隊伍更前方一些，有一群可能是那中年男子的同夥，他們離開海堤鐵軌的這個窄道，七、八個像起乩扛神轎的八家將，沿著斜坡用一種搖晃或喝醉的舞步朝這邊跑來，遠遠看去他們打的赤膊上有靛藍色的龍或虎的刺青。他們很快分開人群，將那高瘦老人夾在中間。也許是我的錯覺，覺得整個過程有種男孩遊戲的歡快，那個混亂使我們看不分明老人以寡擊眾和他們的近身肉搏。老人似乎瞬間變矮了，從那突出於人群隊伍的上方消失了，這時我的眼睛一花，只看見蜿蜒到像沒有盡頭的遠方的海堤、鐵軌、及無望的，不知這麼朝前走會是什麼的人群……老人被中年男子和他的兄弟們拖離這個海堤上的隊伍，像抬著椿象的火蟻，一撮從陡坡跌跌絆絆往下跑。一時也看不見那個智障兒（應該被打得滿臉是血，眼睛也被打凹打爆了，牙齒也被打掉了，鼻梁也被打歪了吧）和那個三歲小男孩（應該救不活了吧）……

從這個夢境中醒來，唇乾舌燥，似乎那難以言喻、形象如此清楚的暴力，即使我已撤逃回這個相對安全、毋須暴露在某種文明被剝奪的動物性處境（那長長的疲憊的隊伍，模糊地讓我彷彿置身在我這一輩人不太可能遭遇到的逃難潮或集中營）的世界，仍像用冰淇淋銅杓挖過腦殼裡的什麼重要東西……那樣的恐慌。兩個孩子一左一右在身旁熟睡著！大兒子臉上還戴著臨睡前失眠、妻給他罩在眼部的電子按摩機；小兒子按例四仰八叉像一隻青蛙那樣仰躺在他一整床的絨毛動物之間。在夢中長長的海堤上和我手牽手走著，既駭怕又興奮，即使同樣置身在那「世界末日」類型場景的空曠異境裡，也因為作為父親、作為保護者的我就在一旁，所以始終還是有一種小學生郊遊，期待目的地的無知天真。我在黑暗中躺了許久，猶感到自己心臟劇烈地跳動，一個冒出來讓自己都覺得窩囊的念頭：「還好是在現在這個世界，還好是在現在這個人生處境。」

到廚房倒了杯水喝，之後把一張餐桌椅反轉坐在整個黑暗的客廳唯一發光的水族箱前。那個銀輝燦亮的世界裡，除了這兩年來已形成穩定生態的燈管魚、孔雀、玻璃鼠，還多了三隻美麗的大傢伙。那是一禮拜前，帶孩子們經過家附近的水族店，經不起他們譁鬨，進去一人挑了一隻（包括我）第一瞬視覺上「非買不可」的魚：珍珠馬甲、青萬隆，和一尾名喚「歐洲美人」我不確定是不是慈鯛科的美麗魚兒。問過老闆保證不會攻擊家中水族箱裡原本的小型魚。將牠們放進去後，只覺得像原本青少年青少女混的低價酒吧舞池，突然仙女降臨哪兒跑來三個一身名牌華服盛裝的貴婦，或挺著高挑身架著荷葉袖蓬蓬裙布料如煙霞剪裁的走台步模特兒。鵝黃帶上淡金描邊，或像水墨畫的暈染淡青，或像金屬盔甲上布一層火紅……，很奇妙地，這三隻大傢伙一入缸，整個水簇箱突然被提升至完全另一境界。我坐在那兒，半夢半醒盯著玻璃箱裡幻美奢華的一種迴游運動。

但就是覺得眼前這寂靜妖麗的畫面，有什麼細節不對勁……水草款款搖擺著，打氣馬達把銀珠似的小氣泡打進那像貼了銀箔紙的明亮小世界，孔雀和燈管還是面無表情迴游著……如果牠們會說話，也許可以告訴我這缸裡發生了什麼事？在那個靜謐的自足宇宙，似乎曾發生過近似核爆的大事件？

我突然發現是哪裡不對了。「我的蝦子呢？」在這個水族箱的缸底，在水草叢間、起伏的細沙上，原本（拜生態穩定之賜）至少有四、五十隻櫻桃蝦或大褐藻蝦，那是在沒有天敵而成功繁殖的結果。牠們不美（本來的功用就是放個十來隻進去清理水草葉片上的黑藻、魚群排泄物或暴死的魚屍），但在這樣夜深人靜時盯著發光的缸看，四、五十隻透明小生物的觸鬚嗶嗶一直在水底擺動著，那有一種你視焦不會鎖定，但成為背景的生機盎然的感染力……

這三個美麗的大傢伙，把我缸裡全部的蝦群全吃了……。

夢中旅館

奇怪我常在我的夢裡住進這樣一間旅館房間，它並不總是在同一個旅館裡，但我確知就是那個房間。它通常是那旅館最邊間，所以我總是和一群人在那些旅館甬道走著，手上拿著各自的房鑰，每經過其中一人的房間他便和我們道晚安而開門進去，我總是最後的落單的那個。但也因此我用房號鑰匙開自己門鎖時，心裡總有一種鬆了一口氣的寧靜。那房間比真實世界我曾住過的旅館房間都要略大，狹長形，但印象裡像是那些旅館的貯物間或僕傭房，感覺堆滿了許多他人留下的物件，床也類似軍營通鋪放著四張併靠的雙層鐵床。但那在偌大房間裡用雙層床隔出的睡眠區，似乎也給我某種說不出的安全感。而且我可以將行李箱攤開在我睡覺之外的其他床鋪上，感覺自己占領了一整列無人的夜行列車，或夜航中的一艘輪船。

那個房間，沒有對外窗，有一整排封死的老式鋁框窗，且用灰塵積滿的厚窗簾遮蔽了，但隔音頗差。這房間通常是緊鄰著外頭最繁鬧的街道。又因為在我夢中的這房間之水平高度，恰在一樓和地下樓之間，所以我總有一種自己是一半埋藏在地底，一半又露出頭恰好視線和那些穿高跟鞋的仕女的腳、穿西裝褲皮鞋的腳、街道上各式各樣疾行走過的腳同高的窺視隱藏感。像地鼠或戰場散兵壕溝裡趴伏用狙擊鏡瞄著較遠處的士兵。但其實我只是窩在那看不到外面的旅館房間，聽到外頭的車潮洶湧，鄰近小學的取代上下課鐘聲的擴音喇叭樂曲，一種亂烘烘混淌成厚厚背景無法析分出立體細節的市街，嘈喧之聲。靠著這面牆是一長排的桌子，我可以奢侈地將行李箱吐出來的全部的書、換洗衣褲、整條整條的菸，每次出門在當地買的土產蜜餞、瓜果、糕餅，或一些用薄紙包起的易碎老東西……全亂鋪撒開來。

為什麼會有這樣一間「夢中旅館」呢？在那些夢裡，旅館外的國度、城市、街景，像《霍爾的移動城堡》，任意變換成電影裡小說裡畫冊中剪接下來的異國印象：港口、市集、運河邊、大雪紛飛的小山城、銀行大飯店名牌珠寶鋪櫥窗毗鄰的市中心……旅館卻像為我打造之密室，一關上門，那個房間，比真實世界裡我自己公寓裡堆滿我破爛什物的書房，我的臥室，還讓我覺得安心、隱祕？還讓我覺得如果有一天我要從這世界消失，那將是我躲藏其內的處所？仔細想想，這些年獨旅的經驗占據了我旅次絕大多數的狀態。獨自搭機、獨自找轉運巴士的號碼車牌、獨自拉著行李箱Check in，自己一個人的時間，似乎對短暫進駐的那一座城市缺乏年輕時的好奇心和在它的街道行走的欲望。似乎我需要的不再是任何可能的旅行，而是旅館。

昨夜的夢裡，又一次住進了那個旅館房間。其實是一個屬於白日光照的，浮躁忙碌之夢。我似乎是參加了一個四天三夜參訪團之類的活動，所以夢中默劇總是我獨自在那房間匆忙梳洗、著衣、戴上腕錶、穿襪穿鞋、整理背包裡的資料夾，抽一根菸，然後在一種擔心遲到的緊張情緒中，開門出去。那個團似乎都是和我年紀相仿的男性，穿正式西裝，胸前別著名牌，整體有一種我如何都跟不上的氣勢和快速（所以我在夢裡參加了一個直銷公司的誓師旅遊？）那似乎不是我這個年代的，男子們形成之團體情感（較像我岳父那一輩的，受過日本教育，經歷過戰爭時期，從艱困社會奮鬥起家的，青商會或獅子會之類的團體）。終於在這個旅行（參訪？）活動的最後一天，遊覽車上我坐在一位年紀輩分突兀大我們其他人一截的長輩鄰座。他的身高也高出大家一截。感覺像我童年想像中的「美國人」。渾身也散放著一股說不出來大人物的悠勁兒。夢讓真實世界裡我不可能如此近距離接近的頂級權力者，坐在我身旁所必然產生的內在暴力和尖銳感，全柔化了。我發覺一車的人全變成像畢業旅行討好老師的國小男童，表情甜美又可愛。

這長者是個禿子，靠近我這邊的耳際上有半圈短莖白髮（所以他是個老人），我感覺他只是來借搭一程便車。而他如此習慣即使闖入一車唯他是陌生人的處境，在被辨認出來後，他也是唯一的發光體。我只是幸運地恰好身邊位置空著，於是被臨幸選為他精力充沛健談的聆聽者。「我當年啊……」他告訴我他年輕時，曾獨自到東京、紐約、南洋、澳洲旅行，自己帶著一只〇〇七手提箱。裡頭折疊好整束的西裝和毛料大衣，漂泊噢。每每下榻旅店，他會到附近的酒館去喝兩杯，混到半夜。然後他告訴我一段他年輕時到東京出公差，自己坐火車到池袋混進一間脫衣舞孃店裡，他說那是一間很擠很小的店，擠在舞台桌下方的全是喝醉了的上班族。表情馴良而拘謹，舞孃們跳完一輪中場休息時間會下來各座區陪酒，她們幾乎衣不蔽體，笑容可掬拿著一台拍立得，只要付錢就可以擺出任何姿勢讓你拍照。另一頭則是一位徐娘風情的舞孃，沿桌敬酒，她是全裸，後來他發現她在每桌停留的三、五分鐘，會用一種溫柔優雅的神態和客人交談，但這同時她會允許（甚至是邀請）客人用一條紅絲巾擦拭過手指，然後伸進她的胯下。老人對我說，主要是這樣一邊進行著猥穢的動作一邊卻神色自若交談的色情交流，對年輕時的他來說實在太怪異了。他日文不行，整間店只有他一個異鄉人獨坐一桌。那時他幾乎聽見自己心跳聲，驚恐著那老舞孃一桌一桌地朝他這邊靠近……他該跟她說什麼？用他從旅遊日語通小冊的爛日文和她say哈囉嗎？假裝是啞巴？他的手指要不要行禮如儀也伸進她胯下一下？

我不曉得夢中這個對我而言幸福又虛榮的時光（我感受到全車其他人對我羨慕的氣旋），遊覽車顛盪著，老人為何要跟我說上這一段？他似乎懷念又遺憾，似乎那曾是他無意闖入卻無能融入的一個更頹靡溫柔的文明夢。很奇怪的是，夢醒之後，我竟能如此清晰如此歷歷如繪記得老人對我描述的，多年前那個異國小城色情酒吧的實體感。像我夢境中真的曾置身在那煙霧迷漫，玉體橫陳，擁擠卻又孤寂的夜晚。

輯六

宇宙旋轉門的魔術時刻

母親

母親在菜市場跌了一跤。當時我哥在附近那曲折巷弄裡穿繞，找不到停車位。所以母親仆跌在那印象派畫般，人影、菜販瓜果流動如潮的黑黏地面上時，是自己一個人掙扎半天不能動，許久才被人發現七手八腳將她扶坐在地上。

那時聽了心中慌憂。老人最怕摔。包括當年我父親、阿嬤，都是某一次致命性的一摔，似乎身體的支架結構某一關鍵便摔凹摔壞了，從此便(即使是與摔本身無關的病徵和衰毀方向)急轉直下。但電話中母親還是雲淡風輕，反過來安慰我，哥哥已帶她去萬華一家老推拿師父那推拿了兩次，狀況有在改善。這師傅有多神呢，據說之前有個男的，車禍而癱瘓了，每次是兒子扛著到二樓診所，讓師傅整了半年，後來竟可以下地趴趴走了呢。而且醫生保證我腿骨沒有裂。母親樂觀地說。

我心底還是慌慌的，主要是母親忍受痛苦的意志，遠超過我的想像。而我終究在混亂中出國了，沒能回永和探望她一下。一路夢遊般跑了幾個城市，回台北後打電話回家。姊姊說，我不在的這段時間，母親的狀況變嚴重了。(真的像那些摔倒老人的讓人心驚的情景：癱在床上不能動了。)我發現我們這些渾噩惶然的現代子女，當生命的不可測暴虐撲襲我們年老的父母時，我們常只能像裝天真的少女暗夜小巷遇襲，掩耳閉目蹲下，幻想事情不會跑到最糟狀況。惘惘威脅在那，但我們總幻想奇蹟的骰子會掉落我們這一格。

姊姊說，母親忍疼的意志終於頂不住那重摔造成的內部壞毀。有一天夜哩，她疼痛到淒厲大叫，那哭聲讓人毛骨悚然。我哥深夜從深坑趕回永和，他們手忙腳亂抱她到醫院掛急診。X光片照出來，連醫生都震驚怎麼可能忍到現在才來，大腿骨骨折不算，還倒插陷進骨盆三、四公分，那醫生是不主張開刀的(她說你們今天是遇上我，你們去任何醫院，這片子一看馬上進手術房開刀)，於是每天哥哥用輪椅推母親去那醫院，讓那醫生像女子摔角，狠狠地把母親塌陷進骨盆的左腿朝外猛拉。姊說：「媽那哀號，讓你想拿起醫院什麼花盆往那醫生後腦敲下去。」

我還是那麼的匆匆來去，像快轉影片。那天帶兩兒子回永和老屋探望母親。這三、四年，父親過世後，每個禮拜某個晚上，我接孩子們放學後，便逕自帶回永和老屋，將他們丟給老母親和那老屋子果凍般團住的昔日之夢。母親會勁搞搞的在廚房弄各種她想像的，很像「麥當勞快樂兒童餐」的一道道菜；且寵縱地讓他倆看一整晚電視卡通。像是要將年輕而無法專情的小獸，哄騙安撫進那光度總似乎較昏暗的，平日只有她安靜在其內活動的時間之屋。而我會在那偷出來的時光，或跑去按摩，或趕赴長輩的啤酒屋之約，或就在永和附近一家星巴克趕稿……待九點十點，再去母親家拎人。通常我和母親坐在裡間神龕香案下，胡亂聊個十來分鐘，便起身說媽那我帶他們回去了。

但這個週末下午，我算是安定陪母親聊了一個多小時吧，聽她說那個復健醫生將她整隻左腳硬往外拉(否則會從髖骨塌陷萎縮)，那個痛，只有幾十年前生我哥時，以為是難產，整個人骨盆像被榔頭一塊塊敲碎，差堪比擬。又憶起父親過世前，癱臥復健時，幾次像小孩喊痛，母親印疊上自己的痛感，忍不住又淚漣漣，也問了我出外漂泊時遇到了哪些人發生了哪些事。後來她終於乏了，用一只四腳方框鐵架，非常、非常緩慢(真的像蝸牛那般緩慢的移動)半撐舉小小的上半身，移到她的小臥鋪，轉身，在角落窄小空間慢慢降下身，靠坐床沿，手肘撐著移動躺下，這細碎分割的連續動作，竟就花了十幾分鐘吧。

臨走前，沉下聲交代坐在客廳盯著電視的兩兒子，奶奶這次摔的很嚴重，你們兩個給我眼睛放亮點，看奶奶在裡面有什麼動靜就進去問有沒有要扶的要幫水杯什麼的。有事情就打電話給我。聽到沒！不要媽的像兩少爺坐這還讓奶奶侍候，好好給我顧著奶奶，小心我等會回來揍人。

便又急躁摔門而出。

復回來時(已是兩小時後吧)，發現母親坐在輪椅上，和兩男孩一起在客廳(那老屋光度永遠暗了幾格)看動物頻道的大型貓科動物專輯。她和他們的眼睛一樣晶亮而濡濕。我無意義地又喝斥了他們幾句，換成么兒的腔調陪笑推母親入內。

「兩個有沒有又不懂事？怎麼讓奶奶陪著看他們愛的節目，媽妳有沒有休息夠啊？」

母親虛弱地講了我兩句不要對小孩劈頭就亂罵，但我又感覺這些年她祕密地在某些情感層面，把我當作我父親當年那暴烈卻又固執「男孩就要有男孩樣」的父性之替代。她說她好許多，其實是剛才和他們打開電視的。之前他們祖孫三個在客廳聊天聊了好一會……

「聊天？」我很詫異這兩個靈魂還在懵懂小獸狀態的呆瓜男生，能和他們的奶奶聊些什麼？模糊有種體會，這些年，在我的眼皮下，流年偷渡運轉，老人和孩子們在這老屋截斷的一個個晚上，已經有他們的交情了？我說應該又是小的那個嘰嘰喳喳在說吧？

「他也說，」母親說：「但今天阿白(我大兒子)說了許多，他跟我說了一個故事。說是有一種遙遠外太空的半機械半生物的金屬昆蟲，單隻看像一隻地球上黃蜂或甲殼蟲那麼大，但是它們的數量上億兆，而且整片飛行成一面超級黑網，像是有一個電腦晶體的高等智慧，可以讓這億兆的金屬小蟲，從移動、讓整體變化隊形，集體閃光變色，以一個巨濶視覺維度來看：「它」(全部的機械小蟲)是一隻巨大智慧生物。甚至「它」的智慧高於地球的人類文明。有一天，這上億兆的金屬昆蟲形成的那幅巨網，將地球的大空層包圍起來，像用手帕將一顆撞球包起來。你兒子說：那形成的世界末日，不只是地球成為永夜(沒有太陽光、甚至不見月亮和任何星光)，海洋結冰、太陽毀滅……更奇怪的是，那使得它們包覆的那層巨網外面的(宇宙星空)時間，非常快速的運行。那變成一個我們完全不能想像的時間流速，時間軸被扭曲了……」

我有一種目睹院落裡的曇花將複瓣層層打開，突然說起人話的暈眩感。我那個沉默、害羞、今年剛上國中其實內心像小孩子一樣的大兒子，會跟他奶奶講這麼一大坨故事？而且他們津津有味說的是什麼啊？

魔術時刻

那間百貨公司，每到整點，一樓大廳外拱門上的巨大卡通人偶鐘，就會如一整座白銀之城上百座鐘樓同時鳴鐘，演奏一首音樂盒齒輪般緩慢呆板的卡通樂曲。這時那鐘面上的指針與數字會一格格如魔術方塊翻轉至背面，而原先一二三木頭人被封印在裡頭的機器娃娃，會復活過來排列成棋盤陣，彈琴跳舞敲鈸擊鼓地搖頭晃腦，彷彿那籠罩整幢建築玻璃慢速迸碎的輝煌音響是它們這樣勁搞搞演奏出來似的。

這鐘樂奏鳴響起之際，他正帶著孩子坐在下降的電梯裡。電梯門開，穿著日系ＯＬ洋裝戴紗罩禮帽的電梯服務員猶九十度彎下腰。謝謝光臨。他即拉孩子衝出往大廳旋轉門跑。快！快！待會兒那些小人又都躲回去。

就在那時，他一瞬瞥了一眼一個穿灰呢西裝配短裙灰褲襪的漂亮女人擦身而過。又走了幾步，轉過頭發現女人似乎也想起什麼，站停在那一臉詫異看著他和孩子。

總算趕上。他蹲下指著上方那些從鐘的內裡翻出來的演奏娃娃們，對孩子說：看！有墨西哥娃娃、中國娃娃、荷蘭娃娃、非洲娃娃、俄羅斯娃娃、日本娃娃、蘇格蘭娃娃、土耳其娃娃、印第安娃娃……極印象式的樣板民族風服飾，冬日冷冽空氣中，童偶們無表情隨卡通樂曲款款搖擺的百貨公司風格（像那些大頭貼背景、投幣式卡通車、夾娃娃機、吐卡片的遊戲機、跳舞機……盡是銳角削去磨成圓弧的合成硬膠圓臉圓偶角色，鮮豔無景深細節的漆色：皮卡丘、米老鼠、哆啦A夢……），竟有一種鬼氣森森之感。

這都只是老梗。他對孩子說，你一歲的時候，和媽媽推著嬰兒車噢，在東京火車站附近一天橋上，那整點鐘魔術時刻出現的，可是一整面牆動物馬戲團的機械劇場：敲打礦脈的小矮人、旋轉木馬的松鼠、揮翅的送子鳥、拔槍的西部牛仔米老鼠、機器關節蹬蹄的雪鬃白馬、開門追打的刺蝟或土撥鼠……那才是對機械鐘工藝充滿狂迷癡戀的蠟像館機關黃金時代哪……

還不說童年時在鄉下廟埕前田壟中，漆黑夜色無比詭異突兀地矗立半空中的巨大牌樓：那用長竹桿綁鐵絲搭起的四、五層樓高布景，通常是地方不同廟委會間在建醮時鬥氣爭勝的怪物。紮一座大牌樓動輒要燒掉上百萬銀兩。像神龕隔成數格：或是三層高最下是關帝左右周倉關平中層觀世音左右金童玉女上層釋迦牟尼佛；或是遊十八層地獄各框格內機械齒輪配合氣動油壓表演牛頭馬面用刀斧砍人頭然後頭又彈接回去或剖腹拉出假肚腸再塞回；或是西遊記孫悟空大戰紅孩兒唐僧掩面騎白馬倉皇奔逃，觀音在天際灑淨瓶，八戒和沙悟淨被小妖綁在柴堆上吹管起火……

飄浮在半空的幽冥之夢，小時候他被那空曠黑夜裡熾亮明晃巨大在頭頂上展演的神魔妖鬼殘虐威靈的場景驚嚇得每夜尿床。那較真正活物運動緩慢笨拙許多的粗糙機械運轉方式，反而在小孩心裡烙下一種超現實的，冷漠無情的，「神祇不該被看見的臉」。

啊。突然想起那女人是誰。

許多年前，（在身邊這孩子出現在這世界上之前），和女人短暫在一起近一年。關於那段時光的所有記憶皆如霧中風景，迷糊而缺乏真實感。每個禮拜兩人約在那座城市不同角落的汽車旅館，沉默激烈地做愛。印象中女人總背朝他坐在床沿，自己有條不紊一顆一顆解開衣物的鈕釦、拉鍊或胸罩的背釦。事後又以同樣像百貨公司櫃檯服務員摺紙包裝禮品的安靜與精巧，把衣服一件一件穿回身上。

女人有一固定男人，所以他算是第三者。但那段時光他完全沒有偷情的激爽或罪惡感。他們總是對坐在旅館染上污漬或被燒燎破洞的地毯上抽菸（他裸身而女人則穿著整齊），把菸灰撣在中間一只菸灰缸。感覺像是心理醫師和她的病人定時的心理療程。但其實總是女人在說而他在聽。關於女人的男人的這些那些瑣事：他的童年往事、他之前離異的婚姻、他的憂鬱症、他的沉默寡言、他上班的地方被一些雞巴晚輩暗整欺負的怪事、他對她的純粹的愛和信任……不同稜切面地，每個禮拜在旅館地板的煙霧中，他一點一點地聆聽拼湊著關於那男人的種種。像是每週女人閒散跟他說一部不同的、最近看過電影裡的破碎段落……

有一次女人對他說，前幾天上免費算命網站幫你排了紫微盤，結果你們兩個的命盤竟然一模一樣！都是七殺朝斗格。雖然流年的走勢他是順時針你是逆時針。但三方四正的小星也幾乎相同。而且我算了生命靈數你倆都是二八，太奇怪了。我竟然在兩個可能是同一種宇宙神祕意志捏出來的靈魂之間劈腿……

他笑著說，或許我和他是「雙面維若妮卡」，互為對方的鏡像，互為對方錢幣的另一面圖案。

他是人頭我是數字，或恰相反。我們各自注定此生要和妳這樣一個女人發生連結，而恰好時間點撞在一起了，妳成了我倆的旋轉門。或許，他說著掉進某些好萊塢電影的邏輯，我們其中一個是妳虛構出來的角色，妳正在寫的小說……也許是我呢，我以為我歷歷如繪記得的那些往事、童年、故人、過去的傷害或懷念……其實全是妳以他為藍本而變造出來的？這一切，或某一次妳覺得寫壞了把它delete掉，就一切消失了……

後來沒很久他就和女人分了。某一次約會她沒出現，或沒有預告的，他的MSN就被封鎖了。他想這就是這個世代的愛情故事吧。

孩子咯咯笑著，原來整點報時的魔術時刻結束，在鐘聲齊鳴的音樂盒卡通歌裡，一個框格一個框格的機械人偶又僵止不動，他們的時光又被凍結，隨著機關被翻轉回牆壁後面的世界，在他們頭頂又是一只巨大的，指針正常走動的鐘。

米哥

米哥和他父親鬧翻後（據說是不聽父親勸，不肯收山好好做正經生意），單獨北上，有一段時光在當時的舊台北火車站裡混。

（混什麼？我們問他。）

（什麼？）

（譬如說，賣白粉或是走私人口……之類的，這是我們這個年代的想像，總是要有賺頭吧？混哪一條街的、混菜市場的、混碼頭的、混砂石場或廢土掩埋場的……總有圍事喬事混水摸魚黑白兩道打點關節的利益。但在火車站裡頭混，那是什麼？賣黃牛票嗎？還是把那個灰撲撲年代搭火車北上逐夢的南部鄉巴佬的可憐細軟洗乾？）

他說：「下次有機會我再問米哥。」

因為是轉手聽父親背後夾評夾敘，又是久遠年代的事，許多環節自然失落，顯得「米哥一個人在台北火車站裡混」，有一種皮影戲布幕燭焰跳動的朦魅不寫實。他說，米哥那時也三十幾快四十了，有那種搭夜車隻身來到台北的少年仔，一看就知道是蹺家的，像漁網撈起的濕淋淋水鬼。穿黑襯衫捲袖控叭褲，腕間戴一條仿冒粗金螺咧。不開口只因不會這大城市的人間語言，米哥會把這些男孩帶回家，包吃包住（他困惑地說：「所以我想米哥是那個肅殺年代的，某一種老gay吧？」）如此以往，米哥手下竟有二十幾個少年仔。

有一次，米哥和另一幫派的人在南陽街談判，恰好遇見那些補習班放學人潮，街巷裡四面八方全是十五、六歲青黃不濟的重考生，對方以為那全是米哥ㄊㄨㄚ來的人，嚇得尿濕到長褲管都在滴水……

所以，米哥在當時的道上，「養小鬼」靠一群少年仔打天下，是已混出名聲。在我們的想像，那像是黃秋生或任達華，戴褐色大墨鏡，穿尖翹領獵裝外套，咬根雪茄，最早的「台北古惑仔」教父之扮相。

米哥說，他自己少年時，就是和蕭家三兄弟（後來的嘉義幫）裡的老三混，當時蕭家的大房邸後院鄰著嘉義警署的後院，每有刑警將抄來的武士刀排列於簷下走廊。他和蕭家男孩，幾乎覷準每日下午一個無人時光，翻牆入內，挑選極品好刀偷回。在那個年代，流通於台灣黑道的武士刀，大抵是日本留下的。鋼質鍛工，好的，價值連城。後來被國民黨警察一次一次抄沒，這種真正的日本長武士刀愈來愈稀罕，變成少數大哥手上的珍藏品，械鬥時兄弟們操持的武士刀，都是用當時卡車摳雄（避震器）那一根長鐵杆磨成的。米哥說他們翻牆進警署後院時，這種土製武士刀他們瞧都不瞧……

（因為這段武士刀的描述，米哥的小混混歲月，突然釉燒上一層經手、收藏、撫摸過那些珍罕神物的傳奇光輝。像琉璃廠、鬼市，或古幣老玉交易那些封印的專業知識與口耳相傳的夢幻逸品。）

米哥說，他在嘉義混的時候，有時遠遠遇見仇家一群人持刀來堵，絕不能轉身就跑。因為所有這些背對持刀人的落跑者，像一種獵殺遊戲的標準對位（舞蹈或古典戲劇的定格？），追逐者一定會從後砍斷你的腳筋。下場就是終身殘廢。

他說，在他大學時某一年，回到嘉義家裡，一個奇異的停頓時光，一樓暗黑堆置著一落落紙箱和停放的機車。他父親大約和那些朋友在二樓客廳泡茶。那時米哥恰醉醺醺從樓梯下來。那之前他記憶中完全沒見過這人，外型也只是那些父執輩其中一個禿髮微胖之中年人，但他整個靈魂的內裡，卻充滿著一種對此人無比親愛、孺慕的神祕情感。似乎這個人是比他父母跟他還親的人。他非常詫異，看著這位充滿江湖味的叔叔。米哥喊他的小名，靦腆笑著說：不認得我了吧？都這麼大漢了。

後來他才聽父母說，在米哥和他爸鬧翻獨自跑去台北打拚（就是像超現實主義畫作在漂浮著各式夢之物外星之物海洋蜉蝣生物的寂寞火車站獵逐那些異鄉少年的夜闇時光）之前，米哥是天天在他家混的。當他還是一個小嬰孩的時候，可能長達一年多，每天是米哥抱著他，逗他，抛他，邊吸菸（吸菸會導致性功能障礙、肺癌、肺氣腫、心臟血管疾病）邊唱童謠哄他入睡。只是之後的二十多年，這個人完全從他生命裡被塗抹銷掉。

少年

我覺得和少年同伴在二十五年後重逢話當年，最有趣的時光晃錯之感，還不止在對坐的兩個胖大臃腫的中年人，腦中浮現的畫面還是十六、十七歲時精瘦猴仔之模樣；主要是還要在哥們的伴侶面前，替他描述一個「事物還未變形、歪斜前」，那個純淨潔白的初胚。

上週和少年時一起鬼混的老朱意外偶遇，相約一起吃個晚飯。老朱帶著妻子赴約，夫妻倆皆是商務旅館的高階經理人，在時光調焦詢問與聆聽各自這些年境遇後（我非常感興趣地問了他們許多台北這類連鎖商務旅館的經營細節），自然是又吹擂又感傷地回憶當年兩人一起幹下的屁事混事：五專聯考集體作弊、冰宮聚眾幹架、找重考班訓導主任尋仇卻被對方找來之少年隊驅趕在暗巷鳥獸散之狼狽……

有一次，我們闖了大禍，從各自的學校教官室離開後（天已經黑了）。便決定兩人一起蹺家，模糊的想像是往南部，十六、七歲的少年仔心中的圖像是到工廠打拚，有一天賺了大錢衣錦還鄉（那個年代的樣板電影給的想望？）。實質遇到的問題是口袋沒錢，連身分證都沒帶在身上。如果是多年後創作課堂上的腦力激盪遊戲，就是一次小規模的身分的跳脫和剝離（像戰鬥機的駕駛座彈射拋離裝置）。穿著卡其制服戴大盤帽、揹著長肩帶的癟書包，兩人先跑至中正橋頭一間有巨大觀音塑像的寺廟，想切手指（當然是左手小指）留血書給父母（對不起我寫至此都為當時為何設計如此白癡滑稽之行徑詫異地大笑）。老朱負責去買刀，我在佛龕香煙嬝繞下構思「血書」的內容：「……爸媽，我對不起您們，犯下此等滔天大罪……」云云。過了許久，老朱面色陰暗地踅回，說這一帶大街小巷跑遍，硬是沒有一家賣刀的店（連賣美工刀超級小刀的小文具店都沒有），「幹……那只好用咬的……」暗影中啃了自己的小指許久，終於還是噗嗤笑出來。實在太滑稽了（還是那年代的《八道樓子》、《英烈千秋》這些樣板電影給的戲劇性想像）。

離開那間廟（離我們各自的家太近了），搭公車再爬一段山坡路，躲到中和圓通寺已是深夜（我們的爸媽已開始找人了吧？）在正殿下台階一處韋馱或力士的小偏間窩湊了一晚。我的稀薄記憶是非常冷，且被山中野蚊咬得滿頭滿臉。天猶濛濛黑時就被爬山打拳的老人老婦給吵醒，恓惶躲至後山一涼亭，開始謀劃逃亡動線：因為算夠義氣幫整件紕漏之主謀蔡扛起罪行，所以蔡要我們南下他故鄉北港投奔他的好兄弟。但是，車票錢先要找一位半調子但家裡挺有錢的朋友汪去借……

（回憶至此，我對老朱說：「那個汪，後來上吊自殺了你知道嗎？」「真的假的？」「大學的時候，我另一個朋友的母親遇見他媽，聽說的。好像是感情事件。」）

那時，一位在我們身旁打拳的老者（如今回想其形容談吐，可能是位退休將官吧），收了拳，自顧啜飲了帶來的保溫壺熱茶，悠悠閒閒地對我倆說：

「小兄弟，恕我冒昧，看兩位的臉相文氣，應不是一般逞凶鬥狠的冥劣之人，你們將來該會有一番大事業。想是一時糊塗走岔了路，面子下不去，其實你們的人生根本還沒開始，能否聽我一句勸，你們在不應當出現在此的時間出現在此，就當是一夜之夢，快回去原來的正軌吧……真的偏離到回不了頭之境，就太可惜了……」

那時的我們哪能預知鳥瞰未來生命圖景？只是第一次有這樣氣宇不凡的大人，用平等尊重的語氣對我們說話，自然是唯諾稱謝不迭。下山後，仍是先去找汪借了一千塊，兩人自作聰明，想雙方家人或會到台北車站堵人，於是先搭車至松山車站，再買慢車車票往彰化（蔡的哥們要我們到那再聯絡他）。中午時分上車，一路每小站皆停，在一種與同車廂人在一灰稠夢境中的疲憊哀傷。失去時間感，鐵軌延伸至遠方的漫長晃緩中，車窗天空慢慢變黑，列車長第三次或第四次查票時，終於狐疑問：「少年仔，你們到底要去哪？」當即倉惶下車（我們想像會有一種鐵道沿線通報系統，會有少年隊在下幾站上車把我們逮進派出所），竟然只到苗栗。「幹！就說不該買慢車票。」

就近在火車站旁吃自助餐並投宿一間老舊小旅館，夜裡不斷幻想會有傳說中的老妓女來敲門（那是典型的『所有對世界的異想全部打開』的啟蒙流浪或公路電影）。第二天發現錢不夠到彰化了，於是再搭慢車北上至新竹，找老朱一位素未謀面、讀新竹女中的「筆友」，又調了一千元。那女孩長得普通，卻戴了一副粉紅框的眼鏡，騎小綿羊至相約的彰化銀行交錢給我們。老朱卻一副不太搭理對方的雞巴樣。我想女孩可能也幽微受了傷，但仍是非常陽光地虧了我們幾句（主要是那天已是星期日，我倆卻灰頭土臉穿著卡其制服揹書包）。

之後的回憶就無甚值得在快轉影帶時按暫停處。我們到了彰化，同樣在一間老舊小旅館待了一晚，但相約會來電話的蔡的哥們，等待果陀一直沒有出現。密室裡的兩個逃家少年，不知如何打發那百無聊賴的囚困時光，旅館櫃檯一直打來說對不起少年仔，退房時間真的不能再延了……在那樣坐困愁城除了年輕一無所有的逃離處境，老朱用黑松小玻璃杯端了一杯茶水給我，我抿一口，立刻噴灑滿床——原來，原來這廢材，竟無聊到去馬桶舀裝了一杯色澤近似的尿水來耍我。接下來便是孤寂茫然的兩人在那暗室裡扭打揮拳之剪影……

講到此，兩個胖中年人呼呼嗤嗤地笑。老朱的妻子說：「你真的很無聊。」像楊家將戲台上那嫂子和兄弟間的親愛與信任，對我訴苦了老朱之前一段外遇給她的羞辱和傷害。我也角色上身地打屁假作責備哥們：「這你就太不應該了，嫂子這麼如花似玉……老朱從年輕就心腸軟，一定是被下降頭了……」似乎之後的二十五年時光是完全無關的另一個人生。那次失敗之蹺家回來後，父親和我斷絕父子關係近半年，正眼不瞧我一眼。如今我理解那巨大的失望，不在我犯下的在大人眼中其實可忍受的「罪」，而是我以那麼拙劣戲劇化手段（寫血書，宣告我要斷手指謝罪，結果是用紅簽字筆寫那封得意洋洋的信），以及那個「種之衰弱」的無意義之落跑。奇怪的是，那趟蹺家回來之後，我和老朱及一掛鬼混兄弟就逐形疏遠。我不知道後來左突右撞的人生是否如那老者在清晨山寺外在我們臉上，預見的「本來的軌道」。老朱的父親兩年前過世，我父親則已離世五年整。

倒是對那趟亂糟糟旅程之回憶，老朱講了一段畫面，我完全忘記沒有一絲印象。那是在苗栗投宿小旅館的第二天早上，老朱說，我倆跑到火車站後的一處荒涼海灘：

「……我們爬上一艘擱淺的小船上，兩人各躺一頭抽菸，我那時很幹你，想這整件事根本不關我的事你幹嘛拖我下水。你也很悶一句話都不說。結果我們好像都睡著了。醒來時發現那小船不知不覺漂到離岸很遠的海中央……」

老人們

那一陣子他像在夢中行走，跟著許仔在高雄、屏東一些只有老人獨守的古厝繞走。他們像某種石化於時間河灘旁的靜默蜥蜴，面無表情、畏光、和世界脫節，苟延殘喘只為看守那些和他們一般形容塌敗的老屋。許仔告訴他，有一間大宅裡的孤獨阿婆，是陳溪湖的孫女，這一房只有她一個女兒，據說旗山一帶整片山，市街都是她的。她父親臨終前囑咐她，好好守著這全部家業，不准被外人謀奪騙去，於是終生未嫁，不識字，腰間始終繫著一大串鑰匙，但逐形老去後根本無能力催收那一整片她的土地上，進占開發者該繳的房租。因為多疑，沒有銀行存摺，沒有僕傭。去年一個月間，歹徒大白天登門而入，將她綁起，把屋裡所有父祖留下的古董、清代文魁匾、字畫、雕花屏風，全搬上停在大門口的小卡車。如此三回，就是欺她孤零零老太婆根本無力反抗。

他總跟著許仔闖進這些老人的昔日夢境裡。有一對老夫妻在一廢墟古厝以攤車進占，許仔帶他去時，只見老婦佝僂著趴在水桶旁洗豬的內臟。許仔問老灰仔呢？老婦沒有情緒地說：「去美國？啊啦。」「幾時回來？」「不會回來了。」過了許久，他才意會「去美國」其實是指她老伴過世了。

總有古董掮客來來去去，想買這些目光呆滯活在死人邊境的老人們的日常家具。價格便宜到台北人無法想像，而老人們總心不在焉地拒絕著。

有一次，許仔開著貨車載他到台南縣鄉下一個老人聚落，「長見識」，許仔自己也算個小輩老人，十幾年來沒事便駕小發財在散落各處的荒垣老宅穿弄過戶，腦中像衛星地圖的光點標記著，哪裡有一張礦物彩猶鮮豔如新的繁複雕花床櫺之紅眠床；哪裡有整套南洋硬木八張太師椅配四張几；哪裡有一副絕對可進博物館、清代的華麗雕工神龕（那上頭盤據的龍，雕得栩栩如生，暗室中鱗片如粼粼流動的河流）……這些寶貝分別置放在哪個老人哪個老人的空蕩古厝裡，十幾年來許仔沒事便「經過」進去打招呼，半哄半盧，但這幾件寶貝的主人總不肯賣。於是許仔的角色在這些生命最後靜止時光的老人看來，不止是個不死心去了又來的「收古董的」（大陸那邊叫「刨貨的」）；且幽微的變成一個比他們的兒女還殷勤探訪的老朋友；一個充滿耐心（「這次賣給我啦」「不賣，不賣」）笑瞇瞇不強求的，死神的信差。有一天他們總會死去，這些陪伴他們七、八十年的時光蛻物，終會力不從心地流落他人之手，那些老桌椅老菜櫥書櫃藥櫃老眠床……他們的子孫一定會將之賣掉。與其在那可想像的混亂和無感情中被處理掉，不如就交給這個像癡情男子那麼甲意它們的「老朋友」……

某一天，說不定這其中一個老仔，會突然鬆口就看破賣了。許仔說。

但那次他們去的第一間老厝，並不順利。那次許仔炫耀性地帶他「長見識」的，是一種烏心木的錢櫃——以前較有規模之老商家放在櫃檯旁的「古代收銀機」，上方有一防盜防搶的錢洞，通常非常沉，小偷想搬一時也很難搬走——那一帶在許仔的記憶「衛星地圖」有兩個品相好、年代夠，木材也是百年不怕蟲蛀的上等硬木。但他們繞上一小山坡道裡的古厝，發現許仔口中那座魔幻骨董被擱扔在屋外一柴寮篷下，上頭亂堆各種雜物，且有公雞臥在，老木頭錢櫃的表面壞蝕得非常嚴重。且一個男子（可能是老人的後生）態度極惡劣，約是怕這兩個騙子把父親本該留給他的寶貝掏走，驅趕他們並說出「就算放這邊給蟲蛀爛，也不會賣給你們」這樣負氣的話。

第二間則是老街十字街心的一幢古厝，宅院一進走入又一進，深不可測，然屋基木梁堊土磚牆皆頹壞髒亂，黑魅魅沒點燈。老人們愈形衰弱，完全無力掌控這整座父祖留下來的巨大宅邸，任其從每一部分塌陷破漏，最後甚至成為被這老厝吞食的單薄影子。許仔一路走入，最後在一間有一大灶的廚間，看見一對老夫婦坐在小板凳吃飯（碗裡是稀飯配破布子、醬瓜或破布子這類典型老人的簡陋喫食）。

他有一印象：許仔在和老夫妻閒聊亂扯時，老先生始終不說話，黑裡目光灼灼看著他們；老婦則以一種上代女性極優雅良善的氣質，委婉地拒絕。真的不能賣啦，我兒子說絕不能賣啦，但完全沒有敵意和防禦之張力。

照例他們說那讓我們看看，許仔介紹他說是大學教授，要做研究的，聽說你們這有一只，我帶他來「長見識」。老婦帶他們到一旁的走道，也是堆滿木炭、鹹菜、酒瓶、油漬抹布……各式雜物。許仔卸下那錢櫃上方一掛板，交給他過過手，竟沉得像鐵。裡頭塞滿各式古早年代的五金器具、鐵釘、鐵柳、虎嘴鉗，覆上一層暗紅粉鏽的鋤頭，說是放在裡頭二十年沒打開過了。許仔從六千起價——這可能是多年來他像老友鬥嘴攻防雙方從沒變過的價碼——八千、九千、一萬，老人始終不說話，老婦則像被調戲的少女，紅著臉卻滿是笑意地重複，不行，不行賣啦，我兒子不准我們賣啦。黯黑裡老人點根菸，幽幽說了句：太便宜了。

許仔突然轉身對他說，教授，這件事你先不要說話，交給我處理就好。走到老人身邊蹲下，也掏根菸點上，像兩個老友在悼念一個將要失去的他們那時代的什麼珍貴事物。從口袋掏出一疊千元鈔，一張一張數，「一萬六。就這樣了。」老人仍喃喃說太便宜了，但下個動作便把那疊鈔票接過，塞進褲子口袋。這時他的心才踏實下來。

再一次，許仔帶他去東港老街，一排舊厝邊間一個老人家，老人和一群老者坐在院落下棋。許仔似乎也被視為他們其中的一個。老人是這裡執業四十年的老中醫，已退休十幾年了，之前鋪裡一些檜木藥櫥、候診椅都已被許仔掏走，但院落裡有四張「孔雀椅」（一種高腳圓凳加上如孔雀尾翼扇弧靠背的輕便木椅），這種日本時代木椅在古董店並不稀罕，但四張雕工完全一樣的成套，就難得了，且那椅背的弧拱非常美。許仔盧了半天，老人願把其中三張賣給他們，另一張說要留著自己坐，坐了一輩子，習慣了，怎麼說也不肯賣。

除了那三張椅，他還買了一只搗爛瘡藥膏的石臼。回來後心中怎麼就放不下，始終惦記著唯一落單的那一張椅。下一個週末，他跑去古董店用較高價格買了一張外形近似的孔雀椅，自個兒開車尋去東港那古厝。提著椅子進門問老人說：「那如果我拿一張同款的椅給你換，坐起來感覺一樣，好不好？」

老人漆黑的眼睛露出孩子的畏怯，看著他小聲說：「許仔從來不會逼我。」

他突然氣弱，把椅子放下，和老人對坐著，溫柔地說：「我不會逼你啦，你不肯就算啦。」和老人聊了一整下午，老人說他祖父、父親，兩代都是漢醫，那時是師徒制，他從小聰明，同伴拿囝仔書借他翻，他快速翻過，馬上可以背整本書，一字不漏，還可倒著背。祖父發現這孩子聰明，便不讓他上公校，留在家裡習醫，丟兩本醫書給他，要他兩個月弄熟，他一天就背起來了。祖父抽考他，比家中那些蹭了五、六年的青年學徒還精熟。後來就真的傳衣缽給這神童了。

「啊那你智商一定很高。」他對老人說。

老人茫然地回答，我哥哥是中研院院士，台灣蛇毒專家李鎮源下來就是他了。我從小被說聰明，一世人除了這些藥經醫經，別的事都不知道。太平洋戰爭時，他在大鵬灣管全台灣水上飛機起飛准許的印章。戰後他本來到高雄獨立開業，也闖出名聲，那時準備好好打天下，也買了山坡地置產。結果他妻子突然死了，兩人都不到三十歲。於是收了店，回到東港，接父親的藥鋪，在此替人看病近五十年。七十二歲那年，他覺得夠了，他不想再用腦子了，這一生這樣用腦替人斷症開藥，可以了。便關門不再看病了。

那張椅子，老人說，是我這樣渾渾噩噩過了一世人，剩下唯一一件五十年前的東西。我每天看著它，可以一點一滴回想一些從前的事。

日蝕

那就是像掌紋紊雜散布在這荒山產業道路中其中一條，塵沙漫漫，路基塌陷邊緣停著一輛靜物畫般的挖土機，烈日曝曬下兀自反射著晃亮刺目的黃光。你的車子氣喘咻咻在這樣枯旱貧乏、四周竹林草叢、疲憊孤寂晃走在山壁邊的棄犬，皆被那熾白的光灼烤成一片奄奄一息的塌垂瀕死印象。車內冷氣嘶吼著，熱，你無意識地舵打著方向盤，這種熱，熱到讓人想死。

太陽底下無新鮮事。至少這話在此有了新的領會，在這種把皮囊裡所有液體蒸乾，所有景物的陰影層次暴烈沒收。所有人看待眼前事物迂迴婉轉的閒適，全用那樣強曝的光給炸了。腦漿像乾涸死在岩礁上的牡蠣，烈日下的人們特別沒有尊嚴，因為生物本能意識到脆弱如薄紙下的皮囊裡的濕漉漉之心臟、肝、肺、腸子……全處在一種水分須與刷地蒸乾的死亡恐懼。若無遮蔽，人在烈日下變得像猿猴一樣垂頭喪氣，卑微而缺乏好奇。

那間廟不起眼地挨在這小小產業道路邊，鐵皮屋頂的三連間平房，直像印象中這類山路上某個孤零零廢棄公車站牌旁，兼賣冥紙菸酒彈珠汽水的小柑仔店，連一般土地公萬應公小廟偽造一下的紅漆翹簷都無，但確實有三個圓鐵招牌寫著「慈惠宮」。後來我坐在那燠熱的屋前遮陰處等候的時間，至少有三輛同樣來問神的駕車人，都是駛過了頭一、兩公尺，緊急剎車，再漫天飛塵地倒車回來。

主事的是一位一臉橫肉、兩眼凶光的黑壯婦人，卻因以此抽象玄虛之事為營生，非常不協調地堆著笑，軟語溫言（或因看我是城裡人，她講起國語竟不自覺帶起捲舌音），問是誰介紹來的，噢陸老師啊，他很常來啦，大小事都跑來問。熱情地帶我點了九柱香，神壇主桌三柱（主神是媽祖娘，但供桌上一尊尊鳳冠霞帔、背插旌旗的神祇，白臉、黑臉、紅臉、垂髫、拿寶劍的……排排坐，黑影魅晃，很像遊樂場水槍射擊的靶標傀儡），供桌下的虎爺一柱，左、右陪祀護法神各一柱，門外磚牆貼著紅紙神符左右各一柱（雖然我不知拜的是誰），另較遠處金爐旁一柱（可能是拜好兄弟吧）。

接下來是一漫長的等待。主要還是熱。陸告訴我九點開始，但我一直坐在他們放在一旁的鋁皮辦公桌旁抽了六、七根菸，完全沒有開始的跡象，主要還是不知會以什麼形式開始。桌上一副白鐵茶盤上纍纍倒扣著紅泥小壺、小茶杯，積滿灰塵。婦人開了一台巨大風扇對著我吹，陪笑說實在是太熱，如果冬天可以在這兒泡茶。一會兒一個也是一臉凶煞的男子騎機車拎了一袋冷飲過來。給了一罐鮮茶道，「呷涼？」同樣是和長相不協調地和善笑意、打菸點火，如果是夫妻，真是夫妻臉；如果是姊弟，真懷疑是雙胞胎。

其他問神的客人陸續來到。但他們似乎都彼此熟識。一個戴厚鏡片穿背心的瘦弱男子，載著一個白胖婦人和一個約三、四歲的小男孩掛了二號三號。一對婆媳掛了四號五號。一個像小學老師的有點神經質的虔誠婦人掛了六號。除了我，所有人皆家族聚會那樣閒散地哈啦、鬥嘴、訴苦、問某某的近況。白胖婦人帶了一粒長橢圓的小西瓜，熟門熟路去邊間拿刀剖了用盤子呈放在桌上，「來，吃西瓜。」只意識到我是陌生客。她丈夫坐一旁自在翻看著《蘋果日報》。小男孩成為眾女眷調戲哄逗的中心，他左手不知是刀傷或燙傷，用白紗布和網兜裹捆像小豬蹄一樣，吃了瓜順手便用那擦嘴。這自然引起婦人們咕咕呱呱一陣調笑。那個待會要起乩附身的男子也混坐在桌邊抽菸，一個婆娘便逗男孩說：「好不好？請元帥帶你火爐烤一烤？」小男孩睜大眼，看不出是驚恐或習慣面對這些婦人們潮浪般的揶弄而擺出一臉茫然。

吃完西瓜又拿出一袋荔枝。我開始浮躁起來。這些人像附近山裡人閒散打發時光在此聚會，我像誤闖了某個里長服務處。熱浪在眼前的產業道路翻湧，到底要什麼時候開始。阿婆對廟主那個橫壯婦人訴苦：「昨我弄錯以為是初十六，煮了一桌豐盛的要拜媽祖誕，我後生說今日是十五，弄不對了，一整桌好料的也不知要怎麼辦？」靜靜的等待，我起身到鐵皮簷下又點了根菸，正自絕望，不知何時那粗橫婦人和那乩童已轉進祭壇黑洞洞的屋間，開始上工。

我先是聽見男子一陣接一陣的打嗝聲，有點像屋內有個久病的老人醒來。回頭看眾人仍一臉笑意，不驚不怪。踩熄菸湊近看，那乩童的胸前已掛上一紅綾八仙彩肚兜，翻白眼搖晃，打嗝聲像鑼鼓愈漸急迫。外頭仍是烈日強光，我卻為那不知真偽的陰冥異境傳來、不似人體任何部位構造所能造作出的怪異蛙鳴爆響，弄得手臂浮起一片雞皮疙瘩。

女人坐在那搖頭晃腦、「請神上身」的男子身旁，撥開一片口香糖的錫箔包裝紙，把糖捲起塞進他嘴裡。此時我發現她的角色，除了扮演一類似母親，安撫那躁動野性（或曰神性）、喜怒難測的「降神」（三太子哪吒），加強旁觀者「噢這個『元帥』是個只有她才哄得住的任性小男孩」之印象，最重要是擔任「神之翻譯」，因為從我開始問問題，那「元帥」附身乩童的回答，我一句也聽不懂。那是一種類似金屬禽鳥尖銳刺耳的高頻音，聽得出是台語，這男子捏著喉頭裝出一種混雜了瘋傻癡兒、顛倒撒番、口吃並大舌頭的偽童音。「嘎嘎——嗶嗶嗶——」女人翻譯：「元帥說，這是你的本名嗎？」「是啊。」「嘎嘎呱呱——嗶哇哇——」「要問什麼？」「事業吧……名聲吧……我是寫書的……想問問看……」「嗯。嗯。」這時我發現這個男子方頭大耳肉下巴的顱形，和我大兒子從某一角度看去極為神似，那一瞬他如此認真閉目抽吸鼻涕哆唇碎碎唸的模樣，竟讓我悲傷想起曾經為難孩子問他：「如果有一天爸爸和媽媽分了，你想跟爸爸住一起還是跟媽媽？」那種善良怕傷害人所以陷入內在混亂不知如何回答的機器人故障……「哇——嘎嘎嘎——」「元帥說祂有話直說你別生氣，」「嘎啦嘎啦——」「元帥說之前三、四年都很鬱卒吶，平平，看不到喔……」「那之後呢？」大約是我糾結的眉心不自覺泛出殺氣（曾有不止一人對我說過，你嚴肅起來眉頭皺起，看起來像要殺人），那個之前在外頭打菸此刻變成胖大男孩的神棍，滿頭大汗妥協著：

「嗶嗶——哇嘎哇咧嗶噗——」

「元帥說十月之後會有起色，冬天，到明年放鞭炮的時候，運就開了，會不一樣……」不準。死陸仔，害我這麼熱天老遠跑來這荒僻山裡。

「還有沒有要問的？」

「沒了。謝謝。」

走出那黯黑擠滿神偶的祭壇小間，眼睛一時無法適應外頭潑辣的強光。突然眼前出現一幅超現實劇場的畫面：之前那些抱小孩、剝荔枝、憊懶圍坐閒話家常的阿婆和婦人們，此刻全變裝像電影裡FBI探員般，每個臉上掛著一副墨鏡，同樣的姿勢站在廊簷下一起抬頭朝天空看。不，仔細瞧那些所謂墨鏡全是硬紙板的框邊。一片寂靜。媽的這些鄉下婦人是約好了擺這個怪異pose來嚇我一跳嗎……

「天狗把日頭喫掉了……」做母親的對抱在懷裡、臉上也戴了一副紙墨鏡的男孩說。

原本在神壇裡滿頭大汗的元帥（襟前還掛著那彩繡肚兜）和他老婆，也顧不得退駕，跑出來抬頭湊熱鬧，婦人們把紙墨鏡分給我們這三個遲來的。「緊看，糾水吔——」這一世可能只看到這一次——」我戴著黑玻璃紙遮光鏡抬頭，那原本不敢直視的、暴烈強光的最極限的……仍是灼亮刺目，但形狀如一彎淺淺的勾弦月，像剪下的大拇指腳指甲。我也和那些婦人一般吃吃笑著，像偷窺了最強大的神祇（父親，或君王）不欲被凡人看見的脆弱、難堪的一面……

暈眩

此刻我坐在淡水捷運站一間老舊咖啡屋，這間咖啡屋的後窗恰可一覽兩條像拇指食指比七交接的後巷，其實無甚特殊處，典型台灣這類連棟舊公寓後街的巷弄景觀，視覺被各種雜遝細節塞滿：歧張著後照鏡像一尾尾擱淺黑鮪魚擠停成一列的機車，作為路霸的變葉木、木瓜、櫻桃盆栽，卻和橙色塑膠三角圓錐搖曳生姿地擠成一種奇異的色差。公寓鐵窗和冷氣機檯架和理所當然會有的「寶安堂蔘藥行」、「銀座美容鋪」這些巷內小店招。

有一對父子在烈日下做著攤車的準備工作。那個父親拿出一大塊藍白條紋的帆布，在柏油地面上摺著。收起時如一張孩童小被，整片鋪開，很像玩滑翔傘的，風吹鼓鼓，大片到讓人意外。之後又用輪車推出一台像古代什麼虎頭鍘的小機座，既沉且寶貝，我看了許久，原來是膠封快可立圓紙杯沿口的熱融機。穿紫恤紅色街舞褲的兒子推著一台小拖車從我面前經過，拖車上堆著一桶水，烈日下水光晃漾燦亮。這青少年戴著紫框眼鏡，頭髮也膠過飛翹，看似標準叛逆打扮，結果卻是個任勞任怨的好幫手。他來回數趟，或扛著捲起的攤位旗招、或用防水布裹起的金屬支架，乍看像廟埕辦醮搭野棚的。這對父子在盛夏午後這後街窄巷裡的開攤前準備，讓我動容。

主要是夏天以來的這個熱，簡直熱到像兒時看過一日本人畫的《西遊記》卡通，唐僧師徒行經火燄山，那種天昏地暗、舌頭垂到地上，周遭萬事萬物皆在一種超過極限的高溫中，融化、焦枯、乾粉化，或冒煙、或在油液狀膨脹的熱空氣中扭曲搖擺……一種時間被凝結靜止在核爆之第一瞬，不可能的強光襲捲過你眼中所見的所有人車街景，但它們卻沒有繼續那炸碎毀滅，而是一直停留在那叫人發狂的強光裡。人變成扁扁的小黑影，緩慢地繼續在你眼前移動。太可怕了，我知道地球暖化北極熊要滅絕了，但這樣像用高溫噴焰融槍直接對著頭臉皮膚噴出油氣熾焰的強大日曬，真的從一處冷氣房逃到下一處冷氣房之間的「裸曬時刻」，真的感到自己就像一枚裹好麵糊的天婦羅，要跳進沸騰的金黃油鍋裡一樣得鼓足勇氣。

這樣的高溫，一旦離開了冷氣房——冷氣辦公大樓、冷氣咖啡屋、冷氣7-ELEVEN、冷氣公車計程車、冷氣地下捷運站——人就變得卑微而脆弱，人的影子被那漫天熾白炸射的強光剝奪了，即使是城裡人，一暴露在這等日曬下，都覺得自己又退回被曬昏的猿猴般的沒尊嚴……

譬如昨日午後帶兩個孩子到民權大橋下的水族街（我們父子仨在這樣的盛暑，也真是坐困愁城，無處可去吶），那種秋涼時節一玻璃櫃一玻璃櫃水光晃漾、綠色水草款款搖擺、妖異豔色的魚群無聲迴游的夢幻感蕩然無存。取而代之是各間窄小店舖微弱冷氣抵擋不住的燠熱，以及那燠熱捂悶住的，黏附鼻腔、皮膚即揮之不去的惡臭。飼料的臭味、排泄物的臭味、動物死屍的臭味……我們走進爬蟲類寵物店，發現那些鬣蜥、傘蜥、變色龍、陸龜、球蟒、黃金蟒、蠍子……全像在Discovery牠們本來所在的酷曬沙漠上的奄奄一息模樣。店門口放著一大籠一隻十元小白鼠，至少五、六百隻，瞎赤著眼在烈日直曝下踩著彼此竄跑，像一台洗衣機或什麼機器不斷湧出浮動的泡沫。量實在太大了，在那一整團躁動跳躍的白色群體裡，必然有捱不住這煞熱而死去的。這麼廉價，像一籃土豆裡必然有黑的癟的臭的，確實空氣中混著淡淡的屍臭。

很怪。這種批發小寵物的店街，在這樣熾熱叫人發狂的盛夏，怎麼動物們全像起斑發黑的芒果、水梨、香蕉，不趁腐爛前出脫，恐怕得整批倒掉，那麼便宜地傾銷：綠鬣蜥一隻三百、紅耳龜一隻五十、三線鼠一隻三十九、黃金鼠（哈姆太郎）六十九……

當作蜥蜴們食物的蟋蟀（如同那些小白鼠是作為寵物蟒蛇的食物），其實油亮晶黑非常美，像前衛美術館裡的某種設計燈墜，立體切割成一種線條不斷朝內流動的視覺幻覺，但一隻一元。似乎推擠在這城市的不論人或動物，在這樣的殘虐日照下，皆暴顯出卑賤悲慘的生存本貌。

S跟我講過一個她小時候發生過，像這樣周遭景物皆被熾白強光融化、撐脹的古怪事件。像黏乎乎的彩色水果糖融攤成一坨的夢魘。她說那時她在自己家巷弄裡騎那種小三輪車，非常熱，兩旁停泊的車你碰到車門鈑金會被灼燙像碰觸燒紅的熨斗般把手肘閃開。她記得那時她騎著三輪車到一個巷子的十字岔口，眼前是一段緩上坡。這時一個七、八十歲阿公走來低頭用台語對她說：「汝一定騎不上去，對不對？」奇怪除了他們倆，周遭沒有半個路人。小女孩的她哼笑了一下，踩著踏板就往那上坡騎。大約騎了一百公尺，頭頂驕陽曬得她腦杓發燙。這時可怕的畫面發生了：那個怪阿公，從後方，像那沸跳強光中沒有影子的快速扔過來的金屬罐，一邊貼近臉看著她，一邊這樣也是上坡跑步超越了她……

「最噁心的是，這個怪老頭在加速衝刺的時候，他前後擺動的手，是手刀的姿勢。」

飛機

年輕時曾聽一個朋友說過一段乖異往事，這兩天想起其中片段，缺零少件，斷肢殘骸，不知為何會形成一個故事。其實撥個手機鍵打過去問一下並不難（「喂，當年你跟我說的那個怪故事，到底本來是在說什麼啊？」），也還是一年會約碰面兩三回喝個小酒的老哥們，但就是覺得，問了，那霧中風景、深海打撈的魔力一定就消失了。一定在當事人講出那連結我記憶破片的原委或邏輯之瞬，恍然大悟事情原來如此稀鬆平常。

我記得，當初是在臭烘烘，燈光晦暗的學生宿舍，這傢伙說起小學六年級時，他母親為他找了一位女家庭教師。對那年紀男孩的性啟蒙來說，這樣的一位明明在界限大人那一端，但你從鼻黏膜近距離呼吸的氣味，明明帶有一種甜甜軟軟的果香，那是被幼獸分辨「我們這一邊的」，濛著光霧的臉龐，閃閃發亮的鬈髮，從洋裝公主袖伸出來纖細的手肘，一種包括耳垂、嗓音、表情，都像隔著層玻璃存在的明亮、乾淨。那個年紀無法描述、理解的——或許是從我們現在這個年紀回頭觀望，才清楚那就是個費洛蒙終於匀細散布，二十來歲的「小美人」——讓他想哭的巨大柔情。她的年紀比他真實的兩個念中學的姊姊都大上五、六歲，但整體卻有一種像玻璃瓶內帆船模型般脆弱、易碎（所以感覺「比較小」？）的什麼……

我記得那時在宿舍聽到這段描述時，心中難免浮過一絲輕微的羨妒：「幹，你還真早熟。」確實在小六、初一的階段，某些同齡少年會像上帝弦弓拉出的岔音，不只個子抽高，且提前冒出喉結。但我在那年齡時形體上卻完全還是個「小孩」。

細節不記得了（總該有一些在書桌沿側心不在焉寫功課的時光：浮想聯翩、瓷杯輕觸的聲響，電扇來回擺頭的背景聲。女孩，不，女老師打斷他，不對，這題不是這樣的，或讓他受寵若驚以同齡人語氣聊起她養的一隻狗，他只敢回以簡潔短句怕她猛然回神，幻術消失）。卻跳至一奇怪的場景：女家庭教師約他去鎮上的戲院看電影。

（所以是約會嘍？）

（是一起瞞著你母親嗎？）

（是看哪一部電影？）

不記得了，只記得不止一次。他還穿著小學生制服的深藍短褲呢（真是羞恥），但確實個兒已高出她半個頭。應該都是一些美國片、文藝愛情片。她並沒有羞辱他而買爆米花瓶裝橘子汽水或雪糕給他。所以真的像帶個小男朋友出來約會呢。某一次，電影播放著，黑暗中她在哭，但他卻像沒靈魂的惡童，緩緩用手肘探到鄰座去戳擠她的乳房……

（幹！真的假的？你那麼小就那麼邪惡？她有沒有摔你兩巴掌？）

沒有，整個過程都沒有。一直到電影結束燈光大亮。我們又若無其事的走出戲院。我只記得手肘抵住奶罩鋼絲凹陷的柔軟觸感……

（你這個禽獸。）

那之後她又帶我去了幾次。我也大起膽子每次都把手肘抵向那柔弱又彈韌的所在。她也從沒阻止我或用細微的動作閃開躲開隔開。但除此之外我也不知道（也不敢）進一步再做些什麼了，究竟我還是個小學生哪。（後來是怎麼結束的？）

不記得了。好像是我上國中了吧。最後的記憶是，有一次她來家教，我在書房寫功課，聽到她和我母親，像兩個饒舌的婦人咭咭呱呱地談笑，似乎在說我，我似乎聽她對我母親說「那孩子注意力不集中」「連最基本的運算都弄不清」之類的……像在談論一個小鬼那樣輕率。那時我爆幹極了，覺得被某種懵懂的「大人的惡」給冒犯了。似乎她一按按鈕，立刻逃生座椅彈射離開和我共同的祕密（小小的邪惡），變身成為她本來所是的家庭教師。

對於這故事在很多年後想起的怪異感，是我記得他在後面還加上了個尾巴：

「很怪的是，關於那下午的記憶，是我後來跑到床上午睡，那是個燠熱的夏天午后，我睡得滿身大汗，近乎發高燒的昏迷與鼻腔被噴了石灰或某種化學粉末的灼燥。被一個反覆的夢境魘住了：像那種《生死一瞬間》的美國真實災難紀錄片。一架白色的單螺旋槳輕航機在像不同剪接的夢境中，墜落、翻滾、著火、爆炸、被黑色濃煙吞噬……主要是，那個夢，醒來，睡著，又是那架飛機低空機頭拉起卻又摔下，或是栽下時機翼、機窗折斷碎裂的特寫。無聲地，前後順序顛倒地，像有人在他夢中的主控室，意志頑強一直要播放這架飛機墜毀的影片……」

醒來後，他夢遺了，那是他此生第一次夢遺，混著整個房間一股腥騷的汗臭味。那時女家庭教師和他母親都不在那房子了。他換了衣服，獨自渾渾噩噩離開家，跑到附近河濱公園的運動場。那時已是黃昏，他混在那些繞著圈子跑步的大人們一起慨慨地跑著，跑到一個角落，腳下踩到什麼異物聽到某種結構碎裂的喀喇聲響……

低頭一看，是一架墜毀的搖控飛機（我記得他用手比了比：像一隻貓的大小）的殘骸，他踩碎的是尾翼的部分，其他的塑膠木頭或機械零件則碎散四處……

「你可以說和夢中夢見的一模一樣，只是變小了，變成模型、玩具了……」

我努力回想這個多年前（那麼年輕時候的我們之中一個哥們，回憶、炫耀、耽懷他更年輕更年輕時發生的一個模糊色情啟蒙）沒頭沒尾的故事。讓我迷惑處是「電影院裡用手肘去頂自己家教老師的乳房」和「夢中預見一架飛機的空難，隨即醒來便撞見縮小版的真實場景」，這兩件事為何會兜連在一起？那個女老師後來到哪去了？他講那個飛機墜毀的夢時，我還以為接下來是說「許多年後，輾轉從母親那聽來，那個美麗的大姊姊死於一場空難」……但什麼都沒發生。

流年

K君來信，轉寄一則社會新聞（《中國時報》周麗蘭雲林報導）：

「……六十年前，陳姓少年的父親經營布袋戲團，張姓少女的父親開鼓樂館，家長是舊識，口頭約定小倆口二十歲結為連理。就在婚約默契下，十六歲的少女隨布袋戲團演出，擔綱演唱主題曲，組裝戲偶，木訥寡言的少年，早認定她是一輩子的最愛。

可惜落花有意流水無情，張女二十歲時斷然拒絕陳男提親，選擇嫁給三輪車伕；張女歸寧大喜之日，陳男特地趕赴喜宴，坐在角落喝悶酒偷看新娘，喜筵散場不肯走，找女父理論：『為何失信沒把她嫁給我？』

事隔多年，女嫁男婚斷了音訊。三年前，已變阿嬤的張女胞兄過世，已成老翁的陳男，剛好是喪禮的車鼓陣司機，蟄伏大半輩子的情愫爆發，在葬禮上尋找無緣的佳人。

守寡多年的張婦視茫茫，得知雞皮鶴髮的來者是昔日『朋友』，語帶含糊草草寒暄，不願留下電話、住址，但陳翁難忘往日情懷……打聽到對方手機，細訴哀情：『我是妳無緣的人，我們都老了，日子很無聊，以後我開車載妳遊山玩水好不好？』

張婦斥為無稽，表明自己『無所求、很忙』，陳翁反問：『人生七十多，有什麼好忙？』張婦告知自己加入宗教團體，樂在做義工，是超級大忙人，詢知陳翁的太太中風，奉勸他好好照顧老伴才是正辦。

由於陳翁窮追不捨，堅持要到家裡探望她，張婦覺得壓力很大，她表示，當年沒感覺，現在也不會有，即便在胞兄葬禮上相認，也沒正眼看他，更忙打電話拜託親戚，千萬不要透露她的消息。親戚聽了，認為是好一段舊情綿綿，她卻無奈說自己怕得要命。」

K君信上說：「簡直加西亞．馬奎斯《愛在瘟疫蔓延時》的Q版。」

職棒爆出打假球、明星球員遭檢調約談的第二天，我和J約在溫州街「魯米爺」的露天座喝咖啡，她說著說著便哭了起來。J不是職棒迷，但她念高中的兒子是死忠象迷。兒子進入青春期後果然叛逆苦悶，變成個陌生難以理解的獨立個體，每天學校回來悶不吭聲戴著耳機摔門進自己房間，不過兩、三年前那個貼心帶在身邊母子談心的小傢伙不見了。這一年內家中幾個老人先後過世，她像在同樣夢中場景的清晨殯儀館看著兒子抽高但孤零零披麻戴孝的身影，心裡不忍極了。作為單薄家族唯一的那個第三代，過早而重複上演的死亡儀式，對十六歲孩子是否太沉重了？主要是J在工作上也遇到瓶頸，常忙得要兒子晚上自己一人在家陪阿茲海默症的婆婆。自己身體一直出狀況，年前膝蓋開刀、心臟也不好，長期又因遺傳類風濕關節炎在吃藥。醫生說是壓力太大所致。先生在上海的投資並不順利，所以她也得一個月就飛大陸一次。總之像所有中產階級小家庭這個階段都會發生的情景，像一只水燒開的壓力壺，每個成員都在出狀況（J說：「你看過楊德昌的《一一》嗎？」）……

十月二十三日那場總冠軍象獅大戰，她前幾天就請假翹班到公司附近7-ELEVEN ibon售票機前排隊（真的是長長一條人龍拖到便利超商門口），足足排了二個小時，只為了外野那些爛座位的票，還有內野剩幾百張燈柱旁視線不良的座位。沒想到唇乾舌燥排了半天，怎麼樣都連線不上去，票就賣完了。J說，那個時候，「如何弄到一張票，變成我好久不曾出現的，母獅為小獅搏鬥之強烈意志的目標。」那一張票，像發著微光，似乎可以讓她與兒子之間被時光莫名層層疊疊遮蔽隔阻的化石峭壁消失？兒子又會變回那個甜美乞求一件禮物（鋼彈超人、一雙華麗珍藏版籃球鞋、一輛比賽用腳踏車、一台電腦或一支什麼款的手機）的小孩。那張票成了贖回美好昔時（即使只是一瞬）的時光魔術。

她打電話給在上海的二哥，他以前在宏國打過球，後來也穿西裝在那公司上班了幾年。老妹妹跟老哥哥懇求。（「你就這個外甥。」老哥哥為難於從前那些老關係也都斷了。如今是為了一張棒球票回頭找人家，有點那個。但二哥還是兵分多路，從上海打電話回台灣，找當年一起打球的朋友、找記者朋友，搜索記憶找似乎曾吹牛認得中華職棒的人渣之哥們……總之，最後真的給弄到一張本壘後面的內野公關票。

前一晚，孩子的父親看了氣象預報，比賽當天有極大機率會下雨，特地跑去登山社買了一件有作油布處理的大型雨衣。兒子上學前把雨衣、黃色塑膠錐筒、兄弟象球帽全帶著，開開心心地出門了。J說，當時她有一種在這說不出是繁華還是灰黯的亂世，能夠在自己衰老前，讓那內心其實是小孩的大個兒多看一眼他的時代能讓人亢奮、激情的事物，心裡真是悠悠忽忽地甜蜜又感傷。

球賽打到延長賽第十局，孩子回到家已經十二點了。他們裝作若無其事淡淡問他怎麼樣打得如何（其實老爸早在電視轉播得知比賽結果）？怕那小狗出門兜風了一晚上心跳恁快高燒亢奮的勁頭，又一個彆扭鑽回房裡。啊，不枉此生了。兒子嘆氣說，猶陶醉那個晚上的如夢似幻（J說：「像我們小時候在蜂炮漫天的夜空下，四周賭香腸烤魷魚丟竹圈棉花糖攤位簇擁，看了一晚上鮮衣怒冠金光閃閃的野台戲。」）。然後老爺般一邊吃著宵夜，一邊對著一愣二愣的兩老描述那雨中的哪吒二郎神大戰孫行者，不，新莊球場綠色草坪上，如歌如泣，史詩般的大戰。廖于誠開賽的不穩，誰誰誰的失誤，一下就丟了三分，但接著是恰恰反擊一支二壘打，王勝偉連跑三個壘包……上一戰打出再見安打的陳致遠被觸身球保送……如何在你來我往、夢遊般的失誤和雨中一道銀光穿越內野防線的安打……比賽又被帶入延長……

喉嚨全喊啞了呢。二眼閃閃發亮。指著電視重播畫面本壘後方觀眾席一個寶藍色的影子：「看，那是我！我穿的那件雨衣！」

「結果搞半天他看的是一場假球，」J說：「我完全不懂職棒，但我真是傷透了心。」那天兒子從學校回來，臉色鐵青、咬著牙說：「開新聞。」看了檢方確定約談包括曹錦輝在內的幾名兄弟象球員，一聲不吭走回房間，把門摔上。J說：「奇怪我怎麼有一種少女時期被哪個爛男人騙了，一種全身被掏光，止不住發抖的屈辱和憤怒……」

我安慰J，想想妳這整趟從美好摔落虛無的過程也不過發生於一個月內，有的人從職棒元年就是死忠球迷，算一算是十九年了……

那個晚上，打開電子信箱想回信給K君，盯著螢幕卻不知該寫些什麼：「你那個故事和《愛在瘟疫蔓延時》根本完全相反。」那漫長時光流河裡的守候、癡情、狂戀最終只證明深愛的是一個不存在的幻影。我記得那本小說的結局，已是老頭的阿里薩終於苦等到半世紀前他錯失的愛，他們的船在馬格達萊納河上來回，不忍上岸，最後一行是同樣老去的費娥米納沉醉地問他：「你會愛我多久？」馬奎斯這樣寫著：

「阿里薩早在五十三年七個月零十一個日日夜夜之前就準備好了答案，他說：『一生一世』。」

浮生

假日午後，要搭高鐵到嘉義評個校園文學獎，買好票後，還有一段時間，便到火車站那巨大建築外面展場另一端的花圃吸菸。甫一坐下，一個滿臉青春痘、個子矮小的高中男生拿著塑膠袋封起的紅藍原子筆一對前來兜售：「大哥拜託一下。」光影錯幻間也沒留意是愛盲還是賑災總之是義賣，我因口袋裡確實只剩幾個零錢（原本就想到了嘉義拿了評審費就安心啦），便不囉嗦舉手擋住請他不必多說。但那孩子用一種女學生跟老師撒嬌要成績時才會有的塞奶嗲聲（甚至搖晃上半身）：「拜託嘛大哥——」，那使我詫異了一下，我打斷他，跟他說俺口袋真的沒錢，請他可以找別人真的不必在我身上浪費時間。笑容瞬收，臉色變換成陰暗嫌惡的神情，轉身離開。我點上菸，心裡想：噯，噯，這真是。其實若是口袋有幾張百元鈔，坐這兒樂善好施，讓這些其實瀰散著讓我親愛氣味的小混混、邊緣人塞些垃圾廢物，也就多賺個十元二十元，何樂不為呢？才不過一分鐘內，一個賣口香糖、戴花頭巾的婆婆，另一個賣玉蘭花茉莉花的婆婆（感覺是上個婆婆的妹妹？），還有一個頭昏的穿著ＯＬ服的年輕女孩竟然拿著傳單湊近說：「先生介紹您一種保養品可以改善您的皮膚」……像魚池中丟下一枚麵包，影影綽綽四面八方的小魚黑影全迴游過來啄一下。我幾乎想在這廣場上大喊：「我口袋裡只有一些零錢，我只是想坐下來抽兩根菸清靜一下，不要再過來了！」不過後來總算是散站或巡曳這廣場一角的各路人馬都跑過一輪，才復歸平靜。

我像好萊塢間諜電影裡，跟沒見過面的線人約好在車站大廳或天橋上拿雜誌當信號的孤島探員，坐定後開始調整遠近焦距描繪周圍環場各組人物：落單的、聚成一群的，裝作若無其事的，戴著毛線帽低頭看報的，像情侶偎靠在一塊眼神卻四處亂瞄的……。在我左手邊有三個穿全套西裝的年輕男孩也坐著抽菸喇賽，我沒細看他們，但只覺得像房屋仲介公司門口發傳單的年輕人，身架骨和胸膛還沒發育滿實，卻套著那麼正式、模仿大人社會的裝束，問題是頂上的頭髮不是染金就是像宅男重考生完全沒整，主要是那像猴般的年紀身體根本極難定型收束進西裝賦予的角色，所以總覺得過卑過亢，一種扮戲背台詞的鞠躬哈腰，一轉身即是少年仔之間的尖譁謔笑。

初冬的空氣像含著薄冰粉般沍寒，陽光卻如此明亮飽滿。這種時間暫停舒愜發愣的流浪漢幻覺常是我最幸福的時刻。突然那群西裝男孩一陣騷動，其中一個極瘦削，戴蔣友柏膠框眼鏡的，匆忙起身拿著資料夾朝廣場那端一個拉著有輪子小行李箱的長髮女孩奔去。身後的同伴喊著「Go!Go!Go!」替他打氣。接下來那個畫面，從我這兒望去真的很像日系偶像電影的一幕：女孩歪著頭，長髮發出蜜糖色的薄光披垂，專注聽著高瘦男孩攤開一疊資料講解著（我注意到這極像我年輕時代「優客李林」其中一個的傢伙，耳垂上閃閃發光戴著一只銀徽紋圈耳環），然後聽話地在那紙上填寫著什麼……。這邊那兩個（就是一個染金髮另一個像高四重考生的）則又嫉羨又興奮地騷動著，連我也感染了他們的得逞了什麼的青春歡樂而一旁咧嘴笑了起來……

之後那瘦削銀耳環小子同手同腳像跳著跑回來，和同伴們擊掌慶賀，風把他炫耀的話語吹得散碎：「好正……真的好正……」那麼微小的快樂，時間的短暫也不像是完成一樁詐騙或直銷會員或拉保險的客戶。女孩友善填完資料後，兩人即毫無關係地分頭走開，所以也說不上是把妹留電話交朋友那一套。那他們在樂個什麼勁呢？我突然對他們手中那疊資料充滿了巨大的好奇，不會是幾個廢材窮極無聊憑空設計出一個問卷或調查，打扮得像一回事的跑來這火車站廣場，物色到正妹即上前搭訕？我記得我大學時在陽明山上宿舍，兩個森林系人渣室友實在是思春到枯焦卻又不知循何管道認識女孩兒。某日其中一傢伙不知從哪弄來一本家政系的通訊錄，上頭一列列宛如發光珠寶的女孩名字（和她們的電話）。於是這兩個傢伙想出一個我至今仍不解那究竟能得到什麼快感的爛點子。他們跑到我的房間，借用我的床頭音響放蕭邦的奏鳴曲當背景音樂，把宿舍公用的室內電話牽進來（那是個尚無手機的年代），按通訊錄上的姓名逐個逐個打給那些陌生女孩。其中一個假裝李季準磁性的低嗓音，亂編一個調頻數字：「您好，這裡是FM1068千赫月光曲節目，現在和我們連線的是文化大學的某某同學。某某某，現在您的聲音正在全國聽眾朋友前面播出，請您回答我們幾個問題……。」我不記得當時他們問了哪些問題？女孩們意識到自己正在一公共展露的空中時有哪些反應？迷惑？狐疑？變得字正腔圓？愛理不理？天生的喇賽妹？對著根本不存在的廣播call out節目滔滔不絕？每一個女孩都有不同的反應，對著那個孤寂得要死的男生宿舍毫無驚人想像力地說著她們各自平淡無奇的身世。我只記得我置身在壓抑噤聲但身體抽搐抖動笑得眼淚直流的他們之間，心裡充滿一種陰暗且濕答答的情感……。

我身旁那三個西裝男孩噴著煙，似乎發現一旁這個怪大叔盯著他們看。確實我也因他們始終對我視若無睹感到好奇且浮躁。終於忍不住，問了那個銀耳環小子（想起來了，是非常像「優客李林」的林志炫）：「請問一下，你們那個問卷是在調查什麼東西啊？」

「噢，」年輕的，無有一絲陰影的笑臉：「這個，是青年就業意願市場調查。」那是什麼？「所以你們在這裡等，只有年輕人經過才上去找他們？」「嗯啊，因為上面要留資料，我們上次做了一大堆回去，至少有一半被他們說不行，作廢，說年紀太大了，無效問卷。」「是什麼單位雇你們的？」「不知道。」回頭看同伴，「不知道。」「應該是發包的吧，很多問卷包下來，公司再找我們出來跑。」「一份才兩塊錢呢。」做了個鬼臉。

把菸踩熄，離開他們。嬉耍的、茫然的、蕭條的青春。我曾經……想這樣跟他們說……不全是為了套近乎……很多年前，我曾經和一個哥們，拿著一袋子他從大陸批貨回來的「電子針灸按摩器」（也就是一塊貼布，兩條電線連著一個極簡陋的調控開關，裡頭一枚水銀電池），就像你們那樣坐在建國花市或榮總出口的路邊，半吊子的向經過路人推銷。當時那哥們一枚那破爛玩具用台幣一百六十元批來（後來我們確定他被騙了），兩眼發光告訴我這種高科技只要咱們叫賣一枚四九九（第四台賣兩千五，只是把那簡陋線路板包上像耳溫槍的漂亮外殼，可變段式電流針灸的功能完全相同，卻將療效加上一條「減肥」），手上那批貨賣光就發了！但我記得我們那樣灰撲撲在路邊站了兩個禮拜吧，一個也沒賣出去。我至今印象極深是，有一位胖太太帶著一個孩子，禁不住我們甜言蜜語停下，讓我們將那纏著電線貼布的破爛玩意黏在手臂上，一開始她說完全沒有我們描述那種「穴道被針跳刺」的感覺，大約情急下把電鈕調大了些，胖太太突然尖聲大叫，之後罵了一串髒話：

「什麼東西啊！嚇死人了！是整人玩具嗎？會觸電！怎麼這種東西也拿出來賣？」

哥哥

女人說（老實說以下我記下的關於她對這件事之陳述，我確實一片懵懂搞不很清楚其中關鍵性的連結）：

她正準備和她哥打官司，二十年前她申請成功國宅二戶，一戶用她自己的名字，一戶借她老哥的名字。她自己那戶讓她爸媽住，老哥名字那戶她租給一家人已經七年了。那個房子從頭期款、裝潢費、前十年的分期房貸……全是她繳的，她哥只繳了後來五年的。結果現在她老哥想擺爛，硬說那房子是他的。去年她老哥和她簽了一份聲明書，前頭先列舉了一堆莫須有的她的罪名，什麼「如果她不做出傷害或威脅父母生命、財產、健康之事」云云，一條一條，最後在父母過世後，他願意將這房子的所有權分這妹妹一半。後來又變成他願去銀行設定市值一半的六百萬元給她。這份聲明書讓她非常憤怒且莫名其妙，但她還是簽了，而且也有證人（她姊）、律師簽字。問題是她哥立刻又反悔，最近又每天找她的房客鬧，說房屋所有權是他的，他們應該跟他簽約。她的房客跟她一直關係很好，但也很怕她哥連他們都告，所以決定搬走。她和他們商量原本房租二萬五她願意只收他們一萬元意思意思，他們還是猶豫不敢。但她怕他們一搬走，她哥立刻就找鎖匠換鎖，占住進去，將來在法庭上她根本就站不住腳……

「所以房屋的所有權狀是登記你哥的名字？」

「對。」

「那妳之前那十年的房貸繳款證明或收據之類的呢？妳有留著嗎？」

「我當時所有繳款單據全部拿給我爸，然後我爸全部拿給我哥了。」啊？聽起來以法律上那房子根本就確實是她哥哥的，不管是透過怎樣的乾坤大挪移，這比一些死去父親遺產之繼承被其中某個孩子耍婊在父親臨終前神志不清竄改遺囑或拿印信更改所有權……更沒有爭議的空間。「主要是我爸太重男輕女了，他自己名下的二棟房子早就過給我哥，他也早就把它們賣了拿去做生意。問題是現在這房子根本從頭到尾是我買的，我出的頭期款、裝潢費，我繳的房貸。我就是氣不過他整碗都拿去。但我老爸現在九十多歲了，根本和真實世界脫節了，我哥自己寫好一些存證信函讓他簽——上頭全是亂寫，什麼那房子全部是我哥繳的錢——他也全都簽了。不過我手上還有一些十幾年前他寫給我的信，上頭他親口說這個房子的房貸我和我哥一人繳一半……」

「但是這房子現在登記的名字是妳哥，不是妳父親，對不對？」

「對。」

「而且妳父親現在完全倒到妳哥那邊去了。」我說：「我對法律完全外行，但我必須說，這個官司聽起來妳一點勝算也沒有。妳手上一點證明那房子是妳的之證據都沒有。照我看，妳只能訴諸情感和道德，要妳哥摸著良心，妳能拿回他承諾的那六百萬元就不錯了。」

我眼前浮現了一個悲哀的時光裡的圖景，這個女人像鵲鳥或雌蜂，一次一次忙碌啣著一些透明的草莖、枯葉、羽毛、電線或自己的唾液，慢慢構築著一座透明的屋舍。但那屋巢從一開始就被設定給裡頭蹲踞占住，翅翼退化但養尊處優被餵食得軀體可能有雌性同胞四、五倍大的雄鳥或雄蜂……最大的悲哀是她們腦額葉裡的設定。有一天她們意識到這整件事的荒謬（那個透明屋巢是在她們十幾年來耗盡精血一點一滴建築起來的），她們才發現在最初天真無知的時光，她們一點為自己證明的法律文件都沒有留下。

我答應她第二天去和她老哥「談談」。但我現在回想，還是不確定第二天和我拉勒了一下午的男的，究竟是不是她哥？那似乎和她口中那個靜默時光中把妹妹的財產據為己有的卑鄙小人，並不是同一人？主要是我太喜歡這傢伙了，幾乎就像從桐野夏生小說中跨過畫框跑出來的變態廢材。像我年輕時光那些人渣哥兒們。我們依約在台大對面麥當勞碰面（之前我記下他的手機號碼和車號），之後我便上他的計程車隨他在市區裡亂繞。這整個過程我們倆根本全在言不及義（我承認我確實不知這種「喬」債務糾紛的角色該說什麼話？）非常像平時坐計程車時（且她老哥還讓我像顧客坐後座）討好順毛摸順話尾地和運匠搭訕，恰好遇到一見過世面又透澈世事，滿肚子委屈又好吹牛的（我遇過的運匠，有曾在遠東航空開飛機的，有曾在大陸開過下面二、三千員工的紡織廠老闆，有一位會拿相簿「有圖為證」的國際鋼琴大賽冠軍的）。她老哥先從「這個月天氣真像三溫暖」說起，開始聊到某些食材的烹飪過程真的很像三溫暖，譬如豬腳，你要先汆燙，汆燙完要放進冰箱冷凍，冷凍一天之後拿出來化冰，用溫水慢沸。把它的組織慢慢破壞，最後才放進滷鍋裡滷，你說是不是三溫暖？他說現在外面賣的豬腳根本不能吃，全靠中藥提味。他自己滷的，下次請我嘗嘗，真的是入口即化……他跟我聊起辦桌師傅在鼎鑊大火邊從不是喝水，是一大塑膠箱的大冰塊裡頭扔著幾十瓶啤酒冰鎮，一邊快炒一邊灌冰啤酒（他說二十年前他就只喝海尼根），還有額頭上綁著一圈白毛巾，就是為了那汗如雨湧不讓之滴進鍋裡……

之後我們聊得興起，竟然一前一後點起菸來，真是太愜意了。尤其是他後來聊起女人，聊起婚姻，那真是句句讓我淚眼汪汪引為知己啊。他講起那些離開他的女人、負棄他的女人、騙走他存款的女人……我看著窗外流動的街景，這個城市的各角落已開始妝點它們的耶誕節氣氛了。教堂前的廣場上方，像瀑布垂灑牽線覆滿一大片藍光和白光的小閃燈。他車裡廣播的新聞，一個女人字正腔圓地說，基隆市昨天有二個笨賊，跑去土地公廟用釣線綁雙面膠偷香油錢，黏起三張百元鈔卻被「廟公設計的功德箱機關」勾住，失風後一個傢伙自顧騎機車逃逸，另一個傢伙跳入基隆河想游到對岸，但游到一半體力不支便沒頂沉入水中……我突然在後座不能抑遏大笑起來。這個世界又倒轉退回我少年時光那個唬爛、貧窮，人們用一些笑嘻嘻的小爛招滿街騙錢的世界了。此刻我應該打斷他那些關於不同女人的風流爛帳回憶：「喂，關於你妹的那個房子……」

但車廂裡那懷舊溫暖的氣氛實在太讓人依戀了。像是朱天文早年一個短篇小說〈肉身菩薩〉，二個在城市肉欲森林如餓殍野鬼的ｇａｙ相遇，正打算好好軋一炮，卻不知誰啟動了開關，聊起同一世代少年時光三台電視那所有的影集片尾曲、廣告曲、連續劇台詞……他們無比孺慕感傷地你來我往唱起這些封印在恍如前世的時光之謎的鑰匙……

困住的時光

我和W、L一同搭乘高鐵，由台南返台北，那時是九點五十三分，週末夜間的高鐵站（包括候客大廳、像科幻電影外星航站挑高到一種讓人體顯得渺小的手扶梯，以及高空上方可以遠眺地表遠方城區光團的月台）像我們小時候充滿異想，看著那些屏架在預售大樓工地旁打了燈光的巨大房屋廣告立招：小小的人影、空空蕩蕩、如夢似幻、影子全散焦如一瓣瓣菊花淡灰地輻射在花崗石地板……。W在7-ELEVEn買了冰啤酒和焦糖爆米花，笑說雖然是三人並排連坐，不過兩小時的車程，我們就當從前在台北混PUB的那些時光（高速移動酒吧，多屌？）

那時我的身體進入一種高速啟動後，恍惚夢遊的渾沌感，這兩年我在朋友間，算是個經常搭高鐵的，常是孤獨一人早晨搭高鐵南下，當晚又孤獨一人搭高鐵北返。似乎那屏幕般窗外播放著潰裂或快筆亂刷的風景，全車的人都到育嬰箱的時光，沉靜地縮在自己的壓克力座位裡熟睡。我不知道在那樣恆定的時速三百公里的高速中，人體中的紅血球攜氧量或心跳、內分泌有沒有改變？總之身體會記憶那種古典物理學不會經驗的高速狀態。

就在我一邊聽著W漫無邊際回憶著她某趟旅行，在一座陌生城市和一群哥們一間餐廳轉一間餐廳的海喝猛喝，拎著一罈十斤的高粱和店家現叫的一箱一箱啤酒，「喝到掛」，後來他們轉進一飯店房間，哥們開桌打起麻將（繼續喝）。她獨自坐在電視前醉茫茫看著溫布頓網球大賽；一邊我滿臉微笑卻幻想自己的腦袋裡是一丸在高速中沸騰起來的水銀球，銀光乍迸，小細珠碎灑……。突然之間，身體比意識更早幾秒感受到那個高速的魔術消失了。還沒有到站，我們的列車卻在一片闇黑的夜間田野緊急剎車停了下來。

「怎麼了？」「怎麼了？」所有人的頭頸伸出椅背上方，轉動著。

「媽的，又來了。」L說，有一次，他們公司下台南辦活動，他搭的那班高鐵，只差五分鐘就到台南站嘍（他的同事都在台南市區裡等他），列車就是硬生生停下來，說是撞死人了，全車乘客耗在那待了一個半小時，就是為了等檢察官來驗屍。也沒有人來解釋架在那麼高空中的鐵軌，又沒有平交道，怎麼會出現人類被飛駛的列車撞死？

這時列車長用一種捏住鼻子講話的腔調（為了製造更大的夢幻感，或假裝自己是這整個高科技系統的一部分？）廣播：

「各位旅客……因為剛剛……十點零五分時發生了規模六點八的地震……目前狀況不明……台北到左營全線停止……造成您的不便，台灣高鐵向您致歉……」

什麼？地震了？這個彷彿漂浮在外太空的太空艙裡從各自不同夢境醒來的人們，囈語般地七嘴八舌，所有人全掏出手機，但似乎基地台全被塞爆了，「打不通？」「系統繁忙，幹。」一種說不清歡欣、憂懼、或哀鳴的輕呼像潮浪在車廂內漫漶開來。被困住的時光，我斜後座一票把座椅轉成面對面小包廂，原本嘻譁調情打鬧的街舞年輕男孩女孩，這時也各自孤立，一臉可憐拚命按著自家的手機鍵。

W閑閑地灌著啤酒：「反正我也沒有可打的人。」我和L則低頭專心撥回家，我腦海中浮現那兩個因父不在而歡欣囂張的小獸，和單薄的妻偎縮在我們那老舊四樓公寓的畫面。系統錯誤。系統繁忙中。到底台北是怎麼樣一個狀態？當然都想起九二一那個房屋被搖撼拉扯如用鉗子拔牙的夜晚。那時大兒子才出生兩個月，寤夢中我們翻身抱起嬰孩衝下樓梯……主要是幾個月前聽長輩耳傳，有個法王還是什麼高人的，預言台北將發生一場比九二一還嚴重的淺層地震，據說會死十幾萬人。當時只是一笑置之覺得妖言惑眾，此刻卻無法揮去強迫症般腦海浮現的一整片核爆過後的瓦礫廢墟的恐怖景觀。

隔一段時間，列車長那甕聲甕氣口齒不清的管播又出現：「……地震……全線停駛……狀況不明……深感歉意……」

電話陸續接通，此起彼落聽見「你那邊怎樣？嚴不嚴重哇……」「我在哪？不知道這算是哪？？高鐵停在半路上，還不到嘉義……」訊號微弱，所有人都用吼的，我的爛手機居然是這一組三人中最先撥通的，小兒子接的電話，直說爸鼻剛才有地震，好可怕，好可怕，讓電話給媽咪，妻的聲音悠忽飄遠，彷彿我這電話打去的是許多年前的某一個時空，說起這次地震在上下左右搖晃的延續中，確實有一瞬念頭唉不會又像十年前的那次吧……而像仙達克童話《換取的孩子》，父親不在家的夜晚，森林地底的小妖精把小弟弟偷抱走，換成一個唯妙唯肖冰雕嬰孩在搖籃車上，總是在那樣的夜晚發生什麼神祕的事件，讓事情變得不一樣了。或如另一本悲傷的童話《強強的月亮》，同樣是海邊的小屋，男孩和漁夫爸爸相依為命，某一天爸爸出海遇到狂風暴浪，到夜裡才渾身濕淋淋划著小舟回來，整個人變得沉默陰鬱，臉色灰白，閉目躺在床上不言不語不吃不動。男孩在月亮的引導下，潛入深海，發現原來父親的靈魂（一團小小、微弱的光球）在船翻覆後，沒有隨父親泅游掙爬回小舟，沉沒在漆黑的海底，被一隻章魚盤抓著。於是男孩把那團水煮麻糬般父親的靈魂抱著游回岸上……。

妻說，搖晃最厲害的時刻，他們三個並沒有像之前預設的，躲進廁所裡（這是從新聞看來的，住公寓高樓層的避難點，因為廁所的結構框格較小因之也較堅實，另外如果房子塌了被瓦礫埋住，廁所的管線較可能有水源，維生的機率較大），而是發呆坐在沙發上如怒海浪濤中的小船任它搖晃……。

W有八十幾歲的老母親獨自住在十四樓的高空；L則是八十幾歲的老母和十五歲青少年兒子在家裡相依為命……。此刻真適合拍一支手機廣告啊。之後列車開始緩慢移動，列車長那像電影擄人電話勒贖加密變聲的廣播又嗡嗡出現：「……本列車……現在以緩速前進……造成不便……請原諒……」

我們又向列車上兜售零食飲料便當的攤車小姐要了幾罐啤酒。這將是個漫長的夜行列車時光（確實原本從台南到嘉義約半小時的高鐵路程，我們滑行了一個小時）。這時整個車廂有一種小學教室午休時間結束，燈光大亮，所有人嘰嘰喳喳抖去夢中沼澤沾滿身之濕冷水滴的歡快……。我和L又從W那，聽了三、四個不可思議的、她在異國遭遇的奇幻故事。

那時我心裡想：當事物進入到如此難以言喻的慢速時，我們會從其中看到什麼？會違反原本該進行且發生之法則，譬如時光倒流，我們無法以目測地倒退一格時鐘刻度，在那迷幻腴軟的紊亂鬆塌時間縫隙，跌進某一個過去時刻本來我們錯過的命運？

我起身朝車廂間的廁所走去，在那夢之走廊的塑膠腔腸裡，遇見一個遺忘多年的昔日友人，事實上我想不起他的名字，他也沒有和我攀談敘舊的意思，我們只是互相微笑（甚至眨了一下眼），為著我們竟在這樣一個奇異的、困住的時光相遇，感到羞赧又會心。

不搭軋

那天清晨，似乎意識才多疑且行動緩慢地通過那長長甬道的一扇一扇鐵門，終於進到最深沉的睡眠裡，突然聽見我家客廳有一個搖滾樂團在演唱著熱血嗨歌。那個感覺，怎麼說呢，像古早日據年代的村里幹事，開著裝了喇叭的宣傳車，放送著「免費替大家打蛔蟲」或「免費殺頭蝨」這類精神飽滿的進行曲，就正對著你家臥室的窗戶播放，距離如此近，玻璃且咯滋作響。即使我在眠夢裡以身體的記憶（而非腦袋的推理）跑過一輪，仍確定這是一陌生的侵入狀態。我家的客廳，入夜後偶會有突然秀逗的迪士尼卡通玩偶（譬如《玩具總動員》裡的胡迪警長，或《史瑞克》裡的驢子），在電池耗盡前最後迴光返照的激凸暴衝下，會突然口吐人言；或是小兒子不知從哪抓來（或和同學交易來的）甲殼蟲在黑暗角落突然興頭大發喀喇喀喇擊翅演奏；或是，我岳母一早跑來我家打掃，她變身成那種同時大開吸塵器與流行樂團收音機的新潮歐巴桑？或是又來一隊那種白目的老外傳教士，一大早按電鈴登門造訪，孩子們糊里糊塗放他們進來，便來勁地在客廳演唱起來……

似乎都不是。還是像裝了擴音喇叭的「新生活運動」之宣導車。朦朧間是非常元氣（真的像小學朝會升國旗的氣氛）地高唱：

「起來！×@＃＊△……」

「起來！起來！」

我翻身而起，衝到客廳，發現妻正站在孩子們的大張工作桌前，和我一樣一臉睡意同時殺氣騰騰。「怎麼回事？這次真的是共軍打過來了嗎？我怎麼聽到〈義勇軍進行曲〉的廣播？」「唉不就是光恆昨天手機丟在這忘了拿走。這好像是他手機設定的起床鬧鐘。」這位光恆是我孩子們的數學家教老師，今年剛退伍。我記得他入伍前一度想用增胖來躲開徵召，但終於功虧一簣。他是個沉默的傢伙，所以那一陣我在他上完課要離開前的空檔，總因找不到話題而以增肥前輩的身分和他搭訕一些吃什麼比較會肥之類的廢話。

看看壁鐘才七點。「幹，我四點才睡，還吃了安眠藥。」妻子也哀聲嘆氣：「我是四點多醒來就睡不著，翻來覆去好不容易睡了，就被這玩意給嚇醒。」把手機關機，各自回頭去睡，怕沒有十分鐘吧，客廳突然又槍炮聲大作……不，電音吉他鼓樂聲的〈義勇軍進行曲〉：

「起來！☆＃@△＊……起來！」

我抓狂衝回去把那手機拆了拔出電池。這回孩子們也起來了。他們嘻嘻笑著興奮地不得了。「是奇異果的音樂。」小兒子說。因為我家並沒有裝第四台電視，所以我和他們回到房間詢問許久，才知道原來這光恆老兄手機裡灌的驚死人的鬧鈴音樂，並不是人民共和國的國歌，而是去年爆紅過一陣的紐西蘭奇異果廣告歪歌（兩小孩是回奶奶家看電視時知道的）。我後來上V-log看，情節大概就是一個辦公室女孩，在開會時、影印時、或坐在辦公桌前，昏昏欲睡開始度姑。這時便超現實跳出兩顆有四肢會彈吉他的巨大奇異果，對著她耳邊大唱：

起來！現在也才三點／競爭好激烈／你怎麼還在睡？
起來！老闆就在你身邊／快吃我／在活力消失之前。

我猜這支廣告在設計之初，確實是把讓某一整代人熱血賁張熱淚盈眶，田漢作詞，聶耳作曲的〈義勇軍進行曲〉，降格錯置成7-ELEVEN化（關鍵詞譬如：陽光。森呼吸。元氣。卡哇伊。像桂綸鎂這樣的優質美女或趙又廷這樣的單眼皮牙白大男孩）的趕走瞌睡歌。場景從血淚抗戰艱苦士兵頂著炮彈爆炸往前衝，變成了有咖啡機、會議桌、公文紙堆、穿西裝打領帶或ＯＬ服的年輕上班族，我也上網查了原歌歌詞：

起來！不願做奴隸的人們！
把我們的血肉，築成我們新的長城！
中華民族到了最危險的時候，
每個人被迫著發出最後的吼聲。
起來！起來！起來！……

這樣把那看不見的，用手指指著你提醒你國破家亡之歷史的吹號手，變成叫你「快吃我」的奇異果；侵略我們的列強變成突然出現盯班的老闆；「起來！」從冒著炮火前進變成「喂！別在辦公時打瞌睡」……其間真是千迴百轉漫長的一段「我這世代台北人話語彈珠檯迷宮」。每個詞語後面能調度的感性，每個會心微笑後面的疏離，每一格刻度感情在交流時的溫和和客氣（所以代言者的臉必須細修其瓷質、無威脅性到桂綸鎂、趙又廷那樣有點抱歉的笑容）。

前一陣子我且發生了一件怪事：某日我的電郵信箱來了一封陌生人署名的怪信——這在現代人每天的電子信件裡，混在那些你根本打開看一眼都懶得花一秒，直接刪除的銀行信用卡廣告、算命網站、色情網站、各出版社的新書簡介、曾經手癢訂閱的電子報、旅遊網促銷專案，或一些你不知何時出現在他的群組名單而明顯那文章又不是對你而寫的某些人的不定時感性信件，其實見怪不怪——但我一時恍神，點擊了進入。果然是一篇乏味到你不知為何要存在的文章，標題是「經典解說（以下畫了五顆星星）人生（又畫了五顆星星）愛情」：第一段大意是勸你「愛情要有耐性」，說他一位朋友在聚會中說：「十年前，當我的老婆還是我的女朋友的時候，她說要吃十隻蝦，我就剝二十隻給她。現在，如果她要我幫她剝蝦殼，開玩笑，我連幫她脫衣服都沒興趣了，還剝蝦殼咧！」然後非常像小時候在家裡桌几亂翻的《讀者文摘》裡心靈小品，感嘆、勸告了一番愛情是很容易褪色滴，你「必須時時勤拂拭」、「傾聽對方心靈的聲音」之類的道理。我當然立刻刪除了。不想，就在我打開那信件的當下，便啟動了這信件下面隱藏的木馬驅動程式

（這是我後來回頭推測的），這撈什子玩意鑽進我的電子信箱通訊錄裡，把這篇文章，在我完全無知的狀況，像灑豆子全面寄送給我所有有e-mail郵址的人們。

一開始我沒意識到發生什麼事。那幾天我持續收到一些在我情感記憶或人生階段放在不同房間的朋友們的問候信。「你怎麼了？」「你還好嗎？」有幾個完全不熟但幾年前在某個場合認識，冷淡疏離彼此印象不錯卻從未通信的女孩，寄來怪怪的信，像關懷又像狐疑我是否在撩撥調情之類的有防衛意思的，「我現在有一段穩定的感情，也衷心祝福你幸福。」其中還有兩封外文信，大意是「親愛的駱，謝謝你的問候，可惜我看不懂中文，但我相信一定是一個美麗的故事和我分享，也真心祝福你並想念你。」原來是幾年前我去參加一個國際寫作計畫時認識的阿根廷作家和緬甸作家，這些年我偶爾收到她們寄來一些問候短信，卻因自慚自己本來就極破的英文退化到寫不成一封像樣回信而斷了聯繫。有一天我回永和，我姊對我說：「嘟嘟（那是我小時候的乳名），你為什麼寄那麼奇怪的信給我。」那時我終於被這件事的嚴重性給驚嚇：我的哥們一定深知我的變態風格不可能寫出這等溫柔美麗味同嚼蠟的「愛情小故事」，且他們深知我是電腦白癡打字殘障，不可能打出這麼長的一篇文字（還加星星裝飾呢）。但有個一直視我為對手和我約定以下一本小說來一場「激流島之戰」的同輩作家，難掩歡欣來了封信：「哈哈！看來你的心智被某件我不理解的災難摧毀到不可思議之地步，竟寫出這種爛東西。」

總之，那時我被一種巨大的想像所吞噬：天啊，那些熟的朋友，一定暗自猜想我是個人格分裂症患者，或是某一種安眠藥據說吃了之後你那段時間做了什麼（打電話給嚴厲的女上司說一些淫蕩的話，或是穿著女裝到夜間酒吧跳舞），第二天醒來全都不記得……

後來我收到一封來信，那是一位大我怕有三十歲的前輩女作家，我和她完全不熟，是在一次赴大陸的參訪活動相識，她非常沉靜有教養，滿頭白髮，講話細聲細氣，臉上總掛著優雅的微笑。我猜她是喫過生命的大苦難的。天啊，當我想到她收到署名是我的信，打開後卻是那些粉紅泡泡愛情啊人生的屁話，困惑且皺起眉頭的神情，啊真想死……。但當我看了她無比端重認真的回信（顯然她比我更無從理解這個電腦程式可以替某人狂發信的世界），我的內心反而安靜下來，似乎因為她不理解我這輩人的惡戲、笑謔、輕薄與滑稽，反而誠摯、溫和以對，那使得所有扭曲故障的東西都被輕輕托起。

「我們都渴望自己的心聲被聽見，並且受到重視與愛護，但是這個世界實在已經太擁擠了。當每個人都爭先恐後拉高嗓門表達的時候，誰能夠或是願意傾聽別人的聲音呢……我們又何嘗時時聽見自己的內心……我們遠離自己，也觸摸不到他人，我們變得如此不堪的孤獨。」

「這是我對於你來信所言的一些小小的心得，也與你分享。……」

孩子

攔了輛計程車，開車門，把身體屈拗進後座沙發，到關上車門這短暫瞬刻，散焦的視網膜似乎掃描到這車內小空間有什麼不對勁。

說了目的地，駕駛似乎超出我們進出這城市小黃所有過渡時光和一個背對你的人獨處的習慣，她花了較長的時間從儀錶板上方的照後鏡觀察我。事實上我已看見了：在駕駛座旁的前座椅，橫躺著一個小孩，大小像我那年代某些小女孩會抱在懷裡的金髮洋娃娃，我從兩張椅背間的空隙看到一雙極小的腳（說起來那印象有點太過於灰白，腳趾朝著我這邊），意識到運匠是個女人後（「噢，是媽媽。」），我確實立刻排除因色澤而連結的福馬林標本嬰屍之意象。

「先生對不起，這前座多了個小孩兒。」

「我看到了，您小孩？」我說。

我那年代有一部電影叫《機器戰警》，是我印象中第一次看到進入第一人稱視覺時以機器人的角度，於是當透過這機器人之眼初見任何人物時，螢幕右上角會快速出現幾排數據和資料提示，大約是表現機器人透過（較人腦慢的）攝像——資料整合——分析——判斷處境——給予反應之指令……的擬真感。（譬如：身高、體重、性別、年齡、體溫或腦波以判別有無攻擊性，有無配備武器。或是眼前這個走廊或建築物內各角落隱藏了多少將要攻擊我的敵方人員。這種行進中如禽鳥快速切換遠近多重焦距的運鏡動感，一直延續應用在後來的三D搶救人質，射殺劫匪或納粹或異形的衝鋒鎗射擊類電玩。

那時我腦海立刻像《機器戰警》敲鍵打出關於「我眼前所見」的所有相關訊息：

一、這個女人像所有駕車在大街上和男運匠競爭討生活的女司機，刻意中性化，穿著白襯衫西裝馬甲打啾啾領結，短髮（這位女性的髮型還真趕時髦極似最近在美國爆紅的美聲小胖，那個馬桶蓋）。這樣把車內空間同時當育嬰房和職業場所，極可能是單親媽媽。我感覺她讓自己承受兩種空間錯置且互相侵犯的看不見的壓力：她把柔軟的孩子暴露在隨時上車下車不知會帶來什麼傳染病的乘客共處的空間；同時她要面對某些中產階級乘客可能會不快，指責為何他消費的這趟車程，車內有個小Baby；萬一載客行進途中，小孩兒醒了哭鬧不停，她身為駕駛同時是母親該怎麼辦（話說回來，那嬰孩過於沉靜地熟睡著，這使我頗不安）；且她這樣違規將這麼小小孩沒用兒童安全椅擱在前座趴睡著（這麼小也不能用安全帶），她得同時驚覺避開馬路上突襲出現的交警或任何會緊急剎車的路況……我感覺她像草原上面臨嚴酷生存環境的羚羊或斑馬，面對四面八方錯綜複雜的各種威脅，耳朵豎起，罩子放亮，任何一種意外的後果她皆負擔不起。

二、聽口音我判斷她是大陸新娘。我上車的地點在永和四號公園，這兩年我因肩、背、腰之職業傷害，三天兩頭到永和一家按摩院推拿，我發現中永和這一帶，已進駐數量超出我們習慣印象的大陸新娘。我喜歡和她們聊天，她們每一個都帶著一個候鳥的遷移者的悲歌。四川、湖南、湖北、貴州……，年齡大約三十多，都嫁來台灣十幾年了。我喜歡聽她們講她們童年的回憶；她們發牢騷生活習慣和老公家人的不適應（譬如說起她們老家的辣椒，唉那對台灣的辣椒醬真是……怎麼降尊紆貴都無法掩飾那種頂級食辣者對此地弄得紅艷艷卻一點也不辣的玩意的迷惘和嘆息）；有時我會聽鄰床某個男客用典型台灣人對二十年來大陸尋奇之印象，輕侮地問：「我聽說中國的廁所都沒門的，大家全光著屁股一排蹲在那亮相……」這時她們的母國意識會跳出（實在是可以想像她們生活裡每一個場所——家族聚會、小孩的學校、工作場合、在雜貨店或市場買東西——或都要遭遇這樣的並不頂真，卻又暗藏各種幽微歧視的詰問）：「不會了，那是十年前的廁所了，農村可能還是這樣；我們現在城裡頭一般廁所也都有門了，也都是沖水馬桶了。」性格烈一點的可能當即嗆回去：「可是台灣的廁所說有門，但都有人裝那個什麼針孔攝影機偷窺的，我覺得更變態……」

三、根據我多年來搭乘計程車的經驗，真是「一車一宇宙」，什麼怪咖運匠都遇過。那個關上車窗車門的小小空間，似乎包裹封印了一個司機他不為人知的身世遭遇或內心景觀：有整個駕駛艙上下四方全堆滿掛滿夾娃娃機絨毛動物玩偶的；有一輛破車運匠上車打菸給你，自己也吞雲吐霧起來，那車就像拾荒人的移動小屋，前座幾箱釋迦說是台東老家種的，載客順便兜售，並大談他的風流艷史，手機響了把它丟給後座的你要你幫忙說這手機是客人忘在自助餐廳，電話那頭卻是一哭哭泣泣聲音柔美讓你心碎的女孩：「你不要這樣，拜託你讓阿金來跟我說話……」；有整趟路拿出幾本相簿請你翻閱，上面那個一身亮片貓王緊身舞衣舞褲摟著衣不蔽體的國標舞女郎的狗公腰男子，不正是開車的這位凸頂衰老的司機大哥嗎；有跟你傳教的（我搭過一輛計程車，那整個前座根本就是一座金母娘娘的神壇，各路神明偶像列座、各式法器刀棍槊鎚，香煙氤氳，且放著頌經ＣＤ）；有跟你大談克魯曼的經濟學並分析整個金融風暴以及這其實是一場赤裸裸的貨幣戰爭的（這位怪咖司機我印象特深，因從照後鏡看去，他是一個鬥雞眼）……所以，當我意識到我正搭著一輛女駕駛帶著一個無聲熟睡的小嬰孩的計程車，在這城市街道的車流裡穿梭，腦海中還是難以拂去那些從ＣＳＩ或愛倫坡小說（或福克納的《給愛蜜莉的玫瑰》）的乖異情節：也許一個粗心的母親弄死了她的孩子，卻不接受他已死亡這件事，於是整天載著那小孩嬰體（我只看到露出來的腳是不？也許椅背的前面是一具木乃伊？）到處亂跑；也許這是一個亂抱人家嬰孩的「渴孩症者」（葉二郎？）……

當然有許多那之間幽微隱密的環節都失落了（譬如：為何她會被拔離她河南鄉下所有和她說話腔調一致，無人覺得她怪異的人群，獨自成為付費婚姻的郵購商品跑在這千里之遙南方之島的這混亂小城？她為何出現在這裡？許多年後，在這輛計程車駕駛座旁熟睡的小娃兒或也會從一超現實夢境驚醒，問自己：為何「我」在這裡？）。但她在意識到我是個和氣的客人後，話匣子打開開始訴苦：這孩子才兩歲，怎麼辦呢？她得出來開車，也送去幼兒園，但他實在太小了，其他大孩子就欺負他。有一天有一個中班的大姊姊，還穿皮鞋去踩他的腳，你說這世界上怎麼有小女孩才那麼小，心腸就那麼毒！您看他這腳才這麼小（我看到了），如果骨頭踩碎了怎麼辦？這也不是不可能的事。整天哭，哭得幼兒園的老師也沒轍，九點送進去，十一點就打電話要我去，說再哭下去就疝氣了。還麻煩的是，孩子我帶身邊好好的，一送進去，三天兩頭就發燒，這孩子又不喝奶粉的，他就只吃麵條，幼兒園阿姨不知怎麼餵，小孩就營養不良……

我試著安慰她，小孩這個階段都是這樣的，我大兒子在兩歲的時候，也是三天兩頭發燒，那時也是慌的要命，燒到四十度，牙關咬緊一直打顫，半夜從深坑飆車到台北大醫院掛急診，後來說是玫瑰疹……但她似乎陷入一個自言自語的躁鬱狂亂，她不讓我插嘴，繼續說著。老公沒工作好幾年了，也不肯帶小孩，喝酒，每天回去用鑰匙轉那鐵門鎖，都有一幻覺等下現在眼前是一具吊在半空鐘擺晃盪的屍體……我想這真不行乾脆把小孩扔回河南讓我爸媽帶……

車停在汀州路轉羅斯福路一條兩旁盡是攤販的小巷紅燈前，她突然把前座那小孩一撈一抱，轉身往我懷裡塞，那動作近乎粗暴，孩子當然在身體驟然拗折劇震中驚醒嚎啕，「警察來了！一會您就說這是您的孩子，發高燒，您急著搭車去醫院看急診……」

或許我那中年男人的胖肚子胖奶子終究比前座椅墊來得柔軟溫暖，那孩子睜開單鳳眼和我對視了至少十秒吧，有一度我屏息等著他被我這凶惡之臉嚇到而進入更恐怖的狂哭，天啊他掛著淚珠的猴子般的臉竟然對我綻開了一個嫣然笑靨，然後又閉上眼安心睡去。

母親的祕密

他說：有一件事，到今天我不確定它是否曾發生過，還是不過我的妄想侵蝕浸透了真實的記憶。那模模糊糊像沾滿煤渣與煙霧的玻璃視窗看到的「我記得」之景像，我媽好像曾經有外遇。那時我要不還在念幼稚園，頂多就國小一年級，只有上半天課，大部分時間是我和我媽待在家裡。

有一段時間，我媽每天會帶我去一個男人家裡（他說對不起不夠戲劇化，我毫無印象母親的穿著或身上浮晃出與平時不同的陌生暗香）。我記得那男人的家裡是什麼樣子：有一個長長的很陡且窄的梯階，直接通上二樓，如今想來那像是那個年代一間租來的國小或國中的家教班，空蕩蕩的排放許多積滿灰塵的木頭課桌椅，沒有一般人家公寓的家具；還有一間有點突兀的獨立一間的浴廁。我還記得那個男人開了一輛沒屁股的小車子，載我和我媽出去兜風。去過哪些地方我全不可能理解、記得，不過有一次他們帶我去忠孝東路頂好商場那一帶，我媽還買了玩具給我。

後來這事就結束了，我日後回想可能前後發生在一、兩個月內吧。我完全無法追憶描繪那男人的形容。所以很可能以下我對這件事在當時，曾經在我那保守無趣的小家庭所掀起之波瀾，全是我在時光這端憑空長出的虛構碎片：似乎我媽外遇這事ㄅㄧㄚ ㄎㄤ了，我爸我媽在那黑白影片的獨立片段中激烈爭吵，後來鬧到他們要離婚了，甚至當我們小孩的面討論我姊姊她們跟我媽、我跟我爸這種事，最後是我小舅來我家住了一陣子，協調談判把這事搓湯圓搓掉了。

但這事真的發生過嗎？他說，一直到我長大，這近三十年的時光，我家人從來沒提過曾有這件事。按說我兩個姊姊當時也小學高年級較懂人世了，但也從未聽她們影影綽綽或當禁忌暗影私下討論這事。我父親是個沉默內向的人，我母親則是那年代最典型的家庭主婦，當然她後來老去了，我在她身上從未曾感受到一絲女人獨立的嫵媚或對困於這個家的躁鬱。這麼長的時間裡，他們倆發生的幾次嚴重大吵，也從未聽我父親提起過這件事。

所以這件事可能根本沒發生過？媽的這實在太像那些好萊塢吸血鬼電影或X檔案被外星人抓走並刪除記憶的新梗了，他說，為什麼只有我破碎地記得那些小小的細節，為之惆悵不已？像一個小鎮的人集體記得共同的事，只有一個孤立的傢伙記得一些版本和大家有異，所有人確定他是妄想症的「不存在的妻兒」「不存在的殺戮場面」「不存在的集中營或化武工廠」……後來裂開的破綻愈扯愈多線頭，原來所有人的記憶都被清洗過並重入植入了，只有這人當初在洗資料時發生某種迴路誤差，讓他腦海殘存了那些本該「無人知曉的事」。

我對他說，是啊我小時候也曾被這樣的噩夢纏困，我母親如果用那時代的話語描述，絕對是一個恪守婦德而為這個家犧牲了自己青春綺夢的女人。但我至今仍清晰記得我小時候（和他回憶中那個年齡相當）一個後來哭醒的怪異夢境：我夢見我母親跟著一個男人跑了，要離開這個家，棄我們不顧了。我一路偷偷跟蹤他們，夢中的場景隨著一個孩童幼稚的感傷被構建成下著大雨的無人遊樂園。所以我，夢中的那個小孩，是不斷在旋轉木馬、巨大咖啡杯、摩天輪的機座鋼架或射靶攤位之間找掩蔽，然後恐懼哀傷地跟著那現實中不該如此快樂、放蕩的母親（和那個男人）後面，愈跟蹤愈知道她正慢慢遠離、我終將失去她。

另一個故事是，我認識一個女孩，她哥有一次問她記不記得小時候，有一次他們母親帶著兄妹倆（那時她哥應是小四、小五，而這女孩同樣我們在前面那各自不存在的祕密中的年紀），搭台鐵到宜蘭，再轉公路局到一個他不記得名字的偏僻小鎮（印象中顛簸的車窗外是一段荒涼灰色的冬日海灘），然後登記入住進一間小旅館。截斷的記憶畫面之後跳格到他們母子三個復沉默地在那漫長搖晃的轉車中回程。（他們三個都還在！沒有人在這次陰鬱的旅程中消失）但她哥堅持說她媽那次跑這麼大老遠的，就是要帶他們兄妹一起去某一個遙遠小鎮的旅館自殺！她哥不確定是他們父親那時有外遇，或是母親有外遇，但她母親是和前兩個故事裡，那突然在兒子的憂懼妄想中變成不倫冒險者的母親一樣，其實是個文靜、怯懦，可能連獨自在火車站買到外縣市車票的能力都無的傳統弱勢女子。

但我認識的這女孩說她記憶裡根本沒有這件事。有一次她私下委婉問她媽，她媽也迷惑地說怎麼可能有這樣的事！但她哥就是堅持自己真的「記得」那趟東北海岸霧中風景的自殺未遂之旅。不曾發生過的事卻被歷歷如繪地記下了。

C說：「好極了，這是一個『兒子恐懼他們老娘偷人』的夜晚嗎？你們也都是四十好幾的人了，你們也都曾撞到『生命可能再沒有更令人感動、激情』的那堵牆，你們年輕的母親卻被困在你們十歲左右的夢魘裡，像穿著一身白衣的幽靈在枯黃的草坪上打轉走不出去。她們不該有在她們其實和我們差不多年紀的時光，有她們的躁煩、想掙跳出這萎頓狀況的祕密盤算？或是孤寂無法與親愛的兒子分享的，她們看見的美麗光焰？」

C說，她母親在她小學五年級時（就是我們的故事裡，比較懂事的那個姊姊的年紀）。有一年的時間因為家裡揹了債務，獨自到台中「打工」掙錢。那段時間，母親在這個家裡消失了，三個小孩和每天上工疲憊的父親相依為命。雖然她扮起小媽媽的角色每天幫小一小二的弟弟妹妹煮飯帶便當、洗換洗制服、幫他們洗澡、講故事哄他們睡，但那個家終究因女主人不在而變成骯髒邋遢的垃圾窩，廚房洗菜水槽丟滿油膩的碗盤，他們的衣服或便當，也不知哪個無法顧到的細節，硬是和別的小朋友不一樣，變酸臭了、變得遮不住污斑和破綻，他們無法抵抗自己變成「野小孩」的樣貌……

有一天，母親把他們三個小孩接到台中去玩，那真是劉姥姥進大觀園，她眼花撩亂貪歡看著城市裡簇新時髦的一切，她母親帶他們到一間有自動門、黑玻璃櫥窗、水晶吊燈的大飯店（後來她才意識這是母親上班的場所）一樓西餐廳，替他們一人叫一杯上頭插了小雨傘、法國國旗、星星玻璃棒的彩虹冰淇淋，給她一大把五元硬幣，讓他們乖乖打桌上型小蜜蜂小精靈電動等她。然後就上樓了。她記得那是一段超過她壓抑住自己恐懼的，非常長的時光。他們把那些錢幣全打完了，母親還是沒有出現。她弟弟妹妹開始哭泣。那時她被一種巨大憤怒吞噬，她相信她母親把他們遺棄在這個金碧輝煌而冷氣像冰窖的陌生建築裡了。後來她帶著她弟弟妹妹，順著那鍍金扶手鋪紅地毯的迴旋梯往上爬（她故作輕鬆說我們來玩探險遊戲），逐層在那相同景觀的甬道，一盞一盞玫瑰花瓣玻璃壁燈，一扇一扇有不同房號的門……找尋她母親。她忘記他們有沒有歇斯底里亂拍打每一扇門，但她記得最後在四樓還是五樓的一間房門外，她聽見裡頭人聲喧鬧，他們哭喊敲門，她母親開門的一瞬，她突然發現從來沒見過她那麼美的模樣，房裡煙霧瀰漫，坐著一些男人女人在打牌，電視開得震天嘎響，地上堆滿洋酒瓶。除了她母親，其他有幾個阿姨也是那樣瀁瀁發光的美人兒。她母親叼著菸，兩眼晶亮，一臉笑意，身上有一種讓她孺慕的香味……

C說，後來她母親回到這個家裡，變回一個平凡無奇的家庭主婦。現在她也和各位故事裡的母親一樣，變成一個黑胖的阿巴桑，一個懷藏著枯萎花瓣般祕密的母親。

跟章魚哥無關的

世足賽熱鬧哄哄的落幕，我的朋友S這屆每一場都熬夜看實況，她原本是足球白癡，這一個月看下來倒看出心得，前二天我收到她的電郵說比賽結束後她悵然若失，甚至得了憂鬱症。原本每天打開電子報全是世足戰況世足花絮各隊明星戰力分析，突然轟一下黃粱一夢所有那些草坪上像特洛伊戰爭悲壯慘烈的小人兒，全部不見了。像小時候你無比安愜混身其中的夏夜野台戲、那些烤香腸、糖葫蘆和叭噗叭噗的攤車、板凳上一個個頭臉逆光的阿公阿婆廓影、粗竹杆後台下面賭？仔標的同齡小孩……一夜之間，全拔營走人。

當然我們不能免俗地讚嘆了一番「那隻神奇的章魚」。牠在一種緩慢、疲憊的爬行中，在那水族箱裡，將灰色頭足波浪顫動地伸進第二天讓全球幾十億人瘋狂的，草坪上英雄淚滿襟的結局。S說，某一瞬我覺得那章魚像一顆白髮亂鬚在寂靜工作的老頭的臉。也許恰好我們看見上帝正在上班的模樣？

我跟S和Y說了一個「精準預測」的故事：

朋友皆知我有買樂透彩券的習慣，近乎十年如一日，那成為一片你徒然在冥漠不可知的數字海洋中，打撈比發著妖光的美人魚還不可能的六個數字。於是什麼關於數字靈感的猜牌招式都用過：家人的生日、車號、踩到狗屎那天所在的巷弄數字、派二個孩子坐在彩券行外用2B鉛筆任意亂填號碼（孩童和神靈的距離最近不是？）有一次我和一位同好此道的長輩同行去參加一位友人的葬禮，離開殯儀館立刻就近鑽進樂透店家簽注，南下坐高鐵的車廂座次、旅館樓層房號、Angelababy的三圍數字……什麼皆試過，但總是失落、空無、揹龜……

似乎上帝將祂可以改變你命運的那組數字，用更複雜的謎陣、暗號、密碼藏匿在任何你一輕忽便錯過的日常細節裡。

二個月前一位長輩好心讓我掛搭在他的公司員工裡，跟著一群人去一間「肝病防治中心」做了一個簡單的體檢。大約是抽血、抽尿、照超音波這幾項。過了一禮拜吧，我接到那中心的護士語氣憂急的電話，說我的膽固醇或三酸甘油脂（我忘了是哪一項？或二項皆是？）數值高到匪夷所思的地步，一般危險值是三百，我檢測出的數字竟是六百。「這隨時會中風的。」我當然也被驚嚇了，怎麼回事？過重、作息不正常、家族遺傳、缺乏運動、抽菸喝酒……賓果我每一項目都符合。「那現在怎麼辦？」「先立刻減個十公斤！主要是要運動。三個月後我們再追蹤檢查一次。」

於是開始每天游泳，那是我家附近的一家室內泳池。夏天正式來臨之前，那偌大的空間總空空蕩蕩水光晃搖著一種消毒水的味道。除了一些海豹般的老女人，戴著泳帽在水道裡像永遠不會累不會停下來的來回巡游，基本上就是池畔穿紅短褲的救生員雙眼迷惘枯坐發呆。

每要走進那靜謐而類乎某種老人們作禮拜聚會的空間，我會先至一櫃檯，跟一甜美的女工讀生登記。交上泳證，她會給我一條摺疊好的白色大浴巾，還有一個有塑膠彈簧腕帶的小數字牌鑰匙。那是我換下衣物後將貴重物品鎖入的置物櫃號碼牌。

一開始我不以為意。那個小數字牌連同鑰匙戴在左手腕，當你只著一條泳褲在那一片透明藍光的泳池底部泅泳時，你和其他寥寥那幾個寂靜同在這池中划臂蹬腿的老人們，好像軍醫院裡掛著傷患代號的一具一具跟什麼巨大孤寂對抗的身體。有時在水中我們錯身而過，你會覺得那水中聲波、聽覺變得無比清晰的近距離、水流穿過對方身體弧線或折彎突出處的潺潺聲，都像二隻鯨豚急著逃離靠近的同伴。

全身濕漉漉地上岸，用那鑰匙取回衣物，到淋浴間沖洗、擦拭，在一排鏡列前吹乾頭髮。然後走出到那入口的櫃檯，把小號碼牌鑰匙交還給那甜美的女孩。

這段時光像我無意識的夢遊。好像沒進入我每天的日常作息的真實時間感裡。所以我如常在每天走進彩券行時，沒將這過程跟數字有關的細節連結起來。

有一天輪到是威力彩（這可真是他媽宇宙機率最小的一種博奕。分二區數字，第一區有三十八個數碼任你挑六個。另有一第二區有八個號碼任你挑一個。也就是說原本玩樂透時光所謂比被閃電擊中還小的中頭彩機率，還要再稀釋成八分之一）。我通常是猜一個數字（一到八之中）畫第二區，第一區交給電腦亂數。那八選一的關卡都猜不中，其他的全是白搭。而通常極難抓到那12345678今天會是誰？當天毫無靈感。突然想起那靜謐的、藍色水池裡寂寞迴游的幾具老人的身體，那天的置物櫃鑰匙號碼牌恰是4號。於是簽了三注，第二區全用鉛筆塗黑4的那個小格。

那晚開獎，第二區真的是4號。當然另外那亂數的跳號只碰對了一個號碼。

於是僥倖地，在之後的幾天，開始注意起那塊小小的軟塑膠手腕數字牌。威力彩一週開二次。這是個不為人知的奇蹟。不能說的祕密。那之後的一個多月，至少有十次的威力彩，我都是用當天那泳池櫃檯女孩微笑交給我的小置物櫃鑰匙牌，簽下那期威力彩第二區的那個數字。有時是3號置物櫃，有時是8號置物櫃，有時是1號置物櫃……

我這樣說出這個祕密，你們必然以為我吹牛。那十次左右的威力彩第二區的號碼，竟然一次誤差也沒有，和那夢遊般走進那泳池甬道盡頭每一次的置物櫃號碼，完全相同。

其中某一次我必然恍惚且畏懼地想，原來上帝把祂的神祕數字藏在這個不起眼的游泳池置物櫃。或是我死去的父親終於看不下去這廢材兒子終日為經濟憂苦，在某一個穿越時間簡單定義的夾縫，作弊地用這種方式打摩斯密碼給我……

那段時光我每一期威力彩都買，按著那到後來讓我背脊發冷的數字下注，但每期都只簽三到五注（後來我亦懊悔不已，幹那時應瘋狂集資，第二區既鎖定了，第一區整個包牌我不就已是億萬富翁了？）而每期對合上第一區碰中的一或二個號碼，頂多中個幾百元。像章魚哥一次，一次，再一次的猜中，但這個祕密只有我一個人知道，你們要能想像那壓力有多大？我不知那是神和另一個神在上面打賭，調笑玩蟋蟀般看我的反應？或神在無聲地譴責我，或柔慈地愛撫我的臉頰？

在那夢遊般領神祕號碼（那個櫃檯女孩其實是個傳遞訊息的天使？）走進彩券行簽注，晚上印證那數字就是彩券公司搖出來的數字。而我年輕時並不是想變成一個億萬富翁啊……我想要成為的那種人，而我或許已經變成了那種人了。我如今回想，也講不出那個神蹟的泳池走廊角落，有一個雞巴的什麼，讓我憤怒且猶豫不決，或許我下意識習慣自己還是當個亂糟糟且倒楣的傢伙。

終於有一天，那數字不再對了，「神的明牌」消失了。櫃檯女孩仍然笑靨如花地遞給我小數字牌號碼，7號、2號、6號、4號……但不再是當晚威力彩開出的那個號碼了。我又固執地照著簽注了一個月，沒有一次中，直到世界盃開打。

侏儒

侏儒個侏儒頭特大，感覺假使他擁有正常人的身軀，應該擁有一副虎背熊肩才頂得住那顆大頭。剃了陰陽光頭，額頂一撮馬尾鬃般的瀏海，身穿金紅滾邊的綢緞官服，遠看像年畫裡的散財童子。近距則一臉坑坑窪窪，濃眉大眼，充滿滄桑。和他搭配的是一個身長至少一米七的大眼美女，一身白紗宛如新娘。

侏儒一開口便劈里啪啦如連珠爆豆，典型的東北二人轉。儘拿自己的畸形醜怪當包袱抖，儘拿舞台上兩人外型的巨大反差做段子。哥兒們您瞧我們這一對站在這兒，像不像一部卡通片，白雪公主與七矮人？或是，對著台下某位男觀眾說，所以你是西門慶，她是潘金蓮，我呢，就是武大郎……都是老梗。但實在他的舌頭轉速太快，觀眾仍被逗笑得前仰後翻。關於「侏儒的性器官」這古怪又原本影影綽綽存在人們好奇潛意識的意象，不斷被他自個兒拿來說嘴，（包括他得搬著一疊書墊腳才能搆上；包括他本身就像一根棒鎚；包括「麻雀雖小，五臟俱全」這類渾話……）。女孩也搭配著，時而故作害羞掩嘴打人；時而賣弄起風騷撩撥台下這一桌桌醉態可掬的男客。

有一段是女孩兒和台下某個小夥子調戲起來，「你就帶我回家吧。」侏儒馬上攔阻說萬萬不可，像訴苦告冤地說：「哥兒們老實告訴您，三年前我剛娶這娘兒們回家時，我身高還一米七，標準得很，這麼三年搞下來，也不曉得她身懷什麼本事，我就愈縮愈小，終於變成今天這模樣。」觀眾自是大樂。

這一切總有某種讓我憂鬱不舒服說不出來的什麼。眾人圍著圓桌吃著滿桌東北農家菜：酸菜白肉湯、大豬骨、一盤一盤野菜、涼拌黑木耳、燉扁豆、豆乾皮包生菜、雞鴨魚肉，杯盤狼籍。男客們支肘噴吐著煙。一種群體狂歡節圍繞的中心，正是那個不斷把畸人的性欲當笑點的怪物，像一朵一朵冒黑煙的煙花，在淫猥的笑話中漲起，撐破，那裡頭有一種你也正參與一個集體公然施虐、羞辱那個畸形者的粗暴，但你不知如何反應，也跟著歇斯底里笑得亂顫……

正統的二人轉說唱逗耍了大約半小時，那侏儒突然說，今天各位哥兒們的掌聲特別讓兄弟我感動，為了答謝各位，兄弟今天特別表演一個絕活。這是在別地方從沒獻藝過的，就是我要表演「鼻子喝光一杯牛奶，從眼睛噴出來！」

音樂變成魔術表演小碎鼓的緊張懸疑，侏儒在倒牛奶注入一玻璃杯時，女孩在一旁說：「各位朋友，所謂『台上一分鐘，台下十年功』，現在他為你表演的這手絕活，不要說全中國沒人會，全世界也再找不到第二個！這是非常危險的一個特技，這期間他為了練成這個，不知吃了多少艱苦。請不要吝惜您的掌聲，您的掌聲是我們表演者最大的支持……」氣氛變得頂真起來，甚至有點悲壯的味道，接下來我眼前的景觀確實古怪魔幻到超出我忍受的極限。侏儒把那杯牛奶頂在鼻前，眉頭皺擠成彷彿想惡作劇用力放一個屁出來那樣，但杯裡的牛奶卻逐漸下降。人們安靜下來，紛紛站起，我身旁一個貴婦低聲驚叫：「他媽的！他真的用鼻子把牛奶喝下去了！」之後，侏儒把手指捏住鼻子，做出一個滑稽的表情，他的眼角竟開始汨汨流出白色的眼淚。似乎嫌不夠駭人、恐怖，他兩眼一瞪，竟（真的是從眼球）朝著台下的我們噴灑兩注細細的牛奶泉。

那之後彷彿穿過了一道「魔幻馬戲團」的換日線，他再做出什麼違反人體（以及「人」這個概念的尊嚴什麼的）的事，都不讓我更驚駭了。他將兩枚中間開孔的錢幣，塞在眼皮裡面，那錢幣下各懸垂著一條絲繩，下方各吊著一桶水。「哥兒們，請不要吝惜您的掌聲，這兩桶水扎扎實實有五十斤，兄弟這一手絕活，用的是咱靈魂之窗那兩片薄皮的力量！」

掌聲喝采聲如雷。我看著他痛苦閉著雙眼的臉，眼瞳部位像浮雕可見錢幣的輪廓暗藏在下面，那像異形電影人類皮膚下鼓凸而起正孵化的蟲蛹，他的臉變得如撒滿光和影的溪流，模糊不清。

這段表演結束之後，這一對二人轉藝人在掌聲中匆匆離去，高個女孩像攙著盲兒子，領著仍睜不開眼的侏儒離開。

「剛剛那到底是真功夫，還是障眼的魔術？」同團有人問。

帶我們來這家懷舊餐館的S女士，在店家放起〈十送長征〉〈敬愛的毛主席〉等革命歌曲的配樂中，跟我們解釋：

「這個侏儒呢原本不是咱們東北人，他是練雜技出身的，也是先天的條件嘛。後來他是一次看了電視上二人轉的演出，特意跑到東北來拜師學藝。一開始呢他真的是苦，咱們這二人轉呢，一定是一男一女兩個人搭配，但他這個模樣，這行當裡哪個女孩願意當他搭檔。結果他也是看上了剛剛你們看到的這女孩，真是死求活求，興許他也特別會說話，女孩一個心軟就答應就和他同台一次。結果這一同台，效果特好，造成不小的轟動。兩人就合作上了，這合作合作，就談上感情了。這女孩的母親知道，簡直氣瘋了。你想我們一個漂漂亮亮的閨女，怎麼嫁給這麼個怪東西！女孩就叫她媽偷偷去看這侏儒練功，說這男孩練功那真是刻苦到你心腸再硬都會感動。那媽真去偷看了，也真的被感動到了，遂答應他們的婚事。」

「所以他倆是真的夫妻？」

「是真的，而且你們剛剛看到他表演的，那全是苦練功練出來的，不是變魔術。」

或許是S這段把情感帶向羅曼史的解說，和我們剛剛才目睹的野蠻怪誕實在連接不上，眾人皆沉默著抽菸。後來有人提起啊我們明天的行程是往極北的漠河，那兒據說可看到極光，還有黑熊……黑龍江河岸對面就看到俄羅斯喔……有中國最北的一間郵局……

然後S女士對我們描述她目睹過的極光。

漂浮陀螺

那是一枚金屬陀螺，核桃大小，漂浮在空中打轉，奇異地，寧靜地轉著，在這醬色混淌壁面上掛滿毛主席肖像、天安門、紫禁城網眼印染的T恤、中國旗袍、摺扇、書包、打火機、便宜念珠……的觀光客紀念品商店裡，像一個關於星辰宇宙全濃縮隱喻在其中的孤自小次元。發出熠熠銀光，黑瘦的男孩對著店裡客人展演著，他的手指在陀螺懸空的下方，來回移動；時而拿出一只玻璃啤酒杯，橫著從杯口將那陀螺框進其中，而陀螺仍在那小小杯中世界懸浮地打轉。所有人稍被這視覺上欺瞞了物理慣性的玩意兒唬了十秒，立刻想通，竅門不過就是陀螺下面桌面上那塊小方板，興許是個強力磁石，與上方這枚陀螺形磁石同極相斥，算好重量、重心和切角，自然可以玩出這個小小科幻電影裡逆反地心引力的畫面。

「最高科技的新發明！原價二百八十元，算您一百二十元就行！」「四十塊。」「四十塊不成，就算一百好了。」「四十塊。」「這真不行，不然我們各退一步，算您七十，少了肯定不行。」「就四十塊。」他作勢要走。「不然五十吧。」「四十。」

後來我還是買了一組，打算回去炫耀給我的兩個孩子看，像我小時候父親出差，回來偶爾帶回來些譬如俄羅斯娃娃、點皮鞋著的火柴棒、上發條貓熊喝咖啡、猴子爬樓梯小玩具……這些奇技淫巧又驕其妻兒的「旅次中的超現實物件」。

這個父親，要如何將他在旅次中所見的驚異且陌生的風景，像裝進篋囊帶回家重播給他的孩子們也瞧瞧？那些金箔灑下，北國槐樹羽毛複葉映襯著灰磚小圓脊瓦老房的胡同？那些白日如群鬼沒有面孔的異鄉之人？那些寂寞地，只有他蹲在月台邊吸菸等誤班火車的煤灰車站？他像隻老候鳥，喙脫羽白，其實對這樣獨自單飛的旅途，內心徬徨，像孩子好奇卻又羞怯與逆旅中遇見的任何人搭訕。眼前一切於他只是默片。

如果把他們帶在身邊就好了。

他的妻，他的兩個孩子，似乎比他更適於旅行、冒險和陌生人打交道。他們擅長使用網路搜尋資訊、地圖、SIM卡、旅遊指南、當地網吧，甚至最白目的一日地陪或租車師傅。不像他，永遠這麼彆扭怪異，疑神疑鬼，走在大街小巷就是像一隻灰扁鍬蟲想藏身進一大群棲息的鮮艷瓢蟲堆裡。他再怎麼讓自己無聲無息，影子般低調，他們還總認出他來。

媽的。

我的哥們，有一次說要告訴我一個故事：他說他孩子大約半歲大的時候，有一天黃昏，他拎著垃圾袋搭電梯下樓（那是每天固定的，垃圾車巡點至此，全社區的人全拎垃圾袋從那一棟棟大樓蜂巢鑽出的時光）。那時外面下著滂沱大雨，對了，我想起他說是颱風將來，於是他又下地下停車場將他的小車開出，挪停在大樓附近的紅線上。然後他回到大樓下，在水簾垂掛的門廊遮篷下抽菸。那時垃圾車已開走，剛剛人潮洶湧提著一袋袋藍色包裹的婦人、老人、菲傭，全像神燈的幻術煙霧轟一下被吸回他們之前鑽出的孔竅。只剩他一個人站在那兒愣看著大雨中的空街。

那時我真想就那樣離開，他說。從那個大樓下的遮篷鑽進那一整片銀灰色的大雨中。我沒有帶錢包，所以身上沒有錢、沒有身分證、沒有信用卡或提款卡。我老婆抱著我的小嬰孩在這大樓上的某一小框格裡安心地午睡吧。我很愛他們。但我他媽那時就是想跨出這一步，走進那完全不同的另一個人生。

也沒為什麼，就是突然的煩躁。很像月圓時某些女人和牲口無來由的歇斯底里。也許是氣壓或地球磁場極細微的改變吧。就突然覺得枯萎，這一輩子就這樣了，什麼可能性都別想了。腦海裡當然想了一輪我們那年代的，溫德斯的《巴黎德州》，或阿莫多瓦的《我的母親》……消失的，留下一個空洞洞大窟窿的，不負責任的父親。我的孩子在十年後，二十年後，可能終其一生會反覆追問，重現這一個颱風天，為什麼我會沒有任何理由的離家出走？從此改變他的一生？

然後呢？

廢話，我當然熄了最後一根菸後，又乖乖上樓，回去那屋子裡，我老婆我孩子本來該有的人生。

但是待我將那組「飄浮陀螺」帶回家後，果然，像每一次在旅途中上當被騙，包袱中帶回的金銀珠寶變成枯樹葉或發臭的爛泥……盒子裡倒出來像一堆破銅爛鐵。是有一枚陀螺啦，但無論怎麼打陀螺，它根本就亂飛出去或轉兩圈便倒下……根本和在那店家裡，寧靜發出白銀光輝地旋轉、飄浮於空中，是兩回事。我滿頭大汗地跟兩個孩子描述，「它本來應該是像飛碟懸浮在半空」，而一邊打著陀螺，看它翻轉過來用另一側被那片磁板緊緊吸住。我告訴他們，這是和上海磁浮列車採用相同原理，「陀螺飄浮時平衡力作用合力為零，即G+F=O，在同一條定軸線上」，……但我粗手笨腳，連像一般陀螺將之打在桌上都不斷失敗，更別講將它打在那懸浮的看不見的半空中。

孩子們等待驚奇的，黑白分明的眼瞳裡的小焰，終於漸漸熄滅。「幹他媽又上當了！」我怒喊，市場裡的假靈芝、陰鬱粗暴亂繞路程你一疑問立刻將你轟下車的的士司機、假菸、假酒、假礦泉水、粗糙的爛泥土房掛著耶誕樹小燈泡閃燈的原始妓女炕、那些白底紅漆寫著「牛逼」之類幹譙語言的漱口鋼杯、那被一個胖女人不知用什麼魔術喝酒、我們對幹十幾瓶五十八度當地白酒，我早已天旋地轉，吐酒時喉嚨沒有知覺，她卻笑吟吟如沒有喝一滴酒那樣……這一切像那你以為帶回來便會浮在半空旋轉的金屬小陀螺，喀喇喀喇就碎成一些鐵圈、碎片，什麼也不是地散布在桌上。

浮生（處男）

那個晚上，我被困在北京首都機場的第九十五閘口。這麼說其實誇張了。所謂困住而停頓的時光，也不過就是原先預定七點起飛的班機，在航空公司櫃檯一對穿制服的美麗男孩女孩告訴我，原先的那班飛機延誤到九點才飛。

主要是，我原本就因神經質太早離城，預留太多時間給這些年大陸旅行許多不可測的誤差，我五點就辦了check in，早早便通關，經過安檢、機場內接駁快線，那些玻璃鏡中幻影增生一間間每座機場皆長得一模一樣的免稅名牌包菸酒專賣店，那些冷光如外星驛站的星巴克咖啡或履帶自動步道，穿著螢光橘背心的年輕人駕著電動高爾夫球車……這一切浮光掠影。

閘口前的候車區一排一排塑膠連座椅上零寥歪躺著一些和我同樣倒楣的旅者，偎靠著自家的拉輪行李箱，每一個人在那處境都變得像吉卜賽人一般，無比依賴自己身旁的流浪家當。人們在穿過航廈裡那無處不是「經過」的通道時，身影皆特別稀薄，惟在此等候時，身影卻又像可以把所有孤寂、疲憊皆吸進去的密度極大之小星球，顯得無比深暗濃稠。

「搭乘CA1014班機北京飛香港的旅客，我們很抱歉地通知您，原訂十九點起飛，您要搭乘的班機，因為香港機場天候因素，改為二十一點起飛。造成您的不便，我們深深的抱歉……」

每隔一段時間，這樣的廣播便在空蕩蕩的航廈候機區飄放。每當這種時刻，我總會無聊地想：「我們」是誰？說話的這個女生是代表哪個「我們」在抱歉？抱歉完了之後呢？那個「我們」真的對這裡一坨坨像恐龍糞便化石的被放鴿子旅客，有任何負疚之情嗎？

吸菸室那像金字塔法老王墓室，或孤獨漂流地球引力圈外的太空艙之意象，在這樣的夜晚（其他的旅客都搭著他們各自的航機，像一隻一隻白鳥飛離了）更強烈湧現。我自己坐那兒吸菸（行李箱當然也隨身拖進來），這個孤立、截斷的時刻，難免會像坐在奈何橋畔的鬼魂，回想一遍自己此生到目前如夢幻泡影之總總。

門打開，一個男人走了進來，我本能避開眼神，他卻直接走到跟前，以為是借火的。

「老哥，不記得我啦？」

是個和我有「兄弟臉」的落腮鬍胖子，口音則瞬間顯示是在這異鄉機場巧遇台灣來的朋友。

「再想想。」「啊，（想起來了），怎麼會在這遇到。」

說來也不算熟，大約幾年前在友人K君家喝酒，這老兄是K君的學生。全是男人的場合，不覺我竟已是大叔的角色。幾個男生，話題自然便繞著這小胖的「處男貞操」打轉。其實一旁虧他的、損他的、起鬨大家湊錢讓他「今晚就開苞」的，聽起來也並沒多旖旎豐富的性經驗，不過在二十八、九歲的當口，哥兒們裡竟還有個處男，那種不可逆的時光懷念、丟失的什麼、自己有搭上生命變化的不同階段體驗……還是引誘著大家口腔的施虐激爽。

主要是這小胖有一種「童男的性偏執」，我感覺他比所有人都哈，都色欲薰心，都精蟲灌腦。

印象中話題其實也是被他一直引向其實他並沒有戳破紙窗翻躍進去的那個「性」的異想世界。小胖似乎比所有其他人更有女孩緣（據他的描述），主要他彈了一手好吉他，個性隨和開朗，大學時期又總扮演眾女孩身邊那個耐煩陪著喇賽（他說年輕美眉很多的時光腦袋裝的其實都是漿糊，在男生面前沉默寡言，私下其實饒舌的要命），解憂說笑話的「好人」角色，MSN年代據說線上同時掛著二、三十個各校女孩。

為何如此還丟不掉童貞？他當時的答案讓我從K君家客廳的沙發摔下來。

「因為是虔誠的基督徒。」

似乎是真正的守極嚴格古典之戒律，但實在記憶中這傢伙像妖幻魔術吐出的種種奇遇，「沒有失去童貞的性經驗」，又讓一屋有性經驗的男人聽得唇乾舌燥、兩眼突出，好像在室的是我們，而他是個玩殘多少女孩的風流浪子……

一次是什麼他搭莒光號回嘉義，那是農曆年前整車廂擠滿人，他坐在靠走道的座位，一開始睡著。又不知何時發現貼站身旁一個穿洋裝的女人恰好恥胯就頂著他的手肘，隨著火車晃搖顛盪的節奏，他意識到自己和那柔軟衣裙內側的什麼，正進入到「某種狀態」。（他說從頭到尾不敢抬頭看女人的臉，繼續裝睡中垂眼看到女人有一雙非常美的腿）。大約到了新竹的時候，他感覺女人背後面的人頂擠進來，他感到手肘傳來一陣陣波濤般的痙攣……

「幹！小胖，媽的一定是你A片看太多的性幻想！」「他媽我們怎麼從沒遇過這等好事！」臭幹連連之下小胖露出見多世面水手的滄桑微笑。一次又是什麼一個學妹除了細肩帶襯裙什麼都沒穿，到他房裡引誘他，外頭打雷又暴雨，那平日甜美清純的女孩像魔鬼附身在他身上滾來滾出，發出讓人臉紅的淫浪呻吟，他基於不忍，用手指幫她解除了那痛苦的詛咒。

「媽的小胖，」那時連我都忍不住臭幹他了：「你他媽除了老二，全身其他部位都不是處男了嘛！」

「但我要堅守那個誓諾，直到莊嚴的婚禮才把貞操獻給我的妻子。」

在這個魯濱遜漂流記般的機場吸菸室遇見了這位「處男小胖」，難免有一種今夕何夕，或命運的牌戲透過他，要傳遞什麼訊息或預兆給我的灰暗念頭。我替他點了火，兩人併坐抽菸，眼前的六十吋液晶螢幕反覆播放著一種皇家貢品大閘蟹至尊禮盒的廣告，男人雄渾丹田的北京腔旁白堆滿了各種神聖修辭。

「你還是處男嗎？」純粹是打屁。

「沒有了。我破處了。」

啊？我差點像某人化驗報告原來並沒有腫瘤，或爛女人栽贓一個九歲孩子是他骨肉但作了DNA鑑定終於證實不是……那樣激動地擁抱他恭喜他，啊我是真心為他開心。

「所以你這小子……嘿嘿……咦，那你對上帝信守的貞潔承諾呢？」

小胖跟我解釋：是的，他在等的這班飛機就是要到青島，他就是要去處理結婚的事宜。那個敘事不再有記憶中的淫猥與童稚，而變得說不出古怪的聖潔。是的他在某一特殊場合遇到了他現在的未婚妻，在某種神蹟光照下（我是後來上了飛機後，猛然想起，這小胖不會是在大陸旅遊，在飯店樓下按摩中心以為只是純按摩，糊里糊塗翻過身來就被高超技藝給奪去童貞了吧？），他發現那位青島女孩就是他此生的新娘，他要用他們聖潔婚禮榮耀主，並且生下許多嬰孩。

他與我

他的眼睛間距較寬，眼白較多，臉像覆著橡皮面具，因顱骨某些部位的凹塌而架撐不滿那像老人又像嬰孩的皺肉。他的聲音是男童的，眼神卻凶光外露，我想他從小到大一定沒少過被喊「科學怪人」這綽號，因為實在太像了。

我第一次與他相識，是我常去的溫州街那家咖啡屋突然「收掉」了，我迷惘地站在鐵捲門前看著老闆娘貼在牌招上一張「敬告舊雨新知」的通知。他突然貼在我身後，用一種極熟之人的語氣和我拉勒。「被放鴿子嘍。」這種像周星馳電影突然神仙降臨的形象，滿街燦亮的陽光，只有他近距離滿嘴爛牙的臉在一種陰涼的黑影中。像是知道這家店老闆、老闆娘、原本是工讀生後來變老闆小情人的台大正妹……之間的三角八卦。莫非是土地公？我點根菸，苦笑抱怨：「也不說一下，突然就關門，現在要找到有戶外吸菸座的咖啡屋又這麼難。」

但我立刻發現，他哇啦哇啦傾倒出來的話語，我沒有一句聽懂，像是故障的某種把木屑、穀糠、豆渣朝天噴灑的攪碎機，他跟我講了許多「事件」：包括他高燒到四十一度；他在公館人行地下道被某某某用棒球棒毆擊——在他鼻梁再上去三公分處，眉心有個像被人用大拇指捺上指印的凹塌，他說就是那次被打的；他的母親把他趕出來；或是那些條子多雞巴如何如何對他施暴……。

我認真聽了許久，才發現他說的，和這間咖啡屋為何關門一點關係都沒有，他只是個缺乏自我與他人邊界的畸零人，隨意抓到我便傾吐起來。這過程我開始朝另一家咖啡屋移動，但他像陳情一樣黏著我穿行過那些樹影翻動的巷弄（變成我像土地公的角色？），我一直順話尾哄他，「他媽的，他們太不應該了」，一直到另一家咖啡屋門口，我跟他說好了我們不能聊了，我還要去趕功課。他還是把身體挨貼上我（所以也難怪一開始我以為他要跟我說什麼了不起的祕密）拚命說，後來我把他略推開，笑著，但語氣變重，說：「好了，我不能跟你說了，我要上工了。」

他的臉有一瞬變得冰冷殘忍，然後又躲回那故障弱者的角色裡，他對我說：「你不要生氣喔。」我告訴他我沒有生氣，我只是不能再跟他聊了，但他一直用一種缺乏感性，可能他在街頭發展出來的偽男童跟大人求饒的奇怪台詞：「你不要生氣喔。」「我沒有生氣。」「你真的不要生氣喔。」「幹！」

後來這傢伙便和我特來緣，我在那一帶不定點換的幾家咖啡屋，卻總是一走出來便看到他縮坐路邊，進入殘疾者外型在賣著口香糖。（我心中狐疑：莫非真是土地公或濟癲？）當然他不記得我了，但每次我拗不過被他喊下，跟他買三條（他賣的全是綠色薄荷箭牌口香糖），他會非常強硬要我買五條。我說我沒在吃口香糖，不然我這一百元給你不用找了，他說不行我不拿人家的錢的。但是我每天這樣被迫口袋塞鼓鼓全是青箭口香糖回家，有一天妻終於發作，要我不准再買那青箭回家了：

「你有沒有發現小兒子變成那種嘻哈痞子，整天手插口袋嚼口香糖還搖頭晃腦的。」

之後我便留了心躲著他，遠遠看他一瘸一瘸從那一端走來，或像隻小狗蹲躺在我原來要進去的咖啡屋門口，我便轉進那人家牆沿陽台排滿植物盆栽的棋盤狀小巷弄裡，繞遠路換另一間店。但有時難免還是撞見，甚至有幾次他竟跑進咖啡屋，在各桌安靜打筆電的客人間巡梭，然後找到我。我總是氣憤但又害羞，認帳買了一堆青箭，而且他總像倒貨要我買根本人嘴嚼不完的那一條條翠綠發光的虛幻之物，卻又加上一句：「我不白拿人家錢的。」然後大聲昭告全室地說：「你不要生氣喔……不要生氣喔……」好像我是這一帶收保護費的角頭，他是諸多這一帶被我霸凌之人其中一人，乖乖進貢他僅能上繳的財產。我總在那之後尷尬的時刻，不知該不該把滿桌綠長條物事分享全咖啡屋裡的客人：「哈哈哈，大家別客氣，來，我請客，一人一條口香糖」？

這種強與弱、控制與被控制、分明我感覺被侵犯（或一種細微的被施暴），可一回神畫面我是無論各方面皆遠較他幸運、優勢之人，然後裊裊飄來一句：「你不要生氣喔。」我被這一切弄得非常混亂。後來和我熟識的哥兒們都理解我，我的「梗」便在自由意志。平日我甚好說話沒啥脾氣，但只要「逆鱗」了（他們說那是因為你是牡羊男），一旦我感到一種被侵入、被冒犯，保險絲自然就啪燒斷。

那是一片認識論的幽冥狹谷，我的眼睛接受著訊息：那個醜怪、壞毀的形貌確實讓我痛苦，即使篩濾過「勿為相所惑」「勿濫用布爾喬亞廉價自爽的同情」……還是難受；問題是他就是個醜怪形貌的擁有者。「如果我處在這個形貌裡，以此為鏡像承受人們的態度，會建立成怎樣的自我？」他成為自己最權威的證人。我們說，「不忍卒睹」，但我們的教養讓我們在直面相對時，不能起心動念一絲一瞬的「憐憫」表情。一個平等的核心價值。我是否缺乏幽默感？我是否應該更幽默一些？

「雨中的街道，他看得清清楚楚，但不是他攙著某人的胳膊，憐憫地跟此人談話，而是別人攙扶著他，把胳膊伸給他以示同情，跟他說話，讓他高興。有人對他憐憫，這的確令人愜意。過去的時光反轉了過來，換了另一種命運。」——科塔薩爾《跳房子》

但這傢伙完全意識到自己的凹陷、孱弱，在一整條街道面無表情的人臉中，只有我會為之不安、難受。他像古早傳說那濕淋淋的河童水鬼跳上了我的背後，緊緊抱住我的脖子，用小小的手掌遮住我的眼。在他眼中，我和街上所有其他（正常）人是一樣的，他憎恨他們，但又必須躲回孩童無助的腔口：「你不要生氣噢。」他操縱著這個，我想對他說：「兄弟，不要操縱這個，每個人是獨立的存在。」我與你共享著那些經驗：憐憫、贈與、一種軟弱的慣性來到這個街角便找尋你；人類美好的德行或它的反面……，它未必是那麼僵直愚蠢，而掉入你設陷阱拐它掉入的難堪之貌。

耶誕夜

「好冷。」

「呼，好冷。」

穿著雪衣，裡頭包著連毛衣羊毛衛生衣七、八件衣服，戴饅頭阿伯帽、裹圍巾、毛衛生褲、手插口袋一手一坨暖暖包，算全副武裝了，還是冷。雨珠淅瀝淅瀝從這狹長的木搭陽台上方梁簷垂墜。長巷裡空蕩蕩，或許年輕男女全湊擁到師大路那排pub或大馬路這端的教堂狂歡了。耳朵的底層，其實存在著唱片刮痕那樣的沙沙雨聲，但因太細微且持續，所以便不成聲音。

咖啡屋的玻璃窗全濛著白霧，看不見裡頭，只覺燈火輝煌人影搖晃，戴著耶誕帽的平日在這帶咖啡屋混的格瓦拉切造型的流浪文青，間隔一會便三兩推門出來抽菸，歌聲笑聲短暫流出，才驚覺哇店裡擠滿了人。這於是又有了耶誕夜的氣氛了。

和W聊了幾句，一個她的小女友（她喊她小神婆，因精通西洋星盤和塔羅）戴著灰毛線帽冒雨跑來，拿了一盤自己烤的耶誕餅乾，說是被原先約好一群到家裡吃耶誕大餐的朋友放鴿子，看著一桌菜氣不過，遂跑出來混吧。

抽菸。喝酒。喝熱茶。講幾個笑話消解彼此尚陌生的尷尬。W對小神婆說：「妳幫他算個盤吧？」從背包裡拿出筆電，問了生辰，啪啦啪啦叫出一張圓形的星圖。臉被螢幕藍紫光潑染，表情變得靜穆。

小神婆說：「可能你從童年時便開始這個工程，你發展了一套跟這個世界完全不同的描述方式，用你自己的語言、邏輯、風格，像電影導演的獨特運鏡、構圖或剪接，去編織它們，組構它們、建築它們。慢慢地你也長大了，似乎這個相對於外頭那個真實世界的、你內在的小宇宙——像村上春樹《世界末日與冷酷異境》裡，那人腦袋中栩栩如生的末日之街——大部分時刻也和真實世界相安無事，可以互援印證、解釋。但是一旦你想認真將你內在這個（你從童年起便自閉地，一點一滴建構起來的小宇宙，你的邦國，裡頭的律法、文明、場景、人在其中生活的方式……，解釋給其他人聽。你會發現沒有人聽得懂你在說什麼。甚至於，你根本也聽不懂所有人在描述這個真實世界他們講話的方式。」

她說的那些，有一些像永夜冰洋上漂浮的大小冰山，以及在那些裂解的浮冰上艱難攀上、掙甩濕漉身軀，再嗷嗷喘息翻跳入海中的黑色海豹群，那樣神祕、懷念的情感觸動著我。不止一位占星高人在端詳了我的西洋星盤後，會若有所指地說：「你的原生家庭，甚至是母親這邊，一直有一種隱藏、不可告人的祕密的氣氛。那或是你整個童年、家裡的禁忌。」但我也總迷惑不解，是的我母親是養女，她有一個不快樂的童年，但是她個性堅毅、且待人慈悲。

我父親是個正直慷慨的像獅子形象的人，他像許多四九年逃難到台灣來的老外省一樣，在大陸曾有婚配及子女。但我大媽在他逃難之後第二年就改嫁了，反而我父親守婚約獨身到近四十歲，輾轉那邊消息來（他們騙他）說我大媽死了，他才又娶我母親。這一切從小在我家，便不是什麼隱晦的祕密。相較於日後我相識的不同哥們他們家裡的故事，我的身世反而簡單，明亮像在一光照太充足而缺乏暗影凹陷的櫥窗，無法支援我像普魯斯特張愛玲那樣，可以一輩子回望、渴慕、陷困其中的回憶縱深。

但確實我從小學升上國中（童年結束），一直到考上大學（這之間比別人多了國四重考、高四重考這兩年），近乎十年，我像是電腦中毒當機，進入一段爬蟲類夢境般渾渾噩噩，光影畫素不那麼清晰的時光走廊。我像其他的孩子一般，每天離家上學，放學偕玩伴一路玩回家。在永和那些水渠迷宮般蜿蜒竄走的巷弄裡，也和同齡人一起經驗並記憶了那年代的柑仔店、彈子檯小間、光線昏暗的漫畫出租店、雨後春筍冒出後來又像竹花整批滅亡的電動玩具機台和冰宮，或是相繼在三、五年內拆除並改建成醜陋公寓群的那些日式黑瓦木造房……。

我並沒有比同代人更多遭遇一些罕異的經驗。同樣是三台電視、日系卡通、從狄龍到成龍的武俠電影轉成充滿細節的肉搏武打、教官或大盤帽卡其制服。再後來一點是光華商場的小本A書、聯考的苦悶……。甚至可能更懵懂，更不理解我感知的「靜靜的生活」之外的，所謂「社會」，當時的台灣在政治、經濟正在發生怎樣暗潮洶湧，劇烈的變動。

在那十年（也就是跨過我整個青春期）的時光，我和其他少年一樣，絕大部分的時間是坐在學校教室的課桌椅座位，但我從未真正聽過其中任何一位老師講的任何一堂課。我就像尾巴被拔掉而關機的哆啦A夢，坐在那些少年、桌椅中間，但其實全在「捱時間」。全發呆漫晃在自己內向世界的胡思亂想。

我從國中、高中、（甚至到了大學），一直習慣了這件事：我永遠是班上的最後一名。

如今有時難免惋嘆：啊那麼長的時光，不管那年代我們的中學課程設計得多爛，有那麼多基本的知識，英文、數學、化學、物理、歷史、地理、音樂、美術（我倒是後來在高四重考班遇到一位很棒的生物老師，所以我的生物學得算挺不錯的），其中只要有一門學科，我能打開開關，認真學習一下，對日後寫小說的某些材料或背景，是多大的幫助。

印象中那漫長憂悒、虛應故事的十年，我不斷在每一次的考試作弊，很多時候有哥們罩，更多時候是孤立一人，像野獸求生本能（怕被老師辨識出來我和整個群體的巨大落差）異想天開各種「把我不會的答案，從哪借調來，填到那些我看不懂的空白試卷上」的計謀、方法（我曾寫過一篇國中時半夜翻牆摸進無人校園，想偷教務處的模擬考考卷的往事）。我曾遇過非常嚴厲的老師，但怎麼會在那年紀來說巨大到想像邊界外的恐懼，仍抵死不願進入「課本的時光」。

一直到現在，偶爾我還會夢見在一正在考試的教室，所有人伏首寫考卷，我一題也看不懂。抓頭托腮轉筆想偷看周遭人的試卷，卻被監考的老師盯上，那樣時間一點一滴過去。醒來時我仍懼怖到聽見自己巨大的心跳聲。

宇宙麵店

我每次站在一旁看著他們四口人那麼配合無間地忙活著，便會看得入迷忘我，似乎他們這樣像馬戲團踩獨輪車的、手舉長棍兜轉盤子的、丟球的、或高空鞦韆的，各自專注於自個兒手上的艱難技藝，但又時不時像機械鐘齒輪互相交會疊錯，八手八腳的卻不會絆纏打結……。我真的認為，如果有一個所謂的「宇宙運作最基本原型」，那就是眼前這像在各耍刀槍棍棒，卻又像芭蕾般旋轉著的，奇妙的四人組合。

這是巷裡一家麵店，像所有這類小有名氣的「美食名店」，上半刷白漆下半刷淺藍漆的堊土牆面琳瑯貼著「美鳳有約」、「冰冰美食」、《壹週刊》、《Taipei Walker》各種媒體報導之剪報，麵店裡一張張方桌、圍著四張圓板凳，白霧氤氳裡各自低頭嘘湯吸麵條的客人，整個場景確有一種往昔時光劇場的說不出的哀愁與懷念。他們應是我父親那年代的人，如今我坐在他們中間，外貌竟是和他們氣味如此相融允洽的中年人。

廚房（或曰作坊）反而在前方，成「口」字型以四個工作桌檯圈圍起來，恰好四個人各據一方，各自分工。簡單說來，這家麵店，是一對外省夫妻（和我年紀相仿）帶著兩個外型皆略有某種殘缺印象，約三十歲的男生，像擺陣一樣，當正午客人一波一波湧進，品項繁複的點餐像債台高築，像寫不完的考卷猶不斷從印表機吐出：「糊塗麵四碗！」「五小一大外帶！」「水餃豬肉三十！」「牛肉切一份、豬肝一份、燙青菜一份！」「餛飩湯！」「炸醬麵小、辣椒小魚一百塊！」「糊塗麵七！牛肉麵小一！」我總覺得應該再添兩個工讀生，不，即使再添兩個工讀生，我猜一定還是顧不來，你要記得各桌的點餐、參差渙散，有下鍋、切滷味、裝碗、出餐、算錢……的時間差。但他們四個，真的像武俠小說裡某個隱匿門派的陣法，在客人湧進的最高峰，額頭冒汗，手腕動作和腳法在一種舞踊般的搖晃節奏，移形換位，互相支援。而總頂得住那湧進的人潮。

叫做「小龍」的夥計，有點像從前戲班剃了陰陽頭在前台吆喝的，倒三角眼，一臉殺氣。就是他站前面，聽客人點餐，像戲文把某一時間內的麵幾碗、湯幾碗、種類……編在一起唱頌一遍，隔一小段時間便複頌一次作為提醒。他也提醒客人自己到堆放小櫃挑揀豆干、海帶、滷蛋、素雞放進小銅盆裡，也負責在砧板切這些滷味，也端一碗一碗湯麵上桌，也收錢買單。所以是個機靈能幹的。

另一個叫「小玉」的，則明顯較傻，臉也總一種老闖禍挨罵因之關機的漠然。他自然是這四人組裡位階最低的，老大罵他，大姊罵他，連同是夥計的小龍也罵他。總之，他就是這個運轉的機器總是出紕漏的那一角。癟嘴塌下巴總在嘀嘀咕咕，自己也責備自己吧。其實他的活兒，在從前，是大師傅的活兒，他在靠近冰櫃處一張撒滿麵粉的檯桌上，揉麵、撒麵粉、捽、抽、加油、再揉，然後切成一坨一坨晶瑩的白麵條。把麵條交給最裡端守著一大鐵鍋的老闆。

這老闆，我猜是第二代了，這一手煮麵的技藝，應是從父母那輩傳下來的。大致上是先用油在那大鐵鑊裡煎炒豬肉塊，爆香後加湯、加麵條、整鍋煮，像搶鍋麵打滷麵這一路數，起鍋前滿手抓蛋一只只打下去，青菜亂撒……麵香四溢。主要是這男人，整個像跑錯時代的電影演員，他長得非常像梁修身（就是梁赫群他老爸）。直挺挺站著，非常像革命軍人拿著長柄大杓在攪拌大鍋裡沸騰的麵。男人待那個揉麵、切麵的小玉，有一種我們這一世代已極艱再看到的，介於師傅和徒弟、軍官和他的傳令兵，或古裝片裡王爺和他的僕人的關係對位。你看得出他是個沉默抑斂之人，但也就在這鍋灶，揉麵平台的窄小方寸之間，既威嚴又體己地，在一些小動作訓斥著那做事總抓不到竅門的夥計，既是整套關於這麵的技藝的講究，也是做人處世的道理。

他的妻子，這麵店的老闆娘，則背對他，顧著朝外的麵攤，不外乎鐵皮蓋滾水筒，一擔一擔長柄杓的餛飩、紅油抄手、燙青菜、乾麵，甚至下水餃……都是她這兒料理。時不時她要遞補上那個小龍的位置，當客人點的是一份滷牛腱或豬肝時，不知為何這兩項都得她親自上陣，拿一柄小菜刀半抹半切成薄薄一片片，像金店削金子，無比貴重用小秤抓精準的量。這女人有一極美的長頸，若非面頰瘦黃總專注在湯鍋麵杓的繁複動作，某一她無意識到自己是這三男人之中唯一女性的無邪笑靨，甚至可算是明眸皓齒甚至嫵媚了。

女人面對兩位夥計，那種比自家男人更多幾個心竅，一種「嫂嫂」對「小叔」的，又是攏絡下人又是家人親密的幽微邊界，我在我這一代的哥兒們和他們的女人之相處經驗，也不再有機會遇到這樣的人情世故了。有一次我站在店外簷下，等著外帶，那時中午客人的高峰還未湧進，女人帶著一種「懶起梳妝遲」的散漫在剝空心菜的硬梗。突然噯喲抱怨地上怎麼油，小龍和小玉馬上各自撇清不是他們打翻的油。他們回溯著昨天輪誰拖地，同時小龍拿著舊報紙一張張鋪開在老闆娘腳下，女人一邊說著「不行，怎麼會這麼油，這待會忙起來走來走去一定會滑跤」，像夢話那般反覆說著，這時一直沉默的丈夫，循著油跡把堆在地上的物件一一掀起，果然是揉麵架下方一桶沙拉油打翻了。於是他開始訓誨起那個小玉，「是不是？我講過很多次了，遇到事，不要先急著說『不是我』，先想要怎麼解決……」那使我想起我平日對兒子們的訓誡。

另一次則是小龍要調皮。大約是一位店裡常客，每每都叫一份排骨飯，吃完必再加添一碗白飯，這小龍直接在那盤裡扣了兩碗飯。這無啥稀罕的小動作，卻讓老闆娘樂不可支，她撈煮一陣眼前的湯鍋，便笑著說：「小龍你真的很壞？，第一次伯伯發現來罵你喔。」如此再三反覆，小龍也像京劇丑角兒，作出拍腦袋瓜，眨眼吐舌的鬼臉。後來是作丈夫的低聲附耳對她說了兩句，這個主母對僕從半天真半風情的小小玩鬧才被喊停。

我總是站一旁看著他們四個，像合著一種精密音樂鐘的間奏鼓眼，忙活著，像一個宇宙運轉機器，最核心的縮影。我總是看得無比著迷，說不出的嘆服。

ㄚ咪

ㄚ咪是澎湖馬公人，獨自來高雄打拚一年，月入三萬餘，房租生活短絀之餘每月寄五千元回家，無所餘存。在澎湖時在賣觀光客之藝品店打工，非常辛苦，老闆老闆娘親自到海邊撿貝殼海星珊瑚礁陽遂足，攤沙得一粒粒從攤開禮品紙雜駁胡椒色挑撿出潔白顆粒者封裝小玻璃瓶，月入二萬不到。但可以和家人住在一起。

澎湖愈來愈蕭條，年輕人國中畢業是一關，高中畢業是一關，父母總得給小孩心理建設，趕他們到台灣找工作。像ㄚ咪讀到大學畢業二十三歲才離鄉，算是賴家賴到徬徨浮躁，感到待家中太擠處處磕碰，走出屋外又一片空茫蕭索，才認了降生為小島女兒的命運。

ㄚ咪有一男友，交往八年。男孩是孤兒，所以有好多年根本像自家人進出她家。ㄚ咪的父親也是孤兒出身，故對這男孩多了一分我輩孤雛之心情。離開澎湖前ㄚ咪和男友分手。男友現在台北做齒模假牙師博。ㄚ咪的母親為了此事登報和ㄚ咪斷絕母女關係。「我媽真的很幼稚，」那次她回澎湖、母親還把啟事剪報拿給她看。ㄚ咪問母親，斷絕母女關係是不是之後那五千塊不用寄回來了？母親說別想，妳給我乖乖每月還是寄回來。

現在呢？我忍不住笑問。ㄚ咪說，我們母女感情好的很。

ㄚ咪說她對男友感情如家人。他還在讀書時，她不敢提分手；當兵時，她等他；等到大家都覺得他們一定會結婚時，她才開口。男友當兵第一次營區探親時，無家人去看他，ㄚ咪跟父親說這樣好可憐，她爸說對，第一次探親時如果沒有家人來，會非常孤單，於是ㄚ咪和爸媽，三人從澎湖搭船到台南新兵訓練中心當他的家人。

為什麼非分不可呢？這是附贈在時候到了必得離鄉漂流到台灣的澎湖孩子命運之毛邊或拖影嗎？

ㄚ咪一口澎湖腔，我告訴她我的妻子也是澎湖人，國三那年跟著父母舉家遷居台北，原來的感情脈鬚突然扯斷，非常不適應台北同學老師的冷漠，曾割腕自殺。我問ㄚ咪隻身在高雄闖會不會很辛苦？ㄚ咪說辛苦當然很辛苦，沒有朋友，主要是捨不得她弟。ㄚ咪的弟弟小她十歲，「我弟根本是我帶大的。」ㄚ咪的母親是虎井（澎湖群島其中一個小島）人，她家小時候住在馬公漁港邊，她阿公阿嬤常是半夜三、四點從虎井駕船直接停泊在她家樓下碼頭邊。天還黑她就得起床幫他們開門。「我媽根本沒打算生小孩。工作忙時或跟我爸跑去喝酒時，就把我姊、我和我弟三個小孩扔在家裡。」

ㄚ咪說來算是外省人（雖然她的腔口、氣氛是不折不扣的澎湖台妹）。他祖父是一九四九年隨國民黨部撤到澎湖的老兵。祖籍陝西。祖母生叔叔那年就過世了。祖父過世時她父親才六歲。她父親和叔叔是靠兩個年紀大一輪的哥哥遠洋捕魚走船一路栽培養大。那時澎湖人對外省人仍分隔疑忌，但她父親和叔叔兩小孩沒住眷村，反住在漁港邊本省人的市集裡，後來是鄰人看這兩小孩無父無母三餐有一頓沒一頓，可憐，拿剩菜剩飯救濟他們。

所以他父親性格無爭，對人世充滿感激。

她父親一口澎湖腔台語，幾乎完全不會說國語。

有一年，她父親翻出祖父遺物，找到一份文件有大陸陝西舊址，寫信去和與亡父前生的超現實故鄉聯絡。不久收到一封自稱是他姑姑的人來信，思盼殷切，希望他能返鄉一聚。但開了一清單，電視錄音機電鍋電扇等等。

她父親是公務員，那時費了很大勁才辦妥手續，整了一貨櫃家電（不知丫咪有沒誇大）一路奔波到陝西。結果像蒲島太郎的龍宮回陽世，信封上的地址，從縣、鄉、街道，全早更名了。她父親找當地公安協尋，那蜃影幻夢一來一回家書上的地名，根本查無此址。搞弄了老半天，她父親才灰頭土臉又押著那一貨櫃家電回澎湖。這位姑姑也從此消失，又按址去了幾封信，如石沉大海。

丫咪大學念澎湖科技大學（以前的澎湖海專）海洋保育系。我問她除了高雄，到過台灣哪些城市？她說她們高中（澎湖水產專校）畢業前有一儀式，「我們學校有一艘自己的船，比貨櫃輪小許多，但又比一般漁船大，它卻是一艘超大漁船。」全部的畢業生得隨船出海一個月，那一個月他們得像坐牢乖乖待在船上。這個成人儀式之前的傳統都是航駛至日本入港，但他們那一年恰好台日外交有一個什麼重大事變，他們的船進入日本海卻始終無法獲准靠港。於是船長決定調頭繞行台灣一周，沿岸停靠基隆、花蓮、高雄、台中等大港。那時船上貯糧已漸耗盡，他們開始每餐吃那船用拖網捕獲的魚，男生食量大，船長會吼他們：「飯給我少吃一點！米已經快沒了。」到岸後，老師會帶著他們在港口把魚獲賣掉，然後補給水、罐頭、米和蔬菜，之後便領隊一群漁人孩子搭公車在那城市亂竄亂逛。老師自己也對台灣這些城市不熟，也像拿地圖闖迷宮一樣老走錯路。老師除了年紀比他們大，也是個不折不扣的澎湖人嘛。

ㄚ咪說她那一屆也是海產專校第一次招收女生。她那一班才四、五個女孩。她記得老師帶他們上船後，船長眼睛瞪得老大，說：「怎麼有查某學生？」老師趕快解釋說，唉呀，汝看咱澎湖孩子愈來愈少，我們不開放招收女生，學校就快經營不下去嘍……。船長於是看著ㄚ咪說：喂，高跟鞋不准穿上船，妳不要踩壞我的甲板……

那樣總是以船為移動工具，進入一陌生之境（阿公阿嬤駕船從虎井島直駛至她家屋前漁港登岸；或她對「曾到過」的台灣城市之記憶，竟是駕船從陸地人遠眺的海那邊慢慢接近），ㄚ咪說她有救生員執照。她們大學就在觀音亭停，她是和男生一樣在海面上操艇、划槳、漂浮、捕魚……這些課程。怎麼會就離開小島雙腳踏地，如人魚換上套裝、高跟鞋偽扮混跡於人類的城市？

輯七

美少女夢工廠

獨角獸查理

ㄩ寄給我一支據說是現在網路上極紅火的卡通短片，叫《獨角獸查理》。我看了，難以言喻，說不出來的古怪、好笑，但又陰鬱。

內容大約如下：一隻白色的公獨角獸趴在草地上午睡，突然來了兩隻母獨角獸（一隻淡紫色，一隻粉紅色），這兩隻同伴非常吵，用一種好萊塢喜劇片或美國影集其實已成類型人物（那種喜歡聚成小團體、饒舌、交換流行情報，把心靈成長團體的八股教條叭啦叭啦掛在嘴上要你改變自己、大驚小怪宣告世界末日就要來臨學校就要倒閉或公司就要裁員的「八婆原型」：不論外表是高中小胖妹或辦公室老處女或社區歐巴桑）的顫音嗲音，連珠炮地喊著他：

「嗳，查理。」「嗳，查理。」「查理？查理？」「查理？醒醒？」嗳？，查理？你這懶鬼，快醒醒？」

那隻讓人想到電影《偷・拐・搶・騙》裡那個倒楣土耳其混混傑森史塔森表情的獨角獸查理，厭煩地敷衍這兩隻母同類。他一開始像受夠她們極不耐煩地回兩句：「唉，又是妳們兩個。」「最好是他媽重要的事啦，是草原著火了嗎？」想必這查理（基本上他是個話不多，頗Man，見怪不怪的男性）之前被她們擺爛過多次。但那兩隻母獨角獸真是太吵了，她們咭咭呱呱說個不停：「不，查理，我們找到了一張糖果山的藏寶圖。」「糖果山耶，查理，」「我們一起去吧，查理。」「耶，查理，這將會是趟冒險的旅程。」「對啊，我們一起去糖果山冒險吧……」媽啊真的是像饒舌歌手加二人轉，嘩嘩啵啵非常吵。我想許多男性最後會屈服某類女性的意志（去信教、吃各類養生食品、參加家族聚會、買第四台購物的跑步機或參加心靈講座或很羞恥地把已拆封的麥片拿去巷口雜貨店退換），通常是因受不了高頻音的重複嘮叨。所以這位很冷漠又有點犬儒的查理獨角獸，最後還是心不甘情不願跟著那兩隻八，不，母獨角獸走上探險之途……

沿途他們遇見了各種像夢境但又不那麼讓人驚異的事物（畢竟這個畫面發著光霧的卡通，角色是幾隻獨角獸這種神話中的超現實之物）：他們遇見一隻滑齒龍，一座吊橋，最後真的出現一座小小的糖果山。但整個卡通的氣氛都帶有一種，除了查理，其他人物皆像「天線寶寶」「邦尼恐龍」那種幼兒卡通容易驚呼，裝天真耍白癡，且整體色調明亮簡單的歡樂感。糖果山還跳出小糖果精靈唱著廣告歌般的情感撫慰（或勵志？）歌曲：

> 當你心情不好時／那就馬上進到糖果山洞裡去／這個幸福與快樂／歡喜和活潑的天地／還有棒棒糖、QQ糖、雷根糖和椰子糖、老鼠糖和蝙蝠巧克力很多美味讓你爽整天／真愛的聖地就在糖果洞裡。

主要還是那兩隻母獨角獸同時在一旁「查理」「查理」「查理查理進去看看吧」亂喳呼。最後查理（終於還是屈服於魔音穿腦）進去了。但山洞門立刻關上，兩隻母獨角獸用憐憫訕誚的聲音在山洞外說「Good-bye，查理。」然後一陣漆黑和亂棒聲。等到查理再次醒來時，仍在最初的草地，「發生什麼事了？」他瞥見自己腹側一道傷疤：

「噢？他們幹走了我的腎了！」

影片在此嘎然而止。

我上網看了《獨角獸查理》二和三，大約是同樣的邏輯：兩隻母獨角獸跑來誇張地跟查理胡說八道某個重大事情（譬如第二集她們在查理身體開了一個「通往異世界的通道」，她們亂吵「我們如果不把護身符送去給香蕉王，那異次元通道將會釋放千年的黑暗破壞神」；第三集她倆更弄出一啟示錄般魔幻妖麗之景，告訴查理「世界末日就要來臨」，她們要帶他去未來世界「完成雪人」）。我們的查理老兄按例不會輕易上當抵抗兩句：「我已經受夠妳們這兩個衰神。」但終還是不敵她倆的囉嗦和比第一集奇幻詭異的魔術，還是跟隨她們踏上冒險之旅。途中所見也比第一集更乖異無厘頭更像現代版的愛麗絲夢遊仙境：她坐上去一只巨大球鞋（像耐吉廣告）做出火車噗噗的口技模仿，她們帶查理搭上去一只巨大鴨子船，最後鴨子船卻沉入水中變成海底歷險記——說實話，第二集和第三集以動畫的視覺感言，比一集更瑰麗、神祕、幻想的劇場空間更寬闊，也因之更讓人想起「對喔他們是三隻神話裡的獨角獸」——然後他們會在終點遇見母獨角獸所說的那些香蕉王、雪人之類的。按例又會有一隻神物出來對查理唱一段像廣告歌又像百貨公司開幕的諧擬百老匯式歌劇。然後，又是催眠瓦斯或什麼怪方式，讓查理昏倒，只剩自己一個，待他醒來，會發現她們又偷走他一件最珍貴的東西。（第三集最恐怖悲傷，片尾查理醒來在一片大雪紛飛的雪地，他額頭上的獨角被鋸掉了。然後他發現那個兩隻母獨角獸所說的「你必須去才能完成的雪人」。他的獨角被拿去插在雪人臉上當作鼻子，而且他之前被摘去的腎臟被她們亂貼在雪人的腰際。）

當然這是一個惡搞的、kuso的、暴謔之笑的，網路討論說是集合監獄兔、海綿寶寶、南方四賤客、甚至對天線寶寶嘲謔的天才之作。但我看完後，那陰慘哀傷之感總揮之不去，久久無法平息。

查理像是每一個活在這個撲天蓋地、無所遁逃的全球化景觀（充塞著各種垃圾話語、歡樂白癡、各種愛的啟示或奇幻故事道具、各種恫嚇、聲光、刺激、拉高至極限語境的廣告誇飾修辭：零食、清潔劑、線上遊戲、減肥食品、手機、信用卡、政客……）的虛無又孤獨的我們每一人的縮影，你深具戒心，對那些白癡低俗嗤之以鼻，但不知為何最後一定會失身。

為何總在一段教你如何快樂，如何放開自己，如何去愛他人的歌曲之後，才奪去你最珍貴的東西（腎臟、他的電視、頭上的角）？

第三集的歌詞是這樣寫的：

當你空虛寂寞絕對的孤獨
全世界都轉過身去

沒有人表示愛你
當你心冷如石
只要小小改變
把烏氣吼出
這世界就隨你改變
因為……
劍魚們　愛你
水母們　愛你
海星們　我愛你
你了解這是真的
鯰魚們　愛你
墨魚們　愛你
河豚們（海星跑出搶鏡頭說我愛你）
在藍色的大海裡！
肺魚、巨頭鯨、短吻鱷、銀魚、五棘鯛、雙髻鯊、森蚺、扁頭魚、魟、海鰻、劍吻鯊、草魚、
白飯魚、盲鰻、僧帽水母、海鰱魚、黑鰻、小海豹、小鯡魚、錦鯉……
當然你可以忽視這些理由

這對我來說沒影響
但有天你會發現……
你會快速感受到我們對你的愛！

不瞭解為何是在這樣讓孤獨者整個靈魂顫抖、愛充滿胸臆、畏怯地向世界敞開自己的歌曲後，打昏他，挖走他的腎臟，鋸掉他珍貴的角？

有一天喝酒時，老頭說起十幾年前一則社會新聞：在南部某小鄉鎮一間小郵局，有天上午接到一通電話，說我們是衛生局的，政府為保障郵政人員的健康，今天下午我們會派專業醫生到你們那為員工注射#＊疫苗，請務必配合。當天下午，真的有一個醫生模樣的男人（戴著白口罩）提了一只醫護箱進來。郵局從局長到工讀生都很開心地排隊接受注射。那男人問，你們郵局全體職員都在這了嗎？他們說還有兩位郵差在外頭跑。快打電話叫他們回來，這個疫苗一劑自費要一千多元，這很難得的，叫他們回來注射。於是那些老實傢伙真的把兩個郵差叫回來了。這時那男人說，是這樣的，這種疫苗剛注射下去，會有半小時頭昏噁心的反應，這是正常現象，但你們是郵局，為了怕這段反應期人進人出你們出什麼差錯，我建議把鐵門拉下，今天提早停工一小時。郵局員工說好啊好啊。一切都照他指示。然後一針一針注射，最後集體昏迷。醒來後那個傢伙早已把郵局內的現鈔搬運一空。優雅、從容、好整以暇，像一場白日之夢……

據說中世紀神話中，獨角獸往往被少女迷人的體香所惑，被誘補斬下有神力的獨角，失去了角的獨角獸只能任獵人無情宰殺。獨角獸的角和犀牛角在中藥裡的神奇療效想像近似，磨成粉末後，據說可解毒、療瘡，甚至起死回生。

恐龍王

星期六午后，帶兩個孩子到麗水街一間老文具店，參加一場「恐龍王大賽」。所謂「恐龍王」者，是這三、四年間崛起流行於小學生（從日本延燒到台灣）的一種猜拳遊戲電玩機組。以我這樣經歷過「電玩史前史」，中學時回家途中鑽進小巷各處雜貨店，流連忘返於堆放酒瓶、醬罐架櫃、紙錢或拜拜餅乾間的「小蜜蜂」、「三合一」、「火燄鳥」、「小精靈」之第一代電玩族看來，三十年後的這種電動機檯簡直幼稚簡單到不可能成功（逗引懸念與欲望之邏輯竟只是「猜拳」?!這一下就過氣了啦）。一方面也因輕敵，不擔心孩子們會沉迷於此種無延伸、入迷，乃至不能自拔之魅力的傻呆電玩（想想那些把一整代青少年之精魄全吸進一個死灰異境，回不來真實世界的網路電玩），於是常在可憐都市孩子上完英文班後，主動帶他們去打，作為獎饋。

不想三、四年下來，同時期一種叫「甲蟲王者Mushiking」的同類型電玩機組（同樣是猜拳，讓兩隻不同品系之巨大獨角仙或鍬形蟲，用一些華麗幻異名字的絕技擊打對方）；還有一種針對少女的舞會遊戲機（邏輯仍延續我們那年代女孩玩的硬紙板娃娃換各式衣服、配件；或更富裕年代的芭比娃娃，只是變成遊戲機上兩個名叫拉芙和貝莉的美少女，妳可以刷擁有的衣、裙、鞋、髮型卡，搭配出不同出場之偶像舞台、海景舞台、熱舞大街、迪斯可舞廳、城堡舞會……替她們換裝），皆過眼繁華後漸趨平淡。只有「恐龍王」，不知為何，愈燒愈旺，愈來愈紅火。

那個下午的擂台賽前，擠在文具店那台恐龍機座周圍的小學生，非常像舊昔年代某個早市裡交換古幣、郵票的老頭們，滿臉精刮、不動聲色，袖裡藏著大大一本「卡冊」，裡頭眼花撩亂收藏著各自懷璧其罪的夢幻逸品。手中有一張問號系「鐮刀龍」或「腫頭龍」的，立刻被其他小孩豔羨祈求地包圍，「我用一張『黑暗暴龍』再加一張超級絕招卡『迪諾幻術』或『大地之怒』跟你換好不好？」「不行。」「那我用黑暗系『亞法高脊龍』加一張『吉貝龍』跟你換」……其他擁有較次品之卡的孩子們，也沒停下各自的交易，熱絡地討論著。

有一些絕招卡展演出來的瑰麗妖幻，如無垠太空外的星體燦爛爆炸，映在這些孩童眼瞳，你幾乎可以聽見他們小心臟在承受這些極限光焰時呼咚呼咚的鼓響。真是美不可方物。像印度神話裡梵天和阿修羅在天際上雷電焦炸、火焰蔽空，翻江搗海巨大神之身軀的毀滅對決。譬如火系恐龍（最強者以暴龍為代表）在前幾代的「爆炎大砲」、「炎焰爆炸」已經將火山爆發之岩漿、烈焰、濃煙之滾燙意象，從口中吐出之火球、自體燃燒飛撞對方，或越戰電影之美軍火焰器之流焰噴出以重傷害對方。但新一代出現一種「死亡火燄」，簡直是日本人的原子彈地獄噩夢重現：你的恐龍從體腔噴吐出一顆遠大於這個空間，且不斷膨脹滾攪的巨大火球（對了，那就是近距觀看太陽表面的視覺印象），它不是被拋擲向對方，而是在球體表面無數的核爆中擴張，將螢幕空間所有事物皆焚燒裹捲進那赤灼巨大的可怖黑洞，似乎連空氣都迅速被燎焦燒乾，這時即使對手原本是「滿血」，也瞬間耗光而倒地死亡。

至於其他元素類別之恐龍，各自展演不同視覺、運動、空間劇場之變貌、震懾、華麗與殘虐。譬如水系恐龍（主要是腕龍這一系）的究竟絕招「海洋旋風」，亦是如「啟示錄」之末世景觀，漫天藍色海嘯襲捲，這時對手的全部絕招將被封印；譬如雷系（主要是三觭龍這一系）的「雷槍角刺」或「格林光電」，從恐龍鼻前觭角長出一如「星際大戰」中的光劍，穿刺戳入對方恐龍肚腹的同時，光激電竄，分不清楚那殺戮之重創是被劍貫穿還是被雷電高爆痙攣；譬如草系恐龍（主要是副龍櫛龍這種冠龍系）的絕招「龐足殺陣」，是呼喚一隻遠較畫面對打雙方都巨大無數倍的圓頂龍，如希臘悲劇之「機械降神」，從空中踩下一龐然巨足，將對手恐龍徹底踏扁……

更華麗者為一種「問號系」恐龍，恐爪龍、鐮刀龍、腫頭龍，孩子們稱牠們為「神系」。其展開殺戳之舞蹈時，或引吭高鳴，而遠自外太空牠們的神祕聯繫者（像美國航母停泊在波斯灣海上，按間諜衛星之定位，遠距投擲戰斧飛彈至巴格達），竟從天降下燦爛光焰之流星雨，以隕石群將對手恐龍擊斃，或以巨爪戳入對方光束時，一道光柱像盧貝松《第五元素》之結束，轟然射向蒼穹。這些「神之殺戳」的光燄核心，如大教堂薔薇花窗、如馬賽克，熾白強光中裹捲著七彩霓虹，美的讓人目眩神迷。有孩子使出這類絕招時，莫說小孩們，連一旁駐立的大人們，都沉浸在一種彷彿觀看神蹟展現、一種不可思議的祭祀舞蹈的宗教性沉默。

我不確知對我的孩子們來說，這樣和同齡孩童擠在一間窄仄塞滿文具模型雜誌書籍的小文具店裡，盯著太古洪荒夢中劇場的螢幕裡，兩隻巨大恐龍像披戴盔甲的競技場武士，噴吐光焰召喚雷霆互相攻擊，這到底帶給他們什麼？他們對恐龍的知識遠比我專業且淵博，他們清楚知道這個物種早在白堊紀末期的大滅絕就完全消失於地球表面了。奇蘇盧隕石坑、冰河時期、氣候變動、火山噴火……那種巨大、遙遠、永遠以骨架矗立在不同博物館的「不在場神物」，為何成為這些靈長類幼獸們腎上腺素激增，鮮衣怒冠、千金裘、五花馬，替代了我們那個年代以「齊天大聖大鬧天宮」或「哪吒與二郎神戰黃天虎」的「神在天空上方戰鬥」的想像？譬如長毛象、劍齒虎，譬如尼安德塔人，或與現代人外貌無二、相信巫術、有壁畫的克羅馬儂人，作為演化分岔歧出的一支可能性，卻在「我們」人類祖先進占這個地球舞台之前，便先後滅絕。發生在我們能理解的巨大時間計數之前：三萬五千年前、十萬年前、六千五百萬年前……滅絕發生在「我們」不在場的冥陌空蕩之涯，想像力極難穿透的濃稠夢境，那些巨大傢伙們卻面無表情地在其中存在、活動。我總隱隱感到其中有一些情感或品格的啟蒙是類似的：亞加孟農和他的特洛伊遠征艦隊停泊在平靜無波的希臘外海；或那隻巨大的木馬；甲午戰爭時被幾炮擊沉的鋼鐵巨獸致遠艦；或我小時候每每為之悲傷亦不是欣羨亦不是卡通的「銀河號戰艦」（它根本是大和號的外貌）……一種對遙遠「過去」混淆成「未來」的渴慕，一種對「巨大」、「無限」的崇敬，一種近似悲劇所造成之「恐懼同時哀憫」之靈魂洗滌感。

美少女夢工場

最近新聞炒得極凶的Facebook「開心農場」，和老哥們G君相約喝酒時，忍不住問：「那是什麼？」結果他的解釋和我從新聞看到的差不多：種菜、耕作、買賣、偷取朋友的農作物。鏟土與拔草，誰偷了你的菜，可以到他農地放雜草或放害蟲以報復之。農作物有紅蘿蔔、白蘿蔔、茄子、西瓜、玉黍蜀、水蜜桃、草莓……，而防範小偷的設計是你可以養看田狗，且隨著你手頭農民幣增多，可以將狗的等級提升……云云。

聽起來還好，為什麼會風行成那樣？G聳聳肩，突然問我：記不記得大約十五年前，RPG遊戲草創之初（就是大約在《三國志Ⅳ》、《大航海時代》、《模擬城市》那個年代），有一款Game叫作《美少女夢工場》？

美少女夢工場。G說，從前某一個年代的華麗創造力不見了。那個父親（玩家的角色扮演）有感於戰爭的殘酷與虛無，收養了一位十歲美少女，在遊戲中的時間經歷八年，期間那個「被你養的女兒」按照你的意志，學習、打工以改變她的能力值，以及最後的人生結局。有可能嫁給王子、龍族青年、神祕商人，甚至……就嫁給這位變態父親……，或會變成酒家女（如果你為了貪錢讓她常去酒店打工），她也可能在修習專業課程後，變成女王、人間的勇者，或風塵女……

我們曾在無數個夜晚，熬夜讓食指夢遊般點著滑鼠，讓那個青春爛漫的女孩兒（就是典型日系少女漫畫的玻璃珠光澤大眼睛，麥糖色金髮和薔薇色緞帶），在一種無靈魂的（不論變乖或學壞，都是那麼無靈魂）勞動、上課、社交、冒險（有時可以按控讓她「外出黑街」……中，變成一個你完全對她無任何父愛，有點像女神和三線鼠混合的可愛寵物）。

蘿莉塔。G說很多年後，我們在真實世界裡遭遇那形形色色的女孩兒，似乎總在和她們背後那影武者般、將她們塑造成那個模樣的父親交手。女孩們任性、不專注、懂得撒嬌、無法誠實面對自己做過的事，長期近乎自虐的絕食怕胖，會為《美人心機》這種爛片哭得斷腸，對姊妹淘間幹拐子的招式精刮世故到讓你齒冷，卻對咖啡屋裡那些脂粉氣的三流塔羅牌師的胡扯信得五體投地讓你懷疑她們的心智是否停留在小學三年級……

安潔拉．卡特的《紫女士之愛》，描寫一位神祕的老傀偶師，他能「用自身的動能使不會動的東西活過來」，「透過自身之外的另一種媒介展現激情」——就是一具宛然如生的，像他手指下控繩間貫入充滿熱氣生命的華麗女傀偶：

「她是夜之后，眼睛是鑲嵌的玻璃紅寶石，臉上帶著恆久不變的微笑，永遠露出珠母貝刻成的尖牙利齒，一層柔軟之至的白皮革包覆她白如白堊的臉，以及整個軀幹……。她美麗的雙手看似武器，因為指甲又長又尖，是五吋錫片塗上鮮紅琺瑯；頭上的黑假髮梳成髻，其繁複沉重遠超過任何真人頸項所能承受。這頭濃密雲鬢插滿綴有碎鏡片的鮮亮髮簪，只要她一動，便會灑下整片粼粼閃動的映影，像小小的光鼠在戲棚中跳舞……」

老人像養女兒一般讓這具木頭具備愛的幻覺，它在舞台上既淫蕩又癡情，讓觀眾為其魅力顛倒瘋魔。然而，隨著這具美麗傀儡似乎「從夢中醒來」，老人生命的精力亦隨之被榨乾枯萎。他總在下戲後佝僂抱著那一個夜晚從他腔體汩汩流出貫入生命，而後又趨返靜物的「女孩兒」走去後台，不准助手碰她。親手幫她卸去華麗的衣服，撫摸著她無邪的裸體，唸唸叼叼和她聊天。替她整梳髮髻……

如所有這類「創造者與被創造物間逆倫愛情故事」的結尾，在某一個與其他無數個孤寂、耽美、神聖卻又瀆神之夜相同的夜晚，老傀偶師終於無法抵抗他一手創造那個美麗神物（他的女兒）的靜默引誘，他吻了那具傀儡。一開始他感到那作為她的嘴的孔洞漫散著一種蘭花的芬芳，但接著淹沒他的是地獄焚風般的腥臭，但他已無法把自己老人的嘴從那妖麗邪惡且微笑如色情女王的豐唇離開，肺腔因殘餘的活人空氣被吸乾而萎癟，傀偶原本僵硬的臉卻因這父親交給她最後一口靈氣而嬌豔欲滴，像睡美人從漫長的沉睡中甦醒……

G說，如何從一片虛空中，無中生有創造出一個女兒？代價似乎隱晦地指向，這個僭越了神之身分的創造者，必須等價交換，以自己為材料為拉肧的土為送進爐膛的柴薪。手指下的那個洋娃娃臉孔愈立體分明，這個著魔的偽父親則輪廓愈模糊透明……。我記得那時住在山上，無數個夜晚，我完全忘記真實時間之流逝，進入那美少女工廠裡原本如卵殼般潔白純真的女兒，在一種夢之陰影的齒輪機槽嵌合處迷失了，眼花撩亂地讓她學宮廷舞蹈、禮儀、大翼琴、烹飪、拉丁文……。讓她偶爾約會，理解男女調情追逐之趣味卻不至假戲真作。我曾連續十幾天完全沒睡只坐在那兒盯著藍紫炫光的電腦螢幕，整個人形容枯槁，感覺胸腔內的肋骨和充血的肺泡全塌陷在枯焦的胃和肝臟上。每每直到窗外鳥鳴像瘋人院集體尖叫，才意識到又度過一漫漫長夜，白天再度來臨，但那帶著歉意憨笑的美少女總無比如我意地發展……

G說，那些我們曾經投注如此之大精力、時間、夢想與愛情，親手打造的美少女們，後來都到哪兒去了呢？被我們刪除到電腦硬碟暗不見光的所在？她們被刪除時仍是那一臉無辜與神性，漂亮的大眼睛無喜無悲。我想像著那些美麗的少女胴體一具一具橫躺著，長髮披散，穿著潔白睡衣，兩手交握胸前，分著層次漂浮在我們遺憾與愧疚的大海裡，如同中陰界裡被判永恆之刑的無明遊魂。

然後我們在真實世界（有時或許不那麼真實，在MSN或Facebook的平庸廢話和積分世界裡）遇見那些別的父親製造的美少女們，漫天紛飛的自拍照仍是一張一張無辜幻美的臉孔，幾乎和漫畫裡的美少女在視覺上重疊混淆了，但有時你難免沮喪地想：她們怎麼都不去上禮儀課天文學修辭學舞蹈課甚至格鬥術了？只有在她們中的其中一個開了話題哪家整容診所據說誰誰的鼻子就在那做的，或是減肥狂瘦密技……，突然像鵲鳥受驚整群嘩嘩啾啾從睡夢驚醒。拉芙和貝莉。糟了！舞會就要開始了，我卻還沒有打扮。請你刷手中的卡幫我打扮，換上最迷人的衣服和髮型……

所以嘍，G醉醺醺地說，我們這些栽培過、收成過、也廢耕過那些美少女的老RPG，怎麼可能對到別人農場偷蘿蔔這種事，或是養狗咬偷菜賊感興趣？

我和G喝到天亮才散攤回家，打開電子郵件，是G寄給我的YouTube的影音檔，一個叫「絲襪女孩」的樂團唱的〈綠油精〉（是將那「爸爸媽媽哥哥姊姊都愛綠油精」的廣告經典歌改成一極哀傷抒情的「失落與長大」之歌）：

小時候　我們住過三個地方
每個地方都是我的家
不管住哪裡都一樣
姊姊　好不容易當上護士長
明年三月就要結婚啦
讓我有點寂寞害怕
我的爸爸

後來就沒有他的消息啦
只是不久前才見過他
孩子氣的又想改行
親愛的媽媽
聽我唱歌妳怎麼哭了啊
我會健康快樂又堅強……

小偷

這個渡假村有三百多間小木屋，但每間小木屋裡卻無法上網。只有在大堂的接待櫃台旁有六台投幣式電腦，每十元可上二十分鐘，電腦和網路線都極差，六台中有四台的螢幕都像僵屍片的符咒被貼上「故障」二字。

每回他們都聽見不同批來入住的旅客，坐在那些像慢轉影片的機台前捶桌子，「幹！什麼年代了，光要登錄信箱就花十分鐘！這是三八六的骨董嗎？」但或是這樣離海灘尚有好幾公里路的渡假村，本就規劃不是讓商務客入住的（他真的很難想像：這個年代竟有三百多戶的人住在這封閉──他想到《大逃殺》這部電影──孤島般的世界，竟然沒有無線網路無法上網！）。渡假村裡有一個廢棄的西部片牛仔街景：有照相館、酒吧、水牛城餐廳、一個像馬廄或倉庫的木造挑高建築（很有西部片綁匪在此處決洗心革面的前惡棍的儀式氣勢，或克林伊斯威特和年輕神槍手背對背數數拔槍互擊對決之類……，結果竟只是個空蕩蕩的籃球場）；像運豬仔車的滑稽拱頂篷接駁車噗噗噗在那三百多棟一模一樣的小木屋間穿梭來去。這片寬闊的牧地裡，有幾十頭梅花鹿的圍圈；有上百隻的羊群；入夜時燈光下陸蟹像蟑螂整群晃晃閃閃橫行過草叢；有一天他用手電筒照給孩子們看一隻陸蟹用鉗子夾住一隻蛞蝓正進食它的模樣。

白天的時候，他們進入那座山裡的森林，那些鳥羽狀的樹葉，在他們不適應的高度上方旋轉著，遮蔽了天空。在更進入無人區的森林深處，他竟發覺頭頂上方的樹梢有兩隻體型近乎兩歲小孩的猴子攀爬飛躍，其中一隻母猴肚臍處恍如有個口袋露出一只小猴崽的頭，母猴目光閃亮地盯著他瞧，他內心驚呼：那是人類的眼神！後來又發覺另一側的樹葉上方有另一隻體型更大的公猴。「莫不成我們被猴群包圍了。」此刻他聞到她腋下一股少女的芬芳體香。而他自己的T恤早已整個汗濕，他告訴她，他大學最初考的是森林系，但舉目這些古怪樹木的名字他無一識得。倒是在一棵板根樹幹上發現一叢罕見的松蘿。薄薄的陽光斜照下，像女人唇上淡黃色的鬍髭。或是他們走到一處山中小溪流畔時，他在一株睡蓮葉腹下，指給她看一坨母螳螂留下的巨卵。他告訴她這顆卵孵出來，至少有上百隻的小螳螂。

處處充滿著隱約的模糊的性的暗喻。交尾疊合的蜻蜓輕點漣漪在水上產卵。一隻小指粗的白蛇之字型從她腳邊彈扭著竄進草叢。滿地皆是墜落的樹果（他認出其中一種是叫棋盤樹的樹果），空氣中盡是甜腥糜爛的香味。蘭花從莖鬚粗大的老榕上垂下。

那時他心中一閃，也許她也暗中浮想跟他一樣的念頭（所以她那時突然莫名臉紅並沉默下來）：如果他們在這無人的森林密處野合……

他們來到一處奇異的鐘乳岩洞。那近乎一個廢棄的舊昔景點，遊人必須踏一段石階進入一地底的洞穴，裡頭黝暗又潮濕，正中央用圓柱鐵籠像圈圍著一隻被咒術震懾石化之惡龍的巨大鐘乳石柱，那些億萬年緩慢演出的無趣的滴落這個動作，卻被凝凍累積成一種你說不出是什麼意義的畏懼或哀傷。這個光影昏暗（奇怪裡頭還點著電燈）的洞窟，有他們各自的記憶。他是小學畢業旅行，她則是國中的一次旅行。他們同時印象模糊，只有在眼前這昏黃迷濛的龍牙般垂掛的窄仄空間，才猛然想起啊我曾來過這裡。不過那時是那麼臉孔模糊地混在其他拿照相機鎂光燈啪啪閃的小朋友之中……

另一天在海邊，他們有點驚慌失措被沙灘上、海面上密密麻麻五顏六色的人群，較遠處像瘋子左右來回甩白浪的水上摩托車，還有他們身邊像一群海龜把肚子趴在衝浪板上逆浪擺臂划向海那一頭的精瘦男孩們；還有海灘啤酒吧轟天價響的搖滾喇叭給威懾靠近在一起。他們一開始被近岸處的浪勁給沖得翻仆飛摔、狼狽不已。後來他們泅泳至一水深至胸處，反而非常寧靜舒服跟著浪的果凍般上下搖晃而漂著。有幾度他的勃起在那溫暖的大海搖籃裡抵住她白色螢光比基尼包裹的漂亮小臀部。

他們很多年前就性交過了。如今他還是為她的身體深深著迷，卻像個沒經驗的處男不知該拿她怎麼辦。時光在他們之間沖積了像沙灘上一起一伏彎月般的弧形。

但那天晚上，在渡假村lobby，他陪她排隊許久好不容易用那投幣爛電腦登入她的Facebook，卻發現她「開心農場」裡田地上種植的虎皮花、巴西可可、銀杏、青稞、童玩節種子……全部消失了，只剩一片坦露空荒的土地；庫藏的玫瑰、桃花、甘籃種子、許多稀有肥料、囤積的大批動物飼料……也全部空空如也。她臉色慘白，盯著那轉速過慢的畫面，「不可能……不可能……」但是驢子、豬、犛牛、孔雀、蜜蜂、梅花鹿、羊、兔子都還在。他問她：「難道被人偷光了？」

「不可能！我一共連結的朋友只有四個（所以現在你知道她這些年根本只是個宅女腐女），每個人每天只能偷一次！我的東西是全部不見了！這至少要一百個人來偷啊！」「還是『農場駭客』？」

「你不要在那亂說！你又不懂！」她歇斯底里，崩潰痛哭起來。幾年前的畫面又重演了。他絕望地想，那張美得讓人心碎的臉被他不理解的異次元事物給輕易摧毀。然後他就迷惑地夫去她。他想對她說：「那一切都只是虛構的啊。」那些豔異的植物花卉、魔法肥料，那些生機盎然的農場動物、那些金幣……全都是一些二次元世界裡封閉程式的數字運算啊。但他說：「生命總會猝不及防奪走妳最珍愛的事物。這本就是個粗暴殘酷的世界。」

後來他們推理出，不是駭客也不是朋友來偷，而是上一次她投幣使用那爛電腦登錄，那限時的二十分鐘一到，電腦畫面自動跳掉，她以前這樣就是關機，並沒有做登出的動作。不想下一個投幣的傢伙（可是哪個跟父母全家來渡假的死孩子）直接就進入她的私密農場。其實那闖入者並不能毀棄她農場內的任何東西，只有一種功能就是胡搞把她全部的東西都拿去賣。

他提醒她：「妳看妳的金幣是不是突然暴增到一百多萬枚？所以妳並沒真的遭竊損失，而是個神經病到妳家把東西幫妳全賣了，錢全還是妳的。」

但這並沒有讓她破涕為笑。「可是那些是我珍藏永遠不想賣的啊。」

他把她濕糊糊的臉抱進懷裡，像哄女兒輕輕安撫她的頭髮。他心裡自傷地想：這就像這些年來，我們之間被生命掠奪掉的，看不見的那些啊。

偷蛋賊一

有一天，一位陌生女子在我的臉書留言：

「駱先生，謝謝您每天到我的農場餵養我的牛羊驢子和公雞。您的農場真是美麗啊，像動物樂園一樣，我讓我女兒參觀，逗得她好開心。」

我因為不會打字，回信非常簡短：

「我對於自己竟變成一個偷蛋賊，感到非常羞愧。我開心能讓令嬡快樂。祝福。」

事情是這樣的：二個月前我加入臉書，初衷即為了在全然無知狀態下經營那座，「我的」虛擬農場。一開始我這麼告訴憂心忡忡的妻子：「噯啊，我只是建立一座後勤基地，讓兒子們可以到我的農場來偷菜。」

「你少來了。」妻子嗤之以鼻。像一個前科累累的毒癮犯，左手手指全齊整切掉的老賭鬼，或已十年不沾任何酒精飲料連經過超商冰櫃那一排酒品區皆目不斜視的老酒鬼……只要某一次類似月圓之夜或親人離世，或毫無理由事後絕望愧悔回想：「我只是……」一些不值得的，譬如勸和吵著要分手的哥兒們和他女人，喝了一整晚咖啡，最後想沒關係吧沾一口哥兒們硬遞上來的啤酒杯泡沫；或是深夜帶老狗到動物醫院急診，風韻猶存的女獸醫處理完你的狗，突然在冷寂燈光的那個空間淡淡講了最近讀了一篇契訶夫的短篇，之後倒了小小一杯紅酒……

諸如此類，卻像小孩子玩的無數小木片積木堆疊的顫危高塔，從底部抽掉一片，整個轟然崩塌。原本構建的正常的、節制的、理性的世界，在那一刻再度被吸捲進瘋魔、旋轉，失去時間和感知的「酗」的地獄。主要是我有前科，在和妻結婚前住陽明山的時光，有一年多我整個沉迷在當時還沒發展成網路電玩的老一代電腦RPG Game：「三國志」四代、五代、「大航海時代」、「太閤立志傳」、「信長之野望」……時間在那個屏幕裡煥然發光的小世界裡消失了，變成一個靜靜的處所，你總是日以繼夜忘記睡眠，不知道屏幕前的你已變成鬍鬚滿面兩眼凹陷形容枯槁的人渣，卻沉浸在那一端華麗的殺伐、鬼哭神號的屠城、傾國傾城的美人兒，終於跪伏面前向你稱臣的死對頭一代梟雄……

那曾經花了多大的勁才斬斷的，將之擯棄的「美麗境界」，才得以回到這個無趣、乏味、無有冒險與激爽的正常人世。

暑假時孩子們瘋「開心農場」，我還訓斥他們：「如果要玩物喪志，好歹也挑選繁複一些的世界掉進去吧。」我腦海中想著京劇崑曲、爵士、古幣收藏（我一位哥們的天才兒子就沉迷於此，能像年鑑百科歷數每一枚冷僻錢幣的身世、鑄幣廠、價值），二戰德軍模型或太平洋海戰日本艦隊模型（譬如我老哥）、恐龍、外星人、火車或鐵道迷……。結果開學孩子們把那虛擬農場一拋，任其荒蕪，轉而和同學迷上「戰鬥陀螺」，竟變成我陷溺於其中。

主要是那個小宇宙的設計太聰明了，絕不像它表面看去的童趣或田園閑淡（我的朋友聽見我在迷開心農場，不屑地說：那有什麼好迷的？別說是假的，再逼真也不過是種菜！）恰好相反，它像一設計精巧的鐘錶內部齒輪機括，銜銜相扣，每一不同項目延展出去的欲望逗引，在你可能愉悅疲乏之前，便像「鳥巢」建築的鋼梁分枝，又像交響樂的賦格迴旋，放散狀脫離主結構，卻又在不同岔路再匯流回來。

譬如說，一開始我漫不經心地按按滑鼠種種菜，那些濛濛發光非自然色的低階作物：茄子啦、紅蘿蔔啦、馬鈴薯啦……每次收成就增加一些經驗值，經驗值增加一級就可以買一塊農地，買農地的錢就是賣那些農作物所得……這沒什麼，感覺這個遊戲唯一需要的美德就是等待（時間到了那些虛擬田畝上的植物自己就靜靜的在你桌面一個祕密小窗框裡發芽、抽長、含苞、開花、結果……）完全沒有戰略型電玩、打怪型電玩、戰國群英型電玩……敘事上逗引你欲望和懸念的強迫性。也沒有讓你腎上腺素激噴的聲光刺激動畫。你幾乎只要像郵局收發室的小職員，在每一封分類好的信件上蓋上郵戳，歲月靜好，悠然見南山。也許可以當成《百年孤寂》裡，邦迪亞上校躲開他半生的征戰、榮譽、投降的恥辱、盟友的背叛或陣亡，安靜地在自己的小貯藏室裡打造小金魚飾物，做好了再熔掉，熔成金塊後再重新打造……以乏味重複的勞作，平撫自己靈魂裡好戰且翻攪的那尾妖獸。

偷蛋賊二

隨著經驗值一級、二級、八級、十級、二十級的增加，事情變不是那麼單純了。要擴建農地需要的虛擬錢幣呈等比級數增加，各種你可以比對其經濟效應的高級農作物出現了。你可以去便利超商的儲值機用真錢買虛擬世界的農民幣（匯率兌換竟是一：一），所以真實和虛擬世界的邊防透過這個錢幣的交易被滲透了，穿過了，你可以用這些「空降」的、只能進不能出（也就是不論你在虛擬農場靠經營賺了累積了多少金幣，也不能兌換成農民幣反過來到現實世界換成真正的錢）的農民幣，買原本這個「種植——收穫——賣出」的農場貨幣不能購買梅花鹿（可以收成鹿茸換金幣）、綿羊（收成羊毛）、犛牛（犛牛奶）、母雞（雞蛋）、蜜蜂（蜂蜜）、兔子（兔肉）、鴿子（鴿肉）、牛、羊、豬、松阪牛……甚至偶爾變化出現一些季節性奇怪的養殖牲口，譬如愛麗絲夢境裡的那隻兔子和那隻魔法貓，甚至你可以在你的農場裡養一隻「盧廣仲」，每個生產期收穫他的，牛奶，不，一種什麼「低碳徽章」……

旁歧出「種菜」這個主旋律的賦格變奏出現了。你可以購買並組裝「榨果汁機」，將葡萄、草莓、蘋果製成瓶裝果汁；你可以裝備「頂級烤肉架」，於是你可以將牛、羊、豬、雞肉製成松阪牛排，烤全羊、火雞大餐、烤豬排再賣出；你也可以用「蛋奶機」製作乳酪、巧克力蛋糕、草莓蛋糕、中秋節月餅……。當然這些加工品比原本裸賣的作物或肉品，價格要高上許多。而且譬如製作巧克力蛋糕時，你除了原本的牛奶、雞蛋，素材還要可可；月餅則需要花生、雞蛋和小麥；蜜汁雞排除了雞肉還要搭配蜂蜜和檸檬；牛排則要辣椒和馬鈴薯和葡萄汁……。

於是一個我前頭說的「鐘錶內部機括」的細微銜扣的繁雜時間鐘面便形成了：牛排需要的葡萄汁，在「榨汁機」那需要大量的葡萄，所以你的農地上種了大批成長時間週期長且本來經濟效應不高的葡萄；或你可以種植一些賣起來不值錢的花卉（紅玫瑰、藍玫瑰、桃花、百合、太陽花、海芋、牡丹、小雛菊），點進「加工廠」裡，作成不同祝福意義的花束，送給連線臉書的朋友，收到花束的人可增加魅力值，魅力值愈高者交易農作物時收益愈大……

事情是不是變得像後期印象派譬如秀拉的點描畫面那般，乍看一片平和寧靜的風景，細部觀察才知每一撇交織、重疊的顏料，彼此糾纏、戰鬥，何其凶險？你開始感覺不是悠閒的種地，而是神經質調度，控制許多組不同時間鐘面的一座複雜機器、企業，甚至城市……。各種作物、動物，乃至加工機器所需耗費的時間長短不一，這樣的時間差一旦要協同整合，變成生機盎然的自為運轉，甚中要投入多大的意志和腦力。

於是（故事到尾聲了），不曉得是當初設計這個系統者的失誤或是故意，在製作蛋糕或月餅這個環節裡，母雞下蛋的速度永遠跟不上其他材料產出的速度。永遠因雞蛋不夠而在「蛋奶機」的製作小框亮著「材料不夠」的閃燈字。但其他的譬如牛奶、可可、小麥、櫻桃、花生……皆不斷累積增加。一個農場只能有一隻老母雞。牠成了這整個循環的弱點。你無法用撇步加速（如農作物可用「太陽神燈」、「月亮神燈」、「高速化肥」、「高速化肥」縮短它們成長的時程）。整個交響樂隊，繁式機械鐘，或一個微形機構的運轉，全卡在那個弱點上。

這時我突然發現：《開心農場》作為臉書界面遊戲的獨特意義。原來，「偷」是為了這個處境而存在的。一開始我聽人們說「去別人農場偷東西」，既天真又邪惡，反正又不是真的，「偷」是這個遊戲設計本身的一項趣味，且被偷者可以購買飼養不同猛犬看守作物。

但是，「偷」這件事可以是虛擬的嗎？

我總是在夜深時，潛進那許多不同人們的「孤獨的農場」，那貼著不同大頭照的美少女們、酷男們、卡通相、外國明星照、寂靜的海岸照片或貓咪照……每個人的虛擬農場總在那安靜地發著光。像他們（其實我幾乎不認識）各自內心世界的景觀：有的豐饒而華麗，有的清簡有潔癖，有的整片田地單一品種某一種作物，有的任其荒蕪死寂如枯山水，有的完全不種菜偌大空間只養了一頭驢子不知是何意……

我總控制不住自己，在那無人時刻，用滑鼠按鍵的移動光箭頭，放在那些陌生人農莊的，他們的那隻母雞身上，只要食指一按，就有幾枚白色薄光如幽浮的雞蛋飛離。「偷蛋」便完成了。

那些不同的農場的主人（或那些小框窗上的人頭照貓照風景照卡通照，以及他們的本名、暱稱、或英文名字），其中偶有幾個是我真實生活中的舊識：有年輕時兼課上小說曾教過的女學生

（當年課堂上還是二十出頭的少女，如今也三十四、五歲或是母親的角色或在職場灰撲撲的偷空掛網種菜）；有高中同學（那時我或是讓人憎惡、常蹺課不在他們印象中的那個壞分子吧）；有從前住深坑時一位常免費幫我們修理水塔、管線的鄰居大叔的女兒；有哥們的馬子（我們平日碰面是在酒館哥們高談闊論而她總是坐一旁靜默微笑聆聽），或前情人；有孩子們舅媽的父親；有較我年輕一輩而個性如此不同的年輕小說家……。我們在不同的真實世界的某個時空截面裡相遇時，是那麼不同的身分關係、腔調變貌著，有其應對的禮節和方式。

但在那些無人夜晚我闖進他們靜謐的農場時，一切變得那麼神祕且純潔，主人也不在場，留下一個他們曾精心整理過的私人空間。植物花卉款款搖擺，動物群流動著牠們不同形貌毛髮的藍紫光燈光乳白光。似乎還聽見牠們安心咀嚼穀物的細微聲響。

像我小學時跟著年輕的母親到某一位阿姨家（單身女子的賃租小公寓），她們聊得盡興，便手牽手出門去，臨行那阿姨留下一盒果汁牛奶和幾碟零食，交代我乖乖待在房裡。當只剩下我一人時，那空間中所有的擺設、空氣中一種模糊的茉莉花香味，架櫃上的雜誌書本、瓷杯花器小玩偶，或甚至櫥櫃書桌那一格一格禁錮著祕密的抽屜（哦絕不能去打開）……，對我全充滿像貓爪輕輕搔抓的、發狂的誘惑。

也許我在極幼小時，便為自己竟然是某種還不清楚其學名的變態小獸（偷窺狂？戀物癖？天生小偷？）而屈辱自慚地獨自在那房間裡哭泣。也許某一次我曾為了抵抗自己快抓狂去拉開她的衣櫃翻弄抽屜裡的女用內衣褲，而像咬住毛巾不發狼嚎叫的狼人，打開冰箱，把置蛋槽一枚用玻璃紙包裹的皮蛋放進自己的褲子口袋。

輯八

箱裡的造景

蜻蜓

我的小兒子是個抓蟲狂——對不起我想不出一個較精確的詞——大約從我意識到這件事時，我家的客廳早已幾經滄桑，多少昆蟲的冤魂與屍骸，有的好歹尊嚴地成為電視櫃上方積著灰塵的標本（譬如當初長輩作為禮物的，那隻南洋大兜蟲和彩虹鍬形蟲），大部分是在我不知道牠們存在的狀況下，像在一座豐饒隱祕的森林裡，各自在不同尺寸的飼養箱、塑膠空盒、玻璃器皿，無奈（其實是無感吧）地被從牠們本來的棲息生態被撲抓撈捕回來，在截斷的、殘缺的（事實上就是這個小公寓裡的某一個小塑膠盒裡）空間繼續牠們短暫的生老病死。

從最開始他喜歡（並且也容易抓到）的蟋蟀、蚱蜢、步行蟲、吉丁蟲、瓢蟲、橡皮蟲（這些食物鏈最下層的昆蟲在一個男孩視覺中最接近模型，玩具的無生命感、科幻感，牠們最不容易讓孩子們感受到「死亡因我造成」的不安，因之在為牠們布置的偽仿生態飼養盒裡的場景，往往也最簡陋潦草：幾株草葉、小樹枝、亂扔的發黑的蘋果丁或爛橘子肉囊。）後來也養過螳螂這種華麗但難搞的昆蟲貴族（我必須為牠們跑去水族街買活體麵包蟲當飼料），也有不知是用恐龍卡或神奇寶貝鬥牌和同學換來的火箭蛙、蜘蛛、小蜥蜴；也有在小學校園抓來的，不動聲色通過我的安檢，卻在回到家裡，像變魔術從書包裡抓出的空礦泉水瓶，甚至養樂多小瓶子，封禁著一隻色彩斑斕的無尾鳳蝶或黃蛺蝶……

當然最後總是以死亡作終。

那對我一直是一種道德上的困惑：我該在這樣只為了一方一時好玩，貪歡而獵奇搜集，讓另一方喪失本來自由與生機，而嚴厲叱責禁止？（我恐懼他掉入一種，等在他未來的，資本主義大峽谷的巨大道德墮落：如同女孩們在琳瑯滿目的名牌專櫃前的童話森林幻覺。只要我喜歡，只要有錢，不需要付出勞作與技藝，不需要教養或一種時間慢速的體會。噗。只要一伸出手，按鍵或刷卡，一種缺乏感性與同情的「擁有」就完成了。）他只要伸出手就完成「將那美麗小東西占為己有之激爽」，但占有之瞬就是那美麗之物死亡的開始。或我其實不應介入成人世界的道德執念，對這樣在城市長大，與土地、節氣、動植物生長死亡自然法則斷隔的不幸孩子來說，他撲抓回來的小生命，所有在他眼前發生的脆弱的生與如此容易的死，會不會其實已懵懂、惘惘地進入他的腦下丘學習軟體裡……

為此事打過他幾次，一次是我沒參加，孩子們和妻的娘家到八里海邊租腳踏車還有玩漆彈射擊之類的家族活動。回來鬼鬼祟祟一小塑膠盒裡薄薄一層沙半指幅海水兩隻抓來的小招潮蟹。我當下便知這絕對養不活，連放生都不容易（也養過三隻小紅耳龜，到後來根本被這不負責任的傢伙遺忘，每天變成是我晦暗憂悒地拿乾蝦米餵那些一臉像看透你什麼的老人的爬蟲類，並且替牠們換浸泡著糞便的水。之後在溫州街尾瑠公圳舊址的大溝裡發現哈哈上百隻大小這些龜的同族們，便趁孩子們上學把牠們帶去放養了）。主要是海水潮間帶的生態難以複製。果然其中一隻不到兩天就掛了，屍體呈現一種悲慘的，像紙一樣的潔白。發出不可思議充滿全室的腥臭。當下忍不住K了那小子一鑿爆栗。「跟你說過幾次了！我們沒權利剝奪牠們本來的生命……人家本來在海邊，在沙灘，泡著海水多麼快樂！你看現在！嗝屁了，挺屍了，本來那麼美麗的東西變這麼醜……」

倒是倖存那隻活了非常長的時間。我每天抱著「第二天就會看見牠發白的屍體」的悲觀心情，意興闌珊幫牠換水，再加一小撮食鹽（完全是自己想像的「至少這樣像海水吧」），亂扔幾片魚飼料，那靜蟄著，舉著一只比自己身軀還大之螯的小生物，也不知道有沒有進食。後來也就忙忘了。如此過了近兩個月，竟仍活著，灰不溜啾，以蟹這種動物獨特的摺縮關節方式，靜靜躲在那簡陋的箱景中，只有在收拾周邊桌面其他物件時，驚起牠極細微沙沙搔那塑膠盒的輕響，才意識到：「媽啊，還活著。」

終於在一個禮拜天，率領著兩個孩子，帶著那隻「神蟹」，按他們口述的路線，開車重尋回「當初抓牠的那個海邊」。那其實比我印象中的八里還要再往裡往偏僻處開，經過那些自行車道、渡船碼頭、俗麗的遊樂園……那是一段灰色、荒寂的海岸線。我跟著他們走到海邊濕地，發現整個沙灘上密麻晶亮至少上萬隻那樣的灰色小招潮蟹在竄跑，和我們塑膠盒裡那隻一模一樣。

我們把牠倒到沙灘下，幻覺般聽見牠內心巨大獨白：「這不是真的吧？」抖擻著纖細的肢爪，撥飛起沙粒地迅速爬進那龐大的群體裡……

上禮拜，妻帶他們倆上陽明山竹子湖（我又不在場），回來後，我又發現小兒子鬼鬼祟祟四處找容器在藏東西。這次帶回來的全是那些肥肥短短、蠕動的幼蟲（這些都是會讓他們母親崩潰、歇斯底里尖叫的怪物）：黃肩長腳花金龜的幼蟲、無尾鳳蝶的幼蟲、扁鍬形蟲的幼蟲，甚至還有小泥鰍和蚯蚓……。總算在我暴怒又熄火後，「東市買駿馬，西市買鞍韉」——替甲蟲買了養殖土（順便把蚯蚓扔進去），替鳳蝶幼蟲買了一小盒柑橘樹讓牠寄住，泥鰍放進水族箱——各歸其位，最後卻發現小便當盒裡盛水浸著一截指頭大小，長得像宮崎駿《風之谷》裡王蟲那種既未來又古老，既像異形又像小鎮墓獸的怪玩意兒，水光搖晃，看不分明。

「那是什麼？」「水。」「是什麼東西？」「蜻蜓的幼蟲。」上網查了奇摩知識：水蠆。蜻蜓或豆娘的幼蟲，羽化為成蟲時不經蛹期階段。牠是凶殘貪吃的肉食殺手，棲息在溪流或池塘底……大一些的水蠆甚至獵殺蝌蚪或小魚為食……所以原來想也將牠扔進水族箱的念頭只能作罷。打電話問了我家水族箱的指導顧問J君，他說：「萬萬不可。不用一個禮拜，你們水族箱裡那些孔雀、燈管、小紅豆，還有櫻桃蝦，恐怕被那一隻水蠆獵殺殆盡……」

於是我那把這個狹仄公寓當作他熱帶雨林複雜生態的小兒子，便把那隻「幼蟲界的暴龍」偷扔進他母親插養了十來枝青翠開運竹的一只甕裡（那只深褐色，足有一個成人懷抱大的醃菜老甕，是妻年輕時，從澎湖老家屋頂發現，用繩子綁了搭機提回台灣），我想像著：一隻孤獨的肉食怪物，浸泡在那一缸水裡青竹的根鬚間，沒有食物，最後的結局，應該也和這個空間裡曾經以各種形貌不同蛻化時期而死去的昆蟲們下場一樣吧……

這個早晨，我正為著颱風將臨，低氣壓造成說不出的煩躁憂鬱，怔忡望著窗外陰霾的天空，突然一個晃眼，從那甕身的葉片間，一種旋轉的、層次的綠光裡，亭亭嬝嬝飛出一個物事，從飛行的速度、翅翼的析光度和造型，甚至大小……一瞬間皆如此陌生而讓我嚇了一跳。我過了約十秒的短暫目盲才意識到那是一隻蜻蜓……

所以牠活著……不僅如此，牠蛻化成成蟲了……一種難以言喻的歡快在那一刻存在於我和這隻蜻蜓之間。仔細看牠又與我從前記憶中的蜻蜓不同，身軀仍未完全抽長拉胚出那纖細的尾端，胖胖短短，像個大頭短腿胳膊的孩童，翅翼也較成蟲短些，抖擻脆弱，像蓓蕾剛綻放的菊花花瓣，混身發著一種金黃光澤。

我把紗窗打開，用手掌半拱半捻地驅趕著，那神祕的這隻蜻蜓的第一次飛行，就在我的目睹下，歪歪斜斜地展開了……

箱裡的造景

我和我媽、我哥、我姊圍著一張神桌，一人手抓一本紅皮小冊，唸著〈佛說阿彌陀經〉：「舍利弗，彼國常有種種奇妙雜色之鳥：白鶴、孔雀、鸚鵡、舍利、迦陵頻伽、共命之鳥。是諸眾鳥，晝夜六時，出和雅音。其音演暢……」神桌正中一尊金漆地藏王菩薩，鮮花素果，一架唸佛機播放著女聲合唱的另一部經文。於是我們像在隔音不佳的KTV店要壓住鄰室麥克風音響；或成功嶺時各連部隊在行進間尬軍歌要蓋過對方，……不自覺將我們的經文唸得異常大聲。

我們置身在那樣的空間裡：環繞四壁，是一格一格排放著動物骨灰罈的木架，每只骨灰罈上貼著（講究些的用雷射顯影）那隻動物生前的照片。大部分是狗（作為寵物，這個空間當然是那許多主人的傷心處所。問題是，我發現我也被催眠地覺得那些照片中的每一張狗臉，俱是完全不同的臉），較少些是貓。奇異的是有猴子、兔子、蜥蜴、蟒蛇、鴕鳥……。我哥說：「還有魚的骨灰罈，奇怪，魚一放進焚化爐，不是第一瞬變成烤魚？」

那些像藏經閣的小格櫃包圍著我們。每一小格在骨灰罈前，除了一罐罐過期飼料，還排放著五顏六色的小絨毛玩具、塑膠漢堡、漂水塑膠鴨、玩具骨頭、玩具老鼠，甚至那種投幣夾娃娃機裡堆躺的灌籃高手公仔、神奇寶貝或哆啦A夢……無一空缺。我想像著這些痛失寵物的飼主們，在將他們的寶貝動物遺骸們放置這死亡宮殿時，用盡心思想布置得宛如生前的疼愛氛圍，或因悲傷過度，一定萬萬沒想到他們離去後，這個無人現場，竟翻轉成一類似夜市射擊汽球遊戲，掛滿贈品，歡樂、搞笑、遊樂園攤位的場景。

偶爾我跑下去外面抽菸，這座動物靈骨塔在省道旁小徑蜿蜒進來的農舍間，鐵皮搭棚外一整片風姿綽約的芭蕉林。這次是因我們寄放在此的五隻狗的骨灰罈陸續到期，姊姊每年為繳交格位費加起來也是一筆不小的數目，主要是那麼多年過去了，決定乾脆撤掉（靈骨塔方保證會「妥善處理掉」那五罐罈子裡的骨灰）。於是終年難得聚首的老母親和全年過四十的兄妹仨便有了這一趟家族出遊。

死亡確實是一種慢速的離開，每一次驟臨時的哀慟、驚恐（這裡頭姊姊最疼那些狗，每一次的死亡，她都哭成淚人兒。母親則是堅持包括對狗屍唸佛號八小時這些震懾死亡的儀軌。而除了最初那隻，我有參與之外，所有的狗之遺體，都是哥哥獨自載來這裡火化），但如今隨著時光流逝，一路上我們像小時候那般打屁耍寶。

一開始說的是阿嬤死去的那個深夜。我阿嬤過世時九十七歲，最後幾年她多次在我們這些後世圍在榻旁唸經以為要送終的時刻，精神奕奕地醒來。有一段時光她寄宿在我哥山上的透天小屋，她在一樓活動，我哥在二、三樓活動，每逢節氣變遷，她便臥床哀嚎，要我哥把她的「老嫁妝」拿出去曝曬，「我感覺我這次真的要死了。」而那整套壽衣，據說是過了六十以後她便自己選布料裁縫備好了，不想一收箱便收了近四十年。所以那晚媽媽和姊姊送她到家附近醫院急診時，多少帶有一種「放羊的孩子的鄰居」之憊懶。不想這次一蹬腿真的走了。

然後倒溯回去，那群狗在父親中風至離去那三年間，先後陸續死去，古嘎死去那天。多多死去那天。哈利死去那天。黑黑死去那天。最後是古大白死去那天……說來除了我，這個家在不知哪一年起，被按停了時間鐘面，媽媽、哥哥和姊姊，分別以不同形式，扮演著送行者的角色。

（那時我已不在場了，我忙亂於自己兩個孩子剛出生那幾年的大混亂。）

「我還記得啊，多多是半夜掛的，屍體那麼大一隻，塞在行李箱裡，拖去藏在老哥那三樓的佛堂放唸佛機，很怕阿嬤突然上樓，她又好奇，咦這一箱是什麼，拉鍊拉開媽啊一具狗屍。」

母親在車後座，突然和哥哥、姊姊說起許多年前（那年我大學剛畢業），我和她和父親，三個人搭火車到花蓮天祥一座地藏禪寺朝山（為了答謝我竟考上研究所？）。我們到花蓮時已晚上九點了，滂沱大雨。在火車站附近胡亂找了間旅舍，便去車行租了輛車，瘋魔朝夜闇的太魯閣峽谷駛去。印象中父親當時還極有精神。坐駕駛座旁不斷和我說話怕我睡去。深山中只有我們的車前燈光束在那懸崖峭壁間，忽遠忽近地一會兒變圓一會兒變扁，像一隻巨大的光之蝙蝠。側窗外，一種壓迫的黯黑與那黯黑中說不出的，似乎飽滿存在的另一次元的靈，劈頭而下。

那次我似乎在加油站加錯了油（忘記是該加九五卻加成高級汽油或相反），氣缸隔約二、三分鐘便發出「砰」一聲巨響（像從前街頭巷尾那種爆米香的攤車）。那個氣爆音詭異地在夜闇空谷間迴響，非常像來自地獄冥界某個嚴厲神佛叱責我們（不該闖進這死蔭之境）的禪杖敲擊聲。

我記得最後，我們被那暗夜在山谷駕著隨時可能拋錨的小車顛簸盤旋的恐懼深深浸透，全身濕淋哆嗦回到旅館，躺下沒睡兩個鐘頭，第二天一早便搭第一班自強號回台北。

母親在後座回溯這件往事，語氣卻充滿一種小女孩曾經過了某次冒險的懷念和快樂。或許是現在，此刻，我們這些亦已老去的子女，和她窩聚在這台車內。駕駛仍是我，那使她想起了類似的場景，但同車的那個人已不在場。

另一次是——母親又回憶起另一個驚險場面——我開車載著父親、母親和阿嬤，要到南港阿姨家，車子竟在北二高南港交流道前的隧道裡拋錨了（我記得是突然熄火，鑰匙怎麼旋轉電門卻完全打不起火），我打亮雙黃燈，在動力消失前用餘速右移到路肩，接著發生了奇蹟般的情節：那一段路全是緩下坡。我們的車用空檔沿著高速公路側肩滑行（想像那個畫面：所有的車轟轟高速從一旁疾駛而過，我們卻聽天由命緩緩滑行。父親在駕駛座旁臉色煞白噤聲不語，母親和阿嬤在後座咒術般閉目唸著佛號），像滑翔翼的迫降，以那時速二十以下的悠慢滑行了至少二、三公里，一路滑出交流道，在一個陡坡急彎處滑下往中研院那條路，繼續滑繼續滑，路景從公路旁綠色草坪護坡變成商家雜遝、路口有閃黃燈的市郊。終於那下坡變平地，車子的滑行慢慢停止。母親對哥哥姊姊說：

「你們知道嗎？我們恰好，一公尺也不差地，停在一家修車廠門口。」

蟋蟀

F從北歐回來，咖啡屋閒聊時說了一個叫「風寮」的北歐男人養蟋蟀的故事。（到故事最後我才知道原來這老外是音譯取了一個如假包換的漢名：馮遼）。

「風寮」是個胖子，理個大光頭，穿了一身中國道士袍，走在北京街上，人們看去就是個洋和尚，說不出的怪。其實這老兄在瑞典，也真是北方那些薩滿。本來就有種還和原始神靈聯繫的巫的味道。這「風寮」九〇年代末到中國，立刻迷上了蟋蟀。

據說他搜集北方的、南方的，什麼山東真青、正青、栗紫琥珀青，披袍軒甲、陰陽翅，樂陵油黃、黃花頭，河北淡白青、烏青，各省各種品類的蟋蟀，回國出關時，是做了上百只鼓氣的小紙包，大衣內襯縫了許多口袋，這樣「走私」了幾百隻的大小黑褐綠黃紅各種蟋蟀。

回國後，他組了一支「蟋蟀交響樂團」，在國家音樂廳舉行了一場演奏會。設想那大廳懸垂著巨大水晶淚墜吊燈，數百年歷史的皇家音樂廳，舞台上蟋蟀們成扇形分列排開，對著滿座觀眾席盛裝而來的人類男女，窸咻窸咻。此起彼落，或有拔高，或有顫音，或和弦複奏，或如金屬擊鈴，或如雨點輕灑，整體興起如嘩嘩濤聲，形成一片星空籠罩幻覺的天籟。F說，散場時她看到許多老先生拿手絹擦眼淚，說想不到此生會聽到這樣不可思議的演奏。實在太美了。

「風寮」從此有一支他個人「訓練」的蟋蟀樂團，他數度進出中國，只為了找尋更稀有更罕見的蟋蟀（他說安徽有一種蟋蟀的鳴聲美得讓人心碎），或是拜訪傳說中的各個養蟋蟀高手，請益關於這個國度上千年養殖蟋蟀玩蟋蟀的知識。他在北歐自己弄了個溫室培育場。有人曾問他，如果在偌大的演奏台上，蟋蟀們噤聲不唱，那該怎麼辦？他則露出神祕微笑，從西裝內袋捻出一根老鼠鬍鬚，說蟋蟀不出聲，他就拿這鬚去逗弄牠們，還可以像調音師以不同指法，撩撥出不同層次、節奏的鳴響。

「風寮」後來愛上一個北京姑娘，才二十出頭，整整小他一半歲數。他從北歐專程搭機赴女孩家提親時，據說這個未來的中國岳父放狠話（對女兒說）：「這洋鬼子敢來我家，我把他摁進河裡淹死。」結果登門是個百來公斤的胖大洋和尚，滿臉羞澀，一口標準京腔。飯席間喝酒講起，原來這老丈人也是個蟋蟀迷，兩個年紀相差無幾的翁婿便這樣徹夜漫談，像高手論棋又像相濡以沫的孤獨劍客，各自拼圖對方少掉的那塊失傳的古老密技。

在飛往北京的飛機上，我看了前一陣頗紅火的、李奧納多主演的《全面啟動》。之前幾個哥們都說一定要去看，但整個夏天、秋天，渾渾噩噩這樣過了。不想是在一萬呎高空上看了這個把盜夢、侵入他人夢境，結構成像一可以層層下降至一整棟大樓不同樓層的奇觀。這群專業侵入他人夢境，並在你夢的密室埋設扭轉修改潛意識之黑盒子的恐怖分子，有頂尖駭客建築師（可以擬造建築夢中場景），神經性毒品專家（使被侵入者陷入深沉睡眠，以確保夢境穩定），特戰隊員

（可以在夢中和被侵入者預植、像白血球或防毒軟體的「夢中保鑣」互相狙擊對抗）……。電影裡的第一層夢境是我們熟爛的、好萊塢頂級動作片的城市街道飛車追逐槍戰）；小組中一個成員意外中彈將死（因為用了強力迷幻藥，如果在夢中死去，他們將不會於現實中醒來，而是被永遠困於「潛意識的混沌」中。

於是他們（在這個夢中）決定進入將死者的下一層夢境（夢中夢），那像是搭電梯從B1層降至B2層，時間上的邏輯是，每下一層的夢境，時間感是上一層夢境時間的五倍——以等比級數言，真實世界的十分鐘，在第一層夢境則經歷五十分鐘，進入第二層夢則是四小時，再下降至第三層則是二十小時，如果再下降（如此深層幽微的夢之場景結構可能極不穩定）則是一百小時。他們在第二層、第三層的夢境特務中又各自發生時間效力將結束的困局，而解決這個困局的方式，便是利用這個不同「夢之樓層」的時間差，再鑽進更下一層的夢裡，彷彿把一個時間瞬間的括弧撬開，微積分般的讓瞬間在下一層拉緩較長的時間。

主要是，一進到這個最深層的夢中，時間因逐層延緩而近乎停止。那像是一座永晝之城、村上春樹的末日街景。李奧納多將他死去的妻子禁錮在這個必須逐層、像搭電梯從第一層夢第二層夢第三層夢下降而進入的「最深沉的夢」。他們曾在那祕境生活了五十年。他的妻子弄混了真實與幻夢的感受，所以在真實那個世界自殺了。

初冬的北京，一種低溫造成眼球微血管流速緩慢的視覺灰濛，街景行人似乎因光度不足而變得遠距一些。線條粗硬筆直的大街、大廈列陣，黃昏光照還未全黯就被一種煤渣似的翳影給小塊小塊吃掉。

我們一起去了那剩下巨石斷柱頹垣和迷宮陣的萬園之園；我們去了被整批拆除僅存的老胡同；街邊煙霏裡一長串疲憊黑影排隊等炒油栗；遍地是枯金梧桐落葉或點點鵝黃銀杏；撐篙的老人一葉扁舟在湖上用大網撈水面厚厚積了一層的柳條落葉……所有的景物都像建築出來的，卻少了塊根本之積木，所以不斷在散潰中。也許這一切不過是某人隨搭隨拆、東牆補西牆的夢的場景。

「我們確實正在這裡。」我想起這些年來，我的一些朋友，自遠方回來，他們的雙眼像曾目睹人間難窺的極限美景而被灼傷。即使我們是如此熟識的多年老友，仍無從理解他們宣稱的「我已是一個和從前的我完全不同的另一個人」，是什麼意思？跑去另一座城市發現自己原來待了四十年的這一切生活，原來只是夢的下一層之夢，被層層撬開於是延長緩慢的另一個次元裡的南柯一夢？當那從小小葫蘆嘴不斷冒出遮蔽天空的巨大魅影，咻一下被收殺回去，他們像少年少女時那樣純潔美麗。

F說，她曾在北歐的某個夜晚，和「風寮」的中國小妻子（那時她已是個近三十歲的成熟女人了）在一片森林旁等公車，她倆都喝醉了（剛自一個友人的晚宴離開），四周非常黯，不遠處一支街燈像日蝕那樣只能把光暈一圈一圈圍在燈炮周邊。她們聽到一陣一陣窸窣聲，像有個胖子由遠而近踩枯葉朝她們走來，等到定睛一看那不知何時立在她們身前的黑影，天啊是像隻熊那麼大的巨兔，用真的像愛麗絲夢遊仙境故事初始那隻兔子的眼神，輕蔑地盯她倆一眼，哼的一聲，又噗滋噗滋跳走了。

阿墨

我記得我們第一次去領那隻狗的時候，孩子們都興奮極了。J阿姨半哄勸半拉著扣著牠項圈的短鐵鍊，讓牠上車蹲坐在我駕駛座旁的座椅，妻和孩子們擠在後座。那狗有一只像野雁的扁頭顱和粗壯的脖子，通體烏黑發亮。牠很不安地長手長腳那樣半蹲著，眼神飄忽低聲嗚咽。J阿姨在我搖下一半的車窗外，跟我說著她帶這狗到獸醫那接種疫苗，醫生一看牠的項圈，大驚失色說：「這種項圈是專業訓練師才會給他們的狗配戴的，譬如緝毒犬或警犬，這狗是有來頭的。」回家的途中，孩子們膽怯地從後座縫洞伸出手指偷摸牠的臀部，牠則不予理會，莊嚴地像座雕像那樣蹲踞，隨車搖晃。我們則歡愉又輕慢地討論幫牠取什麼名字。

「叫他ㄉㄠ ㄧㄡ（台語醬油）好了，整隻黑的。」

「不要，難聽死了，叫昆布如何？」

「還不是一樣難聽，叫醬瓜。」

最後決定叫阿墨。後來到了我們那鄉下小屋，整條狗像從布袋傾倒出魔術般不可能數量的昂貴蘋果，我才發現這傢伙的身軀原來那麼長大，腰身那麼剽健精實。踏步的氣勢像王者那樣神性而優雅。我緊握著那短鍊牽著牠在住屋後面山坡小徑繞了一圈，發覺牠可能確實是訓練有素的「好血統」的落難貴族。我感覺牠透過那頸鍊和我手勁之間，快速的較勁和某種「型」的建構，開始確認我「是牠的主人」的身分。我平時走路總塌肩駝背的，奇怪是牽著牠，好像被反過來調校了，整束了，變成一種（進入牠那王者步伐的）非常精斂如習武之人的挺振形態。

當然後來我養牠沒幾個月之後，有一次J阿姨不放心偷開車來探望，看見阿墨一臉傻相，自個兒在院落裡啃著一隻小孩泡澡塑膠鴨鴨，還轉圈舔自己的屁眼，非常頹廢且自得，回去傷心跟她老公說：

「為什麼再帥的好樣的天才（她只差沒說「種子球員」），一交到駱的手中，就被他調養成那個廢材樣？」

不過這阿墨好像只認我是主人，幫牠洗澡時，牠每掙扎扭動時，我就像好萊塢電影裡的警探將肌肉棒子搶匪用擒拿反剪牠雙手（前腿？）臉硬摁貼地板，那樣制伏。其實於我亦是體能力氣臻於極限的搏鬥，像福克納的《熊》那種和原始力量對抗，內心悠忽的畏懼和尊敬。不過在牠眼中可能認定我是一塊頭比牠大、個性比牠殘暴的凶惡熊科動物吧。有時我放牠出來兜風，牠會像小孩頑皮撒歡跑給我追，天啊牠貼低地面肩膊縮起奔馳出去的一瞬，真像支箭矢嗖地射出去。像古代狩獵圖那些林野中竄奔在國王座騎前方，流線非真實的黑色幽靈，速度和力量皆優勢遠超過那些不幸野兔、梅花鹿、獐子的皇家獵犬。我如何可能追得上牠，只能由胸腔發出震吼，「阿墨，回來！」牠則會乖乖竄回，趴伏我腳邊，甩著漂亮的舌頭，等我緊攏住牠上頸，或再發動一次挑釁的暴衝快跑。

但我和這隻神奇之犬的緣分只有一年。後來我們便搬離了那幢鄉下小屋，有近一年的時光，阿墨獨自被遺棄在那庭園荒蕪的空屋，欒樹、桑樹、白蘭、雞蛋花、櫻桃樹胡亂抽長，一些矮灌木、藤蔓上下四方竄走盤據，枝枒根鬚嵌入屋垣壁縫。或將水龍頭、鐵窗格、孩子扔在花圃的腳踏三輪車……全被毛茸茸的綠葉包覆起來。阿墨成了那時鐘停止的綠光夢境裡一抹黑色的影子。每天是隔壁我拜託的越南阿姨，隔著柵欄拿剩飯餵牠。

那段時間，我在網路幾個朋友的祕密部落格上，用了「阿墨」這個暱稱，他們總這樣喊我：「阿墨下禮拜六要聚你來不來？」「阿墨你的屁笑話太好笑了。」「阿墨最近我看你專欄的文字筆力變弱了。」似乎我竊取了「阿墨」這個名字的某些動物性稟賦：混沌、原始力量、頹廢而百無聊賴的被拘禁時光，面無表情的黑狗的臉……而真的阿墨卻被我遺棄在高速公路那一頭，濕冷雨霧籠罩的某個祕境裡。

一直到D君像流浪漢住進那小屋，阿墨便「隨屋贈送」成了他的狗。有一、兩次我帶孩子們到那小屋去搬某件當初沒帶走的家具，發覺阿墨和D君像荒島上的魯濱遜與星期五，D君允許阿墨自由進出屋子，長手長腳的黑色大傢伙便在樓梯上上下下東聞西嗅。D君且既像哀嘆又像炫耀地說，這阿墨真是攀岩高手，忍者投胎，那小屋花園用一排鏽爛的鐵欄杆圍著作牆，高度也到我們人高的耳際吧，但阿墨總趁他不注意，立起身子三兩下便爬牆跑出去。追咬了那老社區裡送瓦斯的，或推著輪椅老人的外傭、或外頭馬路駛過的機車騎士後，又裝作什麼事也不曾發生地爬牆回到院裡。鄰居們怒氣沖沖跑來斥罵時，只見牠一臉無辜蜷縮一團在踩腳墊上，D君自己去買了伸縮花架、細孔鐵絲網，把那柵欄加高，但這傢伙仍舊每天像蜘蛛人輕鬆寫意地爬牆出去……我那時可曾有一種，不善待孩子的養父，終於把牠交到「真正的父親」，感覺到牠真正被難以言喻的父愛浸透，牠真正的天性得以舒展、自由張開……那種旁觀的幽微嫉妒？

後來（又過了幾年吧）D君也忙了，常跑國外，神龍見尾不見首，連我們哥們聚會也不太容易找到他。我有時想起，會有一種不真實的懸念：阿墨現在如何了呢？牠那黑色漂亮的獵犬腦袋裡記憶的片段畫面，總在不同階段有某個人類父親走近牠、馴服牠、和牠產生互動和連結（也許牠不會使用「愛」這個字）……然後又從牠的生命裡淡出，只剩下牠獨自在一種沒有時間意義的孤獨狀態。

前一陣和D君約了喝兩杯，彼此哈啦了這兩年各自的狀況：在不同的城市跳島飛行；過了一年紀後身體素質的下降，好像無法像年輕時幾天幾夜不睡狂拚某個發燒的創作；事實上創造力隱密地在某處似乎也會碰到瓶頸；幾個月前如何和一群哥們開悍馬車從烏魯木齊翻過天山一路飆到北京……整個過程我不太敢問阿墨現在怎麼樣了？那確有點雞巴，當初不正是我不負責任地將牠遺棄，而硬像拖油瓶賴給他嗎？

分手前D君突然想起什麼似地，對我說：「對了，你知道我把阿墨送到台東去了嗎？大概一年了，我因為想我實在太常不在了，有一天就載牠開車一路殺下去台東鹿野鄉，寄放在我當初玩飛行翼的朋友家，那裡天地之寬闊，整片的稻田油菜花田讓牠跑（他給我看了iPhone裡幾張蘇花路上他們父子，不，人狗並坐駕駛前座的酷照：D戴著墨鏡，身旁阿墨比我印象中更壯更英俊，像一隻黑豹，一臉威爾·史密斯咬著雪茄肩上架一挺衝鋒槍的屌樣子）。他媽的你知道嗎，這畜生才去了一個月，就把那寧靜小鄉裡，每一隻狗，甚至每一個人都咬過一輪了。不騙你，我朋友跟我說，現在阿墨是全鹿野鄉最有名的狗。你開車到鹿野鄉，隨便田邊找個阿婆問，『阿墨的家在哪？』她們都會很熱情地比給你看，是遠處哪一幢房子……」

輯九

月光港口

上路

那台巴士朝那座山城駛去，年輕時他曾有數次這樣的經驗，獨自搭火車到某地，再在火車站對面的客運站，搭上任一班往遙遠陌生（對那個年紀那個年代的他而言）地名（一個漁村、一個無人海邊、一個荒山之村）而去的長途巴士。他總是坐最後一排，感覺自己在那像是永恆顛盪和大車引擎溫馴寂寞的持續低吼中，睡著復醒來，之後又睡著。似乎和這種長途巴士唯一的乘客——老人、老婦、用布巾將孩子纏裹在胸前的原住民婦人——在那段時光一起縮擠在一個共同的夢境裡。

當然「現在」是很多年以後了，老人們像道具演員始終沒有更換過。但長途巴士的車體已進化到號稱「飛機商務艙座椅」（比較像電影院的人造皮沙發），頭頂上方的冷氣出風口有更細緻更科技感的薄砒膠片可以掩上，隔幾排座椅還有伸縮吸頂式小液晶螢幕，上面播放著一個叫戴愛玲的歌手的音樂ＭＶ（他專注看了其中一段，一個很帥的男孩把一個很美的鹿臉女孩甩了，那女孩哀慟欲絕，但接著他倆不斷在一機場大廈裡打手機，且互相陰錯陽差接不到對方的來電。那男孩仍擺著一臉酷帥的雞巴相把手機貼在耳邊，那女孩仍是不斷蹲下痛哭，或失神狂走，或特寫美麗的臉有眼淚滑下……後來他覺得這樣仰頭很累，遂不看了）。窗外綠光盈滿，嘩嘩閃過的一大片一大片檳榔林，灰塵漫漫的公路……

該死的是從一上車他就感到強烈的尿意，且隨著車子的顛盪，他感到膀胱的鼓脹感節節上升。適才在高鐵接駁車站牌那，一位熱心的排班計程車運匠告訴他搭這班車到他的目的地要一個半小時，這台內裝充滿科幻感的新型巴士上卻沒有隨車廁所，他觀察了一下車內，零落散坐各座椅上的老人們像化石般各自睡著，距離他最近，前座一個白髮平頭老人也撇頭睡著，可以從座椅間隙看見他的雙眼緊閉，整張臉縮成一團像超音波照片的胎兒。

所以他可以（不，是必須）就在這無人知曉的巴士最後排自行把尿，問題是他遍尋全身，外套口袋，書包內各夾層，找不到一只可以盛尿的塑膠袋。只有一瓶他上車前在販賣機投幣買的塑膠瓶裝津津蘆筍汁。於是變成一種時間差的容器與內裝液體的循環遊戲：他必須先喝掉半瓶的蘆筍汁，空出相當的空間，盛裝他的尿，但他喝下去同份量的飲料在不久之後又會流進他的膀胱，製造下一次的尿意。像小學生的容積換算數學題：小明有兩只魚缸，甲魚缸裝了一公升的水，現在小明用一個五十毫升的水瓢舀水到乙魚缸（舀了十次恰好把原本裝有五百毫升的乙魚缸裝滿）現在小明直接把乙魚缸的水倒進甲魚缸讓甲魚缸裝滿，請問乙魚缸還剩多少水……

車子顛抖著，他神色慌張在椅背遮擋的私密小空間將小雞雞掏出，對著那小小的瓶口，但不知是太緊張或這樣縮身盤坐的姿勢讓他不會使用平時無意識鬆弛的某些細微肌肉，下腹脹得快爆炸，尿如何也擠不出來。手中的瓶口一直晃開，他滿頭大汗像在表演用嘴含筷子去挾乒乓球這類的把戲。然後，簡直像豆豆先生的情節：巴士緊急剎車，塑膠瓶傾倒把剩下半瓶的蘆筍汁，全從拉開的褲檔拉鍊口，倒進他的內褲和尿不出尿的小雞雞上……

幹。他心裡哀鳴著，尿意被驚嚇倏地縮回腹腔。抬頭張望，確定司機頭上的照後弧鏡沒有一張惡戲的笑臉。這下好了，比尿褲子還慘。原本在這巴士上戀戀風塵的美好時光懷念，整個被打翻了。

每一條河流不等於它原來所是的那條河流。每一趟旅程也僅只是那一趟旅程本身。我們總在旅程中召喚、援引之前的記憶。他記得小時候（非常小的時候），他父親在一個非常冷的寒流天，帶他們全家從台北搭火車到台中（那年代可沒有自強號、莒光號，好像還是沒有電氣鐵路之前的光華號或觀光號列車），不理睬舊火車站廣場或攤棚前喊著「噗哩噗哩」拉客的計程車運匠，拖著大件行李走過許多條街道，才搭上往那山城的客運。他記得他坐在司機旁，全車最前頭的獨立座（那對童年的他來說，簡直是國王寶座），奇幻地看著縮擠在引擎箱旁的原住民少年，口中全噴著白色的霧氣……

很多年後，他和後來變成陌路的W，互相立誓要考上森林系，他們口袋加起來大概只有一千多塊，便一路換乘長途巴士，激凸地上路前往他們夢幻的那座大學的實驗林場，他們先到山城的一家極便宜破爛小旅社過了一夜。記憶中那小旅社的浴缸猶是舊昔年代用一小枚一小枚卵圓形粉彩色瓷崁，以水泥鑲糊成馬賽克的古舊浴缸，表層糊結了黏滑的皂垢。還有一個印象是他們經過小鎮的伐木場，那用鐵鍊縛綁住宛若巨人屍骸的巨大檜木圓截面，細雨中發著一種寶石般艷紅的神物光澤。

那個年代似乎距離他父親帶他們漫漫長途進入山城所見的景象無有差別，但其間相隔十五、六年。時間像靜止封印了。主要是作為移動魔術的那長途巴士，車上的老人們，始終保持一種博物館蠟像的，難以言喻的靜默與哀愁。他必然對W描述他童年第一次隨著父親，在一種沒有盡頭的顛盪中來到這山城的印象；一如幾年後他又對著年輕的妻（那時還算是小馬子）描述當年他和W來到小鎮時眼中所見。

那時候，他和年輕的妻子一路搭著尚未有冷氣的公路局直上那山城再往上的部落。妻子大學時參加一個叫嚕啦啦的社團，就是每個暑假在那部落進行山訓。話一向不多的她突然充滿描述熱情地回憶他們如何在深夜步行走過十九座（大半近斷毀）吊橋，如何曾經有一位清秀的小女生上山後發生高山症，她和另一個老鳥學長押車載那已戴上氧氣瓶的女孩下山急診，當時覺得那女孩會死。沒想到後來這女孩成了當紅的療癒系主播再轉跑道成了玉女藝人……

後來。再後來。有了孩子。父親也不在人世了。九二一之後，他帶孩子們幾度重回山城，那環立山巔全禿了頭般一片讓人駭怖的灰白皺褶。十年下來，它們又一點一點冒出綠色的雜駁小植被，像點描畫派的吝惜油彩，終於又像沒發生過任何事那樣一片青色蒼鬱。再也沒有人聽我叨絮那些回憶了。他想，所以人這種動物哪，終究是孤單的啊。為了對抗那讓人害怕、發狂的孤單，幻術般建立各種關係，把最私密壓埋心底的祕密說給至愛的人聽，在各種身分中努力不犯錯……

終於還是會回到那個孤單。再深的傷害最終都會原諒（或淡漠），一如再深的恩情，時間一拉長，你總是會變成辜負之人。他在顛晃和巨大的尿意中迷糊睡去，且作了個夢，和他這些年無數次作過的夢相似：考試前一晚，他仍不知道要考什麼，還豬頭在有照明燈的夜間公園跟人家打全場的籃球，遠近快速跑動的人群裡，他不斷犯錯把球傳給敵方。之後他在無人的夜街遛達，一家一家找同學借筆記，但大家都不借他。且那時已是深夜，就算借到，還要去便利商店影印，即使整夜不睡，根本剩沒幾小時可背了……

醒來後他還感到自己絕望的心臟搏跳。過了許久才意識到是在此時此刻，車子仍在往山城的公路迢迢漫漫地行駛，那些老人們從沒有改變過地，在他們的位子上。

北京

從二十八樓觀景窗往下望，有個湖泊，樹影參差掩蔭，湖心兩條金龍對峙，軀體各八九個波浪起伏平整而傻，日照下像兩條碰頭的蚯蚓，鱗片金光燦爛，一看是遊樂園最粗糙的搭架塑膠殼加油漆，像放超級大的灌模便宜塑膠玩具。一種葛林小說裡，那些令人沮喪的所有人在一廉價粗俗，蒼蠅舔融化冰淇淋，遊樂設施皆有鐵鏽及小孩尿騷味的遊樂場。但到了晚上，我突然被同一景點的意外魔術所驚豔，一開始是我憑窗吸菸時，發現在那兩條白日裡醜到不行的假龍，在它們身軀上方各噴湧十來注巨泉，當然那是老梗的所謂水舞，霓虹燈光錯幻變色，水柱朝天空衝射到不同高度，水再呈斜墜扇形垮下，隔著隔音窗隱約聽到擴音喇叭配樂的圓舞曲。問題是那將湖水抽汲打上天空的幫浦太夠力了，隨著音樂愈往結尾愈堆疊華麗、激亢，那電腦控制各泉眼間像列陣蜂炮，此起彼落，忽噴忽停的（舞步）節奏愈快，且中央那注主噴泉愈噴愈高，從我站立的高度，竟有一種「哇如果真的這飯店高樓層失火，他們是可以把水柱噴到這個高度」純視覺上的震撼。且曲終前最後一刻，所有的噴泉全嘩嘩（真的聽的到水聲）噴到那樣的高度，然後驟然收滅，燈光全熄，一片黑寂，隔著這樣遠距，我竟然在目睹這典型共和國式誇耀強大的嘉年華水舞後，眼睛像剛看完漫天菸火爆炸，感到自己唇乾舌躁，心跳不止。

似乎在光燄後短暫的視盲時刻，那兩條又假又蠢的醜龍，湖畔暗影裡竟有一種神獸的流動感。但第二天白日再往下看，還是煞風景的兩條粗俗塑膠玩具龍。

靠六線道大馬路旁，有一條傍著的非常寬直的運河，水呈墨綠色，但我竟看到兩個男人，一前一後，在那河道上用蝶式大張臂奮力游泳。我這樣鳥瞰下去，他們小小的身影和那不成比例的河道的巨大，讓人產生一種絕望感，似乎他們在用一種豪氣在拼命，像巨人的護城河裡掙扎的小螞蟻。而跨架那河道上一座人行天橋上，擠著一排一樣小的群眾，觀看著他們在那浪裡白條，一次一次張臂讓強壯的胸膛衝出水面，再沉下去。

有天和前輩S一起搭出版社的車，在北京路上悠啊晃啊找路，北京的路我永遠無法在腦中建立一虛擬定位地圖。車窗外灰濛濛街景，雜遝快慢晃過的兩截老巴士、自行車，黃黑色小的 最昂貴的進口跑車塞在車陣裡也被那漫天塵沙給弄灰了。一個路的斜弧歪頸，或一座矗天擋路的巨大古城樓，還有那些翻翻嘩嘩的菩提葉，你好像就被一種浮躁但又荒蕪，充滿馬糞球味的老時光給罩在裡面了，像豁一小角唇的瓷杯裡蹦跳但終於得停止的骰子。

結果我們的車被一載磚人力板車撞上車側。那畫面很怪，陽光下像一切事物的細節變得如此清晰，像電影突然靜音慢動作的一段特寫，我們眼睜睜看著車窗外怕有五六公尺那麼遠的板車，車屁股那些堆磚的陰影和小格層次愈來愈靠近，我們所有人都欸欸驚呼並拍打車窗提醒那板車司傅，但他似乎無力扯煞住緩坡下滑那車的重力，我們眼睜睜在那應有十秒可以作出反應卻所有人被魘住了的狀態，碰！看那板車撞上。S因之後有活動，先下車進胡同他接下來要住的賓館，我站那胡同口陪師傅，一堆北京老爹們超愛圍觀，七嘴八舌，那個撞上我們車的是一外省來的民工，穿著沾滿粉塵的迷彩軍褲和一工作襯衫，一臉遇到狀況就完全關機，此事與我無關的茫然表情。

我們的師傅先下去幫他把人力車推到斜坡上，幫忙用磚煞住兩後輪，然後說：「車我也幫你擺好了，現在看怎麼辦吧。」車的右後腹側鋼板被撞凹塌，烤漆也刮掉一條。老爹們嗡嗡嗡的評論著，但我覺得大家似乎情感上都站民工那邊「他能陪幾個錢？」、「哎，改革開放喔……」確實這事件的中心，視覺上太鮮明是階級對立了，人行磚道樹蔭下一個露天修自行車的（滿地散著補胎膠、板手、螺絲和卸下輪的倒放骨架）笑笑對我們師傅說：「我說您把車再往後挪挪，我怕我這一用力一旋，這螺絲不長眼飛了打到您這車。」倒是沒說「咱可賠不起。」

我在一旁吸菸怕引起圍觀人們的注意，因我的外貌氣氛跟他們太不同了，甚至若我一開口他們定然問我「哪兒來的？」我也不可能跑進去說：「師傅，算了吧，這修車錢算我出吧？」那似乎粗暴羞辱所有人。

後來有個警察騎著HONDA重機車來，那警察也很有意思，笑笑的，長得有點像林子祥，沒有火氣。他和他們講的是一樣的語言，講話像茶館裡說戲，用整個胸腔以上的部位發聲「怎麼回事啊你給說說？」他們好像彼此都很瞭各自的角色。我想這樣被圍觀的的局對他應很棘手吧，但他一派悠栽，知道自己是這齣光塵漫漫街頭話劇的最要角兒。他先眼角一瞥先走下快車道安全島邊一輛停著也看熱鬧的廂形車給開了張單（北京人真的太愛看熱鬧了），所有圍觀人臉上全晃開一種會意的貓臉的笑，有點感同身受，卻又有點幸災樂禍。「唉倒楣不關他的事，他也在那湊啥呢？」連被開單的送貨中年人也一臉小學生被罰出列的頑皮裝老實笑臉。或許這背後時光篩洗，原本是公眾輿論市民，鎮壓群眾的穿老虎皮的，或權富欺凌窮人的化石岩層，但在這個所有歷史如夢灰塌掉的此刻北京，所有人都像大亂鬥後的貓們，看起來懶洋洋保持距離的兜圈觀望。

然後查那民工身份，果然查不到，老大爺們就跟他說你快走吧！不知何時何人偷塞給他一輛孩童騎的小腳踏車，他跨上去就要溜。那警察一撈就把他攔下，兩人俱是像開個玩笑那樣的笑臉。老大爺們又七嘴八舌跟警察說理、撒嬌。但那師傅人也是正派的，我和出版社編輯勸他算了，他說就是被那些圍觀的人激的，主要是爭個理兒，有點怕我看左了他，隔一段時間就打根菸給我。好像怕氣洩了，低聲對我說，媽的北京人就這樣，不關你事也愛來圍觀，什麼都不知道就欸來說東說西給點意見。好像他不是北京人。其實他也是打工賠不起這修車責任，但好像我們都困在這齣戲裡走不脫了。我們愣站台上，得捱著戲跑完，才恍然體悟自己這齣是好人或壞蛋。

我站在他們之間好興奮喔，後來警察也來勸師傅，算了吧他頭兒來能陪多少錢，是不是，他突然又站入他們之中了。後來我們先走，之後那師傅說他讓那民工的老闆賠二百元，修車遠不止這錢。但北京人好像就要虛張聲勢把戲演完，似乎有一種粗暴的，但似乎又世故且原諒甚麼遠超於眼前一切紛亂的，人的各種荒謬處境的耐煩。

上山

去年他離開那四千海拔的山上時，答應那些藏族孩子，明年如果可能，他還會上山來看他們。他留下四台相機給他們（在山上那段時間，他把相機拆開任他們玩），一個朋友運了幾台淘汰的電腦上山，他教他們簡單程式，Word、中文輸入……種種。山上沒法上網路，可能還是對藏區的封鎖，手機只要是國際漫遊，就撥不出去。

離開前幾天，他幫他們每個人拍了張肖像，五十多個小孩，最大的是十七歲的少年，最小的怕才五歲吧。離開前一天，高山上打雷，附近草原有一家五口，跟二十頭犛牛、羊，全被雷打死。主要是藏民養牛，他們的氈篷一定在制高點（可以目視那些牛羊的動態），且四千多米的高海拔，對流雲層就在頭頂，沒有避雷針，那個雷打下來，找不到刺點導引進地底，是橫著沿地表在草原上流竄。

其中有個孩子叫貢嘎，藏文的意思是「聖山」，恰好他的名字裡也有個「山」字（那些孩子都喊他「山老師」，遂多了個心眼偷偷疼愛他。臨走那天清晨，他把自己的一只登山專用金屬水壺（非常漂亮）放在那孩子桌上。後來他在廚房用早餐，和燒柴煮水的喇嘛聊天的，那貢嘎推紗門進來，又怯澀又不擅表達感情，滿臉淚水，囁嚅說：「山老師……」

他一直記得那個約定，今年夏末，他到北京找那個朋友，但他朋友一直反對他再次上山，她跟他分析，藏密的喇嘛非常重視供養的關係，像他這樣兩手空空去（有啦，台灣一個朋友捐了一大箱原子筆託他帶去給那些小孩），擺明了白吃白喝。主要是，在北京第二天，他被一輛三輪摩托車撞了，那個闖禍的老頭把他撞翻在馬路上，催油騎走，到了至少兩百公尺遠那小街的盡頭，小小的人影回頭圈起手大喊：

「你沒事吧？」

禍不單行，隔天他的登山鞋被幹了。而且「十．一」根本訂不到機票、火車票（軟臥硬臥都沒）。他朋友再度力勸他，種種徵兆擺明上山這件事「因緣不俱足」。他去醫院躺了兩天，買了雙帆布鞋，扛著大包小包機器（還有那箱原子筆），一跛一跛擠上火車，硬座，三十一小時車程到成都。

那三十一小時的規律晃盪，白日與黑夜的光影遞換，像是現代派劇場的展示，他和另外十二個人的身體挨擠在同一排硬座。手肘、胸肋、頭頸，好像融化黏在一塊的不規則巧克力渣坨。集體發出一種牲口的羶味，那就像是你要往十八層地獄升降梯口的候等座。身旁的農民連襪子都脫了，直接伸進你懷裡，那個臭，簡直就是你和一堆餓莩癆鬼一起在油鍋熬煮的臭味。

這群身體裡，有一個藏族女孩，拿著一台錄音機低聲對嘴說話，一會哭，一會笑，人較少時還會起身到走道對著窗外群山頂禮膜拜。他說，我知道她應該是有狀態，會不會是要出家？後來她拿出一本破舊經書一直唸，也不是藏密經文，是「地藏王菩薩本願經」，所以絕對是有狀況。快到成都時，一群上車的四川女人開始騷擾她，「妳唸得是什麼經書啊？」用手去搶，去遮那經書。但這女孩塌縮著肩往椅背藏，完全不回嘴，乍看像一群中學女生在霸凌另一個較髒瘦的小學女孩。

到站時，他問她：「妳需要幫忙嗎？」她看著他，眼睛像隔著冰層被困在湖水下面的將溺死之人的眼神。「要。」她說。要他幫她拿行李。

媽的，他說，你知道嗎，我的腿（後來真的到山下，褲子脫下，整條腿瘀青發黑），而且我自己的行李就幾大包（照相機、大砲鏡頭，還有要帶給孩子們的一百多張照片、那箱原子筆），但我幫她把她的行李一道扛下車。我說：「那現在呢？」女孩說：「我要回北京。」欸，我們才搭三十一小時的車從北京過來，現在是怎樣？而且那時已經深夜，根本沒有車往北京。總不能丟她在月台待到天亮，他一跛一跛像駝貨的犛牛帶著她走出車站，那女孩也是倒楣，原來想去待的一家二十四小時肯德基正好裝修沒開業。他告訴女孩，我現在要去對面搭客運去康定，妳要不要考慮看看？既然那麼遠車程來此，要不要跟我上山幾天？也許心裡的結就換個角度鬆開點？女孩說，不必了，謝謝你，大哥。他又說，那我陪妳去對面找個便宜旅館唄，妳一個女孩總也不好深夜待在這火車站前，女孩也說不必，拿出手機，說她有朋友。

他上了客運，立刻昏睡，像摔落一個沒有底的鑽井，整個身體不斷地下墜，一些紊亂的雜念和在台灣糾纏的那些人的臉像貼在井壁的微弱火炬，轟轟一掠而過往上翻飛。突然手機響了，是那女孩打來，訊息斷續不清：「大哥，我出了點事，你能不能來幫我一下。」但他看車窗外，外頭是一片黯黑的朝後飛駛的高速公路。他告訴她現在不可能轉回去，或等他到康定看情況再打給她。女孩聲音微弱飄忽，說：「沒關係，不用了。」

等他到了康定，再撥電話，已經訊息不通，怎麼都聯絡不上那女孩了。

他守一年前的約定上了山，孩子們還是非常開心歡迎他，有一些較大的孩子已披上袈裟成為喇嘛。但有些事似乎不對勁了。沿途他那朋友幾次來電話說：「我要講一個原則，我不希望你像那許多人變成上山去白吃白住的人。」似乎還是在講「供養」這事。這讓他非常不舒服，結果，在山上，他發現整個喇嘛寺都處在一種浮躁、忙碌的狀態。一方面是寺裡正在擴建（那些孩子都去幫忙砌牆、刷漆）；另一方面是有一夥「大腕」（一群四川女人）正住在山上，她們就是典型的「供養人」：一身名牌、成天手機打個不停（問題山上根本無法通訊），把那些孩子當僕傭或她們慈善紀錄片的道具。她們常拿著照相機，指揮那些孩子擺什麼姿勢、狀態，拍出一種貧窮孩子的畫面。那些孩子總馴順困惑微笑著照做。或是在正殿上雞飛狗跳的發鈔票給列隊（原本趺坐在誦藏經）的喇嘛們。而寺裡也好像神經緊繃要伺候這些「供養人」。每天孩子們都在大廚房裡幫忙包牛肉餡水餃。有時午後那些貴婦就在草坪撐開一把遮陽傘，從RV車搬下幾袋蘋果，像賑濟那樣發放給那些小孩……

這時，他才發現自己扛上山那箱原子筆真是「千里送鵝毛」啊，去年留在山上的四台相機，原本希望他們大的帶小的，可以教給他們一些東西。結果好像都被大喇嘛們鎖在櫃子裡。留下的幾台電腦，教他們的簡單輸入法，好像也沒人碰。山上又來了一個像他這樣的短期流浪背包客，要教小孩們兩個禮拜英文。他發現他們這樣像奇怪候鳥來來去去的過客，根本無法留給孩子們什麼，某年來個人住十天，教他們中文，然後離開，某年又來另個人，教他們攝影，再離開……。

他把去年替那山上全寺裡五十幾個孩子的肖像攝影，徹夜在每一張相片背後寫上他們各自的名字。簡單布置個場地，第二天找那些孩子們來，開了個十分鐘的攝影展，讓他們各自取回有自己名字的相片然後就下山了。

安眠藥

有一次，我參加了一個旅行團，因為團費便宜近乎零，所以在住宿上他們安排的是二人一間房。

此事在行前幾天一直纏擾著我，想來悲哀，我也過了那個年齡界線，認床認房，對於和陌生人（其實平日是常一道在夜晚酒館喝酒打屁的熟哥們）共用一空間（雖是分睡各自一張小床，但共用一套衛浴，要分配那小小斗室唯一一張書桌）感到極焦慮不安。主要是我菸癮極大，且長期有失眠必須服藥才得以艱難入睡之毛病，對於封閉空間裡，有自己之外的另一個體存在，無論如何無法真正放鬆（譬如我想放屁該怎麼辦？要不要跟對方道歉？或我該跟對方哈啦或閉嘴別打擾他？反之如果他一直跟我哈啦而我想靜一靜該怎麼辦？）總之再也不是二十出頭那個四個大男生共擠一間宿舍，或自助旅行隨意住青年活動中心大通鋪的年紀了。

但我運氣極佳，抽到同房室友是一位極讓人自在放鬆的長輩（也就是說，他的「個人隱形地盤」範圍極小，可能他的生活習慣也極邋遢，一回房，他就穿一條大褲頭加背心自在躺在他的那張床上，彷彿那之外全部的空間，他全讓給你啦），頭二天我要使用廁所還會向他報備（因我總對自己大號後，那小衛浴間在半小時內變成毒氣室這點非常惴惴不安），後來在他幾次叱責後，我發現我竟可以自由進出廁所拉屎拉尿如入無人之境。重點是他也是菸槍，而且他服用安眠藥的「藥齡」比我長太多年了。

這簡直是抽到籤王。每天晚上，當我倆像「無人知曉的脫口秀節目」，你一句我一句哈啦胡扯終於到就寢時間，二人各自靠坐在床舒愜地抽完最後一根菸（把菸屁股捺熄在床頭櫃我們一人一邊的小菸灰缸裡），我說：「該睡了噢。」他說：「好唄。」於是我們各自掏摸出旅行小藥包（一看即知是我們各自的老婆去屈臣氏或康是美買的替我們準備的）裡的整排安眠藥，我的是史蒂諾斯新一代粉紅色小圓粒，他的是白色較大顆扁橢圓形，雙雙服下，熄燈……。

問題是在那等待藥效來臨前，約十分鐘全然的黑暗裡，我幾乎能聽見他也在「垂釣睡眠」。兩眼睜著茫然等著什麼的輕微呼息聲。這是一段頗尷尬的垃圾時光。於是我那害怕二人獨處時沉默的爛天性又忍不住搭話了：「欸你在你後來這個老婆之前，交過幾個馬子？」

「什麼意思？」

「就是你老婆不算，你婚前有幾段感情？」「哦，唔，」我感覺這個話題讓他振奮起來：「嗯，這樣算起來，我老婆是我第七個馬子。」

「靠！原來你年輕時是大情聖。」說實話我挺嫉妒的，我的初戀女友就是我後來的妻子。所以我一直蠻愛聽哥們帶著懷念、感傷和負疚情感，對我回憶他們年輕時曾遺棄過的那些女孩們……

「開玩笑。」黑暗中我覺得他在摸自己的禿頭，「欸我年輕時真的挺帥的。」

「那……你現在會不會有時候還想起她們？其中某一個，在某一段相處時光的哪個畫面？」

「咦……被你這麼一問……我還真的……真的沒想過？……我連她們的長相，她們的名字都不記得了……」

這確實讓我挺驚訝的。我另外的一些哥們，若是講起這樣的話題，那就像他們珍藏在最隱密抽屜裡的一塊馬德琳蛋糕，所有關於那（年輕時曾負棄的、無緣的）女孩的一切光氛、氣味，某個小房間，那個匱乏年代的街道、野狼125、某一首西洋老歌、某個冬日海濱、某間蒼蠅亂飛的剉冰店……總會像《全面啟動》的結界建構，不斷從昔時召喚各種細節。當時，她說了一句什麼樣的話，而他又回了一句讓自己終身後悔的什麼話……但這傢伙，竟像我小學三年級的兒子，完全不記得他幼稚園大班曾互許婚諾的那個女生的名字……

我激動地說：「不可能吧！全部不記得了？你應該都上過她們了吧？你這個淫魔。」

「你不要吵，」這時他坐起身，把床頭燈撚亮，點了根菸，「我還真的想不起她們的名字……我沒有上過她們，我們那個年代，怎麼說呢，應該說還很純情吧。」我感覺他真的認真起來了，「等等，我想起來了……你不要吵，我的第一個馬子，是我高二的女朋友，等等，我想起來了……她叫什麼……黃×萍……對，不會錯，就這個名字……」

「那你後來為什麼和她分手？」

「和誰分手？」

「和這個黃×萍。你的初戀女友。」

「哦，我怎麼記得？媽的三十年前的事了。大概就是要聯考了，我覺得這樣每天約會很煩吧，就跟她說，我們這樣不行，會耽誤前程之類的吧？操，誰會記得當初為了什麼事和初戀情人分手這種事？神經病！」

「靠他媽我嫉妒你，那你和後來的女友交往時，譬如說，和你第三第四第五個女友在一起時，和前面的，第一任或第二任女友還有聯絡嗎？對了，你結婚以後，這麼多年，你有曾在什麼場合遇過任何一個，之前的女友嗎？」

「沒有。你腦袋裡裝的都是些什麼呀？當然沒有。不過話說回來這倒挺奇的，我二十八歲結婚，到現在也二十幾年快三十年了，還真是一次都沒遇到年輕時，之前任何一個女朋友。這是怎麼回事？她們全躲著我嗎？還是全移民國外了？」

「那麼……」「等等，你不要吵，我現在想起來我第二個馬子的樣子了，天啊，太有趣，我真的想起來她的模樣，原來真的有『靈光一閃』這回事，她的名字是……趙×芝……」

「不會恰好叫趙雅芝吧？」

「你低級，無聊！」但我聽得出他蠻樂的。他告訴我這個趙×芝個子很小，是他大一時的學姊，非常正，算是系花，但脾氣很壞，常跟著他到哥們宿舍去打麻將。有一次他們在哥們牌桌上大吵起來，她摔門就走。他以為他們那樣就算是分手了。於是他後來又和一個同班的女生在一起——不過他們那時候所謂的男女朋友都是沒有肉體關係的，打打啵是有的，女孩都會告訴他，她們要把貞操留到他們的婚禮那晚之類的——沒想到那個趙×芝還是認定他倆是一對，於是事情鬧得很大，他變成劈腿混帳了……。

但後來我的藥效突然發作了。你知道安眠藥這玩意，它就像電腦關機片一樣，刷一下螢幕就滅掉，消失，原有的世界突然跌進一片全然的黑……

第二天我醒來，他還在睡，我便躡足出門，自己到旅館樓下和其他團員共進早餐。過一會他出現了，臉非常臭，兩眼袋腫大如核桃，對著大夥說：「哈囉，請問有沒有人願意跟我換房間？我不想和這傢伙同寢室了。昨晚我們本來都要睡了，這傢伙好好沒事跑來問我記不記得以前每一個女友的名字。他媽的我很努力開始回想，想到第二個，他就開始像一隻豬打呼了。等我好不容易想到第五個女友叫什麼名什麼，天已經亮了……」

河流一

那條河流非常長，時值雨季，河面漂浮著大量水生植物。陽光熾烈，所以雖然河水渾濁如泥湯，但仍被照射得一片金光爛漫。船速頗快，一路把那些夜間點亮霓燈或許綺麗幻美但白日看去卻笨重如漩流中打轉之龜殼的畫舫甩在後頭。另有一種極小艘之馬達柳葉船，後頭竟以繩索拖拉著十幾艘串連著的平底運煤船。後者龐然巨大，如以陸上慣性比擬，很像一輛一二五西西的摩托車，後頭拉著一長列貨櫃列車……

在他們旅館走出大街的巷子裡，曝曬在那熔金般的炙燙太陽中，奇怪那一架一架攤車上玻璃小櫃？擺放的全是豬的內臟：白色的、帶血粉紅的、帶脂而鮮黃的，或是腎或其他泌尿管道帶著灰濁的。這點令他不解，在這樣的高溫下，這些內臟屍塊幾乎以肉眼可見的速度腐敗、瘴氣、發出臭味……。那些膚色稍深但分明是華人血統的當地人，如何在天黑前趕著讓麵攤老闆把這些高溫下腐敗的物事涮進塞滿各式香草、黃瓜、類似九層塔的葉菜、辣椒的熱湯粿條吃下肚去？或另有煎香蕉餅、油炸韭菜球、炸餛飩、醃得極鹹之芒果青、娘惹糕……之挑擔小販。奇怪這燠熱國度，竟無發展出如他們島國即使久遠年代即發展對抗酷暑之叭噗叭噗、愛玉仙草、搖搖冰，乃至剉冰淋糖水或蜜豆四菓之冰品？他們似乎喜用油炸對抗那食材在高溫中攔阻不住的腐敗。那油鍋上升的熱空氣使得本來已熱死人的街道，更悶罩於一種好像小時候看《西遊記》卡通，悟空等人走進火焰山周遭時，眼前一片混沌晃搖的金色噩夢中。

前一天晚上，他們去了豔名遠播的佩澎區。那些「Go Go Girl」或「Go Go Boy」酒吧。但比想像中粗鄙雜亂：高架橋兩側路旁全是敲觀光客竹槓的紀念T恤，大象木雕、銀飾、佛像傀儡或小三輪車模型這些攤販。而伸進去的巷弄則是一間間如雨林遮藏於裸女霓虹燈或黑玻璃之色情酒吧。不斷有矮小當地混混靠近上來拉客。他被那粗鄙與熱夜中對欲望之兜售如此糟蹋激惱，和他耳聞的人妖秀舞台上奇幻如《第五元素》之仙妙未來感官饗宴有如此巨大差距。不斷經過一些開放之豔舞酒吧。白人酒客們各摟著嬌小當地女孩坐在吧檯下飲酒，桌面上站著兩排穿著白色胸罩內褲的女孩，機械舞熱情地搖晃舞動著，燈光下膚色慘白，像某種破敗遊樂場的投幣式卡通旋轉木馬。一間一間走過，他發現這些桌面上長髮，瘦如禽鳥的女孩們，對北方寒冷地帶而來的白種男人們，最大的吸引力，除了這種置身在燠熱、腥臭、吵嘈場景中，想像的健康身體，主要是這些年輕女體展示出來無一絲一毫抵抗的柔順氣氛。

後來他們轉進Boy街區，露天酒吧一桌一桌坐著一雙雙白人老頭與當地少年的露水鴛鴦。那樣的櫥窗展示詭麗又滑稽：白人老頭皆胖大疲憊如某種陸龜，面無表情坐著好像只是盡義務來此挑中秀色可餐必先文明一番請對方來喝一杯。而那膚色黑亮的小妖們真的眼睛嫵媚靈活，把玩手中手機或啜飲吸管，一臉百無聊賴。奇怪他們那樣外貌不成比例一桌一桌並坐對著眼前人潮洶湧的街道，沒有人會相信他們是嫖與被嫖之外的任何關係，為何要這樣枯坐在時光比色之巨大差異中任人觀賞？

這座天使之城、永恆的寶石之城、永不可摧的因陀羅之城，傳說中世界上賦予九個寶石的城市，這一陣正發生著反政府示威者與擁政府群眾間的衝突廝殺。陸軍上將宣示絕不會對示威者使用武力。除了一路看資料那些從小注射女性荷爾蒙，在人妖學校學習如何從每一摺皺細節成為女人，乃至肩頸手臂、臉頰瞳睫都比所有女人還要楚楚可憐、婀娜纖細，那些之後宿命必得剪去萎縮之男性生殖器，傳聞活不過四十歲的妖幻逆反人種。像神佛夢中某一瞬奇淫妄想，竟爾結晶成形。或是數天內來回已忘記所至何處，那「天空快線」車廂內兩列對坐的一張張外國背包客的臉，他們似乎長住於此，手上提著超市買回廉價旅館烹煮的麵條醬料和青椒、生雞肉、牛奶。一臉疲憊困倦、似乎飽經繁華淫欲竟在這暗晦又金箔照眼的神佛之大腦海馬迴之街巷中，慢慢遺忘回去本來世界的路了。那些考山路上光影翻飛的街樹、那些像從他們國家翻印而出的一間一間大麻酒吧、那些嬉痞客小鋪？廉價的泰絲、銀飾、醜陋木雕，滿街替人刺青或編小黑人辮結的女孩們……像一枚一枚讓他們暈眩的漣漪，一個接一個幻術的手印，你盯著細節看，覺得無比舒服、鬆弛，之後便聽到腦中「滴答」一聲，被輕輕動了手腳。

主要是那條河實在太長了。

有一天，天色將黑，他坐在河邊一浮木碼頭上等船。身旁一些穿著深咖啡色短褲小學生陸續被對岸來一種較小的渡船接走。他們只是要橫渡到河的對岸，獨他是要搭機器客輪回上游城區他的住所。他坐在那兒隨水波浮木搖晃著，有一對臉廓極美、金髮的北歐年輕情侶，大約見他坐在此，也走來等船。但大約待了半小時，他們終於放棄離去。河面上那些燈火輝煌的畫舫在夜色中漂浮出來，像河中妖精的燈節。黑暗中他確定這碼頭是不會有船駛來了。有一隻巨大的狗試探地踅過來，距五、六公尺處趴睡下來，他坐在那兒整整抽掉一包菸，卻不想離開，摸摸臉，盡是濕涼的淚水。

河流二

從藏東的林芝回頭往拉薩的一千多公里路，整輛巴士上的人都被高原反應和漫長顛簸折磨得天人五衰，靜默歪倒在座位。我望著車窗外，發現不論天際上方巨人般蹲踞凝視我們這輛人類小巴士移動的高山怎麼轉頭拱背改變形貌；不論從山腰延伸至對面河谷的林貌植被顏色怎麼像梵谷的調色盤讓你目不暇給；不論靠公路側時而犛牛群，時而碎石灘上幾匹白馬，時而一群貓大的小黑豬慌張穿過公路，時而藏民的黑油布帳幕上冒著炊煙，時而超車匍伏而過一列紅衣喇嘛率領藏民老婦腕繫木板一路跪倒往拉薩朝聖……總是有一條河流，在公路側邊，逆向奔流。河道時寬時窄，但水色始終清澈茵藍，流速湍急，於是視覺的錯幻讓你以為河流底下有千匹白馬在它的身體裡拔蹄疾奔，追著我們的公車，僅讓白鬃毛一陣陣掠出水面。

河流所見不少，但未曾有過這樣經驗：近七、八小時公路電影般的浮光掠影，景物刷刷朝後扔，但那條河流，像幽靈，像忠心的犬，一路線性緊跟著。即使你終於撐不住睡著個把小時，醒來，它還在那兒，像一條定位準線在窗外的曠野，不讓那雪白山巔，霜紅秋林，或海拔四千以上凍土山坡上覆蓋一種毛絨絨灰綠的苔草……在高速中旋轉顛倒。

逝者如斯。

當然西藏實在太大了，任何一種形式的旅行，任何一個季節的闖入，任何一種想像與知識的有備而來，任何身分：行走僧、解放軍、茶馬商販、入藏和蕃的唐公主、冒險家……你置身在這地表皺扭擠壓將想像景框碎裂，或曰神展現其創造力極限最不憐恤人類最任性且恐怖駭麗的地獄劇場（或曰神之域？無受想行識身眼耳口鼻之妄的時空靜止之境？），難免有感自身之渺小無依，十幾小時機械燃油引擎高速運轉吃下的距離，只是地圖上小小的一截。空間失去了描述勾勒它的重力，於是進入西藏的異鄉人，難免在身體陌生之缺氧痛苦中，感覺自己的「靈魂」，如此實體感一如海豚躍出池面翻滾，一個翻滾兩個翻滾三個翻滾，討好那個無限之神。並像河流在它自己的身體裡體會一種時間之連續。一個轉世兩個轉世三個轉世……那皆是短暫脆弱的「我的肉身」一次不夠，可拋棄式使用的，「我」。

譬如說，吐蕃歷史之前的古藏史前史，有一位藏王叫「拉脫脫日年贊」。在《西藏與西藏人》（沈宗濂、柳陞祺著。中國漢學出版社）這本書中寫道：

……一個傳說使拉脫脫日年贊成為吐蕃史上的重要人物。據說，有一天他正端坐在宮殿裡，突然從天上掉下來一個精美的盒子，裡面有兩部佛教經典、施捨缽、六字箴言（唵嘛呢叭咪吽）、一個金塔和一個擦擦——泥製佛像金塔嘛呢。由於沒有人知道這些神賜禮物的含義，索性簡單地稱之為「神物」。幾年後，五個陌生人突然出現在藏王面前，毛遂自薦地要解釋這些東西的含義和威力。藏王雖然非常珍視和敬重這個寶盒，卻並未重視這幾個人的來意，於是他們就像神祕地出現一樣又瞬間消失了。這個傳說似乎杜撰了佛教第一次在吐蕃顯現的故事，這幾個陌生人可能是最早來吐蕃傳教的佛教徒，不是尼泊爾僧人，就是內地和尚。

又譬如說：在布達拉宮裡，在那黯黑如洞穴，裡面卻堆疊塞滿以噸論計之黃金、佛額頭上之巨大鑽石、鑲在大小不一某幾世某幾世達賴喇嘛肉身靈塔（他們是同一個靈嗎？還是靈童轉世這個奇幻大故事裡各自無關的獨立章節？）上雞蛋大小的綠松石、蜜蠟、紅珊瑚……的佛龕之間，在極陡窄的木梯所銜接的「別人的夢境」裡穿行。黑暗裡你只聞見一種騷腥、動物體味或毛皮燎焦、讓人昏昏欲睡的氣味。角落的陰影偶爾被你瞥見坐著一個年輕喇嘛，他們暗紅色的臉總帶著一種，私密聖境被人闖入的羞辱和惡意。其中一個喇嘛的懷裡還睡著一隻貓。

在燻煙、搖晃的酥油燈影，以及黑魅中，貼近距離看著那些藏礦顏料彩繪的壁畫，總有一種黑色鑲金，精緻華麗之細節被用一片燻黑玻璃去盯視的不真切。導遊的聲音此起彼落響著：這是達賴喇嘛從前在此辦公的地方；這是他接見外賓的坐榻；這是他留下來的、收褶好的華麗袍服；這是他與大臣們議決政事的大廳……

你闖進了一幢巨大，充滿華麗遺物和時光鬼魂的空房子，它們的主人不在裡面，流亡遠方。

在諸多巨大矗立的達賴們不同世的遺體靈塔間，有一座小小的靈塔，這位九世達賴才十一歲便暴斃，據說包括他在內的連續三位達賴，皆是平均不滿二十歲即暴斃布達拉宮。可能是這種本世達賴圓寂後，才開始尋訪靈童，找到後再教育他學習「成為一個達賴」的至少十來年權力真空，極可能出現攝政王不願還政之宮廷謀殺。

譬如，我在那「達賴不在場而他的前世們之靈塔靜靜沉睡」的洞穴裡穿繞，不斷遭遇一家人：一個藏男子，帶著一個有一雙美目的妻子，她牽著一個孩子，背後背著一個一歲左右的嬰孩。在黑暗裡他們不斷和我的身體擦撞，不論我如何刻意放慢或放快速度，總會和他們遭遇。他們身上發出的腥騷味讓你有一種，他們是另一種屬靈或獸類進化的人形。女人頭上戴滿的珠珞銀飾寶石，她們暗黑多皺摺的臉，如貓神祕的眼珠，恰和這布達拉宮室內之空間幻影形成仿擬。

在拉薩的第二個晚上，夢見已成陌路十幾年的W。

一開始，黃昏時刻，我如昔日在永康街、麗水街那些棋盤水渠般的巷弄裡。某一家私營彩券行簽注（在夢中那是一種和政府發行之公益彩券不同的刮刮樂硬卡彩券），那些店家裡的綢緞色彩、古董的暗影或描金、蒸籠點心冒出的白煙……交織成一種正在燃燒蜷曲之浮世繪，所有繁華細節都將在下一瞬化為灰燼之惆悵。

我正簽注的時候，十餘年未再相遇的W，像少年時那麼親愛地出現在我身邊。若非後來的情節，我會以為那是與不知自己已死去，故友的飄蕩鬼魂之偶遇。

但W非常專注地幫我刮去那獎券號碼上的銀色漆封。「中了。」他說。

「真的假的？」我湊過去看，核對了號碼，夢中獎券以一種奇異的計算方式：九萬加倍再加倍，一共有四個九萬，也就是三十六萬。

我像少年時對W的親愛情感：拿了兩個九萬給他（我們領了四個各塞了厚厚鈔票的信封）。然後，以一種害怕因風聲走漏，遭歹徒盯上之戒懼，在已經天黑且蕭條下來的巷弄疾走，想穿出到大街上攔計程車。身旁的W有一種對自己生命終究是頹廢無有成就的忿忿，沒任何推拒地收下那兩袋錢。

「因為是賭博贏來的吧？」

我想起他家那個破舊無望的出租小公寓的場景：蒼白良善，國中畢業即休學的弟弟，印象裡後來變成穿著潔白制服的泊車小弟；美人胚子卻在酒店上班的妹妹，後來和客人生了一個私生子；還有那個即使每次到他家皆叼著菸在飯桌自斟自酌兀自掉淚，卻仍有一張讓少年的我砰然心跳之美麗側臉的，他的母親……

為何會這樣夢見W呢？在夢裡，我們上了一輛計程車。奇怪是除了司機，駕駛座旁還坐著一個女人。他們是一對年輕夫婦，駕駛座的四周，裝飾了五顏六色，栩栩如生的熱帶雨林鳥類的模型磁鐵，有的倒掛在車頂，有的吸附在照後鏡、方向盤、冷氣出風口……那個年輕妻子向我們解說一種他們打算開課授徒的軟體操。奇怪是我醒來後回想，似乎在那輛窄擠著許多隻鳥類模型的計程車內，女人示範的又像是某種藏密佛教的祭神舞蹈……

我和W各自暗著臉，懷裡揣著那些鈔票（奇怪也不過三十六萬吧？那個緊張心情卻像是帶著千萬鉅款），在那車窗外景物流逝的靜止空間裡，倔強又絕望地沉默著……

後來他們告訴我，那條河流，是雅魯藏布江的其中一條支流。

後巷

武德殿上方，K帶我走進一片築建於山坡上如亂石陣的鐵皮違建迷宮。那些像活人之亂葬崗，可能是最初窩聚於此的流浪漢、社會最邊緣人、拾荒者，從各處拾撿而來之鐵皮、木材、鐵桶、磚石，或後來補上之水泥，像蟻巢之孔穴或矮黑人遺址，一小間一小間鄰階梯蜿蜒而上，櫛比鱗次，挨擠著。（K說據說最初來此蓋屋者，有的就在山坡更久遠前的墓碑上築建覆蓋成自己的家）。但因年代久遠，我們闖入時，有一種時光悠長靜止的神祕感。低簷紗門可任意看進那一單位一單位小到失去「現代人」可能居住於那樣空間的文明真實性（真的像窯洞、穴居人、甚至我帶孩子們逛動物園「夜行性動物館」時，那些囚禁中型貓科動物的櫥窗小囚室）。

盛暑強光一片熾白，但在這些破爛屋陣迷宮中，一個轉彎，視差極大即驟沒入暗影之中。在這強光與暗影被旋轉稜切的「光陰」眼球適應之運動中，大量的碎物細節填塞在與屋內貧瘠（可能只為了打地舖睡覺）形成對比的每一戶屋外沿牆門邊：電扇、燒紙金之鐵爐、舊鐵框、組合鞋架、大桶清潔劑、有一角落還有一只落單的爵士鼓、輔助行走之四爪拄架、管鏽胎塌的孩童腳踏車……

主要是沿著階梯，每戶屋腳，皆排列著一盆一盆植物，綠光盈滿，羽葉搖曳。K說這時辰太熱，傍晚時他在這廢墟迷宮中穿行，常有一夥十幾隻貓阻路。

於我，這眼前的畫面，有一種奇異的、惆悵並熟悉的哀愁。這裡頭的住民們，最初是因何緣由，在此漁港渡輪口旁的山坡，搭建這麼一大片的破爛違建？

許多空屋。偶遇的居民對外來闖入者似乎充滿疑忌不安。有一戶轉角邊一個打赤膊的胖子，近乎恫嚇地驅趕我們：「這裡沒路了，是人家住厝，你們要幹什麼？」至山坡較頂處有一戶用鐵籠養了四、五隻狼犬雜種犬，我們靠近時激烈狂吠。K拿起照相機拍一座塞滿碎木片柴枝的磚灶（有一支鐵管煙囪），說上面一戶有一扇窗，一個男人從窗縫窺看我們，他一回望，人影即閃藏躲起，「不會是通緝犯吧？」

遇一鷹勾鼻眼窩極深的瘦癟阿婆（很明顯有平埔血統），K和她搭訕，問這一片房子的產權屬誰。阿婆立刻戒備起來（以為我們是市政府的人？）回答曖昧。說這裡原來都是外省仔，「老芋仔啦」，後來死了了，像她都是新搬來的，「厝主攏是外省仔啦，你們要問去問他們啦。」

（難怪時光遺跡中，總有一種底層破舊眷村的破絮荒蕪氣味。）

穿過一片奇怪之舊社區，以葉脈形容，街名「鼓元」、「鼓南」之尋常台灣小街如葉片正中之主脈，兩側四、五層樓公寓店家騎樓也與任何一鄉鎮老舊市街相彷：五金鋪、便當店、理髮店、機車行……。然在這些樓屋（當作葉肉）建築間，偶會出現極細長之小弄，如葉脈細鬚末梢，直直穿入一幽靜且光度略暗的「人家後巷」。說是後巷（或防火巷）其實皆有謬誤，這些寬僅容兩人並肩故只有機車穿行汽車無法進入之窄巷，長皆達五、六百公尺。以長度言其實已是條小街，且筆直如陸上渠道。被夾在這些建築正面和背面之間的住戶，各有一扇扇大門與門牌號碼。不知當初規劃時為何將兩條街之間這麼大片之樓房，像豆腐齊整挨擠排列，僅留這簡直可謂夾縫之通道供進出，因為那筆直之窄巷如此直、如此窄（在這一頭可以遠遠望見遠處那一頭的管窺之景），使兩側住家近乎大門貼臉相對。

K帶我穿過其中一條渠巷時，我們像恬不知恥的偷窺者在步行中將一戶戶人家不到三坪的客廳家居場景一覽無遺。幾乎都是老人坐在藤椅或舊沙發上看著電視。再就是他們頭頂之神龕。除此之外無甚長物。那從陽光飽滿的街道驟然進入之暗影長巷，兩側之凹陷卻極淺，無法轉彎（如我從小長大、永和竹林路之曲折蜿蜒歧岔巷弄），如有仇家於長巷頭尾各堵一掛人，可以說是「死路一條」。

窄巷之盡頭豁然開朗，是一片海水晃搖空氣中布滿鹽味海草腥味的邊側碼頭。右手邊被柵圍住的即是通往旗津之渡船口。此處卻像這一片沒落舊昔漁村的曬穀稻埕，只是它是一處零星泊了幾艘漁船和快艇的荒敗碼頭。第一排屋舍與泊船海水處亦不過一條巷道之寬。也是老人的世界，搭著棚架，放著盆栽和廢棄沙發，婦人圍成一圈蹲著剖扇貝或魚肚腸。這才一派後巷風光。

對岸即是旗津，環繞眼前遠近海面，靜泊大型船隻歧插向天之起重機臂、煙囪或移動中的渡輪與漁船。海面與船身在強光中映照著一幅奇幻的玻璃彩繪。

有一座鐵皮建築是附近漁獲的冷凍倉庫。K說有一日正午，他步行至此，見到一極怪異場面：約八、九塊比他高許多的巨大立方體，每一塊立方體是由數百隻非常大的烏賊疊擠後冰凍結冰的硬塊。那是從遠洋漁船捕獲之冰櫃運來此暫時存放。在烈日灼曬下那些冰封之深海烏賊一隻隻妖幻而美麗，且周圍沿角正融化滴水。而那些白色像百合的烏賊屍體可能要被批發運往各地工廠，製成魷魚絲或烤魷魚乾，想到此他就覺得非常噁心。

INK PUBLISHING 文學叢書 313

臉之書

作　　者　駱以軍
總 編 輯　初安民
責任編輯　洪玉盈
美術編輯　林麗華　黃昶憲
校　　對　蔡俊傑　洪玉盈　駱以軍

發 行 人　張書銘
出　　版　INK印刻文學生活雜誌出版有限公司
新北市中和區中正路800號13樓之3
電話：02-22281626
傳真：02-22281598
e-mail : ink.book@msa.hinet.net
網　　址　舒讀網http ://www.sudu.cc

法律顧問　漢廷法律事務所
劉大正律師
總 經 銷　成陽出版股份有限公司
電話：03-3589000（代表號）
傳真：03-3556521
郵政劃撥　19000691 成陽出版股份有限公司
印　　刷　海王印刷事業股份有限公司

港澳總經銷　泛華發行代理有限公司
地　　址　香港筲箕灣東旺道3號星島新聞集團大廈3樓
電話：852-27982220
傳真：852-27965471
網　　址　www.gccd.com.hk

出版日期　2012年 1 月　初版
ISBN　978-986-6135-76-7（精裝）
定　　價　439元

國家圖書館出版品預行編目資料

臉之書 / 駱以軍著；
- - 初版，- - 新北市中和區： INK印刻文學，
2012.1　面；　公分（文學叢書；313）
ISBN 978-986-6135-76-7（精裝）
857.63　　100028256